Recherches balzaciennes à la carte

バルザック研究アラカルト

コントから小説の方へ

du conte vers le roman

谷本道昭

Michiaki Tanimoto

春風社

バルザック研究アラカルト――コントから小説の方へ　目次

凡例

・引用文中の（　）は原文の著者、［　］は論者による補足である。傍点については、特に断りのない限り原文の著者による強調をあらわす。
・文献情報を記す際、出版地がパリあるいは東京である場合は出版地の記載を省略する。
・以下のバルザックの著作および参考文献については、行頭に記した略号を用いてあらわす場合がある。

バルザックの著作

全集・選集

『人間喜劇』
CH : *La Comédie humaine*, édition publiée sous la direction de Pierre-Georges Castex, Gallimard, coll. « Bibliothèque de la Pléiade », 1976-1981, 12 vol.

『ヌーヴェルとコント』
NC : *Nouvelles et contes*, édition établie, présentée et annotée par Isabelle Tournier, Gallimard, coll. « Quarto », 2005-2006, 2 vol.

『諸作品集』

OD : *Œuvres diverses*, édition publiée sous la direction de Pierre-Georges Castex, Gallimard, coll. « Bibliothèque de la Pléiade », t. I, 1990, t. II, 1996.

『初期小説集』

PR : *Premiers Romans 1822-1825*, édition établie par André Lorant, Robert Laffont, coll. « Bouquins », 1999, 2 vol.

個別作品

『哲学的小説コント集』

CP : *Romans et contes philosophiques*, édition établie et présentée par Andrew Oliver, Toronto, Éditions de l'originale, coll. « Les Romans de Balzac », 2007.

『谷間の百合』

Lys : *Le Lys dans la vallée*, Werdet, 1836, 2 vol.

『新哲学的コント集』

NCP : *Nouveaux Contes philosophiques*, édition établie et présentée par Andrew Oliver, Toronto, Éditions de l'originale, coll. « Les Romans de Balzac », 2010.

『あら皮』

Peau : *La Peau de chagrin*, édition établie et présentée par Andrew Oliver, Toronto, Éditions de l'originale, coll. « Les Romans de Balzac », 2007.

『ゴリオ爺さん』

PG : *Le Père Goriot. Histoire parisienne*, édition critique enrichie d'un Cédérom, établie et présentée par Andrew Oliver, Honoré Champion, coll. « Texte de littérature moderne et contemporaine », 2011.

書簡

『書簡』

Corr. : *Correspondance*, édition établie, présentée et annotée par Roger Pierrot et Hervé Yon, Gallimard, coll. « Bibliothèque de la Pléiade », 2006-2017, 3 vol.

『ハンスカ夫人への手紙』

LH : *Lettres à Madame Hanska*, textes réunis, classés et annotés par Roger Pierrot, Robert Laffont, coll. « Bouquins », 1990, 2 vol.

参考文献

『バルザック年報』

AB : *L'Année balzacienne*, Garnier frères, 1960-1979 ; nouvelle série, PUF, 1980-1999 ; troisième série, PUF, 2000-.

はじめに

本書は、十九世紀前半のフランスを代表する小説家、『人間喜劇』の作者として知られるオノレ・ド・バルザック（一七九九－一八五〇年）を対象とする研究書である。しかしながら、最初からおかしなことをいうようではあるが、本書の意図はバルザックを「小説家」として論じることでも、「『人間喜劇』の作者」として論じることでもない。むしろ本書の関心は、「小説家バルザック」「『人間喜劇』の作者バルザック」という、これまで親しまれてきた作家像を無批判的に受けいれることを拒みつつ、そのような、長い時間のなかで固定化、紋切型化し、伝説化、巨大化してきたともいえる作家像によって覆い隠され、見えにくいものとされていったバルザックの姿に目を向け、その形象を浮かび上がらせることに集中している。それでは、なぜ私たちは「小説家」でも「『人間喜劇』の作者」でもない「バルザック」を重視するのか。いや、重視しなくてはならないのか。

何よりそれは、十九世紀中葉においてもなお、「雑種的ジャンル」「平民的ジャンル」（ボードレール）として、[1]「正統的ジャンル」とされた詩や歴史に対して、文学ジャンルのヒエラルキーのなかで下位に位置づけられていた「小説」のステータスの低さのために、世紀前半を生きたバルザックが、作家生活の始めから終わりに至るまで、自作を「小説」と呼ぶことを好まず、積極的に「小説家」を自称することがなかったためである。[2] バルザックを「小説家」として論じることはそれゆえ、バルザック自身の意図に反することになるだけでなく、非正統的な出自を持ちながらも、やがて現代的な文学ジャンルとして一般読者によって広く認知され、世紀後半から二十世期にかけて揺るぎない地位を獲得していくことになる「小説」の歴史そのものをも否認することになるだろう。「散文は生まれたばかりもの」という認識をもってフローベールが「小説」の創出に挑んだことをすでに学び知っている私たちが、[3] それでもなおバルザックの作品を「小説」として読み、バルザックを「小説家」として論じてしまったらそれは明らかなアナクロニズムとなるにちがいない。

「『人間喜劇』の作者バルザック」という作家像についても同様に、バルザックが自作を『人間喜劇』の総題のもとに再編集し、「全集」の刊行を開始したのが一八四二年という、作家のキャリアにおいては後期にあたる時期であったことを踏まえると、それ以前のバルザックの創作を論じる際に『人間喜劇』の存在を前提とするのは避けるべきだと思われるし、『人間喜劇』の着想を得る以前のバルザックによって執筆された作品を、その後の、作家の創作の集大成としての『人間喜劇』に結びつけて論じようとする姿勢は、あまりに目的論的であるといわざるをえない。また、プルーストが述べているように、『人間喜劇』とは作者自身による「事後的な統一」の成果にほかならず、「十九世紀の偉大な作品」の常として、統一が目指されながらも「未完成であること」こそがその特徴であり美点であったのだとすると、[4] 翻って、「『人間喜劇』の作者バルザック」という「事後的」でもあれば「未完成」でもある作家像は、バルザックが実際に書き残した作品を前にしたとき、議論の前提にするにしても対象にするにしても不適当な、魅力的ではあるが実態に乏しいイメージにとどまるほかない。それでは、私たちは具体的にどのような「バルザック」を論じていくべきなのか。

「コントの作者バルザック」というのがその答えの一つとなるだろう。

「『人間喜劇』の年」である一八四二年からさかのぼること八年、それまでに刊行してきた作品とその後に執筆する予定の作品を「風俗研究」「哲学的研究」「分析的研究」の三つの「研究」に整理したうえで、それらの「研究」を統合する「一つの作品」を創出するという、『人間喜劇』の雛型ともいえる計画に着手しはじめていたバルザックは、生涯の恋人となるハンスカ夫人にその計画の詳細をうちあけながら、手紙の終わりの方で次のように述べている。

> こうして、人、社会、人間性が、やがては西洋の『千一夜物語』となる一つの作品のなかで、記述され、評価され、繰り返されることなく分析されていくことになるでしょう。〔…〕そしてその宮殿の土台部分に、私は陽気な子として、『コント・ドロラティック』という巨大なアラビア模様を描くのです〔5〕。

このようにバルザックは、早くから自身の作品と「研究」の総体を「西洋の『千一夜物語』」として思い描いていたのであり、さらにバルザックは、自身のもう一つのライフワークとなりつつあった『コント・ドロラティック』を「宮殿」の「アラビア模様」に喩えることで、アントワーヌ・ガランによる翻訳によってフランスでは「東洋のコント《コント・オリアンタル》」として親しまれてきた『千一夜物語』が、自身の創作の重要な着想源でもあれば到達すべき理想でもあることを明らかにしていたのである。そうであるならば、少なくともこの時点におけるバルザックは、みずからを「コントの作者」に近い存在として認識していたと考えるのが自然だろう。

さらにいえば、引用した手紙が書かれた一八三四年に先立つ一八三〇年代初頭のバルザックは、『コント・ドロラティック』[6]「第一輯」と「第二輯」（一八三二年四月、一八三三年七月）に限らず、短い期間のうちに連続して刊行されていくことになる複数の作品のタイトルのすべてに「コント」の語を用いていたのだった。

「哲学的小説」という副題を付されながらも、バルザック自身によって「私のよく知られたコント・ファンタスティック」[7]と呼ばれていた『あら皮』と十二篇の短篇作品《コント》からなる『哲学的小説コント集』[8]（一八三一年九月）、フィラレート・シャール、シャルル・ラブーとの共著作である『コント・ブラン』[9]（一八三二年二月）、『哲学的小説コント集』の続編として刊行された四篇の短篇作品からなる『新哲学的コント集』[10]（一八三二年十月）、これらの著作とそこに含まれた作品は、バルザックが「研究」の時期に入った一八三四年以降、その多くが「哲学的研究」に収められていくのにともない、タイトルを含め、当初の「コント集」の姿かたちは失われていくことになる。[11]とはいえ、一連の「コント集」が、一八三〇年代初頭のバルザックの創作において中心的な位置を占めていたという事実については、更新することも修正することも認められない歴然とした事実として、作家の創作年譜上に記録されているのである。

しかし、こうした事実があるにもかかわらず、さらには、バルザックにとって最初の「コント集」となった『哲学的小説コント集』刊行に際しては、著者自身によって、また、当時のバルザックのスポークスマンともいえる存在であったフィラレート・シャールや近しい文学仲間であったジュール・ジャナンの力を借りて大がかりな出版キャンペーンが展開され、バルザックの作品を「コント」として肯定的に評価し、バルザックを「コントの作者」として大々的に顕揚するテクストが、『ラ・カリカチュール』や『ラルチスト』をはじめとする文芸誌掲載記事や『哲学的小説コント集』に付された「序文」として続々と発表されていったというもう一つの興味深い事実があるにもかかわらず[12]、これまでの研究において、一八三〇年代初頭の「コントの作者バルザック」と「バルザックのコント」が論じられる機会は数えるほどでしかなかったといわねばならない[13]。

その最大の理由はおそらく、一九七〇年代後半から一九八〇年代初頭にかけてプレイヤード版『人間喜劇』[14]という水準の高い批評校訂版が刊行されたことによって、その底本となった、バルザック生前最後のヴァージョンであるフュルヌ・コリジェ版——一八四二年に刊行開始されたフュルヌ版『人間喜劇』の刊本にバルザックが手書きの書き込みや訂正を加えた暫定的な最終ヴァージョン——へのアクセスが早くから確保されてきたのに対して、初版単行本に収録されたヴァージョンとしてのオリジナル版や、単行本刊行以前に「初出」として新聞や雑誌などの定期刊行物に掲載されたプレ・オリジナル、また、バルザックが様々な記事や作品を寄稿した定期刊行物そのものへのアクセスが広く一般読者にも可能となるのには、一九九〇年代から二〇〇〇年代、そして二〇一〇年代以降になってからの、オリジナル版やプレ・オリジナルをあえて底本とする新たなエディションの刊行と、その間にフランス国立図書館やその他の機関によって推進されていった、十九世紀前半の文学作品および文芸紙誌などの同時代の文字資料の電子版公開を待たねばならなかったことにある。

実際、本書の端緒となった「コントの作者バルザック」を対象とする研究を構想し遂行していくにあたっては、バルザックの全短篇作品を年代順に「初出」ヴァージョンで収録した、イザベル・トゥルニエによる『ヌーヴェルとコント』[15]（二〇〇五―二〇〇六年）、ならびに、バルザックの一八三〇年代の著作をすべてオリジナル版を底本として収録した、アンドル・オリヴェールによる『あら皮』『哲学的小説コント集』『新哲学的コント集』の各エディション[16]（二〇〇七―二〇一〇年）の存在が大きかった、とそのようにいうと格好がよいようにも思うのだが、より正確には、それらのエディションを介して「バルザックのコント」が刊行当時の姿のままで私たち読者の前に「再登場」を果たしたからこそ、「コントの作者バルザック」に焦点を絞る研究が可能となったのであり、率直にいえば、それらのエディションが世に出ていなければ、私たちの研究は着想されることも実現することもなかったようにも思える。

同様に、一八二〇年代のバルザックの「青年期」の作品を収録した、アンドレ・ロランによる『初期小説集』[17]（一九九九年）、ならびに、ロラン・ショレ、ルネ・ギーズ、ニコル・モゼによる『コント・ドロラティック』のエディション[18]（一九九〇年）がなかったならば、コント文学とバルザックの関係を論じた本書第一部を構成する研究は十分になしえなかったであろう。さらに、アンドル・オリヴェールによる初版『ゴリオ爺さん』を底本とするエディション[19]（二〇一一年）、ならびに、『谷間の百合』を対象に、草稿から、校正刷、プレ・オリジナル、オリジナル版、再版、フュルヌ版、フュルヌ・コリジェ版までのテクスト群を網羅的に取りあげた、サシェのバルザック記念館が運営するウェブサイト[20]（二〇一四年）の存在があってはじめて、「コント」以降のバルザックの創作を便宜的に「小説」として論じる本書第三部の研究が可能となったのである。

「コントの作者バルザック」を中心に、それ以前の一八二〇年代の「青年期のバルザック」、そして、一八三〇年代中盤に、短篇から長篇、コントから「小説の方へ」と舵を切ったバルザックという、『人間喜劇』以前のバルザックのその時々の姿勢や思考を、各作品のオリジナル版の読解を通じて明らかにしようとする本研究の生みの親が、先述した一九九〇年代以降に刊行されたバルザック作品の新しいエディションの数々であったとするならば、本研究の育ての親にあたるのは、それらのエディションの刊行と歩を合わせるようにして刊行されていった、語の広い意味でバルザックの「成り立ち」や「生成」を跡づけた研究の数々であるといえるだろう。

それぞれの著作の詳細に立ち入る余裕はないのだが、本研究は、ロラン・ショレ『ジャーナリスト・バルザック』(21)（一九八三年）、ニコル・モゼ『複数形のバルザック』(22)（一九九〇年）、ステファヌ・ヴァションン『バルザックの仕事と日々』(23)（一九九二年）、クロード・デュシェとイザベル・トゥルニエ編纂による論文集『バルザック、全集、『人間喜劇』の時』(24)（一九九三年）、マリー＝エーヴ・テランティ『モザイク』(25)（二〇〇三年）、ジャニーヌ・ギシャルデ『バルザック＝モザイク』(26)（二〇〇七年）、ジョゼ＝ルイス・ディアズ『バルザックになる』(27)（二〇〇七年）といった、バルザックの歩みを単線的で直線的な行程としてではなく、複線的でジグザグ状をなす試行錯誤の軌跡として描き出した先行研究から多くを学んでいる。また、テクストと作品の水準における「生成」については、近年、ジャック・ネーフ編纂による論文集『バルザック、永遠の生成』(28)（二〇一五年）や鎌田隆行による精力的な研究の成果が刊行されており(29)（二〇二一年）、それらの著作が、本研究に限らず今日のバルザック研究の重要な指針の一つとなっていることをいいそえておきたい。

本書のもととなった研究の着想とその背景について述べるのはここまでとして、最後に、本書の構成と各章の概要を記すことで本編への導入としたい。

すでにふれたように、本書は三部によって構成されており、第一章と第二章からなる「コント文学とバルザック」、第三章から第六章までの「コントの作者バルザック」、第七章から第十章までの「小説の方へ」の各パートにおいては、一八二〇年代から一八三〇年代後半までのバルザックの創作がほぼ年代順に論じられている。以下に続く各章の概要については、なるべく均等に、あえて横並びに、余計な味つけやまとまりをつけることなく記述することを心がけた。それは、本書のタイトルに含まれている「アラカルト」の言葉のとおり、各章はそのほかの章とともに、これまでにないバルザック像を提示することを目指す一つの「書物＝作家論」を構成するものでありながら、同時に、限られた年代についてではあるものの、バルザックのその時その時の創作を論じる、単品としても味読可能な「論文＝作品論」として書かれていることを受けてのことである。いささか長めの「お品書き」となるが、どうか最後までお付き合いいただきたい。

第一章「『最後の妖精』を読む――「妖精譚」の読者／著者バルザック」では、一八二〇年代の青年期・筆名時代のバルザックとコント文学との関係を問うことを目的として、筆名のオラース・ド・サン＝トーバン名義で刊行された『最後の妖精』（一八二三年）を取りあげ、フランスの伝統的な文学ジャンルである「妖精譚《コント・デ・フェー》」の「話法」を踏襲した作品として論じている。魔法と種あかし、模倣とパロディーからなる「バルザック式妖精譚」といえる『最後の妖精』の読解を進めたうえで、バルザック／サン＝トーバンによる「初期小説」のなかでも例外的な「コント」として、あらためて作品の位置づけを試みた。

第二章「若返りの泉――ラ・フォンテーヌの読者バルザック」では、筆名時代をへて、一八二〇年代後半に印刷業を営んでいたバルザックが『全集』を出版していたことでも知られるラ・フォンテーヌの著作――主に『コントとヌーヴェル』（一六六五から一六七一年）――がバルザックの著作――『コント・ドロラティック』（一八三二年から一八三七年）と動物寓話「イギリス牝猫の心痛」（一八四〇年）――の構想に与えた影響を明らかにしている。バルザックにとってラ・フォンテーヌは、『コント・ドロラティック』の「猥雑さ」を「文体」や「語り口」によってカバーしようとした際の手本となった「偉大なコントの作者」の一人としてだけでなく、フランス的な「笑い」や「率直さ」の復権という、『コント・ドロラティック』に込められた現代的な意図を実現する際の後ろ盾となる国民詩人的な作家として、二重に重要な存在であった。

第三章から第六章までの各章では、バルザックが「コントの作者」を自称し、コントの創作に集中的に取り組み、同時代的なジャンルとしての「コント」とほとんど一体化していたともいえる一八三〇年代初頭の一時期に刊行された作品を順に取りあげている。

第三章「コントの作者バルザックと初版『あら皮』」では、哲学的長篇小説として論じられることの多い『あら皮』（一八三一年八月）が、実際には「コント」として構想されていたことに注目し、作中に一般的な「コント」のイメージにそぐわない要素が多数見られる創作となっていないながら、バルザック自身がそれでもなお『あら皮』を「コント」と結びつける意図を持っていたことを強調した。初版刊行当時、バルザックは『あら皮』を「コント」として提示し、同時にそれによって、『あら皮』を参照先とすることによって、バルザックに固有の、バルザック化されたともいえるジャンルとしての「コント」の観念を読者に提示していた。

第四章「『哲学的コント集』をひもとく」では、『哲学的小説コント集』（一八三一年九月）第二巻、第三巻に収録された十二篇のコント――『サラジーヌ』『魔王の喜劇』『エル・ベルドゥゴ』（以上第二巻）、『呪われた子』『不老長寿の霊薬』『追放された者たち』『知られざる傑作』『徴募兵』『女性研究』『二つの夢』『フランドルのイエス・キリスト』『教会』（以上第三巻）――を取りあげている。これまでの研究、作品解釈においては、これら複数の創作をつなぐものとして、「思想の単一性」や「中心的な観念」、さらに「統一的なシステム」の存在があることが前提とされてきたきらいがある。それに対して私たちは、オリジナル版とプレ・オリジナルの読解を通じて、十二篇のコントおよびその集成としての『哲学的コント集』が、多様であり雑多であることをその最大の特徴としていたことを指摘するとともに、バルザックがそのような多様かつ雑多な創作に「コント」のタイトルを付すことによって、創作全体に一体性を持たせると同時に、『あら皮』の場合と同様、そのことによって、「コント」というジャンルそのもののあり様を自由で柔軟なものとして独自に作り変えていたことを明らかにした。

第五章「「コントのような会話」のために――『コント・ブラン』と『新哲学的コント集』」では、共著『コント・ブラン』（一八三二年二月）に収録されたバルザックの二篇のコント――『十一時から真夜中にかけての会話』と『スペイン大公』――、および、『新哲学的コント集』（一八三二年十月）に収録された四篇のコントのなかから『赤い宿屋』と『フィルミアーニ夫人』の二篇を取りあげ、それらの一八三二年に刊行されたコントが、前年の『哲学的小説コント集』とどのような関係にあるのかを検討している。そのうえで、一八三二年の中心的な創作であるといえる『十一時から真夜中にかけての会話』の読解を行い、この年のバルザックが、コントにおける「語り」と「口承性」、「話されたこと」と「書かれたもの」

をめぐる問題系を、四篇のコントを通じて、「コントのような会話」として継続的に主題化することに注力していたことを明らかにしている。バルザックにとって最後のコント集となった『新哲学的コント集』においては、その後のバルザックが探求していくことになる、フィクションとしての語りとリアリズムへの関心が如実に現れており、物語芸術に内在する課題に向かう姿勢において、『新哲学的コント集』は『哲学的小説コント集』と決定的に異なる性質を持った作品であったといえる。

第六章「『コントの理論』——バルザックからバルザックへ」では、未完の原稿として残された『コントの理論』（執筆時期不詳）を取りあげている。そのタイトルから予想される内容とは裏腹に、バルザックの二人の分身からバルザック自身に対して発せられる二つの教訓から成り立つ『コントの理論』は、バルザックの「コントの作者」としての活動全体を総括する内容となっている。私たちは『コントの理論』の読解と先行研究の再検討を行ったうえで、執筆時期についての独自の仮説を提示することを目指した。一八三〇年代初頭の数年間、文芸誌を中心にして起こった「コントの流行」のさなかに、バルザックは「コントの作者」を自称し、流行の中心人物として活躍を見せていたのではあるが、早くも一八三二年の暮れ頃、バルザックは書簡や雑誌記事において、コントの創作を専門とする「コント屋」に成り下がることへの危惧を他に先んじて表明しはじめていた。「これ以上コントを書くのはよした方がいい」というバルザックからバルザックへの教訓を含む『コントの理論』は、これまでも、バルザックによる自戒の念が込められた「コント」批判の言葉が含まれた書簡や雑誌記事と同時期に執筆されたテクストであると考えられてきた。そのことを踏まえたうえで、私たちとしてはさらに、『コントの理論』と同様に「分身」の主題が扱われているそのほかのバルザックのテクスト——雑誌記事「シャルル・ノディエへの手紙」（一八三二年一〇月）、および、一八三二年後半に執筆・改稿作業が進められていた哲学的コント『ルイ・ランベール』の初期の二ヴァージョン（『ルイ・ランベール略歴』『ルイ・ランベールの知性史』）――をあわせ読むことによって、『コントの理論』が、バルザックが「コント屋」に成り下がることへの危惧を感じはじめながら、同時に「分身」の主題に向き合っていた一八三二年九月から一二月にかけて執筆されたテクストである可能性が高いことを示した。

第七章から第十章までの各章では、文芸誌に掲載される読み切りの短篇作品としてのコントの創作から足を洗ったバルザックが、一八三三年以降に手がけていった作品を対象とし、『ゴリオ爺さん』や『谷間の百合』など、のちにバルザックの代表作として知られることになる作品を含め、それぞれの作品を特徴づけているモチーフや手法、構造や主題に注目した読解を行っている。

第七章「バルザックとパリの泥――『金色の眼の娘』『ゴリオ爺さん』『シビレエイ』」では、バルザックが「小説の方へ」と向かいはじめた時期の創作として、『金色の眼の娘』（一八三四―一八三五年）、『ゴリオ爺さん』（一八三五年）、『シビレエイ』（一八三八年）の三作を取りあげ、執筆の経緯も物語内容もそれぞれに異なる複数の作品に、「パリの泥」がその姿かたちや役割を変えながらも、重要なモチーフとして描き込まれていることに注目した。バルザックにとって、パリを描くこととパリの泥を描くことは同義であったといえるほど、「泥」は各作品に遍在しており、黒く悪臭を放つ「泥」は、『金色の眼の娘』では描写のなかで、『ゴリオ爺さん』では比喩表現のなかで、『シビレエイ』では登場人物の人物造形のなかで、その個性を存分に発揮している。さらに、バルザックは『シビレエイ』のヒロインであるエステルと、パリの泥へのノスタルジーを通じて感覚を共有しており、一八三〇年代のバルザックの文学創作において、パリの泥が重要な着想源の一つであったことがうかがえる。

第八章「『ゴリオ爺さん』〈ボーセアン夫人の最後の舞踏会〉をめぐって――「罪を犯した女たち」と人物再登場法」では、章題のとおり、『ゴリオ爺さん』終盤のハイライトをなす場面である〈ボーセアン夫人の最後の舞踏会〉を初版のヴァージョンで取りあげ、場面の詳細な分析を行いながら、特にこの場面において、のちにバルザック小説の代名詞的な小説技法として知られることになる「人物再登場法」が駆使されていることの意義を考察している。作品本編に加えて、バルザックみずからが「人物再登場法」について記した「『ゴリオ爺さん』序文」と、「人物再登場法」に対して批判的な見解を示し続けてきた初版刊行当時の批評受容をあわせて視野に収めることによって、『ゴリオ爺さん』における「人物再登場法」が、バルザックと批評との間で交わされていた「罪を犯した女たち」をめぐる議論を背景にして構想され、実際に作中で用いられていた可能性があることを明らかにした。

第九章と第十章では、いずれも『谷間の百合』（一八三六年）を初版のヴァージョンで取りあげ、「書簡」と「花」という、『谷間の百合』を特徴づける二つの主題に注目しながら作品の読解を試みている。

第九章「拒絶された手紙――書簡＝小説としての初版『谷間の百合』」では、『谷間の百合』という作品そのものが登場人物の間で交わされた手紙によって成り立つ「書簡＝小説」であることを確認しつつ、『谷間の百合』全体が、形式と内容の両面において、「書簡性」と手紙の主題によって貫かれていることを明らかにした。『谷間の百合』では、フェリックスとモルソフ夫人との恋愛の物語にも、フェリックスの人物造形そのものにも「手紙」が強く関係しているだけでなく、バルザックは作品の最後に、フェリックスの手紙＝物語を鮮やかに拒絶するナタリーからの返信としての「手紙」を書き入れるほど、『谷間の百合』を「書簡＝小説」として作りあげることにこだわりを持っていたといえる。にもかかわらず、初版刊行当時の批評受容において、『谷間の百合』の「書簡性」はほぼ完全に無視されていた。それでは、批評はなぜそのような振る舞いに出たのか。私たちは、『ゴリオ爺さん』刊行以来のバルザックと批評との敵対関係に目を向けることによって、同時代の批評が作者と作品そのものを批判することを優先したために、『谷間の百合』の最大の特徴である「書簡性」を故意に見落としていた可能性があることを指摘した。

最終章となる第十章「花の小説／小説の花――初版『谷間の百合』再読」では、『谷間の百合』を貫く、もう一つの特権的なモチーフである「花」に注目することによって、前章とは別の角度から『谷間の百合』を論じている。タイトル、書き出し、「谷間の百合」と呼ばれるヒロインの人物造形、トゥーレーヌの風景描写、モルソフ夫人の暮らす館、モルソフ夫人とフェリックスとの愛の応酬、そして、モルソフ夫人の臨終の場面に至るまで、『谷間の百合』には、花々の描写や花の比喩が、随所に過剰といえるほどに散りばめられている。そのため、これまでにも『谷間の百合』における「花」を論じた研究は少なからず存在してきたのだが、私たちはあらためて初版を取りあげることによって、バルザックが、それぞれの場面に現れる花々をフィクションの力を宿した「小説の花」として丹念に書き分け、物語の展開にあわせて、「花」に固有の意味を持たせていたことを明らかにした。あわせて、『谷間の百合』執筆前後のバルザックが、『ざくろ屋敷』（一八三三年）から『フルール・デ・ポワ』（のちの『夫婦財産契約』、一八三五年）を挟んで『幻滅 第一部 二人の詩人』（一八三七年）に至るまで、タイトル、登場人物、物語など、様々な水準で「花」とのつながりを持つ作品を手がけていたことを踏まえ、初版『谷間の百合』がそれらの創作の中心に位置づけられる「花の小説」であったことについて言及している。

　以上が各章の概要である。

　ここまで目を通してくださった読者諸賢におかれては、あとはどうぞお気に召すままに、関心を持たれたパートや章から自由に本書をひもといていただけたらと思う。

　それでは、よい読書を！

注

〔1〕 Charles Baudelaire, « Théophile Gautier [I] » [1859], *Œuvres complètes*, texte établi, présenté et annoté par Claude Pichois, Gallimard, coll. « Bibliothèque de la Pléiade », t. II, 1976, p. 119-120.（ボードレール「テオフィル・ゴーティエ」、『ボードレール批評3 文芸批評』阿部良雄訳、ちくま学芸文庫、一九九九年、二〇一―二〇三頁。）

〔2〕 十九世紀における「小説」ジャンルのステータス、および、「小説」に対するバルザックの姿勢については、以下を参照されたい。Gérard Genette, *Seuils*, Éditions du Seuil, coll. « Points-Essais », 1987, p. 227-232 ; Pierre Bourdieu, *Les Règles de l'art. Genèse et structure du champ littéraire*, nouvelle édition revue et corrigée, Éditions du Seuil, coll. « Points-Essais », 1998, p. 149-155.（ジェラール・ジュネット『スイユ』和泉涼一訳、水声社、二〇〇一年、二六一―二六五頁。ピエール・ブルデュー『芸術の規則I』石井洋二郎訳、藤原書店、一九九五年、一四三―一四八頁。同翻訳は一九九二年刊行の初版に拠る。）なお、ブルデューによるバルザックについての記述は、ジュネットの指摘を繰り返したものとなっている。

〔3〕 蓮實重彦「「散文」は生まれたばかりのものである――『ボヴァリー夫人』解説」、フローベール『ボヴァリー夫人』山田𣝣訳、河出文庫、二〇〇九年、五八四―五九七頁。

〔4〕 Marcel Proust, *À la recherche du temps perdu*, édition

établie sous la direction de Jean-Yves Tadié, Gallimard, coll. « Bibliothèque de la Pléiade », t. III, 1988, p. 666-667.（プルースト「囚われの女Ⅰ」、『失われた時を求めて』第十巻、吉川一義訳、岩波文庫、二〇一六年、三五七―三六〇頁。）

〔5〕Lettre à Mme Hanska, 26 octobre 1834, *LH*, t. I, p. 204.

〔6〕Balzac, *Les Cent Contes drolatiques, Premier Dixain*, Gosselin, avril 1832 ; *Second Dixain*, Gosselin, juillet 1833.

〔7〕Alfred Coudreux［Balzac］, « Les Litanies romantiques », *La Caricature*, 9 décembre 1830, *OD*, t. II, p. 823.

〔8〕Balzac, *Romans et contes philosophiques*, Gosselin, septembre 1831, 3 vol.

〔9〕［Balzac, Philarète Chasles et Charles Rabou］*Contes bruns, par une...*, Canel et Guyot, février 1832.

〔10〕Balzac, *Nouveaux Contes philosophiques*, Gosselin, octobre 1832.

〔11〕Balzac, *Études philosophiques,* Werdet, puis Delloye et Lecou, puis Souverain, 1834-1840, 20 vol.

〔12〕一八三一年八月上旬の『あら皮』刊行と九月下旬の『哲学的小説コント集』の刊行（それぞれ、『フランス書誌 *Bibliographie de la France*』一八三一年八月六日版と九月二四日版に登録）にあわせて、バルザックの指示のもとで執筆・刊行されたテクストとして以下がある。Philarète Chasles, « *La Peau de chagrin* », *Le Messager des chambres*, 6 août 1831, repris dans *Balzac*, éd. Stéphane Vachon, Presses de l'université de Paris-Sorbonne, coll. « Mémoire de la critique », 1999, p. 61-63 ; Le comte Alexandre de B*** ［Balzac］, « *La Peau de chagrin, roman philosophique*, par M. de Balzac », *La Caricature*, 11 août 1831, *OD*, t. II, p. 849-850 ; Jules Janin, « Aperçu de publications : *La Peau de chagrin* par M. de Balzac », *L'Artiste*, 14 août 1831, t. II, p. 48 ; P.［Philarète Chasles］, « Introduction aux *Romans et contes philosophiques* », Balzac, *Romans et contes philosophiques,* Gosselin, septembre 1831, *CH*, t. X, p. 1185-1197 ; Anonyme［Balzac］, « *Romans et contes philosophiques*, par M. de Balzac », *L'Artiste,* 2 octobre 1831, *OD*, t. II, p. 1194. そのほかにも、バルザックが書店主であるシャルル・ゴスランに対して、『ル・タン』『パリ評論』『ル・ナショナル』『ル・フィガロ』『両世界評論』『ラ・モード』『ラ・コティディエンヌ』『ラヴニール』『ル・ヴォルー

ル』の各紙誌に自著への肯定的な書評を掲載するよう働きかけることを約束していたことが書簡から明らかになっている (Lettre à Charles Gosselin, vers le 30 juillet 1831, *Corr.*, t. I, p. 373-374)。この時期の「コントの作者バルザック」のためになされた出版キャンペーンと、バルザックによる「コントの作者」としての自己演出・自己表象について、詳しくは以下の拙稿を参照されたい。「不純なジャンルのために――バルザック、コント作家の肖像」『レゾナンス』第五号、二〇〇七年、六七―七四頁。

〔13〕一九九〇年代後半にジョゼ=ルイス・ディアズによる以下の論稿が発表されるまで、「コントの作者バルザック」と「バルザックのコント」を詳細に論じる研究はなかったといっても過言ではない。José-Luis Diaz, « Portrait de Balzac en "conteur phosphorique" » dans *Balzac. Une poétique du roman*, sous la direction de Stéphane Vachon, Saint-Denis, PUV, Montréal, XYZ, 1996, p. 89-108. その後、二〇〇〇年前後にバルザックの「短篇」のみを論じる意欲的な論集、研究書が刊行されてはいるのだが (*Balzac et la nouvelle*, sous la direction de Anne-Marie Baron, L'École des lettres, second cycle, L'École des lettres, 1999-2003, 3 vol ; Tim Farrant, *Balzac's Shorter Fictions. Genesis and Genre*, Oxford, Oxford University Press, 2002)、残念ながら、どちらの著作においてもバルザックを「コントの作者」として捉え、バルザックとジャンルとしてのコントとの関係を問う姿勢は見られない。

〔14〕Balzac, *La Comédie humaine*, édition publiée sous la direction de Pierre-Georges Castex, Gallimard, coll. « Bibliothèque de la Pléiade », 1976-1981, 12 vol.

〔15〕Balzac, *Nouvelles et contes*, édition établie, présentée et annotée par Isabelle Tournier, Gallimard, coll. « Quarto », 2005-2006, 2 vol.

〔16〕Balzac, *La Peau de chagrin*, édition établie et présentée par Andrew Oliver, Toronto, Éditions de l'originale, coll. « Les Romans de Balzac », 2007 ; *Romans et contes philosophiques*, édition établie et présentée par Andrew Oliver, Toronto, Éditions de l'originale, coll. « Les Romans de Balzac », 2007 ; *Nouveaux Contes philosophiques*, édition établie et présentée par Andrew Oliver, Toronto, Éditions de l'originale, coll. « Les Romans de Balzac », 2010.

〔17〕Balzac, *Premiers Romans 1822-1825*, édition établie par

André Lorant, Robert Laffont, coll. « Bouquins », 1999, 2 vol.

〔18〕 Balzac, *Œuvres diverses*, édition publiée sous la direction de Pierre-Georges Castex avec la collaboration de Roland Chollet, René Guise et Nicole Mozet, Gallimard, coll. « Bibliothèque de la Pléiade », t. I, 1990.

〔19〕 Balzac, *Le Père Goriot. Histoire parisienne*, édition critique enrichie d'un Cédérom, établie et présentée par Andrew Oliver, Honoré Champion, coll. « Texte de littérature moderne et contemporaine », 2011.

〔20〕 *Le Lys dans la vallée*. http://www.lysdanslavallee.fr

〔21〕 Roland Chollet, *Balzac journaliste. Le tournant de 1830*, Klincksieck, 1983.

〔22〕 Nicole Mozet, *Balzac, au pluriel*, PUF, coll. « Écrivains », 1990.

〔23〕 Stéphane Vachon, *Les Travaux et les jours d'Honoré de Balzac. Chronologie de la création balzacienne*, Paris, CNRS, Saint-Denis, PUV, Montréal, PUM, 1992.

〔24〕 *Balzac, Œuvres complètes. Le « Moment » de "La Comédie humaine"*, textes réunis et édités par Claude Duchet et Isabelle Tournier, Groupe international de recherches balzaciennes, Saint-Denis, PUV, coll. « L'Imaginaire du texte », 1993.

〔25〕 Marie-Ève Thérenty, *Mosaïques. Être écrivain entre presse et roman (1829-1836)*, Honoré Champion, coll. « Romantisme et Modernités », 2003.

〔26〕 Jeannine Guichardet, *Balzac-mosaïque*, Clermont-Ferrand, Presses universitaires Blaise Pascal, « Cahiers Romantiques », 2007.

〔27〕 José-Luis Diaz, *Devenir Balzac. L'Invention de l'écrivain par lui-même*, Saint-Cyr-sur-Loire, Christian Pirot, coll. « Balzac », 2007.

〔28〕 *Balzac, l'éternelle genèse*, textes réunis et présentés par Jacques Neefs, Saint-Denis, PUV, coll. « Manuscrits Modernes », 2015.

〔29〕 Takayuki Kamada, *Balzac. Multiples Genèses*, Saint-Denis, PUV, coll. « Manuscrits Modernes », 2021. および、鎌田隆行を編著者とする以下の雑誌特集号を参照されたい。*The Balzac Review/ Revue Balzac. L'Édition/ Publishing*, sous la direction d'Andrea Del Lungo et Takayuki Kamada, Classiques Garnier, 2021.

第一部

コント文学とバルザック

第一章　『最後の妖精』を読む
――「妖精譚」の読者／著者バルザック

『最後の妖精』を位置づける

一八二二年から一八二五年にかけて、若き日のバルザックは、ある時にはローヌ卿、ある時にはオラース・ド・サン＝トーバンの筆名で、そしてまたある時には匿名や、バルザックと同様、本名のアナグラムからなるド・ヴィエレルグレの筆名を用いていたオーギュスト＝ル＝ポワトヴァン・ド・レグルヴィルとの共作で、フランス版貸本屋といわれる「読書室《キャビネ・ド・レクチュール》」の主力ラインナップであった十二折版型の物語作品を多数刊行している。それらの作品については、著者自身が早くから「商業文学」や「文学的粗悪品」と蔑んで呼んでいただけでなく、[1] 一八四二年に『人間喜劇』の作者となったバルザックによって、最終的な著書目録には含まれない非正統な作品であることが公言されているものの、他方では、大作家の「青年期の作品」として、今日においても研究者や熱心な読者の関心を引きつづけている。[2]

濃密な、というよりも、せわしなかったに違いない短期間に相次いで刊行されたそれらの青年期の作品のなかで、とりわけ、本章で取りあげる『最後の妖精』は仔細に吟味するに値する作品であるように思える。青年期の作品の大多数が出版後の加筆改訂の対象とならなかったのとは対照的に、『最後の妖精』に限っては、その最初のヴァージョンが書きあげられた直後の一八二三年五月から手直しがなされたという点で例外的な扱いを受けた作品といえるからであり、実際、オラース・ド・サン゠トーバン名義の次作となる『アネットと罪人』刊行から五か月後の一八二四年一〇月には、早くも『最後の妖精』第二版が「大幅増補改訂版」の文言をともなって刊行されているのである。[3]

確かに、かつてモーリス・バルデッシュやピエール・バルベリスがとった進化論的視点からすれば、文字どおり大幅に改訂された第二版は、初版とくらべて、より洗練された、様々な面で発展が見られる改良版だといえるかもしれない。だが、ここでは、私たちとしてはそのような視点からそれぞれのヴァージョンを詳しく比較検討するつもりはない。ここでは、バルザックによる『最後の妖精』に対する偏愛ぶりを指摘することを目的に、あえて再版の歴史にふれておくと、『最後の妖精』には、「大幅増補改訂版」だけでなく一八三六年刊行の第三版までもが存在している。[4] ただし、二版と三版の間には、十年以上のインターヴァルがあったにもかかわらず、加筆、訂正、手直しされた箇所は多くなく、その程度も軽い――それに対して、初版から二版では、諸所の変更に加えて物語の結末が大きく書き換えられており、その点については本章の後半で述べることとする。

『最後の妖精』の位置づけに関するところで第三版について指摘しておくべきなのはむしろ、それが『オラース・ド・サン゠トーバン全集』全十六巻の一冊として刊行され、その際に『最後の妖精』が『全集』の著者の文業を伝える略歴を付されて出版されたという事実であろう。「オラース・ド・サン゠トーバンの人生と不幸」と題されたその略歴は、筆名というヴェールに覆われた「想像の作家」の早すぎる死を悼む架空の追悼文ともなっており、その大部分がジュール・サンドーの筆によるものとされているると同時に、そもそもがバルザック自身の指示のもとで書かれた文章であることが明らかにされている。[5] つまり、晴れて「実名作家」となったバルザック自身、『最後の妖精』をオラース・ド・サン＝トーバンの代表作とみなしていたと考えることができるのだ。[6]

私たちが『最後の妖精』に関心を持つのにはもう一つの理由がある。それは、『最後の妖精、あるいは新しい魔法のランプ』というそのタイトル、副題に明らかに示されているように、若き日のバルザックによる創作のなかで、『最後の妖精』が唯一、文学ジャンルとしての「コント」に直接的に着想を得た作品となっているといえるからである。

とりわけ、ロラン・ショレとルネ・ギーズ編纂によるプレイヤード版バルザック『諸作品集』の刊行以来、一八一〇年代終わりから一八二〇年代中頃までの文学修行期間中のバルザックが、「伝統ある文学ジャンルのすべてを体系的に」探求し、わが物としようとしていたことが知られている。[7] ここでは、哲学研究、宗教論から、失敗に終わったことで有名となった五幕ものの韻文悲劇まで、この時期のバルザックのジャンル的挑戦を象徴する作品を列挙するかわりに、ステファヌ・ヴァションによる研究を参照しつつ、一八二二年を例にとって、この年のバルザックが「メロドラマ、ヴォードヴィル、オペラ、小説、喜劇、悲劇」、そしてさらに、様々な「パンフレット」の執筆計画を立てていたという事実を指摘するにとどめておく。[8] なるほど確かに、ヴァションが「最初期の執筆計画表」と称した一八二二年のバルザックの執筆計画には挑戦すべきジャンルの一つとして「コント」が含まれているわけではない。しかし、すでに見てきたように、早くも一八二三年に『最後の妖精』が刊行され、その翌年には第二版が刊行されている以上、青年期のバルザックが取り組んだジャンルをまたぐ挑戦の一つに、「伝統ある文学ジャンル」としての「コント」の創作を付け加えてみても許されるはずである。

図1 『アラジン、あるいは魔法のランプ』（ニコラ・イズアール、一八二二年パリ・オペラ座初演）のために舞台美術家ピエール＝リュック＝シャルル・シセリが描いたイメージ

『最後の妖精』を「青年期の作品」にこのように位置づけ直してみるとき、この作品は、そのほかの「読書室」向けの物語作品と同じくフィクショナルな創作であると同時に、若き日のバルザックが——それも、作家の人生のなかで特に情報が乏しく、知られていることが少ない一八二三年、一八二四年の文学修行中のバルザックが[9]——、「コント」という文学ジャンルに示していた理解や態度を私たちに伝える貴重な証言でありドキュメントとみなすことができるのである。

自身による批評校訂版に付した序文のなかで、アンドレ・ロランは『最後の妖精』を次のように簡潔な言葉で紹介している。「フランス式妖精譚、空想的物語である『最後の妖精』は「アラジンと魔法のランプ」の現代版である」[10]。まさにそのとおりといえる一文であり、『最後の妖精』の副題を目にする誰もが、『千一夜物語』のなかでももっともよく知られたアラジンの冒険譚を思い浮かべることだろう。興味深いのは、この現代にも通じるアラジンへの連想作用が、バルザック／サン＝トーバンが『最後の妖精』を執筆していたその当時においてこそ強力に働いていたものだといえることである。この時期、「アラジン」と「魔法のランプ」の両方が夢幻劇や滑稽劇の題材としてパリの舞台で流行し、一八二二年の一年間だけでも、「魔法のランプ」をタイトルに含む演劇作品が複数創作され、劇場で上演を重ねていたことがアンドレ・ロランによって指摘されている（図1参照）。付け加えると、フランスでは同じく一八二二年から、『千一夜物語』の二種類の「新版」が、それぞれガイヨ書店、ボードゥワン書店から刊行開始されていた。[11]こうした「アラジン」に対する熱狂」がバルザックの創作に直接の影響を与えたかどうかについては議論の余地があるとしても、執筆出版当時の『最後の妖精』にはこのような歴史文化的背景があったことは強調されてよいだろう。

表現の簡潔さでアンドレ・ロランに張り合うつもりはないのだが、私たちとしてはより単純に、『最後の妖精』を「バルザック式妖精譚」と形容したいと考えている。「妖精譚」というのは、これから見ていくように、『最後の妖精』が、フランス式妖精譚、そして、『千一夜物語』に代表されるコント・オリアンタルという「コント」の二大潮流からの影響を強く受けた作品だからである。付言しておくと、後にふれるように、フランスでは、童話や寓話などの昔話、お伽噺から、より大人向けのコント・オリアンタルまでもが書物、ジャンルとしての「妖精譚《コント・デ・フェー》」に組み込まれていったという歴史があるため、本章においても、それらの広範で豊かなコントのコーパスを「妖精譚」という総称で呼ぶ場合がある。[12]では、なぜ「バルザック式」なのかといえば、それは、『最後の妖精』が、伝統的であると同時にすでに固定化したジャンルの影響下にある作品であるだけでなく、サン＝トーバン作、というよりむしろ、すでにバルザック作というにふさわしい創意ある作品となっているように思えるからである。

以下に『最後の妖精』を分析するにあたっては、とくに、バルザックが自己流の妖精譚を創作する際に用いた手法に注目していきたい。まず、『最後の妖精』の第一巻に取り入れられた妖精譚の伝統的な要素を取りあげ、その後で、バルザックが妖精譚の語りの方法を模倣しながらも、同時に、ジャンル的な規範をのりこえる試みを行っていることを指摘していく。それによって、バルザックがコントを創作のモデルとしながらも、そのモデルをのりこえる意図を持っていたことが明らかにされるだろう。最後に、『最後の妖精』が「バルザック以前のバルザック」[13]の創作のなかで占めている位置をあらためて問い直しながら論を終えていきたい。

『最後の妖精』を読む

『最後の妖精』を対象とする研究はこれまでにもなされてきたが、その後のバルザック作品に『最後の妖精』が与えた影響を指摘する考察が度々行われてきたのに対して、この作品と「コント・妖精譚」とのそもそもの関係を体系的に論じようとする向きはあまり見られなかった。[14]こうした傾向は、これまでの研究において主流をなしてきたとはいえ、正しいものであるとはいえない。[15]というのも、これから見ていくように、一般に青年期の「小説」に数え入れられる『最後の妖精』は、実際には、「昔むかし」という、コントに特徴的な定型の言い回しによって書き出されているだけでなく、伝統的、古典的な妖精譚に見出される要素を取り込んでいるところが多く見られるからである。

「昔むかし」で始まる書き出しをはじめ、とりわけ全二巻のうち第一巻において、それらの要素は目につく形で多用されており、『最後の妖精』を執筆するにあたって、バルザックはコントからジャンルを構成する特徴的な要素の数々を借り出しているということができる。あるいは、『最後の妖精』は、ドーノワ夫人やシャルル・ペローといった、コント文学の先人に学んだバルザックによる妖精譚再話の試みであったといってもよいかもしれない。[16]しかし、ここでは『最後の妖精』をいずれか特定の妖精譚と比較することや、かつて『最後の妖精』の「秘密」と「源泉」を論じたピエール・バルベリスが行ったように、作品の具体的な着想源を追求するのではなく、『最後の妖精』とそのモデルとなった「話法」それ自体との関係を問うていきたい。

物語のテーマ

まず第一に、『最後の妖精』においては、物語のテーマにコントとのつながりを指摘することができる。『最後の妖精』の中心的なテーマを取りあげるとすれば、以下に記すように、主人公の精神的な恋人としての妖精の「探求」、そして、その「発見＝獲得」ということになるのだが、この中心テーマが興味深いのは、それが、ウラジーミル・プロップの用語法に従えば「欠如とその補償」によって構成されるという伝統的なコントの核となるテーマを想起させるためであり、両者のつながりがいっそう重要なものに思えるのは、『昔話の形態学』におけるプロップの分析以来、「欠如とその補償」のテーマこそが驚異的な事象に満ちた妖精譚における、唯一、絶対に欠くことのできない構成要素とされているためである。[17]

伝統的なコントの語り手と同じように、『最後の妖精』の語り手は、まず、物語の「最初の状況」を語りながら、欠如している事物、主人公の探求の対象となる事物を読者にはっきりと提示する。[18]『最後の妖精』では、年若く、美しく、夢想に耽った、文明から切り離された場所で育ったという意味では自然児であるともいえるアベルという名の登場人物が、自分自身を妖精の子だと信じていることが語られている。アベルは日々、彼の素朴な想像力で思い描いた美しく気高い妖精と出会うことを望んでおり、熱心に妖精譚を読み、妖精を描いた版画図版を眺めながら、自分の目の前に妖精が現れるのをむなしく待ちわびている。

アベルはユダヤの民が救世主を待つように妖精を待っていた。アベルはコントを繰り返して読んですごした。アベルは妖精を空想した。[19]

さらに、別の箇所では次のように書かれている。

アベルはいつまでも妖精に会うことができないので絶望しはじめた。それで、三、四日前からというもの、アベルは彼が暗記してしまっていたお伽の国の物語を、もう二度と開かないというつもりですべて閉じたのだった。[20]

こうして「最初の状況」と「欠如」のテーマを示した後で、語り手は、主人公アベルの「欠如の探求」とその「補償＝発見＝獲得」の物語を、順を追って、細かに語っていく。
ある日の真夜中ごろ、甘美な音楽に伴われた妖精が、アベルの住む藁葺の家に突然現れる。喜びと驚きでいっぱいになったアベルは、勇気を出して妖精に永遠の愛を告白し、返答のかわりに、妖精は近く再び訪れることを約束する。この運命的であると同時につかの間の出会いの後、恋するアベルは待ちきれない思いで、輝く肌の白さと天使のような様子から「真珠の妖精」と名づけた妖精との再会を願う。数日後、約束どおりにアベルのもとを訪れた「真珠の妖精」は、アベルの願いを聞き入れ、彼女の住まいにアベルを招くことになり、地下に隠された道を通って、アベルは「妖精の神殿」に連れられていく。そして、目を見張る装飾に囲まれた妖精の閨房に迎え入れられたアベルは、妖精に向かって、この先もずっと一緒にいて欲しいと懇願する……。というように、『最後の妖精』では、「探求＝欠如」「獲得＝補償」という中心テーマから、さらに別のテーマが付随的に派生しているのだが、疑似的なものであるとしても、通過儀礼や結婚といったそれらのテーマもまた、コントというジャンルになじみの深いものであるといえる。

登場人物の数

第二に、『最後の妖精』の登場人物の数と機能は、昔話や妖精譚によく見られるように十分に制限されたものとなっている。[21] 実際、『最後の妖精』第一巻で名前をあげられている登場人物は十名に満たないし、それらの人物はみな、前述したテーマ、物語の展開との関係で、各自の役割と機能を担わされているといえる。そうであればこそ、『最後の妖精』の登場人物は妖精譚の慣例的な二つのカテゴリーに二分することができる。すなわちそれは、「善」と「悪」のカテゴリーであり、『最後の妖精』では、アベルの願いの実現に対して、それぞれの登場人物が取る態度や貢献の度合いによって、「善人」か「悪人」にはっきりと二分することができるのである。

まず、「善人」として、結婚という最終的な目標に向かうアベルを直接、間接に支援する人物たち、化学者であるアベルの両親、アベルの一家の忠実な使用人であるキャリバン、アベルの唯一の親しい友であるカトリーヌ（それに、彼女の友人のジュリエットとアントワーヌ）、そして真珠の妖精自身を数えることができるだろう。それに対して、「悪人」としては、アベルと彼の仲間たちの幸福を邪魔だてしようとする意地の悪い人物たち、村の村長であるグランヴァニ親父（カトリーヌの父親）、粗暴で嫉妬深い退役兵のジャック・ボンタン（カトリーヌのフィアンセ）、妖精の存在を信じようとしない「十分に学識のある」司祭と、これら三人の人物たちの影響下にある村人たちを数えることができる。

物語の舞台

第三に、『最後の妖精』の冒頭の数章で描写されている物語の舞台は、その牧歌的な雰囲気、魅力的な景色、とりわけ、孤立したほとんどユートピア的といえる地理環境によって、妖精譚の物語の舞台を想起させずにはいないものとなっている。そのため読者は、『最後の妖精』の登場人物たちがお伽の国に住んでいるような印象を受けることになる。なかでも、「そのほかの創造物から」完全に離れたところにあるとされる、アベルと彼の両親が暮らす藁葺き屋根の家の描写、[22] また「人里離れた場所の、大地に埋もれたような小さな集落にあり、街道からも遠い」という隣村の描写など、[23] 物語の舞台や背景の描写はしばしば現実離れしているだけでなく、空想的な伝説への言及によって、場所と空間の真実味のなさがいっそう強調されている描写も複数見受けられる。

たとえば、アベル一家の暮らす藁葺き屋根の家は次のように描かれることで、その謎めいた雰囲気が執拗に強調されている。

冬の風がそよぎ、樹木の枝々が藁屋根に落ちては幽霊がいるような音を立てるので、薄暗い炉の火にあたって団欒していた一家の輪はいっそうせばめられるのだった。一家は老婆の語るお話に耳を傾けていたのだが、彼女の顔は五旬祭のときに食べるリンゴの実にそっくりだった。

その頃、（好奇心というものはどこでも同じなので）この悪魔の使いの住む家で何が起きているのか観察してやろうという男がいた。その［化学者の］家から外に出るものは何もなく、すべてが死んだようにひっそりとしていた。黒い煙が藁葺きの家の大きな煙突からもくもくと立ち昇るばかりなので、観察者は、その家に魔王が地獄の火口をあけたのだと結論づけた。騎士であれば槍や幟や馬や銃で身を固めるように、ちょうど化学者が彼の炉と煙突を大きくしたところだったので、なおのことそう見えたのである。[24]

また、藁葺き屋根の家の住人たちは、他所においても、森の番人の視点を通じて、超自然的で悪魔的な存在として描かれている。

夕暮れの陽が赤みをおびた色でその一団を染めていたために、番人は藁葺きの家が地獄の入り口なのだと思い込んだ。聖アントニウスについて人が語っていたことが心に浮かんだ。彼にはキャリバンは巨大なカメの背にのった大猿のように見えたし、犬は角の生えた悪魔のように見えた、［…］化学者は蛇に巻かれた悪魔の親玉のように、キャリバンの鋤は悪魔のフォークのように見えたのだった![25]

魔法の品

第四に、『最後の妖精』に登場する魔法の品は、私たち読者にコントの驚異的な世界、『千一夜物語』の夢幻的な世界を思い起こさせずにはいないものとなっている。すでにそのタイトルがはっきりと予告しているように、『最後の妖精』では、「妖精」と「魔法のランプ」が驚くべき形で主人公の前に現れる。そして、アラジンの物語をはじめ、あらゆる妖精譚においてそうであるように、妖精とランプは物語の展開のなかで重要な役割を担っている。妖精とランプは、主人公であるアベルを惹きつける力と抗い難い魅力を備えているだけでなく、そのほかの登場人物たちの運命をも左右する力までをも有しているのである。[26]

『最後の妖精』では、アベルの住む藁葺きの家に妖精が現れてからというもの、妖精は、アベルの前に現れるたびに、自身の崇拝者に対して、故意にあるいは無意識的に、おのれの属性を伝える象徴的な品々を去り際に残していく。それは「妖精のドレスから外れた真珠」や「螺鈿細工に飾られたステッキ」――そのステッキはアベルから与えられた命に従うことになるだろう――であり、アベルにとって特別な品々になると同時に、登場人物たちにとって妖精の存在が現実のものであることを証だてる品々となる。[27] これらの魔法の品に関して、『最後の妖精』で興味深く、また独自な点は、「新しい魔法のランプ」もまた、恋する二人をつなぐ証として、妖精がアベルに贈った品の一つとなっていることである。アラジンのランプと同様、妖精の贈った魔法のランプもまた、持ち主の願いを、それがどんなに大それた願いであれ、叶えることができるとされている。[28]「ランプをこすってください［…］。そうすれば、望むものすべてがランプの精から与えられるでしょう」と、妖精はアベルに向かって優しく告げる。[29]それに対してアベルは、ランプを手に、妖精と結ばれることを一心に願うのである。

ここまで、網羅的とはいえないまでも、『最後の妖精』が妖精譚の世界から意図的に借り出していると思える要素の主なものを列挙してきた。[30]それらの要素は、物語を構成する様々に異なるレベル、パートに見受けられると同時に、『最後の妖精』においては、テーマ、登場人物、舞台、魔法の品に含まれたコントの典型的な要素のすべてが、物語に空想的で夢幻的な色調を与えることに寄与しているといえる。『最後の妖精』のもっとも重要な着想源の一つとして妖精譚の伝統があることは明白であり、ミシェル・エールが述べたように、作者はジャンルに特徴的なこれらの要素を用いることで、コントに特有の「夢幻的な話法のイメージ」をみずから再構成しようとしたのだといえるだろう。[31]そして、『最後の妖精』に、このように伝統的な要素が多く再利用されていることから、その作者自身がコントというジャンルについての深い知識を持っていたことがわかる。バルザック／サン＝トーバンは一篇の妖精譚を作るために必要な材料、またその材料を料理するためのレシピを熟知していたのだった。

ところがそのことは、『最後の妖精』を執筆していた最中のバルザックが、そのような文学的レシピに忠実に従っていたことを意味するわけではない。バルザックが、自身の創作、話法のモデルとして、絶えずコントを参照していたとしても、その筆は常に妖精譚のルールに従順であったわけではないのである。むしろその反対に、とりわけ『最後の妖精』第二巻において、バルザック／サン＝トーバンは、ジャンルの決まりごとを蹂躙する違反行為をあえて犯して見せているのであり、実のところ、そこにこそ『最後の妖精』の独自性があるといえる。

種あかしと失望

「真珠の妖精の正体」と題された『最後の妖精』の終盤の章において、語り手は、それまでの章においてはその実在性が多少とも合理的に説明され、裏づけられてきたといえる「真珠の妖精」が現実には存在しないことを、読者に向けてはっきりと明らかにしている。[32]

まず、このような告発行為の持つインパクトをより良く理解するために、妖精譚においては、夢幻性を批判することが、妖精譚の驚異に満ちた世界の秩序そのものを揺るがす革命的行為にあたることを想起する必要があるだろう。妖精譚の世界では、妖精や超自然的な事物の存在が疑問に付されること自体、あってはならないこととされているからだ。[33] こうした、ジャンル的禁忌ともいえる言外の禁止事項があるにもかかわらず、種あかしを厭わない『最後の妖精』の語り手は、とある裕福な公爵夫人が友人に宛てた一通の手紙の「書き写し」を引用するという仕方で、隠された事実を次々と明らかにしていく。

その私信のなかで、「英国人であり、すなわち夢想や大それたことを好む」といわれるソメルセ公爵夫人は、当初は退屈しのぎに考え出したという妖精劇の秘密を楽しげに明かしており、気まぐれな好奇心から、公爵夫人は、その並はずれた純真さのために、アベルという人物に関心を持ったのだという。[34] そして、その「妖精の存在を信じている」という「風変わりな若者」を魅了するために、公爵夫人みずからが妖精に変装することにしたというのである。ところが、結局は公爵夫人の方が善良な自然児であるアベルに魅了されてしまった、というのが、「真珠の妖精」ことソメルセ公爵夫人がみずから考案し、演出し、主役を演じた妖精劇の顛末なのだ。

「想像してみてください。隣村の司祭さまが私のところにいらして、食事の終わりに、司祭さまの村にある丘の上に住んでいるという若い人の話をしてくださったのです。その若い人は妖精の存在を信じていて、世間というものを目にしたこともなくて、自分の住む藁葺きの家からまだ一度も外に出たことがないというお話でした。

そこですぐに、そのおかしな人をからかってみようという考えが私に浮かんだのです。その人の身元を徹底的に調べあげて、夜に粗末な家屋の周りをまわってみて、中に入っていくのに十分な幅のある煙突があることがわかりました。そうして、自分のために豪華な衣装と忘れずにステッキまで誂えさせて、ある晩に、馬車に乗って出かけて、森で待たせておいたのです。雨に濡れるといけないので、かごで煙突まで運んでもらいました。私は甘美な音楽にあわせて姿を現したのです！……ところで、そこで私が目にしたのはお目にかかれる方のなかでもっともお美しい方でした！……その方の最初の視線のおかげで、私は、自分の主人となってくれる相手を探していたのだと悟ることができました。おかしがって、ふざけて、面白がろうとしていたのに、私は愛を、魔力に満ちた愛を見つけてしまったのです。私が魔法にかけようとしていたのに、私の方が魔法にかけられてしまったのです〔35〕」

彼女はこのように告白しながら、その常識をこえた力によって、彼女の恋人だけでなく、そのほかの村人たちまでも魔法にかけることができたランプの秘密を明かしていく。

「彼［アベル］は私のナイト・ランプが魔力を持っていると思い込むようになってしまったので、私の小間使いに精霊の服を着せて、彼女がその役を見事に演じてくれました。小間使いにはシェイクスピアの『テンペスト』を読ませておいたおかげで、エアリエルの役どころをとてもうまくつかんでくれました。［…］ランプの持ち主の望むことすべてに従う命を受けていたのは私の側仕えたちでしたから、彼らの献身ぶりと口の堅さについては、間違いないと思っていました[36]」

このように、ソメルセ公爵夫人が書いた手紙は、物語の展開の上で、また、この物語の話法・書法のあり方そのものの上で、大きな転換をもたらすものとなっている。この告白を介して、語り手は、妖精が偽物であったことを明らかにすると同時に、『最後の妖精』とそのモデルとなったジャンルとしての妖精譚との関係もまた、自然なものではなく、意図的かつ人工的なものであったことを読者にうちあけているからである。公爵夫人が妖精劇を実行しアベルを幻惑する目的でシェイクスピアの『テンペスト』を利用したのだとすれば、バルザック／サン＝トーバンは素朴な読者を騙す目的で妖精譚に特徴的な要素の数々を『最後の妖精』に取り入れたのだといってもよいだろう。

こうした場面転換を挟んで、物語はその後、結末に向かって急ぎ足で進んでいく。作品全体を締めくくる最後の二章では、語りのトーンそのものが大きく変化し、種あかしと失望の結末部分が、それまで展開してきた魔法と幻惑の物語を反転させながらそのあとを継いでいく。

まず、カトリーヌからの愛情に対するアベルの無理解を原因として、二人の友愛関係が決定的に崩れていく。カトリーヌは、妖精の本当の姿をアベルに伝え、妖精が偽物であることを告げることで、アベルに真実を理解させ、彼の素朴さにつけこんで彼のことを好きなように幻惑していた公爵夫人との結婚願望を捨てさせようとする。しかし、カトリーヌが心からの忠告をしたにもかかわらず、アベルは考えをあらためようとせず、その逆に、偽物の妖精から「社交界の女性」へと変身したソメルセ公爵夫人と共に暮らすために、生家の藁葺きの家を去る決心を固める。[37]

村にひとり残され、ジャック・ボンタンなる粗野な村人と結婚することを強いられたカトリーヌは、深い絶望に沈む。『最後の妖精』では、物語は、伝統的なコントによく見られる結婚式の場面で大団円を迎えるのだが、その「二組の結婚式」の描写は、実際には、「パリの豪華な居室で」行われたアベルと公爵夫人の豪華な結婚式と、「グランヴァァニ親父の質素な住まい」で行われたジャック・ボンタンとカトリーヌの結婚式との間の残酷なコントラストを強調するためになされたものだといえる。[38]さらに、妖精譚につきものの幸福な結末とは反対に、二組の結婚のお祝いが終わった後には、絶望したカトリーヌの自死という悲痛な出来事が待ち受けているのである。

現実世界への言及

本章の前半で見てきたように、『最後の妖精』が一見したところ妖精譚の型通りの枠組みに収まった作品であるように思えるとしても、物語の終盤で不意に現れる、幻想を否定し種あかしを敢行する語り手の姿勢を意識してみると、実際はこの作品において、バルザック／サン＝トーバンが「夢幻的な話法のイメージ」の再構成を試みていながら、それとほぼ同時に、より「バルザック的」ともいえる批判的な作者／語り手が顔を出し、しばしばユーモアを交えてそうしたイメージから距離を取ろうとしていることに気づかされる。実のところ、『最後の妖精』の作者は、物語の序盤から、みずからが築いた言語・文学的イメージを壊していく傾向を私たち読者に垣間見せているからである。

たとえば、先に指摘したように、ユートピア的な場に設定された物語の舞台について、語り手は、一方では、妖精譚の舞台を思い起こさせるやり方で描写を行っているといえるのだが、他方では、物語の舞台にまとわされた夢幻的な雰囲気が、描写に割り込むように差し挟まれた現実世界への言及によって、唐突に打ち壊されてもいる。

人里離れた村の描写、主人公の家族が暮らす田舎じみた藁葺きの家の描写を多く含む序盤の章において、語り手は、物語の夢幻的な雰囲気を否定しかねない地理情報をあえて書き入れている。

［アベルの家族が暮らす］その幸福な藁葺きの家は、パリから二十リューの距離にあり、自然がその宝のすべてと共に引きこもったような小さな谷の一つに位置していた。そのあたりは風光明媚そのものといった土地で、木々は優雅に繁り、草原はひときわ爽快だった［…］[39]。

さらに、語り手は『最後の妖精』が「妖精譚」であると記しておきながら、それと同じパラグラフのなかで、「妖精譚」にはそぐわない諷刺的な文を付け加えている。

つまり、そこはとても爽快な谷間であり、どの街からも遠く隔てられていたので、解任された大臣の誰もがそこで失墜したての一時期を過ごしたくなるような場所だった。現職の大臣はこのコントの終わりにそのありかを知ることになるだろう。[40]

実際、語り手が予告したとおり、読者は「コントの終わり」のほうで、「パリから二十リューの距離」にある、物語の舞台となった土地の名前を目にすることになる。語り手は、公爵夫人の「手紙」を読者に示す直前に、当初はアベルの視点から「妖精の宮殿」として描かれた公爵夫人の住む城館のありかを読者に知らせているのである。

読者諸氏が、ソメルセ公爵夫人がどのようにして真珠の妖精になりおおせたのかを知りたかったら、彼女が女友達と交わした手紙のなかから、私たちが以下に抜粋する二通の手紙に目を通すのがよいだろう。[41]

そして、その二通の手紙は彼女の冒険を足早に結末に向かわせるものとなっている。

公爵夫人は一年前からジョワニーに住んでおり、そこで退屈していた。彼女はすでに何度かパリまで足をのばしていたのだが、そんなパリへの道すがらで、ある時この手紙の宛先人となる一人の女性と親しくなったのだった。[42]

公爵夫人が友人女性に宛てた手紙では、村落の地理情報が公爵夫人自身によって明らかにされているだけではない。ランプの秘密を明かしながら、公爵夫人はいかにしてランプの持ち主の願いを叶えることができたのかを説明し、実際には、ランプの魔法の力ではなく、ジョワニーとパリの間の行き来のしやすさが、超自然的で全能の妖精を演じることを可能にしたのだと友人に告げている。

「私はあの人［アベル］が望むものすべてを運ばせました。それに、森のなかに中継地点を作っておいたので、あの人が欲しがるものはすぐに私に伝わるようになっていました。パリへの行程の間にも中継地点がありました。そのおかげで、文明の中心地で、私はあの人が望むものを、大金を払って、即座に入手することができたのです」[43]

『最後の妖精』では、このように、ユートピア的な場の描写のかたわらに現実の地理への言及が見られるのと同様に、架空の登場人物の説明のなかにも、物語の夢幻的な調子を損なうような社会歴史的な現実性への言及が含み入れられている。

伝統的な妖精譚であれば、特定不能の過去の世界で物語が展開していくのとは対照的に、『最後の妖精』の語り手は、グランヴァニ親父とジャック・ボンタンという二人の付随的な登場人物の身分属性を読者に伝えるなかで、物語そのものを現実の、それも同時代的な時の流れの上に位置づけている。グランヴァニ親父がいかにして財産を築いたのかを説明する際に語り手が言及しているのは、大革命後の経済の大変化であり、ジャック・ボンタンの哀れな現状について述べるにあたって、語り手は、ボンタンがかつてナポレオン軍で軍曹を務めていたことにふれている。[44] その嫉妬深くさもしいキャラクターから、グランヴァニ親父とジャック・ボンタンの二人は、妖精譚に典型的な意地悪な登場人物を想起させるのと同時に、彼らは社会的な身分や状況によって、現実の時の流れの上にしっかりと位置づけられてもいるのである。そして、物語の冒頭で、「昔むかし」というお決まりの書き出しによって、時間を超越した妖精譚の世界に導かれていたはずの読者は、とりわけこの二人の登場人物を通して、『最後の妖精』の物語の時間が、むしろ同時代の歴史的・現実的時間とつながっていることに気づかされることになる。

挑発的意図

ここまで見てきたように、サン゠トーバンというよりもはやバルザックその人というにふさわしい『最後の妖精』の作者の目的は、妖精譚を単純に語り直すことにではなく、コントの紋切型や語りのモデルに学びつつ、そこから距離をとることの方にあったといえるし、コントのジャンル的特徴に対するバルザックのこだわりは、ジャンルの約束事に対する挑発的な意図を含んだものであったといえる。『最後の妖精』においては、コントを参考に「夢幻的な語りのイメージ」が念入りに再構成されていながら、再構成されたイメージがあえて再び解体されるという事態が幾度も起こっているのである。

このように二様の語りをあわせ持っていることを理由に、『最後の妖精』はこれまで、すでに本章で度々名前を出している「青年期の作品」研究の第一人者といえるピエール・バルベリスから「現実的なものと驚異的なものが並置されてしまっている」という批判を受けてきたし、その批判は間違いであるともいえない。[45]しかし、私たちとしては、ミシェル・エールにならって、二様であることこそが、すでに固定化したジャンルの文体を借りつつ自身の物語の話法を構築しようとしたバルザックの戦略であったのであり、『最後の妖精』の独自性は、夢幻的な語りと現実的な語りの混在のうちに、また、この作品の欠点とされてきた「統一性のなさ」のうちに認められるべきなのではないか、とむしろ肯定的に捉えたいと考えている。[46]

こうした観点から見直してみると、先に言及した『最後の妖精』の書き出しは、あらためて私たちの注意を引く要素を孕んでいることに気づかされる。物語の冒頭においてすでに、ジャンル的な慣例に対する挑発的な意図が感じられるからである。『最後の妖精』は次の文章で始まっている。

　昔むかし、ある化学者とその妻がおり、仲睦まじく暮らしていた——夫はるつぼを愛し、妻はレトルトを大切にしていたので、彼らはなんとも心地のよい生活をすることができたのだった。[47]

ここでは、「昔むかし」というコントの書き出しが、コントにはそぐわない文によってデフォルメされているといえる。というのも、化学の実験器具の名称を含む後半の文は、それぞれ、凹凸をなす「るつぼ」と「レトルト」の特徴的な形状から、主人公の両親がいだきあっている情愛、性的欲求を暗示するダブル・ミーニングを含む表現として解釈することができるからである。

このように、二つの異質な表現を組み合わせることによって、すでに書き出しからバルザックがコントの話法を遊戯的に取り入れつつ、その話法を諷刺していることは明らかであり、この点については、アンドレ・ロランが示した『最後の妖精』の「テクストの進展」にあるように、バルザック自身、『最後の妖精』の書き出しが挑発的なものであることを十分に意識していたことがわかっている。初版刊行の後、バルザックは、上に引用した文を二度にわたって手直しし、ダブル・ミーニングを持った表現を削除し、それを「彼らは幸せに生活していた」という、当たり障りのない表現で置き換えているからである。[48] まがりなりにも「妖精譚」を装うという物語の最初から、性的欲求を暗示する表現を用いるのはさすがに不適当であると、後年になって作者が判断したということだろう。

初版に話を戻すと、興味深いことに、バルザックは書き出しだけでなく、物語を締めくくる際にも、コントの結末に見られるような「めでたしめでたし」式の結句を用いているのだが、そこにおいても、定型表現から距離を取ろうとする姿勢を見てとることができる。バルザックは次の文章で『最後の妖精』を結んでいる。

今日まで、完全な幸福がアベルの毎日の生活を輝かせており、その曇りない幸福はこれからも続いていくことだろう。[49]

確かに、この一文は、それ自体としては一見したところ妖精譚にふさわしい、なんら問題のない結句であるように読める。しかし、『最後の妖精』の結末としては、まるでふさわしくない一文であるといわなくてはならない。というのは、先に記したように、アベルが最終的に妖精＝公爵夫人と結ばれることができたとはいっても、その幸福の裏でアベルはカトリーヌを失っているからであり、さらに、この一文は、アベルが、生家の藁葺きの家の戸の前で、アベルへの愛のために結婚を無理強いされたその日に命を絶った「彼の愛する妹」である「可哀想なカトリーヌ」の「芝草に覆われた墓石」をはじめて目にするという悲しみに満ちた場面の直後に置かれているからである。[50]内容的にも読者心理的にも辻褄のあわない結末であり、ピエール・バルベリスが「驚くほど不満が残る」としてこの結末を批判しているのもこれまた理にかなっているといわざるをえない。[51]

おそらく、『最後の妖精』の初版刊行後に、バルザックが物語の終盤の数章を大きく書き換えると同時にこの結びの一文を削除したのも、こうした語りのぎこちなさが原因となっているのだろう。[52]また、初版から二版への加筆訂正が、おもに作品の結末部分を対象になされたというその後のテクストの変遷の経緯を考慮に入れると、初版の「不満が残る」結末と結びの一文にこだわることとの意義は大きくないといえるかもしれない。とはいえ、それでもなお、なぜバルザックが初版『最後の妖精』を妖精譚からそのまま持ち出してきたような、読者に不満を残しかねない、バルベリスのいう「あのようなあまりに凡庸な文」で終えたのか、その理由を問うことは許されるだろう。

そのような問いに対して、私たちとしては、バルザックが「凡庸な文」を用いたのには、それまで語られてきた物語の内容に対する、結末のそぐわなさ、効果のなさ、無意味さをあえて強調する意図があったのではないかと考えている。換言すれば、そのようにすることによって、バルザックは、自身が選んだ語りのモデルそのものを挑発し、『最後の妖精』がコントの再話であるとしても、それは、伝統的な妖精譚の諷刺的パロディーとしての再話であり、『最後の妖精』があくまで偽の妖精譚であるということを、いささか乱暴なやり方で、言外のメッセージとして示そうとしたのではないかと考えているのである。

妖精譚の読者、アベル

実際のところ、バルザックは『最後の妖精』において、ジャンルの約束事をパロディー化する意図を、すでに作品の前半で、主人公の造形を通じて読者に明かしていたともいえる。というのも、先に引用した文中にもあったように、アベルは、その性格や考え方、想像力などのいっさいが、なによりも妖精譚の読書経験によって形成され、その読書経験から強すぎる影響を受けた特異な人物として描かれているからである。語り手は、アベルの人格形成において妖精譚の読書経験がいかに重要であったかを、念入りに指摘している。

「『キャビネ・デ・フェー』の版画図版をながめる」ことを楽しみにしていたという母親からの影響で、アベルは幼い頃から妖精譚の世界になじみ、お気に入りの書物である『キャビネ・デ・フェー』をいつも大切にしている[53]。アベルの持っている知識はすべて妖精譚から学んだものであり、アベルの教育はコントを読み耽ることによってのみなされてきたという。十六歳という年齢になってアベルがはじめて読むことを覚えたというのも、もっぱら「その版画図版の数々が彼の幼少期の憧れとなった妖精譚」を読むためであったとされている。十八歳のアベルは、妖精譚の熱烈な、しかし、あまりにうぶな読者として成長し、ついには、アベルは読んでいる書物に、さらにはコントというジャンルそのものに自分自身を同一化していくまでになる。語り手は「アベルが十八歳の年齢でどのような状態にあったか」を次のように説明している。

彼［アベル］の知識のすべては『キャビネ・デ・フェー』のうちにあった。彼は物おもいや夢想に耽りきった生活をおくり理想を思い描いていた。彼の豊かな想像力と東洋的な精神は夢幻の存在に向けられており、彼の話し方はオリエントの人々の象徴と比喩にあふれた言葉づかいを受け継いでいたし、彼の知性はオリエントの迷信に向けられていた。〔54〕

確かに、『キャビネ・デ・フェー』の読書のみによって形成されたというアベルの人格は、私たち読者にとって、あまりに荒唐無稽で現実味を欠いたものに映るし、こうした極端な記述を真に受ける必要はないようにも思える。しかし、このようにアベルという主人公を物語に登場させることによって、バルザックが、ここでもまた、伝統的な妖精譚にそぐわない状況を作り出していることは注目するべきだろう。通常、妖精譚の世界では、主人公が妖精譚の読者であることは許されないこととされているからである。〔55〕その意味で、『最後の妖精』においては、主人公であるアベルの存在そのものが、この物語全体を反＝妖精譚、パロディー的コントと形容することを可能にする重要な指標の一つとなっており、バルザックは、アベルの存在そのものを介して、『最後の妖精』が持つ、ジャンルへの自己言及的、自己批判的な側面を遊戯的なやり方で強調しているといえるのである。

ここまで見てきたように、『最後の妖精』の物語は、コントに典型的な物語の枠組みを模倣した、挑発的で諷刺的な「書き出し」と「終わり」に挟まれている。そして、『最後の妖精』の読者は、そのパロディー的な枠組みのなかでさらに、作者によって、模倣し、解体し、パロディー化するべきジャンルとして選ばれた文学ジャンルに完全に自己同一化したドン・キホーテ的な書物＝人間としての主人公の姿を目にする。おそらく、これまでの研究で指摘されてきたように、アベルと若き日のバルザックの間にある程度の共通性や読書経験の類似を認めることもできるだろう。[56] しかし、注意すべきなのは、バルザック自身が妖精譚の熱心な読者であったとしても、彼はアベルのようにうぶな読者ではなかったということである。反対に、バルザックは若くしてすでに、妖精譚の構成、構造、特徴、ジャンルのルールを十分に理解し自家薬籠中のものとしていた、知識豊富で分析的な読者であったのだといわねばならない。

『最後の妖精』と青年期の「小説」

ここまで、伝統的な妖精譚、コントというジャンルの規範に対するバルザックの姿勢に注目しながら『最後の妖精』の分析、読解を進めてきた。私たちの分析が限定的なものであるとしても、この作品においてコントの規範が語りのモデル／反＝モデルとして二重に重要な位置を占めていることは明らかとなったはずである。また、この作品に対するコント以外の文学ジャンルからの影響に目を向けてみると、とりわけ初版『最後の妖精』については、コントとの関係こそがもっとも重要なものであったことがわかるはずである。

『最後の妖精』の着想源を論じたピエール・バルベリスによる研究以来、『最後の妖精』の作者が妖精譚に限らず、トービンによる五幕ものの喜劇『ハネムーン』や、マチューリンの『放浪者メルモス』、またスターンの『トリストラム・シャンディ』といったイギリスの諷刺文学に着想を得ていたことが知られている。[57] バルベリスの研究に目を通すかぎり、これらの三作品が『最後の妖精』に与えた影響は確かなものであるといえそうである。[58] とはいっても、妖精譚からの影響と比較すると、これらの作品からの影響が限定的なものであることもまた確かである。私たちが見てきたように、『最後の妖精』への妖精譚からの影響が、話法・書法そのもの、物語のテーマや構造、登場人物の造形など、作品の全体に深く及んでいるのに対して、三作品からの影響は一部の章のみに限られており、それも、初版刊行後の「増補改訂」の際に加筆された部分にとどまっているからである。詳細は省くが、トービンとマチューリンからの影響は物語の結末部分に、スターンからの影響は第二版と三版の書き出しにのみ見られるものとなっている。その意味で、イギリスの文学者からの影響は限定的なものであるだけでなく、遅まきのものであったというべきであるし、そのことから、初版『最後の妖精』に関しては、なおのこと妖精譚からの影響が決定的であったと結論づけることができる。

このように、『最後の妖精』がひときわ妖精譚から強い影響を受けていることは同時にまた、若き日のバルザックの創作のなかで、より正確には、オラース・ド・サン＝トーバン、ローヌ卿の筆名で一八二二年から一八二五年の間に刊行された青年期の作品のなかで、『最後の妖精』を、例外的で独自な作品たらしめているといえる。なぜなら、『最後の妖精』以外の青年期の作品については、そのすべてが、当時の「小説家」、「小説」の潮流との影響関係が指摘されているからである。

バルザックの「一八二〇年代の小説技法」と、修行時代中のバルザックによる物語作品を対象としたモーリス・バルデッシュによる先駆的研究によれば、バルザックの青年期の作品は、当時の小説ジャンルの四つの主要なカテゴリーに分類することができるという。[59] すなわちそれは、「暗黒小説」「娯楽小説」「歴史小説」「感傷的な筋書きの小説」の四カテゴリーであり、バルデッシュは、『ビラーグの跡取り娘』と『百歳の人、あるいは二人のベランゲルト』をアン・ラドクリフやマチューリンの影響を受けた「暗黒小説」の試みとして、『ジャン・ルイ、あるいは拾われた娘』をピゴー＝ルブランの影響を受けた「娯楽小説」の試みとして、『クロチルド・ド・リュジニャン、あるいは美しきユダヤ人』をウォルター・スコットの影響を受けた「歴史小説」の試みとして、そして、『アルデンヌの助任司祭』『アネットと罪人』『ワン＝クロール』の三作品をエッジワース夫人やスタール夫人などの女性作家による「帝政期の小説」の影響を受けた「感傷的な筋書きの小説」の試みとして、それぞれ区分している。

図式的にすぎるところがないわけではないバルデッシュによるカテゴリー分けに同意するかどうかは別として、いずれにしても確かなのは、初版『最後の妖精』が、そのほかのすべての青年期の作品に適用された、同時代の小説の傾向と関連づけたカテゴリー分けから逸脱する、分類不可能な作品だったということである。そのことから、そのほかの青年期の作品とくらべて、『最後の妖精』は例外的な作品であるというだけでなく、アナクロニックな作品であったということもできるだろう。同時代的な「アラジンへの熱狂」を別とすれば、『最後の妖精』だけが、前世紀に流行し、一八二〇年代にはすでに流行遅れの、当時の文学的潮流からは隔たった文学ジャンルとなっていた妖精譚をそのモデル／反＝モデルとしていたからである。「小説家バルザック」の形成を中心テーマに論を進めるモーリス・バルデッシュが、バルザックの青年期の作品のそれぞれに対しては詳細な分析を行いながらも、『最後の妖精』については多くを語ろうとしなかったのもおそらくそのためであろう。

確かに、モーリス・バルデッシュのいうように、『最後の妖精』を「ナイーブさ」や「子どもっぽさ」に特徴づけられた、そのほかの青年期の作品に看取されうる同時代的な文学的試みとは切り離された創作であると見なすことはできるかもしれない。[60] しかしそうであるとしたら、バルザックが『最後の妖精』に、事あるごとにといえるほど、密かな愛着を示していたことについてはどのように理解したらよいのだろうか。ここまで『最後の妖精』を読んできた私たちとしては、むしろその「ナイーブさ」と「子どもっぽさ」、一八二二年から一八二五年の若き日のバルザックの創作のなかで『最後の妖精』が占めている例外的な位置のために、バルザックは、後年になってなお、また、晩年に近づいてからも、『最後の妖精』こそがオラース・ド・サン゠トーバンという若き日の彼の分身の「最初の書物」であると口にし、作品に対する変わらぬ偏愛の念を漏らしたのではないか、とそのように思わずにはいられないのである。[61]

注

〔1〕 Horace de Saint-Aubin, « Préface », *Le Vicaire des Ardennes*, Pollet, 1822, t. I, p. xxx.

〔2〕 本章では、バルザックの「青年期の作品」を収録するアンドレ・ロランによる批評校訂版『初期小説集』全二巻を主に参照する。『初期小説集』第一巻には『ビラーグの跡取り娘』『ジャン・ルイ、あるいは拾われた娘』『クロチルド・ド・リュジニャン、あるいは美しきユダヤ人』『百歳の人、あるいは二人のベランゲルト』の四作、第二巻には『最後の妖精、あるいは新しい魔法のランプ』『アルデンヌの助任司祭』『アネットと罪人』『ワン゠クロール』の四作が収められている。以下、

『最後の妖精』からの引用・参照を行うにあたっては *La Dernière Fée* と記し、続けて頁数を記す。なお、「青年期の作品」の翻訳には、『バルザック幻想・怪奇小説選集』第一巻、第二巻（水声社、二〇〇七年）として、『百歳の人——魔術師』（私市保彦訳）、『アネットと罪人』（私市保彦監訳、澤田肇・片桐祐訳）の二作があるが、『最後の妖精』の翻訳はなされていない。

〔3〕『最後の妖精』初版（『フランス書誌』一八二三年五月三一日版登録）、第二版（同書誌一八二四年一〇月二九日版登録）の書誌情報はそれぞれ以下のとおり。Horace de Saint-Aubin, *La Dernière Fée, ou la Nouvelle Lampe merveilleuse*, Barba, Hubert, Mondor et Bobée, 1823, 2 vol ; *La Dernière Fée, ou la Nouvelle Lampe merveilleuse*, deuxième édition revue, corrigée et considérablement augmentée, Delongchamps, 1825 [1824]. なお、第二版本体で出版年が「一八二五」となっているのは、刊行時期が年の瀬に近づいていたために、翌年の出版物として取り扱われるよう、年号を繰り下げて印刷したためであろう。

〔4〕Horace de Saint-Aubin, *La Dernière Fée, ou la Nouvelle Lampe merveilleuse*, *Œuvres complètes d'Horace de Saint-Aubin*, Souverain, 1836, t. I et II.

〔5〕Jules Sandeau, « Vie et malheurs de Horace de Saint-Aubin », *PR*, t. I, p. 1059-1115. サンドー／バルザックによる「著者略歴」については、以下の論稿に詳しい。José-Luis Diaz, « Devenir Balzac » ; Joëlle Gleize, « Horace de Saint-Aubin. *Triste héros de préface* », dans *Balzac avant Balzac*, éd. Claire Barel-Moisan et José-Luis Diaz, Saint-Cyr-sur-Loire, Christian Pirot, coll. « Balzac », 2006, p. 7-19 ; 79-93.

〔6〕晩年に近い一八四九年一一月末に、バルザックは『最後の妖精』について二人の姪に宛てた書簡のなかで次のように記し、この作品に対する変わらぬ愛着を書き残している。「おやおや、私は『最後の妖精』が最初の書物だと思いこんでいました。ある女性が五百部印刷するために援助してくれたのですが、その五百部は三年間、書店の奥にそのままになっていたのですよ！」(Lettre à Sophie et Valentine Surville, 29 novembre 1849, *Corr.*, t. III, p. 746)。実際には、『最後の妖精』は青年期のバルザックが手がけた六作目の書物であるとされている。

〔7〕Roland Chollet, « Du premier Balzac à la mort de Saint-

Aubin : Quelques remarques sur un lecteur introuvable », *AB 1987*, p. 8.

〔8〕 Stéphane Vachon, *Les Travaux et les jours d'Honoré de Balzac*, Paris, CNRS, Saint-Denis, PUV, Montréal, PUM, 1992, p. 71.

〔9〕 Roger Pierrot, *Honoré de Balzac*, Fayard, 1994, p. 125.

〔10〕 André Lorant, « *La Dernière Fée* : Préface », *PR*, t. II, p. 3.

〔11〕 一八二〇年代前半に刊行された『千一夜物語』の二種類の「新版」は、共にアントワーヌ・ガランの訳文にもとづきながら、それぞれに異なる東洋学者が校訂を担当している。書誌情報は以下のとおり。*Les Mille et Une Nuits, contes arabes*, traduits en français par Galland, nouvelle édition, entièrement revue sur les textes originaux, accompagnée de notes, et augmentée de plusieurs nouvelles et contes traduits des langues orientales par M. Eugène Destains ; précédée d'une notice historique sur Galland, par M. Charles Nodier, Gaillot, 1822-1825, 6 vol ; *Les Mille et Une Nuits, contes arabes*, traduits en français par Galland, nouvelle édition, revue sur les textes originaux, accompagnée de notes, avec les continuations, et plusieurs contes, traduits pour la première fois du persan, du turc et de l'arabe, etc., par M. Édouard Gauttier, Baudouin frères, Treuttel et Würtz, Arthus-Bertrand, 1822-1824, 7 vol.

〔12〕 レイモンド・ロベールとナディーヌ・ジャスマンによれば、フランス文学におけるジャンルとしての「妖精譚」は、フォークロア的な昔話から派生した比較的新しいジャンルであり、一六九四年にドーノア夫人のコント集が刊行されたことで誕生したジャンルであるという。詳しくは以下の著作を参照されたい。Raymonde Robert, *Le Conte de fées littéraire en France de la fin du XVIIe à la fin du XVIIIe siècle*, Nancy, Presses universitaires de Nancy, 1982 ; Nadine Jasmin, « Naissance du conte féminin : Madame D'Aulnoy », Madame D'Aulnoy, *Contes des fées* [1698], éd. Nadine Jasmin, Honoré Champion, coll. « Champion Classiques », 2008, p. 9-81.

〔13〕「バルザック以前のバルザック」という表現はアンドレ・モーロワによる。バルザックが本名を名乗って著作を刊行しはじめるのは一八二九年の『最後のふくろう党』刊行以降のことであり、それ以前のバルザックを指す際に用いられる。

〔14〕『最後の妖精』の代表的な先行研究として以下がある。Pierre Barbéris, *Aux sources de Balzac. Les Romans de jeunesse*［1965］, Genève, Slatkine Reprints, 1985, p. 201-242 ; Anne-Marie Baron, « Roman de jeunesse, genèse du roman : *La Dernière Fée*, roman originel », *AB 1997*, p. 361-374.

〔15〕ミシェル・エールはこうした研究の方法を目的論的であるとして批判している。『バルザック年報』掲載の「夢幻的な話法から現実の言語へ――『最後の妖精』における話法のフォルムについての研究」と題された論稿で、エールは先行研究におけるバルザックの初期作品の位置づけに言及し、「そこに『人間喜劇』の発端が認められるがために救いの手が差しのべられ、『人間喜劇』と関係づけた見方がなされてきた。そうしたアプローチは文学史的な見地からは有益だといえるかもしれない、［…］しかし、そのようなアプローチは、バルザックの初期作品を後年の傑作の予兆としかみなさず、作品本来の特徴や独自性については足早に素通りしてしまうものなのだ」と批判的に述べている (Michel Erre, « Du discours féerique au langage du réel : Études sur les formes de discours dans *La Dernière Fée* », *AB 1975*, p. 57)。

〔16〕『最後の妖精』では、主人公アベルの読書経験を通じて、ドーノア夫人による「緑色のヘビ」、「グラシウズとペルシネ」、「青い鳥」といった妖精譚への言及が物語内でなされている (*La Dernière Fée*, p. 28)。このうち、たとえば、「グラシウズとペルシネ」と「青い鳥」の二作は「昔むかし」で書き出されている。

〔17〕Vladimir Propp, « *Morphologie du conte* »［1928］, traduction de Marguerite Derrida, *Morphologie du conte*, Éditions du Seuil, coll. « Points-Essais », 1970, p. 17, 125 et 138. あわせて以下を参照されたい。Raymonde Robert, *op. cit.*, p. 34.

〔18〕「通常、コントは最初の状況を示すことで始まる。そこでは、家族の人数が数え上げられたり、主人公となる人物が名前や状況の説明によって簡潔に紹介されたりするのである」(Vladimir Propp, *op. cit.*, p. 36)。

〔19〕*La Dernière Fée*, p. 38.

〔20〕*Ibid.*, p. 50.「妖精譚」を自称する物語中で主人公が「妖精譚」を耽読していることが含む意味については後ほどふれる。

〔21〕コントにおける登場人物の人数について、レイモンド・ロベールは「お伽の国の道の上では［…］誰にでも出会うというわけではない。脇役の登場人物たちは主人公

の最終的な成功と関連づけられてリスト化されているのである」と指摘している (Raymonde Robert, *op. cit.*, p. 49)。

〔22〕*La Dernière Fée*, p. 27.

〔23〕*Ibid.*, p. 37.

〔24〕*Ibid.*, p. 25-26.

〔25〕*Ibid.*, p. 27.

〔26〕たとえば、物語の筋の上では端役にすぎないといえるジュリエットとアントワーヌが結ばれるのもランプの魔法の力によるものとされている (*Ibid.*, p. 85-92)。

〔27〕*Ibid.*, p. 54, 59.

〔28〕『最後の妖精』のランプが『千一夜物語』の世界から借り出されてきたものであることは明白である。「新しいランプ」の原イメージといえる、『千一夜物語』でランプの精が現れる場面をフランス語版から以下に訳出、引用する。「アラジンの母親はランプをきれいにするために、水といくらかの砂を手にした。ところが、母親がランプをこするやいなや、息子が見ている前で、恐ろしく巨大な体躯の精霊が母親の前に立ち現れ、雷鳴のような声でいった「何が望みだ？私はお前に奴隷として従うためにここにいるのだぞ」(« Histoire d'Aladin ou La Lampe merveilleuse », *Les Mille et Une Nuits*, traduction d'Antoine Galland, éd. Jean-Paul Sermain, Flammarion, coll. « GF », 2004, p. 26)。

〔29〕*La Dernière Fée*, p. 65.

〔30〕たとえば、そのような要素の一つとして、物語における「口承性」についても言及すべきかもしれない。「口承性」はコントの語りに特徴的な要素であるし、『最後の妖精』では物語内物語として「幼い刈取り娘の話」が登場人物であるカトリーヌの口から語られている (*Ibid.*, p. 45-47)。

〔31〕バルザックが『最後の妖精』においてコントのジャンル的な特徴を再利用していることについてのミシェル・エールの指摘は、私たちを十分に納得させるものとなっている。先にも参照した論稿のなかでエールは次のように述べている。「つまり、読者は『最後の妖精』に、テーマ、衣装、妖精が現れそうな地形をした土地などを見いだす。アラジンと魔法のランプから定番の舞台背景まで、すべてが余すところなく使われている。田舎の藁葺きの家は魔法の宮殿と対になっているのである。[…] いってみれば、この小説が私たちに見せているのは、ステレオタイプ化された場面からの選り

すぐりなのだ。年若い主人公による探求、地下道での試練、召使いとなる精霊の召喚、不可思議な眠り等々……。要するに、『最後の妖精』が利用しているのは、手法だけでなく、テーマであり、夢幻的な語りのイメージなのである」(Michel Erre, *op. cit.*, p. 60-61)。

〔32〕*La Dernière Fée*, p. 102-111.

〔33〕「夢幻的な書法」の定義をめぐる論述のなかで、レイモンド・ロベールは「排他的な形の夢幻的な秩序が確立していること」を、夢幻、驚異に根ざしたコントに欠くことのできない基準の一つとして言及している。ロベールによれば、そのような秩序があることによって、「驚異的なコントの小世界は絶対的でそれ自体充足したリファレンスとして形成されるのである」(Raymonde Robert, *op. cit.*, p. 32)。

〔34〕*La Dernière Fée*, p. 107. イギリス人の公爵夫人のファースト・ネームが、フランス語で「精霊」を意味する単語と同音の「ジェニー」であることも手紙のなかで判明する。

〔35〕*Ibid.*

〔36〕*Ibid.*, p. 108.

〔37〕*Ibid.*, p. 113.

〔38〕*Ibid.*, p. 116-121. アンドレ・ロランが指摘しているように「一八二三年版第十五章の章題「二組の結婚式」[の意味]は、一八二五年版第十二章章題である「都市での結婚式と集落での婚約祝」によって説明されている」(André Lorant, « *La Dernière Fée* : Évolution du texte », *PR*, t. II, p. 985)。

〔39〕*Ibid.*, p. 24.

〔40〕*Ibid.*

〔41〕*Ibid.*, p. 106.

〔42〕*Ibid.*

〔43〕*Ibid.*, p. 108.

〔44〕*Ibid.*, p. 36. ジャック・ボンタンは惨めな現状から抜け出すために、魔法のランプの精霊に対して、きわめて現実的ないい方で、転職を願っている。「かつての騎兵隊員が言葉をついだ。私は、あなた[精霊]が、もとナポレオン軍胸甲騎兵隊軍曹であるジャック・ボンタンに、V集落収税吏の地位を与えることを望む。そして、誰かが誰かの利益を奪うようなことがあってはならないから、できれば、現収税吏にはL集落収入役の地位を与えてもらいたい」(*Ibid.*, p. 93)。

〔45〕『最後の妖精』にはまだ、「幻想といわれる」あの教

えに満ちた曖昧さを見つけることができない。そこではむしろ現実的なものと驚異的なものが並置されてしまっているのであり、それでいて一方から他方へと移っていくこともできない。青年期の小説のなかで、統一性のなさがこれほど顕著な作品はほかにない」（Pierre Barbéris, « Les mystères de *La Dernière Fée* », *AB 1964*, p. 17)。

〔46〕ミシェル・エールによる前述の論稿に加えて、同著者が青年期の作品『百歳の人』を論じた下記の論稿を参照されたい。Michel Erre, « *Le Centenaire* : Un anti-roman noir », *AB 1978*, p. 105-121.

〔47〕*La Dernière Fée*, PR, t. II, p. 19.

〔48〕Balzac, *La Dernière Fée*〔1836〕, *Romans de jeunesse*, éd. Roland Chollet, Genève, Rencontre, 1968, p. 35.

〔49〕*La Dernière Fée*, p. 121.

〔50〕*Ibid.*

〔51〕Pierre Barbéris, *op. cit.*, p. 144.

〔52〕増補改訂された『最後の妖精』では、アベルと公爵夫人との結婚は不幸な結末を迎える。その後、気落ちしたアベルは、命を絶ったのではなく、アベルの住居の召使に変装していたというカトリーヌと再会することになる。物語は、狂気に襲われかけたアベルをカトリーヌが救う形で終えられていく。

〔53〕*La Dernière Fée*, p. 20. より正確にいえば、『キャビネ・デ・フェー』は書物ではなく、「フランス式妖精譚、古典的なコント・オリアンタル、東洋風あるいはエキゾチックなコントなど、様々な種類のコント」の集成、一大コレクションであり、そこにはシャルル・ペロー、ミュラ夫人、ドーノワ夫人、ハミルトン、ジャン＝ジャック・ルソーなどの著名作家による創作も含まれている。また、『最後の妖精』の語り手が述べているとおり、『キャビネ・デ・フェー』の各巻にはクレマン＝ピエール・マリリエ下絵による版画図版が付されていた。『キャビネ・デ・フェー』の構成については、レイモンド・ロベールによる以下の「序文」に詳しい。Raymonde Robert, « Introduction », Madame d'Aulnoy, *Contes des fées suivis des Contes nouveaux ou Les Fées à la mode*〔1697 et 1698〕, éd. Nadine Jasmin, avec une introduction de Raymonde Robert, Honoré Champion, coll. « Bibliothèque des Génies et des Fées », 2004, p. 15-67.『キャビネ・デ・フェー』原書の書誌情報は以下のとおり。*Le Cabinet des fées, ou Collection choisie des contes des fées, et autres contes merveilleux*, Amsterdam et Paris, Charles-Joseph Mayer et Charles-Georges-Thomas Garnier, 1785-1789, 41 vol. また、フランスでは『キャビネ・デ・フェー』全巻の批評校訂版全二十巻が刊行中である。*Bibliothèque des Génies et des Fées*, Honoré Champion, coll. « Sources Classiques », 2004-, 20 vol.

〔54〕 *La Dernière Fée*, p. 35.

〔55〕 Raymonde Robert, *Le Conte de fées littéraire en France de la fin du XVIIe à la fin du XVIIIe siècle*, *op. cit.* を参照されたい。

〔56〕 Roger Pierrot, *op. cit.*, p. 126-127 ; Anne-Marie Baron, *op. cit.* バルザックによる妖精譚の読書経験については以下の文献を参照されたい。Fernand Baldensperger, *Orientations étrangères chez Honoré de Balzac*, Honoré Champion, coll. « Bibliothèque de la Revue de littérature comparée », 1927.（Ch. 1. « Les émerveillements orientaux », p. 1-22.）より近年の研究として以下がある。Jeannine Guichardet, *Balzac-mosaïque*, Clermond-Ferrand, Presses universitaires Blaise Pascal, coll. « Cahiers Romantiques », 2007.（Ch. 2. « Balzac et le conte de fées », p. 41-52.）

〔57〕 それらの作品のフランス語版の書誌情報はそれぞれ以下のとおり。なお、タイトル後のカッコ内に原書の刊行年を記した。John Tobin, *La Lune de miel, comédie en cinq actes*［1805］, Ladvocat, 1822 ; Charles Robert Maturin, *L'Homme du mystère ou Histoire de Melmoth le voyageur*［1820］, Librairie française et étrangère, 1821 ; Laurence Sterne, *Vie et opinions de Tristram Shandy*［1759-1767］, *Œuvres complètes de Sterne*, t. I, Ledoux et Terné, 1818.

〔58〕 Pierre Barbéris, *op. cit.*, p. 155-166.

〔59〕 Maurice Bardèche, *Balzac, romancier. La formation de l'art du roman chez Balzac jusqu'à la publication du "Père Goriot"*［1940］, Genève, Slatkine Reprints, 1967.（Ch. 1. « L'art du roman en 1820 », p. 1-52 ; Ch. 3. « Lord R'hoone, première incarnation de Balzac », p. 90-116 ; Ch. 4. « Les expériences du bachelier Horace de Saint-Aubin », p. 117-156 ; Ch. 5. « Les romans de 1824 », p. 157-192.）

〔60〕 *Ibid.*, p. 160-162.

〔61〕 バルザック／サン＝トーバンの代理人として、一八三六年に、ジュール・サンドーは次のように記している。「作家の最初の書物は決まって苦悩の叫びのようなものである。最初の書物は決まって個人的な感情のもとで書かれるからだ。オラースは『最後の妖精』を書

いた。この小説はオラースの物語を詩にしたものにほかならない」(Jules Sandeau, « Vie et malheurs de Horace de Saint-Aubin », *PR*, t. I, p. 1095)。

第二章　若返りの泉
――ラ・フォンテーヌの読者バルザック

フランスの伝統に対するバルザックの姿勢が同時代の作家たちと比べていかに独自なものであったか、クルティウスは次のように記している。

ロマン派が宣言した過去との決別ほどバルザックに縁遠いものはない。彼の精神世界はフランス精神の幾百年もの伝統に根ざしている。ラブレーは彼にとって最大の天才の一人であり、ラシーヌは完璧そのものであり、ラ・フォンテーヌの寓話は人類の聖域である。[1]

バルザックは、この時代［一八二〇年から一八五〇年にかけての三十年間］の大作家たちの内でただ一人、この運動［ロマン主義の運動］にのめりこむことがなかった。彼は初めから芸術家の党派闘争を超越したところにいた。この争いに介入することがあったとしても、彼の立場は、古典主義的理想の信奉者からも、ロマン主義の革命的青年たちからも、等しく離れたところに置かれていた。彼は、自分をフランスの伝統全体の後継者と考えていた。彼は、この伝統の豊かな栄光溢れる歴史の一片たりとも、見捨てるつもりはない。一五〇〇年から一八〇〇年に至る精神と芸術の発展は、彼の眼には有機的統一と映っている。[2]

実際、バルザックはフランス・ロマン主義全盛の時期に作家活動を開始していながらも、運動としてのロマン主義の流れに積極的に加わることはせず、その中心にいたユゴーやラマルチーヌといった同時代の作家たちに対しては、むしろ冷ややかな眼差しを向けていたという。[3] 同年代のロマン派詩人たちに一足遅れて文壇に登場することになったというバルザックの個人的な事情が、「運動」への参加を尻込みさせ、「伝統全体の後継者」となるという独自のスタンスをとることを後押ししたのだろう。確かに、バルザックの作品を読むと、ときとして物語の文脈から逸脱することも辞さずに多くのフランス作家たちの名前が列挙され、彼らに対して熱烈な賛辞が捧げられる場面に遭遇することがある。

歴史意識とは無縁の、個人の天才や霊感を偏重するロマン主義の美学が支配的なものとなっていた時代にあって、「伝統全体の後継者」となるという選択は独自なものであるばかりでなく、バルザックらしい野心に満ちた選択であったといえるだろう。しかし、これまでの研究は伝統に向き合うバルザックの姿に十分な関心を示してこなかったように思える。そこで本章では、ロマン主義の時代の伝統主義者としてのバルザックの姿を浮き彫りにすることを目的に、バルザックが伝統に対して真正面から向き合った作品であるといえる『コント・ドロラティック』の着想、コンセプトについての考察を端緒として、印刷業者時代のバルザックがその全集を出版した経験もあるラ・フォンテーヌとの関係に目を向けていきたい（図1・2参照）。[4]

図１『ラ・フォンテーヌ全集』（一八二六年）タイトルページ

NOTICE

SUR LA VIE DE LA FONTAINE.

Jean de La Fontaine est né à Château-Thierry, le 8 juillet 1621.

Son père, Jean de La Fontaine, Maître des Eaux-et-Forêts à Château-Thierry, avoit épousé Françoise Pidoux, fille du Bailli de Coulommiers.

La jeunesse du plus grand de nos poëtes est enveloppée d'un voile presqu'impénétrable : le siècle, dont il est un des plus beaux ornements, lui a marqué trop d'indifférence, pour avoir su recueillir des détails chers à la postérité.

Si La Fontaine étudia, ce fut sous des maîtres de campagne; quant aux grands enseignements, ils vinrent de la nature. Toute sa vie, il ignora le grec; lorsqu'une connoissance intime d'un beau passage de l'Iliade lui devenoit nécessaire, il avoit recours à Racine; grace à l'habileté du célèbre interprète, La Fontaine, semblable aux aveugles auxquels la nature accorde presque un sens de plus pour comprendre les œuvres du Créateur, parvenoit à saisir toutes les beautés d'un langage qui lui étoit inconnu : enfin, l'avis qu'un de ses parents nommé *Pintrel* lui donna, bien tard pour tout autre, de consulter les anciens et de les prendre pour modèles, accuse la profonde insouciance de sa jeunesse pour les travaux répugnants de l'école.

A dix-neuf ans, la fantaisie lui prit d'entrer à l'Oratoire, sans doute à cause du *far niente* qu'il crut apercevoir dans la vie monastique; peut-être aussi la liberté dont on jouissoit dans cette Congrégation le séduisit-elle; mais effrayé aussitôt qu'il sentit un lien, il n'y resta que dix-huit mois. S'il faut en croire un auteur, c'est là qu'on aurait surpris La Fontaine, jetant son bonnet carré d'un étage élevé, et s'amusant à l'aller chercher pour le laisser tomber encore.

Ce seul fait révèle toute une existence, prédit tout un avenir : il suffit aux ames amies de la poésie, de cette poésie qui se glisse dans la vie, dans les sentiments, dans les actions, comme elle entre dans le marbre, comme elle anime les vers, comme elle glorifie les siècles, pour deviner les secrets et les pensées d'une jeunesse oisive, vagabonde, ignorante même : puis, si l'on vient à rassembler en un seul tableau les peintures si gracieuses de l'enfance, éparses dans les Fables de La Fontaine, peut-être comprendra-t-on, de cœur et tout à coup, son jeune âge, fainéant pour le vulgaire, mais avide de sensations, les recueillant avec ivresse, les amassant sans savoir qu'un jour le souvenir les rapportera fidèlement au poëte. C'est en un mot la création magique de la mine d'or, dont la nature dérobe le long travail à l'homme étonné.

Si la dernière moitié de la vie de La Fontaine ne justifioit pas entièrement cette histoire présumée de son enfance, il est une anecdote qui la rendroit sincère à un vrai poëte; c'est le récit fait par un contemporain du jour d'avénement au temple de Mémoire, le jour de la nativité poétique de La Fontaine. Il avait vingt-deux ans; un jeune officier en quartier d'hiver à Château-Thierry lut devant lui et avec emphase l'Ode de Malherbe :

Le croirez-vous, races futures, etc.

« Il écouta, dit-on, avec des transports mécaniques de joie, d'admiration et d'étonne-

図２「ラ・フォンテーヌの生涯についての覚書」最終ページに「H. BALZAC」の署名がある。なお、この「覚書」は、バルザックが本名である「バルザック」の名をはじめて公に記したテクストとされている。

『コント・ドロラティック』「書店からの緒言」

バルザックが十六世紀のフランス語をモデルにした擬古文体を駆使して綴った作品として知られる『コント・ドロラティック』は三度にわたって十篇ずつが発表され、当初の百篇という目標には及ばなかったものの、長短様々な三十篇が残されており、その「第一輯」は「書店からの緒言」と題された一種の序文を付された形で一八三二年にゴスラン書店から刊行されている。[5] その長文の原題にも書かれているとおり、バルザックは『コント・ドロラティック』が「トゥーレーヌの永遠の誉れ」とされるフランソワ・ラブレーの影響下にあることを公言してはばからなかったのだが、そのためもあってか、ラブレーと比べると、以下に取りあげる「書店からの緒言」に名前をあげられたその他の作家とバルザックとの関わりについては、これまで詳しく論じられてこなかったといわざるをえない。〔6〕しかし、プレイヤード版でわずか二ページ足らずの「書店からの緒言」に二度の言及があることからもわかるように、『コント・ドロラティック』の着想には明らかにラ・フォンテーヌからの影響を見てとることができる。

この書物が語のあらゆる意味における芸術作品でなかったとしたら、今にちではそういった作品が出回りすぎているようにも思えるが、出版社はあえてこの書物を世に出そうとはしなかったであろう。出版社はそれだけでなく、良心ある批評家や選ばれた読者たちの手に渡るべき書物である『コント・ドロラティック』に対して、著者自身がその無謀さを十分に自覚し、それに伴うあらゆる危難を予測している、この作品の思い切った試みを正当化しうる名高い前例の数々を読者が想起してくれるものと見込んだのだった。

今なお文学を大切にしているという者であれば、ナヴァール妃、ボッカッチョ、ラブレー、アリオスト、ヴェルヴィル、そしてラ・フォンテーヌと縁を切ろうとは思わないはずだ。彼らは現代には稀になった天才の持ち主なのであり、彼ら皆が舞台を差し引いたモリエールといえるほどなのだから。〔7〕

引用したのは「書店からの緒言」の冒頭であり、そこでラ・フォンテーヌの名は、コント＝艶笑譚という文学ジャンルの偉大な先達の一人としてあげられている。「書店からの緒言」と題されてはいるものの、ここで発言しているのはバルザックその人にほかならず、実質的には『コント・ドロラティック』の着想を伝える序文に相当するテクストとなっている。作品に向けられるであろう批判をあらかじめ予想してか、書き出しからして歯切れの悪い物言いとなっているのだが、事実、この後『コント・ドロラティック』には手厳しい批判の声が次々と寄せられることになる。〔8〕

たとえば、単行本の刊行に先立って『パリ評論』誌に――最初で最後という厳しい条件つきで――掲載された「美姫イムペリア」では、〔9〕トゥーレーヌ出身の駆け出しの雛僧が、聖職者たちをことごとく手玉に取る、見目麗しい遊女イムペリアに恋い焦がれ、司教や枢機卿ら並みいるライバルたちを出し抜き、ついに彼女と一夜を共にするまでの顚末が古めかしいフランス語で綴られており、懐古趣味と猥雑さが『コント・ドロラティック』の最大の特徴であることがわかるのだが、それらは同時に、作品に向けられた批判の争点でもあったのだ。

懐古趣味と猥雑さ

「書店からの緒言」の冒頭部分での言及を起点としてバルザックとラ・フォンテーヌとの関係について考察していくにあたっては、まず、ここに名前があげられたラ・フォンテーヌが、一般に親しまれているといえる寓話作家としてのラ・フォンテーヌではなく、コントの作者としてのラ・フォンテーヌであることを確認しておく必要があるだろう。

後世に代表作として知られることになる『寓話』（『韻文で書かれた寓話選』一六六八年、全六巻、『寓話』一六九四年、全十二巻）の刊行以前、ラ・フォンテーヌは一六六四年に『ボッカッチョとアリオストに拠る韻文ヌーヴェル』を、翌一六六五年に『韻文によるコントとヌーヴェル』と題した作品集を発表しており、それらの作品は後に『コントとヌーヴェル』というタイトルで三度に分けて刊行されることになる。[10]その内容は『コント・ドロラティック』と同じように、好色坊主や寝取られ男の話、郷里に伝わる滑稽話、といったコントにお決まりの題材を、ラ・フォンテーヌに独特の韻文で綴ったものとなっている。バルザックが刊行した『ラ・フォンテーヌ全集』に付された「ラ・フォンテーヌの生涯についての覚書」に記されているところによれば、「ラ・フォンテーヌの『コント』は真似することのできない、気品ある傑作であり、詩人たちに絶望を感じさせる傑作であるのだが」、それと同時に、その猥雑さのために、「ルイ十四世にとっては、ラ・フォンテーヌのアカデミーへの選出を六か月繰り延べさせるための理由ともなった」という、いわくつきの創作でもあった。[11]

それではここから、コントの作者ラ・フォンテーヌと『コント・ドロラティック』の著者バルザックとの関係をあらためて追っていこう。ボッカッチョ、アリオストに範を仰いだ艶笑譚を刊行するにあたって、ラ・フォンテーヌは「緒言」と「序文」をみずから記し、バルザックと同様に自己弁護を行っているのだが、以下に見ていくように、作品への批判を予見した上でのラ・フォンテーヌの弁解の言葉は、『コント・ドロラティック』の「大胆な試みを正当化する」のにうってつけのものとなっている。

古い言葉は、そうした性質の事柄について述べるには、今世紀の言葉が持っていない上品さを持っている。そのことについては『サン・ヌーヴェル・ヌーヴェル』、ボッカッチョ、『アマディス』の古い翻訳、ラブレー、かつてのわが国の詩人たちが確かな証拠を与えてくれている。[12]

簡潔に、私は自分の後ろ盾となるものを持っていると答えよう。つまり、それらの事柄を美しいもの、上品なものにするのは、真実でもなければ真実らしさでもなく、それらを語るやり方だけなのだ。それが私がそのことについてわが身を守るべきだと思っている肝腎な点である。残りの事については検閲官たちにゆだねることとしよう。〔13〕

はじめの引用は、『コント』において、同時代の読者には理解しづらい「古い言葉」をあえて使ったことに対して、二つめの引用は、『コント』が「御婦人方に悪影響をおよぼす」という批判への弁明として書かれたものである。引用文中で私たちが傍点を付した「そうした性質の事柄」、「それらの事柄」として、ラ・フォンテーヌがお茶を濁している箇所を、単刀直入に「猥雑さ」と言い換えてもよいのだが、ラ・フォンテーヌ自身が序文中の別の箇所で用いた言葉を借りれば、「ギャラントリー」〔14〕という語で置き換えることもできるだろう。プレイヤード版の注にもあるとおり、「ギャラントリー」とは、「優雅さ」と「色好み」という意味をあわせ持つ言葉なのだが、そうした「ギャラントリー」をただの猥雑さとしてそのまま前面に出すのではなく、それを「上品さ」、さらには「美しさ」に変えていくものこそが、ラブレーの時代、また、フランスで『デカメロン』や『ドン・キホーテ』の重要な種本の一つとして知られる騎士道物語『アマディス』の翻訳がなされた十六世紀に用いられていたような「古い言葉」であり、「それらを語るやり方」なのだとここでラ・フォンテーヌは述べているのである。

かつてみずから『ラ・フォンテーヌ全集』を編纂し出版していることからも、バルザックがこれらの文章を目にしている可能性は十分にあるのだが、実際のところ、懐古趣味と猥雑さへの批判に対する自己弁護を試みようとする十九世紀のコントの作者にとって、これほどありがたい証言はそう簡単に見つかるものではなかったのではないだろうか。バルザックもまた「書店からの緒言」のなかで「古い言葉」を用いたことの弁明を行っており、そこには再びラ・フォンテーヌの名があげられているのである。

私たちの言葉がその素朴さを失ってしまった今にちにおいては、あれほど多くの素晴らしい天才たちが閉ざしてしまったように見える仕事場で成功をおさめるのはほとんど不可能なことなのだ。ラ・フォンテーヌがジャン＝ジャック・ルソーの文体で「恋する遊女」を書くことができただろうか？

出版社はこうした指摘を作者から借りてきているのだが、それはコントで用いられた言い回しの時代錯誤を正当化するためなのだ。というのも、『コント・ドロラティック』の試みの障害となるものすべてに、文体の評判の悪さを付け加えなければならないからだ。[15]

ラ・フォンテーヌの「恋する遊女」[16]は『コントとヌーヴェル第三集』に収録された文字どおりの艶笑譚＝コントであり、その内容は、道楽ものの聖職者たちなど歯牙にもかけないローマの筋金入りの遊女が、愛の神の放った矢に射たれた途端に、街で評判の青年に恋をすると同時にかつての高慢さを失い、これまで身を持ち崩してきたことを悔やみ、青年に献身的に尽くしきることでようやく恋人として認めてもらう、というものである。バルザックは『コント・ドロラティック』の巻頭を飾る作品である「美姫イムペリア」と、末尾を締めくくる作品となった「結婚せし美しきイムペリア」においてそれぞれ、聖職者を手玉にとる遊女の姿と、放蕩の限りを尽くしたあとに改悛する遊女の姿を描いており、ラ・フォンテーヌの『コント』のなかでもバルザックがとりわけこの作品に深い関心を持っていたことがうかがえる。実際、プレイヤード版『ラ・フォンテーヌ全集』編者であるジャン゠ピエール・コリネは、先に引用したバルザックによる「緒言」を踏まえた上で、『コント・ドロラティック』に対する「恋する遊女」からの影響を指摘している。[17]

とはいえ、バルザックによる「緒言」では、ラ・フォンテーヌの名前は物語の内容における影響関係を公言するためではなく、あくまで、『コント・ドロラティック』の「時代錯誤を正当化するために」あげられていたのであり、バルザックは、自身の作品の文体が、「恋する遊女」の作者からの影響を受けた上で選択されたものだという断りを入れることによって、自身に降りかかるであろう「評判の悪さ」という火の粉をあらかじめはらいのけようとしたのだといえる。先に見たように、ラ・フォンテーヌは、「古い言葉」を用いることによって、コントの猥雑さは、美しいもの、上品なものにさえなりうると述べていたが、『コント・ドロラティック』の著者はその教えを守ることで、自身の創作をラ・フォンテーヌの庇護のもとに置こうとしたのである。

遊女のコント

ここまで私たちは、バルザックとラ・フォンテーヌ、双方の作品の序文に相当するテクストを比較することで両者の関係を浮き上がらせてきたが、ここからは、「書店からの緒言」に先立って発表された唯一のコントである「美姫イムペリア」をあらためて取りあげ、ラ・フォンテーヌの説いた教訓が『コント・ドロラティック』の創作においてどのように生かされているのかを実際に見ていきたい。

「美姫イムペリア」[18]については先にそのあらすじを簡単に紹介したが、作品の重要な特徴を一つあげるとすれば、物語のうちで、聖職者たちのカトリック・キリスト教的な生活道徳と欲望丸出しの彼らの実生活という相反するはずの要素が入り交じって描かれていることがあげられるだろう。物語の大部分を占めているのは、遊女イムペリアと彼女をとりまく堕落した聖職者たちとの浮わついたやりとりであるが、その舞台として選ばれているのは十五世紀初頭のドイツの都市コンスタンツであり、そこではのちに「コンスタンツの公会議」としてキリスト教史にその名をとどめることになる宗教会議がまさに開催されているという設定になっている。『パリ評論』誌掲載にあたってバルザックみずからが記した注によれば、この時コンスタンツには聖職者や神学者などを含め十万もの人々が滞在していたが、それに対して「市から認可を受けていた遊女」は千五百人であり、その数は「コンスタンツに集った聖なる人々を満足させるにはほど遠いものだった」という。[19]バルザックはこのような歴史書に取材した事実から着想を得て、幾人もの聖職者が恋い焦がれたという伝説的な遊女イムペリアを物語のヒロインとして登場させ、誰が遊女を手に入れるのか、という俗な問題を前に、教皇の選出、異端審問といった深刻な問題がなおざりにされる滑稽な状況を描き出している。

「美姫イムペリア」の主人公フィリップは、ボルドーの大司教の供回りとしてコンスタンツにやってきた「トゥーレーヌ出身の雛僧」であり、彼もまた、他の聖職者たちと同じように、公会議のことなど気にもかけず、一目見たイムペリアに惚れ込んだがさいご、彼女と夜を共にすることしか頭にない。作中ではフィリップは次のように紹介されている。

イムペリアの至聖なる美しさにのぼせ上がったこの小僧っ子は、皇帝も城主も、そして教皇に選出されようとしている枢機卿でさえ、今夜は自分に太刀打ちできないことを知った。この雛僧の頭のなかには、よこしまな思いと愛欲しかなかったのだった。[20]

語り手は、このフィリップの視点を借りながら遊女の艶かしい姿を描き出していくのだが、とはいえそこであからさまな性表現がなされているというわけではなく、作品の猥雑さはむしろ、主人公の雛僧をはじめ、司教や枢機卿といったより身分の高い聖職者たちまでもが、夜な夜なイムペリアのもとを訪ね、恥ずかしげもなく遊女の争奪戦を繰り広げるという物語の筋立てによって醸し出されているといえる。[21]

ラ・フォンテーヌによれば、こうしたコントの猥雑さを作品の美点にまで転化する役を担うのが、作品の文体であり物語の語り方であるということであった。確かに、ラ・フォンテーヌによる「恋する遊女」もまた「美姫イムペリア」と同様に、私室での男女の駆け引きの場面を中心に展開し、そこで交わされる機知に富んだ会話の端々に、猥雑とも色好みともとれるきわどい表現が散りばめられてはいる。しかし、コントの導入部分、逸話が語られる部分、教訓が説かれる部分のすべてが、語りの抑揚を自制するかのように一貫して十音節の詩句によって綴られ、さらに、デカメロンやギリシア神話への言及を要所々々に忍ばせる古風な語り口によって全体が包み込まれることで、コントの猥雑さには適度な抑制がかけられているといえる。

それでは「美姫イムペリア」において、コントの猥雑さを緩和するためにどのような手段が選ばれたのかといえば、それは文体の徹底した古文化であったというほかない。ただし、古文化とはいっても、『コント・ドロラティック』単行本刊行以前のバルザックが行っていたのは、たとえば司祭を意味するフランス語である prêtre を prestre にするといったように、アクセント記号のついた母音字からアクセント記号を外すかわりに子音字を添えたり、あるいは英語の be 動詞にあたるフランス語の être の半過去形である était を étoit にするといったように、母音変化を踏まえて単語の綴りを古めかしく変化させるといった程度のものがほとんどであった。しかし、その綴字法についてさえ、発表当初からすでに読者によって無知を告発されていたというのだから、『コント・ドロラティック』の文体のモデルとなったルネサンス期のフランス語について、バルザックが正確な知識を持っていたのかは怪しいところではある。[22] しかし注意すべきなのは、バルザックの綴字法が正確であったのか否かということではなく、たとえ無知を告発され、時代錯誤となじられようとも、当のバルザックがそうした批判の声に耳を貸すことなく、あくまで自己流の古文化を貫徹したという事実であるように思える。バルザックにとって重要だったのは、古文体でコントを綴ることによって、コントの猥雑さに「古めかしさ」というヴェールをかけることであったのであり、それによって猥雑さは、罪のないおおらかな笑いを誘うこともできようし、「美姫イムペリア」の不埒な聖職者たちは、同時代の読者にとって反面教師として受け入れられることにもなりうるのである。

おそらくバルザックは、ラ・フォンテーヌの教えから、文体の古めかしさと物語の猥雑さを組み合わせることによって、猥雑とも優美ともとれるコントに独特の雰囲気が生まれることを自覚していたのだろう。だからこそ「評判の悪さ」をあえて認めながら、「古い言葉」を駆使することを選択したのではないだろうか。たとえそうした選択がラ・フォンテーヌ一人の影響によるものではなかったにしても、「書店からの緒言」でバルザックが自己弁護を行ったとき、『コント』の作者が自身の試みの強力な後ろ盾として想起されていたことは間違いないように思える。[23]

笑いと虚礼

『コント・ドロラティック』の著者バルザックにとって、ラ・フォンテーヌが、作品への批判をはらいのけ、自身の試みを正当化するための存在であったことはこれまで見てきたとおりである。しかし、それでは「書店からの緒言」に書かれたラ・フォンテーヌの名前は、そのようなバルザックの手前勝手ともいえる要請のためだけに召喚されたにすぎないのだろうか。

語ったものは稀であり、巧みに語ったものたちは以下のとおりだが、彼らは天才なのである。／ルキアノス。ペトロニウス。／ファブリオー（作者不詳の）、ラブレー。／ヴェルヴィル、ボッカッチョ、アリオスト、ラ・フォンテーヌ、ウォルター・スコット、念のためマルモンテル、それにナヴァール妃！……ハミルトン、スターン、セルバンテス。ルサージュもそうだろうか？[24]

偉大なコントの作者たち――イソップ、ルキアノス、ボッカッチョ、ラブレー、セルバンテス、スウィフト、ラ・フォンテーヌ、ルサージュ、スターン、ヴォルテール、ウォルター・スコット、

『千一夜物語』の名の知れぬアラブ人たち――、彼らはみな知識の塊のような偉人たちと同じように天才である[…]。[25]

このように、『思考、主題、断片』として没後公刊されたバルザックの創作ノート、そして『コント・ドロラティック』と同時期の一八三〇年に執筆された『結婚生活の小さな不幸』の作中においても、ラ・フォンテーヌの名が「書店からの緒言」で名前をあげられた作家たちと共に、また、それに加えて、ハミルトン、スコット、スターン、セルバンテスといった、バルザックが畏敬の念を表明してはばからなかった外国作家たちの名と共に「巧みに語った」「天才たち」、「偉大なコントの作者たち」の一人としてあげられていることを踏まえると、バルザックが「書店からの緒言」で名前をあげたラ・フォンテーヌが、ただ作者バルザックの懐古趣味や作品の猥雑さへの批判から身を守るために選ばれた存在であったと結論づけることはできないように思える。

確かに、バルザックはラ・フォンテーヌを盾に『コント・ドロラティック』の物語の内容、文体の懐古趣味を正当化してはいるものの、そのことからバルザックの態度が、ただ過ぎ去った時代を懐かしみ、伝統の偉大さに対してひたすら平伏するだけのものだったと結論づけることもまた避けなくてはならない。というのも、「書店からの緒言」から以下に引用する部分を読めばわかるように、バルザックにとって『コント・ドロラティック』とは、単なる懐古趣味的な態度からなされた試みであったのではなく、同時代のフランスを襲う危機に抵抗するための試みとして位置づけられてもいたからである。

フランスでは、バイロン卿がたびたび不平を漏らしたイギリスの〈虚礼〉に攻撃された者たちが大勢いる。そういった人たちは、かつては大公夫人や王家の人々を笑わせたような、よき率直さに顔を赤らめるのだ。彼らは私たちの昔ながらの表情を喪に服させ、もっとも陽気で、社交界でもっとも機知に富んだ人々に、慎ましやかに、扇子の陰で笑うべきだと信じこませるのだ。笑いというものは裸の子どものようなものであり、危険を知らずに宝冠や剣や王冠で遊ぶことに慣れている子どものようなものであるとは知りもせずに。[26]

プレイヤード版の注には、ここでバルザックの用いた「イギリスの〈虚礼〉」とは、スタンダールが雑誌記事「イタリアのバイロン」で用いた表現を踏まえたものであるという指摘がある。スタンダールはそこで「バイロン卿を悪魔派の首領と呼ぶような、あるいは彼の犯した大きな誤りを不憫に思うようにみせかけることで、より巧妙に彼のことを攻撃する、卑劣で唾棄すべき偽善」に「虚礼 *cant*」の一語をあてている。[27] また、『十九世紀ラルース万有百科事典』によれば cant とは「信心家ぶった貞淑ぶりと学をひけらかすような仰々しさが混じり合った態度のこと。とりわけイギリス人に対して、それも特にイギリス女性に対して用いられる」と説明されており、[28] 現代の『グラン・ロベール仏語辞典』では「慎み、うやうやしさ、礼儀作法の偽善的でいきすぎたわざとらしさ」と定義され、その反意語としては「率直さ、気取りのなさ franchise, simplicité」があげられている。[29] 何も包み隠すことのない、あけっぴろげな「率直さ」が、語源的にはフランク族の気質をいいあらわす語であることを踏まえるならば、「虚礼」と「率直さ」との対立とはつまり、イギリス人気質とフランス人気質の対立であるといえるだろう。

「書店からの緒言」に話を戻せば、バルザックがいいたいのは、そういったイギリスの偽善や清教徒的な生活道徳を押し付けられた結果、「よき率直さ」の出る幕はもはやなくなり、フランスの「笑い」が危機に瀕しているということである。当時のフランス社会に対してバルザックの感じていた危機感がこのようなものであったとすれば、『コント・ドロラティック』の使命とはすなわち、フランスの古き「よき率直さ」を存分に詰め込んだ書物を刊行することによって、喪に服したような憂い顔の人びとに「笑い」を取り戻させることにあったといえよう。とすれば、『コント・ドロラティック』の著者であるバルザックが、懐古主義者のレッテルを張られることをも辞さずに、それでもなお、擬古文体の語りを通じて「猥褻さ」と紙一重の「率直さ」を探求していったことの背景には、そのようにすることが、ひいては十九世紀フランスにおける「笑い」の復権につながり、清教徒的な偽善によって骨抜きにされたフランス国民を改めて鼓舞することになるのではないか、という思いがあったと考えることができる。

バルザックの懐古趣味は、このような同時代社会への批判精神という鏡に映し出されることによって、すぐれて現代的な問いかけとしての表情を見せることになるのだが、プレイヤード版『コント・ドロラティック』の編者の一人であるロラン・ショレもまた、バルザックの懐古趣味にひそむ逆説的な現代性を検証した論稿において次のように記している。

この作品[『コント・ドロラティック』]は、幻滅の危機、人間への信頼の欠如といった、バルザックが七月革命前後に時間をかけて分析していた危機を具体化したものであり、そのもっとも顕著なあらわれである。「現代風俗についての諷刺的哀歌」、「文学における流行について」、「パリ通信」、そして『あら皮』においてバルザックはそうした危機を分析している。[30]

クルティウスであれば、『コント・ドロラティック』のバルザックは十六世紀と十九世紀とを「有機的統一」として見ていたというところだろうが、ここではショレの意見に従ってバルザックは彼独自の懐古趣味によって十九世紀を十六世紀に反映させていたという見方をとりたい。とはいえ『コント・ドロラティック』の着想を理解するためではあっても、バルザックが七月革命前後のフランス社会の危機を告発した複数のテクストを逐一検討していく余裕はないので、[31]ここではそのなかから、とりわけ『コント・ドロラティック』と深い関係にあると思われる「現代風俗についての諷刺的哀歌」[32]を取りあげるにとどめたい。

「哀歌」と『コント・ドロラティック』との関連については、プレイヤード版の「注記」においてほかならぬショレによる指摘がすでにあるのだが、あえてここでその議論を繰り返すのは、「哀歌」から「書店からの緒言」へとつながるバルザックの発言を追っていくことで、『コント・ドロラティック』のコンセプトをあらためて見直し、バルザックによるラ・フォンテーヌに対する位置づけをより広い視野に立って見定めることができると考えるからである。

笑いとフランス、「現代風俗についての諷刺的哀歌」

七月革命が勃発する数か月前の一八三〇年二月に『ラ・モード』紙に掲載された「現代風俗についての諷刺的哀歌」において、バルザックはフランス社会の現状を嘆かずにはいられない。「共和国の死者、帝国の死にぞこない、王政復古の骸骨が私たちの間を飛びまわっている」ような現在、フランス社会はイデオロギーが継ぎはぎされたアルルカンの衣装を着せられ、その本来の表情を見失い、「年老いて死臭を漂わせている」。王党派に対する自由派の攻勢はいよいよその勢いを増していき、王政復古末期のフランス社会はもはや「息もたえだえの老婆」と化している。[33]「哀歌」の執筆者であるバルザックが同時代の社会に下した診断はこのようなものであったのだが、彼の目に真に危機的なものに映っていたのは、実のところ明日にでも息を引き取りかねない王政復古の政体などではなく、フランス社会と共にその本来の表情を失ってしまったフランス国民の心性の方であった。「哀歌」のバルザックは、フランス人からフランス人らしさを奪っていく元凶について次のように述べている。

もしも、若者たちが熱中している精神面と政治におけるある種のプロテスタンティズムの結果が、私たちの自由を征服することにあるのなら、その代償は大きすぎるといわねばなるまい。というのも、それによって私たちは、私たちの精神、趣味、芸術の感情を失いかねないのだし、フランスを音楽も絵画もないプロテスタントの聖堂にしてしまいかねないのだから。かつてのように、笑いながら抵抗することはできないものだろうか？　私たちの先祖、私たちのために処刑台の上で果てたご先祖さまたちは冗談をいいながら処刑台にのぼっていったものだった。[34]

ここでバルザックがその影響を不安視する「ある種のプロテスタンティズム」が具体的に何を指すのかは判然としないのだが、おそらくは当時のフランスに政治、風俗の両面で強い影響力をもっていたイギリスのピューリタニズムのことであろう。イギリスの虚礼がフランスから笑いを奪っていくのと同じように、やがてそうした「ある種のプロテスタンティズム」がフランス人から「精神、趣味、芸術の感情」を失わせ、フランスから音楽や絵画といった芸術までをも奪っていくことになるというのだから事態は深刻である。ここでは処刑を間近に控えたぎりぎりの状態における「笑い」による抵抗が想起されているが、それは笑いこそがフランス人の心性のもっとも深い部分に根ざした感情表現であり自己表現であるというバルザックの考えを反映したものである。現代社会において危機に瀕した笑いを復権させることによってはじめて、フランス国家全体を鼓舞し、フランス人にフランス人らしさを取り戻させることができる、というのが「哀歌」で繰り返し説かれるバルザックの持論となっているのだが、以下に引用する部分に現れているのもそうした危機感、主張である。

やがて一人の喜劇詩人が、物事をしかるべき場所に置き直し、私たちが十五年来話しているバベルの塔の言語を整えにやってくるだろう。祖国に関心を持つ者、祖国が自国の外に向けて見せる姿に関心を持つ者たちは、結集し、笑いの流派を再興し、フランス人の陽気さを温め直すよう試みる少数の者たちを支えなくてはならない。そしてまた、陽気な辛辣さを、パスカルの『パンセ』、［モンテスキューの］『法の精神』、［ルソーの］『エミール』の邪魔にならなかったし、これから起こる革命を妨げることもないあの陽気な辛辣さを支持する勇気を持つ少数の者たちを支えなくてはならないのだ。ところが、今にち、私たちの大きな欠点は、完全にはイギリス人でもドイツ人でもイタリア人でもロシア人でもなく、もはやフランス人ですらないことである。風俗という言葉が

民衆に特有の習慣や国民の表情といったものを意味するのだとしたら、私たちには風俗がないのである。〔35〕

訳文において慣用表現として「陽気な辛辣さ」と訳出した箇所は、原文では vivacité gauloise と書かれており、直訳すれば「ガリア人の活発さ」とでもいえるだろうか、それは「書店からの緒言」で取りざたされていた「率直さ franchise」と縁つづきにあるといえる語彙であり、ここでは「陽気さ」「笑い」と同様に、フランス人をフランス人たらしめる気質として称揚されている。「これから起こる革命」がすでに予感される緊迫した状況のなか――そして実際この記事が書かれてから数か月後に七月革命が起こるわけだが――憂国の嘆きを漏らすバルザックの目には、現代においては失われてしまったそうした気質こそが、フランス人に「特有の習慣」として、また「国民の表情」として、ぜひとも再興されなくてはならないものとして映っていた。

このように「哀歌」と『コント・ドロラティック』「書店からの緒言」という二つのテクストは、失われたフランスらしさの再興という共通のテーマによって結ばれているのだが、「哀歌」ではヨーロッパ近隣諸国への、「書店からの緒言」ではイギリスへの対抗意識がはっきりと書き込まれていたことからもわかるように、そこでのバルザックの主張は如実にナショナリスティックなものとなっている。そうした文脈の上でバルザックの思い描く喜劇詩人とは、ただ単に人びとに笑いを提供するだけでなく、それによって「国民の表情」を取り戻させるというより重い使命を担っているという点で、国民詩人と言い換えることができる存在であるといってよい。

「哀歌」の執筆から二年後、バルザックは『コント・ドロラティック』を刊行することで、かつてみずからがメシア的な喜劇詩人に託した使命を実践していくことになったと見るならば、『コント・ドロラティック』とは、ただ猥雑さすれすれの笑いを提供するだけではなく、一国の文化や風俗、国民のアイデンティティの再興をも視野に入れた意欲的な試みでもあったというべきだろう。『コント・ドロラティック』の著者バルザックは、さすがに国民詩人を自任するほどのおこがましさは持ち合わせていなかったが、自身がトゥーレーヌ出身の作家であることをはっきりと自覚したうえで、現代においては失われてしまった表情を人びとに取り戻させることを試みたのである。ここで、先に引用したバルザックの創作ノートに名前をあげられた「偉大なコントの作者たち」――イソップ、ルキアノス、ボッカッチョ、ラブレー、セルバンテス、スウィフト、ラ・フォンテーヌ、ルサージュ、スターン、ヴォルテール、ウォルター・スコット、『千一夜物語』の名の知れぬアラブ人たち――をあらためて想起してみると、そこにスターンやスコットといった名前が含まれていることからもわかるように、彼らは皆が皆ボッカッチョの『デカメロン』に代表されるようなオーソドックスな「コント」の作者であったのではなく、文学作品を通じて、「祖国が外側に向けて見せる姿」、一国の表情、国民の表情を作りあげていった作家たちであったことに気づかされる。

とすれば、バルザックにとってラ・フォンテーヌとは『コント・ドロラティック』に向けられた批判をかわし、作品を権威づけるための狭義のコントの作者であるのと同時に、フランスにフランスらしさを取り戻させる、国民詩人的なコントの作者として想起されていたと考えることができる。しかし、「書店からの緒言」と創作ノートの両方に名前をあげられた「偉大なコントの作者たち」のなかでも、バルザックがとりわけラ・フォンテーヌに対してそのような見方をしていたと結論づけるには、さらなる根拠を示す必要があるだろう。

『動物たちの私公生活情景』、あるいは十九世紀の『寓話』

バルザックとラ・フォンテーヌとの、さらなる結びつきを指摘するために、ここからはラ・フォンテーヌ『寓話』からの影響下にあるといえるバルザックの短篇作品に注目していきたい。

『人間喜劇』の出版者の一人としても知られるジュール・エッツェルの企画により一八四〇年から配本が始められた『動物たちの私公生活情景』は、バルザックが一八三〇年に刊行した最初の連作集『私生活情景』のタイトルに着想を得ていることからもわかるとおり、とりわけバルザックと縁の深い作品である。[36]『動物たちの私公生活情景』はそのバルザックを筆頭に、シャルル・ノディエ、ジュール・ジャナン、ジョルジュ・サンドといった当時の人気作家を執筆陣に迎えた短篇物語集であり、挿絵画家グランヴィルが挿画を担当していることから「挿絵本の歴史に残る傑作」としても知られている。[37]

『動物たちの私公生活情景』では、そこに収録されたすべての作品で、動物を主人公に見立てた物語を通じて人間社会を諷刺するという手法が取られており、ラ・フォンテーヌの『寓話』からの明らかな影響を見てとることができるのだが、グランヴィルが一八三八年から一八四〇年に刊行された挿絵入り版ラ・フォンテーヌ『寓話』の挿絵画家でもあったことを踏まえると、『動物たちの私公生活情景』とは『寓話』を十九世紀に蘇らせる試みであったといってもよいだろう。実際、バルザックの執筆した数多くの作品のうちでも、『動物たちの私公生活情景』に掲載された五作の短篇ほど直接的に『寓話』を連想させる作品はほかになく、これから取りあげる「イギリス牝猫の心痛」はバルザックによる「寓話」と呼ぶにふさわしい作品となっている。[38]

牝猫の寓話

「イギリス牝猫の心痛」は、そのタイトルにあるとおりイギリス牝猫を主人公としてはいるものの、物語は偉大なるフランス猫――シャルル・ペローの生んだ「長靴を履いた猫」――への賛辞に始まり、イギリス牝猫の回想録を挟んで、フランスの動物たちへの呼びかけによって締めくくられるという構成になっており、終始一貫してイギリスとフランスとの対比が鮮明に描かれている。そこでのバルザックはもはや母国の窮状を嘆くそぶりすら見せることなく、文字通り人を食った、牝猫の回想録という場を借りてイギリスへの積極的な攻勢に転じているのだが、まずは物語の内容を以下に紹介しておこう。

イギリスで大臣の家に生まれた牝猫のビューティーは、しつけ役である信心深い老嬢を筆頭に「動物のすることすべてに宗教的な説明を与えようとする」人間たちに囲まれ、「イギリスの偽善的な取り決め」や「見かけばかりに専心するイギリスのモラル」を押しつけられ、幼いころから動物らしい自然の本能を包み隠した生活を送ることを余儀なくされてきた。[39]その後ビューティーは、イギリス上院議員の飼い猫のアンゴラ猫のパフとロンドンで見合い結婚をするものの、しだいに彼女は「イギリスの牡猫たちのもったいぶった調子や、外見だけの清潔さにうんざりして」いく。そんなある日のこと、フランス大使館からやってきた若い牡猫ブリスケに出会ったビューティーはイギリスの牡猫とは対照的なフランス猫の「とびぬけた自然さ」に心惹かれることとなる。[40]自由に愛を謳歌するブリスケとの出会いを通

図3　バルザック「イギリス牝猫の心痛」挿画

じて、ビューティーはこれまでの生活がいかに味気ないものであったかを痛感し、フランス猫との逢い引きを重ねるようになるのだが、やがて両者の関係が暴露されたことで、ブリスケは暗殺され、ビューティーは「ふるき英国の法と慣習」[41]を遵守する動物の裁判所で有罪を宣告されてしまう。こういった経緯があって、ビューティーは「バイロン卿が呪い、バイロン卿と同様に私もその犠牲となった〈虚礼〉」[42]を告発する回想録を執筆することになったというのである。

ラ・フォンテーヌの『寓話』にも、猫を描いた話がいくつかあるが、なかでもよく知られているものの一つに「人間の女に変わった牝猫」と題された一篇がある。[43]ある男が、自分の飼っている牝猫を可愛がるあまり、運命の神に祈りをささげ、牝猫を人間の女性にしてもらい自分の妻として迎えることとなる。牝猫はすっかり人間に成り変わったように見えたのだが、ひとたびネズミを目にすると、情事のさなかにベッドを抜け出し四つん這いになってネズミとりに夢中になってしまう。というのが、そのストーリーなのだが、ラ・フォンテーヌはそこから「これほどに本性というものは強い。年月を経ると本性はすべてをあざわらうようになる」[44]という教訓を引き出している。バルザックの語る牝猫の寓話もまた、ラ・フォンテーヌの寓話と同じく「本性」を主題にしてはいるものの、「イギリス牝猫の心痛」では、「人間の女に変わった牝猫」のように、本性の問題が動物と人間との間にではなく、イギリスとフランスという二つの国家の間に据えられているところに、十九世紀の寓話としての独自性があるといえるだろう。

『コント・ドロラティック』「書店からの緒言」においてバルザックがイギリス人とフランス人の気質を対立するものとして取りあげていたことはすでに見たとおりであるが、ビューティーの回想録で終始問題とされているのもまた、イギリスの虚礼とフランスの率直さとの対立である。ビューティーの相手役のフランス猫ブリスケが、その振る舞いから「おきらくなわんぱく者＝女たらし」[45]と形容されていることからもわかるように、「イギリス牡猫の心痛」では「本性」＝「自然さ」は、「笑い」や「陽気さ」、「率直さ」といったフランスらしさと同義のものとされている。また、フランスらしさを体現するブリスケが、「虚礼」に支配されたイギリスで本性を押し殺していた牡猫に本来の自然な表情を取り戻させていくという展開は、フランスらしさの復権というテーマを変奏したものとなっており、「イギリス猫の心痛」が『コント・ドロラティック』や「現代風俗についての諷刺的哀歌」と深いつながりのある作品であることを物語っている。

図４　ラ・フォンテーヌ「人間の女に変わった牝猫」挿画

　『寓話』の影響色濃い作品のなかで、このようなテーマが取りあげられていることは、バルザックの発想においてラ・フォンテーヌの名とフランスらしさとが緊密に結びついていたことを示唆しているといえるだろう。そこから『コント・ドロラティック』や「哀歌」の執筆された時期にさかのぼって、当時のバルザックがラ・フォンテーヌを「国民の表情」を作りあげる作家とみなしていたと結論づけることはできないが、『コント・ドロラティック』の執筆前後に行われたラ・フォンテーヌへの幾度もの言及がその端緒となっていたことは確かであるように思える。

ラ・フォンテーヌとはガリア人たちに語りかけるガリア人なのである。ラブレー、ヴォルテール、モリエールと共に、彼は私たちをもっとも正確に映し出す鏡なのだ。人のいうところによると、プラトンは、偉大な王がアテネの人々について知りたいと願っていると聞いたとき、王にアリストファネスの喜劇を送るという意見であったという。仮に、偉大な王が私たちのことを知りたいと願うなら、彼に届けるべきはラ・フォンテーヌの著作である。[46]

ここに引用したのは、一八五三年に執筆されたイポリット・テーヌによるラ・フォンテーヌ論の一節である。ラ・フォンテーヌの『寓話』はその多くがイソップ寓話の再話であったにもかかわらず、十九世紀後半に入ると、テーヌやサント＝ブーヴといった世紀を代表する批評家によって『寓話』におけるフランスらしさが強調されることになる。[47] 引用した文章のなかで、テーヌはラ・フォンテーヌをガリアの地、フランス人そのものを映し出す鏡であるとして最大限の賛辞を送っているが、テーヌの描き出すラ・フォンテーヌ像はバルザックの思い描いた国民詩人的なコントの作者の姿と重なり合うものとなっているといえるだろう。こうした「ガリア詩人」「われらがホメロス」としてのラ・フォンテーヌへの賛辞が世紀後半になって現れはじめたことには、十九世紀前半のフランスにおいてすでに、ラ・フォンテーヌこそがある意味でもっとも国民的な詩人であったことがおそらく関係している。当時のフランス文化を、書物の歴史の観点から分析した『書物の勝利』の著者マーティン・ライオンズは、調査の対象とされた一八二〇年から一八五〇年にかけて五十万部から七十五万部とされるラ・フォンテーヌ『寓話』の出版部数が他を圧倒するものであったことを強調し、「ベストセラー」と題した章を締めくるにあたって、「ラ・フォンテーヌこそが、十九世紀前半にもっとも読まれた作家であった」と結論づけている。[48]

まさにその時期に『ラ・フォンテーヌ全集』を刊行しているバルザックであれば、こうした事実を十分に認識した上でその後の記述、創作を行っていったと推測することもできるし、『コント・ドロラティック』執筆当時のバルザックがすでに後年のラ・フォンテーヌ評価へとつながる視点を有していたということもできるだろう。しかし、バルザックの独創はそういった予言的な振る舞いのうちにあったというよりむしろ、ラ・フォンテーヌという一個の「伝統」から廃れることのない本質を見極め、それを自身の創作の核とすることで現代に蘇らせていくという姿勢のうちにこそあったといえるのではないだろうか。『コント・ドロラティック』や「イギリス牝猫の心痛」についての考察から浮かび上がってくるのは、絶えずラ・フォンテーヌを模範とし、ラ・フォンテーヌにわが身を重ねるようにしながら、同時に現代を強く意識した独創的な作品を構築していこうとするバルザックの姿であった。冒頭で引用したクルティウスの指摘をあらためて想起するならば、「伝統全体」の後継者たらんとするバルザックの試みとは、伝統の安易な模倣や隷属を目的とするものではなく、伝統との真摯な対話を通じ、過去と現在とを同時的に捉える視点を獲得することを目指すものであったといえる。その意味で、バルザックにとって伝統とは、歴史性を超越した「有機的統一」であり、過去の精髄を現代性へと転化させる若返りの泉であったのである。

注

〔1〕E・R・クルティウス『ヨーロッパ文学評論集』高本研一訳、みすず書房、一九九一年、一六六頁。〔原書刊行一九五三年〕

〔2〕E・R・クルティウス『バルザック論』大矢タカヤス監修・小竹澄栄訳、みすず書房、一九九〇年、二二九頁。〔原書刊行一九二三年〕

〔3〕José-Luis Diaz, « Portrait de Balzac en écrivain romantique », *AB 2000*, p. 7-23.

〔4〕バルザックは印刷業を営んでいた一八二六年に、挿絵入り一巻本『ラ・フォンテーヌ全集』を出版している。*Œuvres complètes de La Fontaine, ornées de trente vignettes dessinées par Devéria et gravées par Thompson*, A. Sautelet, 1826. 全集の出版にあたってバルザック自身が執筆した「ラ・フォンテーヌの生涯についての覚書」はプレイヤード版『諸作品集』第二巻に収録されている。Balzac, « Notice sur la vie de La Fontaine » [1826], *OD*, t. II, p. 141-146.

〔5〕『コント・ドロラティック第一輯』のフランス語タイトルと書誌情報は以下のとおり。*Les Cent Contes drolatiques, colligez ès abbaïes de Touraine, et mis en lumière par le sieur de Balzac, pour l'esbattement des pantagruelistes et non autres, Premier Dixain*, Gosselin, 1832. *Contes drolatiques* というタイトルじたい、ラブレー作品に着想を得て出版された挿画集である *Les Songes drolatiques de Pantagruel* からの借用となっている（挿画集は『パンタグリュエルの滑稽な夢』として、以下の翻訳に収録されている。『第五の書 ガルガンチュアとパンタグリュエル』宮下志朗訳、ちくま文庫、二〇一二年）。『コント・ドロラティック』は「書店からの緒言」とあわせて『諸作品集』第一巻に収録されている。翻訳については以下を参照されたい。『艶笑滑稽譚』石井晴一訳、岩波文庫、二〇一二年、

全三巻。ただし、翻訳書には「書店からの緒言」が含まれていないため、本章での引用は作品本文を含めて新たに訳出した。

〔6〕 Balzac, *Les Cent Contes drolatiques*, *OD*, t. I, p. 7. バルザックへのラブレーからの影響を論じた研究としては、たとえば以下がある。Maurice Ménard, *Balzac et le comique dans "La Comédie humaine"*, PUF, 1983.

〔7〕 Balzac, « Avertissement du libraire : *Les Cent Contes drolatiques* » [1832], *OD*, t. I, p. 5.

〔8〕 プレイヤード版編者であるロラン・ショレとニコル・モゼは当時の批判の数々を「注記」のなかで取りあげ、『コント・ドロラティック』の懐古趣味に向けられたものと、作品の性表現、猥雑さに向けられたものとに二分している。「注記」には、「『コント・ドロラティック』の擬古文体は知ったかぶりの産物である（『ラルチスト』）」、「『コント・ドロラティック』は退屈でうんざりさせる古文体による物真似にすぎない（『ルヴュ・アンシクロペディック』）」等々、その他にも『パリ評論』『ル・フィガロ』『両世界評論』『ルヴナン』の各紙誌に掲載された批判記事が引用されており、性表現への批判については「左から右へぐるりと見渡してみても、『コント・ドロラティック』の猥雑さに対する顰蹙の叫びしか聞こえてこない」とまとめている（Roland Chollet, Nicole Mozet, « Notice : *Les Cent Contes drolatiques* », *OD*, t. I, p. 1110-1113）。

〔9〕 Balzac, « La Belle Impéria », *Revue de Paris*, 19 juin 1831, p. 159-177.「美姫イムペリア」はその後、単行本『コント・ドロラティック』の巻頭を飾る作品となり、単行本版では文体にいっそう手の込んだ擬古文化が施された。プレイヤード版の注では「美姫イムペリア」の着想源としてヴェルヴィル『出世の道』のみがあげられているが、後で指摘するように、そこにはラ・フォンテーヌ「恋する遊女」の影響を見てとることもできる。

〔10〕 La Fontaine, *Nouvelles en vers tirées de Boccace et de l'Arioste*, Claude Barbin, 1665 [1664] ; *Contes et nouvelles en vers*, Claude Barbin, 1665 ; *Contes et nouvelles en vers*, Claude Barbin, 1666, 1669, 1671.『寓話』『コント』は共に以下の批評校訂版に収録されており、本章で引用を行う際はすべてこのエディションに拠る。La Fontaine, *Œuvres complètes : Fables Contes et Nouvelles*, édition établie, présentée et annotée par Jean-Pierre Collinet, Gallimard, coll. « Bibliothèque de la Pléiade », 1991.

〔11〕 Balzac, « Notice sur la vie de La Fontaine », *op. cit.*, p. 144.

〔12〕 La Fontaine, « Avertissement » [1664], *Nouvelles en vers tirées de Boccace et de l'Arioste*, *op. cit.*, p. 551.

〔13〕 La Fontaine, « Préface » [1664], *op. cit.*, p. 557.

〔14〕 *Ibid.*, p. 555.

〔15〕 Balzac, « Avertissement du libraire », *op. cit.*, p. 5-6.

〔16〕 La Fontaine, *La Courtisane amoureuse*, *Contes et nouvelles III*, *op. cit.*, p. 740-747.

〔17〕 Jean-Pierre Collinet, « Notes et variantes : *Contes et nouvelles* », La Fontaine, *op. cit.*, p. 1429.

〔18〕 「美姫イムペリア」は、『パリ評論』誌掲載のプレ・オリジナルと一八三一年に刊行された単行本版との間に内容にいくつかの重要な相違があるが、本章では、執筆当初の着想をより忠実に伝えていると思われるプレ・オリジナルを参照する。

〔19〕 Balzac, « La Belle Impéria », *op. cit.*, p. 159. なお、この「著者注」は単行本版では削除されている。

〔20〕 *Ibid.*, p. 167.

〔21〕 「美姫イムペリア」は全編において聖職者の偽善的な態度への諷刺が見られる。たとえば、雛僧のフィリップがイムペリアのところに出入りしていることが気に入らない司教のコワレは、フィリップを退散させるため次のようにいう。「いやはや、お前は教会の法規を心得ておらんのか？ こんな夜更けにご婦人方の懺悔を拝聴するのは、司教さまに与えられた特権なのじゃ。さあ、とっとと帰ってひらの修道士たちと仲良くやっているがよい。ここには戻ってくるでないぞ。戻ってきたら破門じゃ」(*Ibid.*, p. 169)。

〔22〕 Roland Chollet et Nicole Mozet, « Sur l'orthographe des *Contes drolatiques* », *OD*, t. I, p. 1158-1162.

〔23〕 「『コント・ドロラティック』は玄人のために築かれた文学的記念碑といったものなのです。もしも貴方が、ラ・フォンテーヌの『コント』もボッカッチョの作品もお好きでなく、アリオストにも入れ込んでいないとしたら、『コント・ドロラティック』には縁がないというしかありません」。一八三三年、バルザックはやがて彼の恋人となる「異国の女」ハンスカ夫人に宛てた書簡のなかでこのように述べることで、『コント・ドロラティック』にコント文学に特有の猥雑さがあることをほのめかすと同時に、この作品がコント文学の伝統に根ざしていることを印象づけることで、みずからの保身を図っている。先に指摘したように、ラ・フォンテー

ヌがボッカッチョ、アリオストのコントの再話を試みていたことを踏まえると、ここで名前のあげられたコントの作者たちのなかでも、バルザックがとりわけラ・フォンテーヌの庇護の下にあることを自覚していたことがわかる（Lettre à Madame Hanska, 19 août 1833, *LH*, t. I, p. 49)。

〔24〕 Balzac, *Pensées, sujets, fragments*, éd. Jacques Crépet, A. Blaizot, 1910, p. 18.

〔25〕 Balzac, *Les Petits misères de la vie conjugale*, *CH*, t. XII, p. 107-108.

〔26〕 Balzac, *op. cit.*, p. 6.

〔27〕 Stendhal, « Lord Byron en Italie », *Revue de Paris*, 21 mars 1830, p. 186.

〔28〕 Article « Cant », *Le Grand Dictionnaire universel du XIXe siècle par Pierre Larousse*, Administration du grand dictionnaire universel, 1869, t. III, p. 286.

〔29〕 Article « Cant », *Le Grand Robert de la langue française par Paul Robert*, Le Robert, 1985, t. II, p. 322-323.

〔30〕 Roland Chollet, « La Jouvence de l'archaïsme : Libre causerie en Indre-et-Loire », *AB 1995*, p. 137.

〔31〕 詳しくは、七月革命前後のバルザックの発言を取りあげた以下の論稿を参照されたい。José-Luis Diaz, « Comment 1830 inventa le XIXe siècle », dans *L'Invention du XIXe siècle. Le XIXe siècle par lui-même (littérature, histoire, société)*, éd. Alain Corbin *et al.*, Klincksieck, PUS, 1999, p. 177-194.

〔32〕 Balzac, « Complaintes satiriques sur les mœurs du temps présent », *La Mode*, 20 février 1830, *OD*, t. II, p. 739-748. 以下、「哀歌」と略記することがある。「哀歌」では「書店からの緒言」に書かれたのと同じように、偽善への批判が行われ、笑い、率直さの復権が叫ばれている。「笑いはフランスにおいて必要なものである」、「笑いを誘うコントのうちには、瞑想やオード、死体のような三部作のすべてにあるよりも、はるかにまさる才能があるのだ」、「国家にとって偽善は悪徳の最終段階である」(*Ibid.*, p. 743, 748)。

〔33〕 *Ibid.*, p. 740.

〔34〕 *Ibid.*, p. 742.

〔35〕 *Ibid.*, p. 744.

〔36〕 *Scènes de la vie privée et publique des animaux, vignettes par Grandville : Étude de mœurs contemporaines, publiée sous la direction de M. P.-J. Stahl, avec la collaboration de messieurs de*

Balzac, L. Bande, E. de la Bédollière, P. Bernard, J. Janin, Ed. Lemoine, Charles Nodier, George Sand, J. Hetzel, 1842-1844, 2 vol. なお、『動物たちの私公生活情景』については次の論稿に詳しい。私市保彦「動物寓意作家としてのバルザック」『武蔵大学人文学会雑誌』第二八巻二号、一九九七年、一二五―一九〇頁。また、「イギリス牝猫の心痛」は下記の翻訳書に「イギリス牝猫の恋の悩み」として収録されている。『バルザック幻想・怪奇小説選集――動物寓話集他』私市保彦・大下祥枝訳、水声社、二〇〇七年。ただし本章での引用は拙訳。

〔37〕 鹿島茂『人獣戯画の美術史』ポーラ文化研究所、二〇〇一年、一九〇頁。グランヴィルについては以下を参照されたい。野村正人『諷刺画家グランヴィル――テクストとイメージの十九世紀』水声社、二〇一四年。

〔38〕 引用は以下の普及版に拠る。Balzac, *Peines de cœur d'une chatte anglaise et autres scènes de la vie privée et publique des animaux*, éd. Rose Fortassier, Flammarion, coll. « GF », 1985.

〔39〕 *Ibid.*, p. 39-43.

〔40〕 *Ibid.*, p. 51.

〔41〕 *Ibid.*, p. 60.

〔42〕 *Ibid.*, p. 46. 前掲の翻訳書では cant は「紳士淑女ぶり」「上品ぶった態度」（二〇、三二頁）と訳されている。

〔43〕 La Fontaine, *La Chatte métamorphosée en femme*, *Fables*, *op. cit.*, p. 97-98.

〔44〕 La Fontaine, *ibid.*, p. 98.

〔45〕 Balzac, *op. cit.*, p. 51.

〔46〕 Hippolyte Taine, *La Fontaine et ses fables* [1853-1861], Hachette, 1922, p. 55.

〔47〕 サント＝ブーヴはテーヌのラ・フォンテーヌ論が執筆されたのと同じ一八五三年に、ラ・フォンテーヌを「われらがホメロス」として讃える論文を記し、次のように述べている。「二つの人種の違いというものをはっきりと想起してみよう。一方には、われらの古きガリア人たち、ヴィヨン、ラブレー、レニエ、そして多少とも名の知れたすべてのコントやファブリオーの作者たちがおり、その精神は、彼らに栄誉を与え、彼らを若返らせる相続人としてのラ・フォンテーヌのうちに凝縮され、人格化している。そうした凝縮や人格化があまりにうまくいっているので、人はラ・フォンテーヌを次のように定義できるかもしれない。最後のもっとも偉大な古きフランス詩人として、そして、そのうち

に古きフランス詩人たちが、最後に自由に寄り集まり、混ざり合ったホメロスとして。他方で、フランスには、さまざまな時期に、高尚であり、ロマネスクであり、感傷的であるジャンルを導き入れ、定着させようと試みた人たちがいた。しかし常に、そうしたジャンルはつかの間の流行の後には大かれ少なかれ挫折し、決定的に見限られてきた。はじめのガリア人種の精神が勝ったのである」(Sainte-Beuve, « La Fontaine », *Causeries du lundi*, Garnier frères, 1853, p. 423)。

〔48〕 Martyn Lyons, *Le Triomphe du livre. Une histoire sociologique de la lecture dans la France du* XIXe *siècle*, Promodis, coll. « Histoire du livre », 1987, p. 76-104.

第二部　コントの作者バルザック

第三章　コントの作者バルザックと初版『あら皮』

これは小説ではない

まずはじめに、バルザックのコント作品とコントの概念《コンセプト》を論じようとする本書第二部において、なぜ、一般には「長篇小説」に分類される『あら皮』を、それも一八三一年八月に刊行された初版を取りあげようとしているのか、説明しておく必要があるだろう。[1] その理由は、バルザックがこの作品の執筆にあたったのが一八三一年の一月から八月にかけてのことであるからであり、つまり、『あら皮』の創作時期が、バルザックがコントの作者として、のちに『哲学的小説コント集』[2]にまとめられるコント作品の数々を複数の文芸誌に次々と寄稿していた時期と重なっているからである。初版『あら皮』はそれゆえ、バルザックが「コント」に対してとりわけ強く関心を寄せていた時期の創作の一つといえるのであり、この時期のバルザックが有していたコントの概念と切り離すことができない創作とみなすことができる。実際、バルザックは、一八三一年九月に『あら皮』と十二篇のコント作品をあわせて収録する形で刊行された『哲学的小説コント集』の著者自身による書評記事のなかで、『『あら皮』とコント、それらは同じものである」と述べてもいる。[3] このように、「コントの作者バルザック」にとってもっとも重要な時期に執筆され刊行された作品であるからこそ、私たちは『あら皮』の「初版」に関心を寄せているのである。

また、以下に論を進めるにあたっては、九十篇以上からなるバルザックの作品群のなかで、「哲学的小説」という副題を持つ初版『あら皮』が例外的な位置を占めていた作品であることも事前に指摘しておくべきだろう。ここで私たちの注意を引くのは、副題に含まれた「哲学的」という形容語句の方ではなく、「小説」というジャンル名の方である。というのも、第一に、ピエール・バルベリスが指摘しているように、『あら皮』の「「哲学的」な意味合いの重要さは、初版刊行の一八三一年の時点では、この作品がその後持つことになる形而上学的な傾向をまだ有していなかった」といえるからであり、[4]第二に、ジェラール・ジュネットが指摘しているように、「バルザックは自身の作品を進んで小説と規定することがほとんどなかった」作家であったといえるからである。ジュネットが続けて記しているように、「バルザックは、ウォルター・スコットにならった歴史物という下位ジャンルや、『あら皮』のような、哲学的・幻想的作品を名指す場合をのぞいて、小説という語をほとんど用いることがなかった」のである。[5]事実、バルザックが「私の小説たち、今は亡き小説たち」[6]とユーモアをまじえて呼んだ一八二〇年代の青年期の作品をのぞいて、のちに『人間喜劇』の作者となる作家による創作のなかで、『あら皮』は「小説」と名指されながら刊行された唯一の作品であったといえる。

ただし、先の指摘においてジュネットが強調しているのは、バルザックが「小説」という呼称やジャンルそのものに対してある種の不信感を持っていたという事実であることにも注意しておかなくてはならない。そうであればこそ、初版『あら皮』に付されていた、「哲学的小説」というバルザックとしては例外的な副題は、まさに例外的であったがために、新版が刊行されるたびごとに改変されていったのだと考えることができるからである。

一八三一年の初版刊行以後、「哲学的小説」の副題は、まず、一八三五年の改訂版刊行にあたって削除され、そのかわりに、『あら皮』には新たに「哲学的研究」の文言が総題として付されることになるのであるし、[7] さらに一八三八年には、挿画入りの新版『あら皮』が、今度は「社会研究」の文言をともなって刊行されることになる。[8] その年の一月、バルザックは、ハンスカ夫人に宛てた書簡のなかで新版の刊行が分冊式で開始されたことを告げ、『あら皮』の受容について次のように記している。

> 『あら皮』のうちにあくまで一篇の小説［*un roman*］を見てとろうとする人たちがいまだにいるのですが、他方では、思慮深い読者や作品を評価してくれる人たちが日に日に増えてきています。[9]

なるほど、この書簡の文脈では、「*un roman*」はジャンル名というよりは、作り話やフィクションと同じような意味で用いられているともいえる。だが、書簡中でバルザック自身によって強調されている「*un roman*」を「一篇の小説」としてそのまま素直に受けとめると、『あら皮』は「小説」として読むべき・読まれるべき作品ではない、ということになるだろう。とすると、バルザックは一八三一年には、『あら皮』に「哲学的小説」という副題を付しておきながら、後年のバルザックは、読者がこの作品を「小説」とみなすことについては、それを受け入れがたいと感じていたということになる。

一見したところ、バルザックのこうした姿勢は矛盾しているように見えるかもしれない。しかし、先にふれたように、バルザックがその作家生活の全般にわたって、「小説」という呼称やジャンルそのもの、また、「小説家」という名称に愛着を持っていなかっただけでなく不信感さえ持っていたという事実を思い起こすとき、バルザックの姿勢は理解しがたいものではなくなるはずである。[10]

それでは、『あら皮』を「小説」として読むべきでないとするならば、私たちはこの作品をどのように読むべきなのか。一八三〇年代後半のバルザックの創作プランを尊重するならば『あら皮』は「研究」として読まれるべきなのかもしれない。だが、本章では、先にその理由を述べたように、一八三〇年代初頭のバルザックの創作状況を視野に入れながら、初版『あら皮』を刊行当時のコンテクストに置き直し、『あら皮』を「コント」として捉えていきたいと考えている。

『あら皮』「コント・オリアンタル」「私のよく知られたコント・ファンタスティック」

『あら皮』とコントとの関わりを明らかにしようとするとき、「哲学的小説」の副題を付されていたこの作品が、そもそもコントとして構想されていたことをまず指摘しておくべきだろう。

『あら皮』について、著者自身による最初の言及が見られるのは、バルザックの創作ノートとして残された『思想、主題、断片』においてであり、バルザックは一八三〇年の後半に、「人生をあらわす皮の考案。コント・オリアンタル」[11]と書き留めている。その後、今度は一八三〇年一二月に『ラ・カリカチュール』紙に掲載された、アルフレッド・クドルーの筆名で書かれた記事において、バルザックは、その時点ではまだ執筆さえ始められていなかったはずの作品を「私のよく知られたコント・ファンタスティック『あら皮』」[12]という、根拠の定かでない自信に満ちた言い回しで紹介している。このように、『あら皮』は、執筆以前の構想段階から、「コント・オリアンタル」と「コント・ファンタスティック」という、『千一夜物語』とホフマン作品の翻訳刊行と歩をあわせる形で一八二〇年代末から一八三〇年代初頭のフランス読書界で急速に流行しはじめた、同時代的な「コント」の二つの潮流と結びついた創作として、作家によって意識されていたということができる。[13] そのため、前述の雑誌記事でタイトルのみが予告されてから約半年の執筆期間を経て日の目を見ることとなった初版『あら皮』に、東洋的とも幻想的とも形容しうるコントの世界に結びつく要素が見出されるのはいたって自然なことだといえよう。

実際、『あら皮』の物語を多少とも知っている読者であれば、『あら皮』をコントに結びつけている最大の要素は、所有者の寿命と引き換えにどんな願いをも叶えるという魔術的な護符「あら皮」の存在そのものであると即答するにちがいない。

物語はある青年がパレ＝ロワイヤルの賭場に姿を見せるところから始まる。恋にやぶれ、財産までも失った青年は、セーヌ川に身を投げるという不吉な考えに囚われる。この世の見納めにパレ＝ロワイヤル界隈を歩いていたところで、ラファエル・ド・ヴァランタンという名のこの青年は、偶然に骨董屋に足を踏み入れ、そこで奇妙な老主人から一枚の動物の皮を受けとる。骨董屋の主人によれば、それは東洋の言葉が刻印された魔術的な護符であるという。そして、その皮を手に入れた途端に、ラファエルの願いはすべて叶えられることになる。驚異的でもあれば恐ろしくもある皮の力によって、ラファエルは一夜のうちに、叔父が残した莫大な財産の相続人となる。だがラファエルは、願いが叶えられるごとに、皮が縮んでいること、つまり、彼の命の終わりがそれだけ近づいていることに気づかされる。自身の運命を悟ったラファエルは、館に引きこもることで何とか生きながらえようとする。ポーリーヌという名の純真な娘と結婚し、彼女と穏やかに暮らしていくことがラファエルの唯一の願いとなる。しかし、ラファエルがどれだけ気をつけても、皮はラファエルのすべての願いを、それがどんなに些細なものであっても叶え続けてしまうため、止まることなく縮み続ける。皮の収縮を止められないことに絶望したラファエルは、死の恐怖に苛まれ、心身を病み、運命から逃れることも、あら皮を所有することで結ばれた悪魔的な契約を断ち切ることもできずに瀕死の状態に陥る。物語は、ついにラファエルが発狂しポーリーヌに抱かれながら息を引き取るという苦しみに満ちた臨終の場面で終わる。

『あら皮』を魔術的な護符とその所有者の物語として読むとき、物語の筋はこのようにまとめることができるだろうし、なるほど、バルザックの構想のとおり、物語の中心的なモチーフである「あら皮」には「オリアンタル」で「ファンタスティック」な要素が凝縮されているといえそうである。事実、これまでの研究では、『あら皮』の物語の筋に、ホフマンの『悪魔の霊酒』や『黄金の壺』などのコント・ファンタスティックからの影響が感じられるといった指摘がなされてきたし、[14]簡潔なものではあるにせよ、初版『あら皮』の「序文」にはホフマンへの言及が見られる。[15]また、バルザック自身の創作のなかからは、本書第一章でも取りあげている、一八二三年にオラース・ド・サン＝トーバン名義で刊行された『最後の妖精、あるいは新しい魔法のランプ』と『あら皮』との類似がピエール・バルベリスらによって指摘されてもいる。[16]そのほかにも、作中で『千一夜物語』やペローの『ろばの皮』への言及があるといったように、バルザックが『あら皮』を、魔法の皮やランプが物語の中心に据えられた夢幻的なコントの世界に意図的に組み込もうとしていたことは明らかである。[17]あるいは、バルザックは、「人生をあらわす皮」をモチーフとする「私のよく知られたコント・ファンタスティック」として構想された『あら皮』を実際に執筆していくにあたって、コント文学の古典、また、目下流行中のコント文学からの影響を受けつつ、そこへさらに、自身によるアラジンの物語、現代版妖精譚の創作の経験をいかしながら作品を完成させていったといってもよいだろう。

　ところが、興味深いと同時に逆説的なことに、『あら皮』とコントの世界の近しさやそのほかのコント作品との類縁性がこうして著者自身によっても強調されているにもかかわらず、実際に『あら皮』を手にとり、読み進める読者は、物語の展開や語りのあり方などの随所に、空想に満ちた、夢幻的で超自然的なコントの世界とは相容れることのない、それゆえ、『あら皮』を「コント」からはっきりと遠ざけるように思われる要素を見出すことになる。実際のところ、以下に見ていくように、『あら皮』はその多くの部分が、幻想的というよりは現実的な要素によって構成された作品となっている。

これはコントではない

　たとえば、すでにアラン・シャフネールが強調しているように、[18] 物語の中心的なモチーフである「あら皮」そのものについても、物語の序盤でラファエルの手に渡りはするものの、その後に続く物語中では前面に現れることが少ないという、読者を拍子抜けさせるような事実を指摘することができる。実際、「あら皮」（後に「護符」に改題）「つれない女」「死の苦悶」というほぼ同じ分量の三部からなる『あら皮』において、あら皮がその力を歴然と発揮するのは第二部の終盤になってからのことでしかない。また、確かに、「死の苦悶」と題された第三部においては、あら皮を中心に物語が展開し、あら皮の魔術的な力に翻弄されるラファエルの苦闘が描かれてはいるものの、それと同時に、あら皮の力と皮の収縮を科学の力によって制御し、対抗しようとするラファエルの試みが描かれてもいる。ラファエルの依頼を受けた著名な科学者たちは、皮を伸張させるためにあれこれと思案し、あら皮の超自然的な性質をどうにかこうにか解明しようとするのだが、結局のところ、彼らはそれぞれに自説を唱えるばかりで、あら皮の秘密を解くには至らない。博物学者と動物学者による解析によってあら皮が神秘的な動物オナガーの皮らしいということが判明するものの、力学者の圧縮機にかけても、化学者の圧延機にかけてもあら皮はまったく伸びることがなく、科学者たちの実験室をたらい回にされたラファエルはむなしく帰途につくことになるのである。[19]

このように、バルザックは、一方ではあら皮の謎めいた性格を読者に印象づけ、あら皮を魔術的オブジェとして物語の中心に据えておきながら、他方では、「コント」との最大の接点でもあるあら皮の幻想性、超自然性に対して、同時代の科学の立場からの、学術的というよりは衒学的で滑稽でもある懐疑の声を作中に織り込むことで、読者の前でみずから疑義を投げかけてみせているといえる。

作品の性格そのものを決定づけるはずのあら皮に対し、こうして作中で明らかに懐疑的な態度が示されていることを理由の一つとして、ツヴェタン・トドロフは『幻想文学論序説』で、『あら皮』を「幻想的なジャンル」から区別し、隣接ジャンルである「寓意的ジャンル」に分類している。トドロフは『あら皮』について、あら皮の「幻想」と「超自然性」を丁寧に回避しながら次のように述べている。

あら皮の出現は、老骨董屋の店先にただよう怪奇な雰囲気の記述によって準備されている。ラファエルの望みは、どれ一つとして、ありうべからざる方法で実現されることがない。たとえば、彼が望む宴会は、あらかじめ友人たちの手でととのえられていたし、必要とした金銭は遺産のかたちで手に入る。決闘の相手が急死するのも、ラファエルの落着きぶりを見て、相手の男が恐怖にとらわれたと考えれば、説明がつく。最後に、ラファエル自身の死も、どうやら結核によるものらしく、けっして超自然的理由による死ではない。驚異の介入をはっきりと認めているのは、あら皮の特別な特性だけなのだ。［…］つまり、この作品の幻想は、寓意、それも間接的に指定された寓意の存在によって、殺されているのである。[20]

トドロフによれば、『あら皮』において驚異をもたらしているのはあら皮のみに限られており、そのあら皮にしても、寓意的な性格の方が幻想的な性格に対してはるかに勝っているという。その意味で、『あら皮』は寓意的な作品、つまり、読者があら皮の超自然性を、登場人物の生きる生に不意に訪れた、掛け値なしの幻想や異常さとしてではなく、「人生をあらわす皮」の言葉どおりの生そのものの寓意とみなすことのできる作品ということになる。

なるほど、こうした観点からあらためて『あら皮』を読み直してみると、あら皮との対峙と格闘、あら皮の科学的検証の試みが描かれた物語の後半部分に限らず、その最初のページから、「コント」として構想、創作されたはずのこの作品を、バルザックは幻想的な調子ではなく、むしろ現実的な調子で語り進めようとしていたことがわかる。以下に引用するのは『あら皮』の書き出しである。

去年の一〇月の末、パリで税金をもたらす情熱を保護する法律にしたがって賭博場が開店する時刻を少し過ぎた頃、一人の青年がパレ＝ロワイヤルにやってきた。その青年は、さしてためらうふうでもなく、三十九番に店をかまえた賭博小屋の階段をのぼっていった。[21]

『あら皮』の第一部には、作品のモチーフである「あら皮」という章題が付けられており、その「書き出し」は、「コント」に特有の時空の定かでない幻想的な世界に読者を誘うものであってもよいはずなのだが、実際には、それとは反対に、バルザックは物語の舞台や時間をこのようにはっきりと書き記している。こうしたところに、ミシェル・エールがいうように、「幻想を可能にする条件」としての見かけの現実性を周到に準備するバルザックの配慮を見てとることもおそらく可能だろう。[22]だが私たちとしては、「幻想」をめぐる議論をさらに押し進めていく意図は持っていないため、ここでは、仮に『あら皮』の「幻想性」を認めるにしても、それは明らかな「寓意性」と「現実性」に包まれているということを確認しておくにとどめておきたい。そもそも、かつてモーリス・バルデッシュが指摘したように、「バルザックにとっての幻想とは、作家の心を占めていた心理・精神の問題を取りあげるのに都合のよい見せ方ではあるのだが、それ自体としては、作家の芸術において副次的で非本質的なものにすぎない」ともいえるからである。[23]

以下に私たちは、「幻想」に注目するのとは別の観点から、初版『あら皮』の刊行当時の読者に対して、この書き出しの数行が、バルザックの別の創作の書き出しを思い起こさせていた可能性があることを強調しておきたいと思う。次に引用するのは『ラ・ヴェンデッタ』の書き出しであり、この作品は、一八三〇年四月という、『あら皮』の一年半前に刊行された『私生活情景』に収録されている。二つの書き出しの類似は一見して明らかである。

一八〇〇年の九月の末頃、一人の見知らぬ男が、妻と娘をしたがえて、チュイルリー宮の前にやってきた。[24]

このように、バルザックは、少なくとも物語の書き出しにおいては、「コント」と「セーヌ」という別々の物語の系統に属するはずの二つの作品で同じ書き方をしていたということになる。また、『ラ・ヴェンデッタ』だけでなく、当時の読者であればさらに、『あら皮』の最初の数章が、場面状況や登場人物、その細部に至るまで、『最後のナポレオン金貨』と題された半ばフィクション的で半ばルポルタージュ的なテクストと多くを共有していることに気がついたかもしれない。『最後のナポレオン金貨』は、一八三〇年一二月に、バルザックが筆名のアンリ・Bを用いて雑誌『ラ・カリカチュール』に「クロッキー」として寄稿したテクストであり、その書き出しは、『あら皮』の冒頭とほぼ同じ場所と時刻に設定されている。

午後の三時頃、一人の青年が、プロン通りを通って、パリのパレ＝ロワイヤルの公園に階段で降りて行った。だが、あれらの薄暗くひっそりとした店が不吉な扉を開ける時間を伝える時報はまだ鳴らされていなかったようだ。[25]

三作品の書き出しをこうして並べてみると、バルザックが『あら皮』の書き出しにおいて、物語を

「コント」の幻想的な時空間に位置づけることを避けると同時に、一八三〇年代初頭に新聞雑誌への寄稿を行うなかでバルザック自身が考案、発明したともいえる「セーヌ」「クロッキー」という「コント」とは異なる物語ジャンルに分類された作品においてすでに実践していた書き方を援用するようにして物語を始動させていたことがわかる。別の言い方をすれば、バルザックは、「コント」として構想されたはずの『あら皮』の書き出しにおいて、「セーヌ」「クロッキー」という明らかにリアリスティックな、そしてきわめてバルザック的といえるジャンルの書法と話法を採用したのである。

『あら皮』がこのように「幻想」の枠に収まりきらないジャンル的多様性を含み持った作品であることについては、すでにアラン・シャフネールが的確な指摘を行っている。『あら皮』におけるスタイル、文体の混合的な性格に注目しながら、シャフネールは「それがリアリスティックなものであれ、ファンタスティックなものであれ、はたまたジャーナリスティックなものであれ、『ふくろう党』という例外をのぞいて、それ以前に書かれたバルザックのすべての著作が『あら皮』に収斂している」と述べている。[26] 実際、『あら皮』の第一部を書き出しから読み進めていく読者は、「歴史小説」を例外として、「セーヌ」「クロッキー」に限らず、「生理学」「カリカチュール」「ポルトレ」といった、バルザックがジャーナリストとして、あるいはコントの作者として、『ラ・モード』『ラ・シルエット』『ラ・カリカチュール』といった雑誌や小新聞においてみずから考案し、実践していた数々の下位的な物語ジャンルに特徴的な文体が駆使され、それらが時にかけあわされ、時にぶつかり合うようにしながら入り混じっているのを目にすることになるのであり、私たちとしては、そこにこそ、『あら皮』の最大の特徴があると考えている。

図1　初版『あら皮』扉絵

図2　二〇〇七年版表紙

文体の衝突

『あら皮』において、複数のジャンル的特徴、スタイル、文体がどのようにして結合、あるいは衝突をしているのか、以下にそのもっとも顕著で極端な例を見ることで確かめていきたい。引用を行うのは、第一部第五章から八章までの「あら皮の出現」場面からである。[27]

この場面は、初版『あら皮』の扉絵となったトニー・ジョアノによる挿画のもととなった場面であり、ジョアノの挿画が現代に至るまで『あら皮』を象徴するイメージとして受容され続けていることから、[28]翻って『あら皮』のハイライトをなす場面の一つとなっているともいえるだろう（図1・2参照）。そしてこの場面においては、実際のところ、文章、テクストの次元においてだけでなく、文章と挿画、テクストとイメージの間においても「文体の衝突」が起きている。

図1にあるように、この場面に対応する挿画では、骨董屋の老主人がラファエルにあら皮を指し示しており、作中で語り手が描写しているとおり、あら皮は「青年が腰かけていた椅子の真上の壁面に鋲でとめられている」[29]。こうした、少なくとも場

面状況、位置関係についてはテクストに忠実だといえる挿画を目にした読者は、この、なかなかにおどろおどろしいタッチによる挿画を、当時流行していたコント・ファンタスティックやゴシック小説に見られるような怪奇的なイメージとして、ひとまず受け入れたはずである。そもそも、作中では、骨董屋でラファエルが目にした幻覚が、「それは、ブロッケン山でファウスト博士が垣間見た奇想幻想にも匹敵しうる、不可思議なサバトであった」[30]と表現されており、その点でも、挿画とテクストは正しく呼応しているといえる。

また、骨董屋の老主人については、かつてバルザック自身が『ゴプセック』で謎めいた老高利貸しを描写した際と同じように、バルザック式「ポルトレ」による紹介が行われながら、次のように記されている。

老主人の登場は魔法のようだった。どれほど勇敢な男であっても、このように眠りから覚まされ、近くの棺から出てきたようなこの奇妙な老人を前にしたら震え慄くことだろう。[31]

そのほかにも、老主人については次のような表現が見られる。

画家であれば、二つの異なった表現で、そしてまた二本の絵筆で、その人物の表情を、永遠の父の美しい像として、あるいは、メフィストフェレスの嘲笑的な顔つきに仕立てることであろう。というのも、彼の表情には、額に見られる途轍もない力強さと、ヴォルテールの口元と同じよう

に辛辣そうな口元に見られる不気味なうすら笑いが渾然一体となっていたからである。〔32〕

このように、ラファエルの幻覚、骨董屋の老主人の肖像と彼を取り囲む背景は、トドロフの言葉を借りれば「老骨董屋の店先にただよう怪奇な雰囲気」を強調するテクストによって描出されている。ところが、文章をさらに読み進め、トニー・ジョアノの挿画のもととなったはずの数行に目を向けていくと、読者は何より、それまでの描写の調子とは打って変わった骨董屋の発話に驚かされることになる。骨董屋の勢いのある発話の調子は、テクストとイメージが醸成する奇怪な雰囲気とまるで相容れないばかりでなく、ラファエルの絶望を語ってきた物語そのものの暗い調子とも衝突するものとなっているからである。ラファエルにあら皮を指し示している骨董屋が口にしているのは、実際のところ、以下のような長台詞なのだ。

「お前さんを慰めてやるつもりもないし、お前さんに恥をかかせて懇願させるつもりもないが」と店の主人が続けた、

「フランスのサンチーム硬貨一枚、／スペインのマラベディー硬貨一枚、／ベネチアのガゼッタ硬貨一枚、／イギリスのファージング硬貨一枚、／アフリカのコーリ硬貨一枚、／インドのルピー硬貨一枚、／ポルトガルのレイス硬貨一枚、／アメリカのグルド硬貨一枚、／ロシアのルーブル硬貨一枚、／オランダのデニエ硬貨一枚、／レバントのパラ硬貨一枚、／シチリアのタリ硬貨一枚、／ジェノバのクロワザ硬貨一枚、／ジュネーヴのグロ硬貨一枚、／ドイツのハレル硬貨一枚、／イタリアのバイ

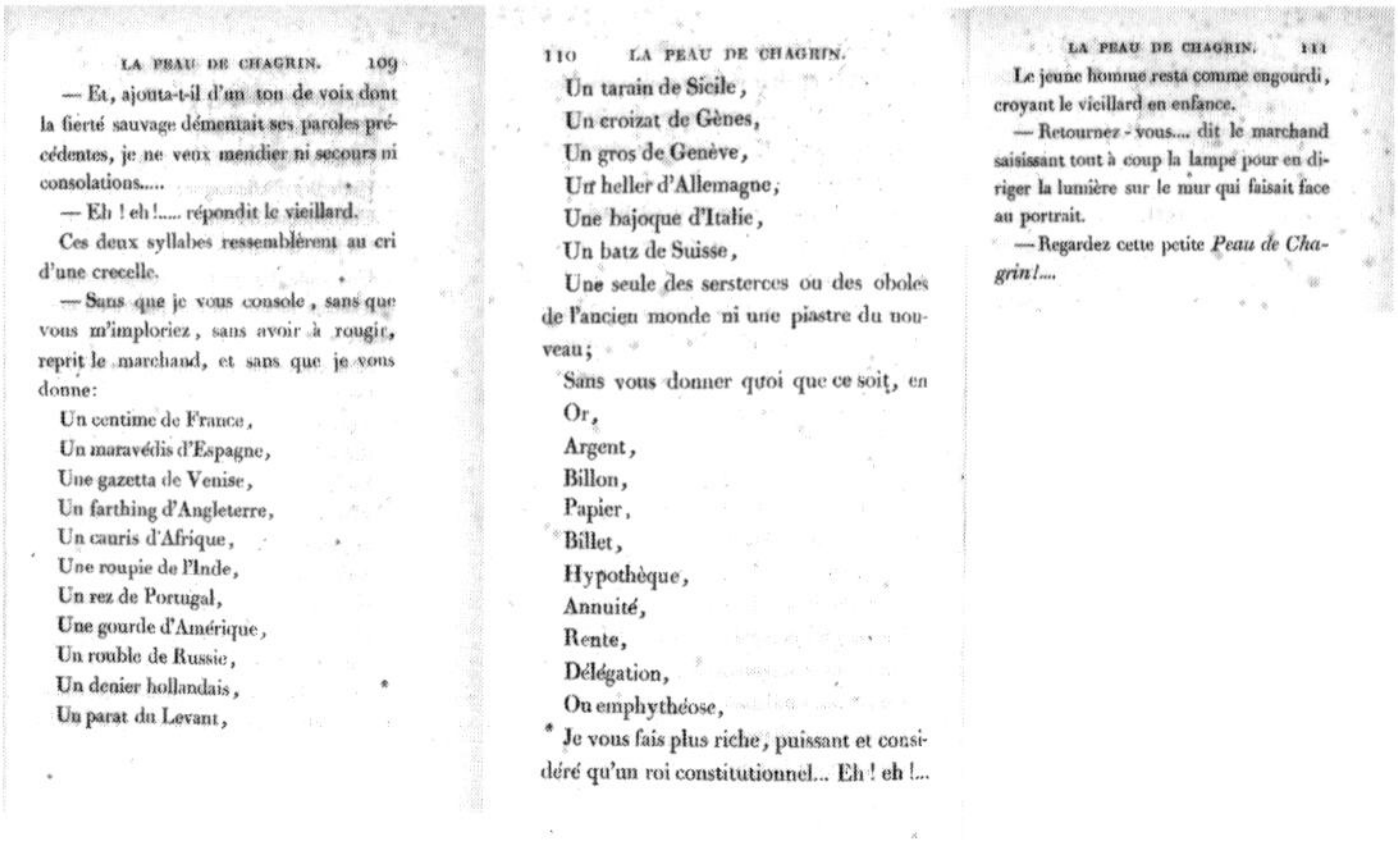

LA PEAU DE CHAGRIN. 109

— Et, ajouta-t-il d'un ton de voix dont la fierté sauvage démentait ses paroles précédentes, je ne veux mendier ni secours ni consolations.....

— Eh ! eh !..... répondit le vieillard.

Ces deux syllabes ressemblèrent au cri d'une crecelle.

— Sans que je vous console, sans que vous m'imploriez, sans avoir à rougir, reprit le marchand, et sans que je vous donne:

Un centime de France,
Un maravédis d'Espagne,
Une gazetta de Venise,
Un farthing d'Angleterre,
Un cauris d'Afrique,
Une roupie de l'Inde,
Un rez de Portugal,
Une gourde d'Amérique,
Un rouble de Russie,
Un denier hollandais,
Un parat du Levant,

110 LA PEAU DE CHAGRIN.

Un tarain de Sicile,
Un croizat de Gènes,
Un gros de Genève,
Un heller d'Allemagne,
Une bajoque d'Italie,
Un batz de Suisse,

Une seule des sersterces ou des oboles de l'ancien monde ni une piastre du nouveau;

Sans vous donner quoi que ce soit, en
Or,
Argent,
Billon,
Papier,
Billet,
Hypothèque,
Annuité,
Rente,
Délégation,
Ou emphythéose,

Je vous fais plus riche, puissant et considéré qu'un roi constitutionnel... Eh ! eh !...

LA PEAU DE CHAGRIN. 111

Le jeune homme resta comme engourdi, croyant le vieillard en enfance.

— Retournez-vous.... dit le marchand saisissant tout à coup la lampe pour en diriger la lumière sur le mur qui faisait face au portrait.

— Regardez cette petite *Peau de Chagrin!....*

図3 『あら皮』での過剰な列挙

ヨッコ硬貨一枚、／スイスのバッツ硬貨一枚、／古代ローマのセステルティウス硬貨、オボル硬貨一枚、新大陸の硬貨一枚だってお前さんにくれてやるつもりもないし、

金貨、／銀貨、／ビロン硬貨、／紙幣、／抵当権、／年賦、／年金、／委任状、／永代賃借権も何も渡すつもりはないが、

お前さんを、どこかの立憲君主よりも金持ちに、君主よりも権力があって敬意を払われるようにしてやろう……へへ！　へへ！」

青年は、老主人が耄碌したのだと思って痺れたようにじっとしていた。

「後ろを向いてみよ……」と、肖像画と向かい合った壁面に灯りを向けるために素早くランプを手にとった老人がいった。

「そこの小さな「あら皮」を見るがよい！……」〔33〕

挿画にある痩身で物静かなイメージとは対照的に、

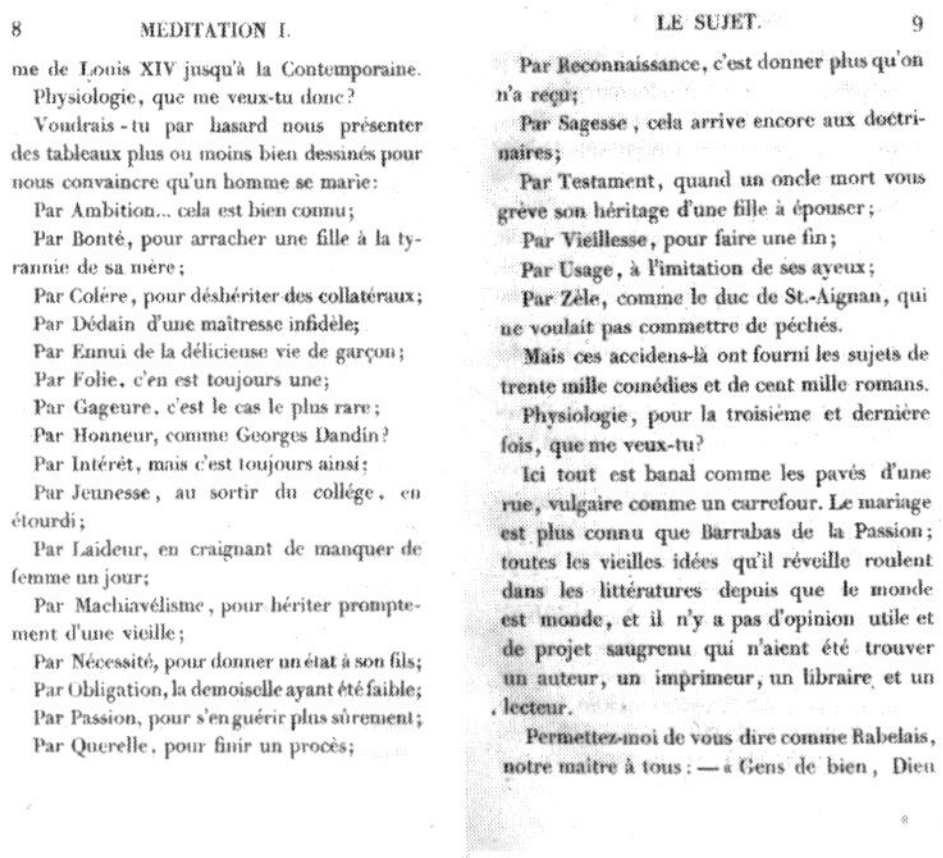

8　MEDITATION I.

me de Louis XIV jusqu'à la Contemporaine.

Physiologie, que me veux-tu donc?

Voudrais-tu par hasard nous présenter des tableaux plus ou moins bien dessinés pour nous convaincre qu'un homme se marie:

Par Ambition... cela est bien connu;

Par Bonté, pour arracher une fille à la tyrannie de sa mère;

Par Colère, pour déshériter des collatéraux;

Par Dédain d'une maîtresse infidèle;

Par Ennui de la délicieuse vie de garçon;

Par Folie, c'en est toujours une;

Par Gageure, c'est le cas le plus rare;

Par Honneur, comme Georges Dandin?

Par Intérêt, mais c'est toujours ainsi;

Par Jeunesse, au sortir du collége, en étourdi;

Par Laideur, en craignant de manquer de femme un jour;

Par Machiavélisme, pour hériter promptement d'une vieille;

Par Nécessité, pour donner un état à son fils;

Par Obligation, la demoiselle ayant été faible;

Par Passion, pour s'en guérir plus sûrement;

Par Querelle, pour finir un procès;

LE SUJET.　9

Par Reconnaissance, c'est donner plus qu'on n'a reçu;

Par Sagesse, cela arrive encore aux doctrinaires;

Par Testament, quand un oncle mort vous grève son héritage d'une fille à épouser;

Par Vieillesse, pour faire une fin;

Par Usage, à l'imitation de ses ayeux;

Par Zèle, comme le duc de St.-Aignan, qui ne voulait pas commettre de péchés.

Mais ces accidens-là ont fourni les sujets de trente mille comédies et de cent mille romans.

Physiologie, pour la troisième et dernière fois, que me veux-tu?

Ici tout est banal comme les pavés d'une rue, vulgaire comme un carrefour. Le mariage est plus connu que Barrabas de la Passion; toutes les vieilles idées qu'il réveille roulent dans les littératures depuis que le monde est monde, et il n'y a pas d'opinion utile et de projet saugrenu qui n'aient été trouver un auteur, un imprimeur, un libraire et un lecteur.

Permettez-moi de vous dire comme Rabelais, notre maître à tous: — « Gens de bien, Dieu

図4　『結婚の生理学』での過剰な列挙

テクストの上では、骨董屋の老主人は、ラファエルにあら皮を指し示すまでに、硬貨や紙幣等の名称を一つ一つ、前口上のように過剰に列挙しているのである（図3参照）。

　こうした列挙を前にしたとき、バルザックの読者であれば、それが、とりわけ「生理学」においてバルザックが好んで用いた文体、視覚的効果に通じるものであることに思い至るであろう。初版『あら皮』の二年ほど前に刊行された『結婚の生理学』の「第一の省察」において、バルザックはアルファベット二十六文字を用いながら二十四にのぼる「結婚の理由」を一つ一つ列挙しているのだが（図4参照）[34]、この「あら皮の出現」場面での列挙には、『結婚の生理学』の匿名の著者とされた「若い独身者」の遊戯的、諧謔的な精神が場違いな闖入者のように現れているといえる。

　また、「あら皮の出現」場面での骨董屋の発話、過剰な列挙から感じられるのは、不可思議な雰囲気ではなく、コミカルな効果であることはいうまでもないが、ここであらためて、テクストとテクストをもとにした挿画をあらためて比較してみると、この一場面においてバルザックが、「幻想」「コミック」「ゴシック」「生理学」といった、それぞれに大きく異なるだけでなく、正反対の位置関係にあるともいえるジャンルやスタイルをあえて混在させていることは明らかだといってよいだろう。

先に見たように、『あら皮』は、「コント」として構想され、著者自身によっても「コント」として紹介された作品であった。にもかかわらず、その作中には、「コント」や「コント・ファンタスティック」とは容易には結びつかないように思える、様々なジャンルの特徴や文体を認めることができるのである。こうした『あら皮』の多様性については、フィラレート・シャールが作品の刊行直後に重要な指摘を行っていることを強調しておきたい。一八三一年八月六日の『メサジェール・デ・シャンブル』紙に掲載された書評において、シャールは、常に「平板な文学」を好む前時代の批評の姿勢に背を向けつつ、『あら皮』の不規則性、複雑さを次のような言葉で肯定的に評価している。

間違いなく、彼［「かつての流派の批評家」］はこの二巻本の一語たりとも理解することができないだろう。彼が好むのは平板な文学だからであり、それに対してこの作品では、すべてが深淵、断崖、突出、塊根、聳える山々、そして、底なしの深みなのだ。一八〇〇年から一八二〇年のもっとも優れた批評家でさえ、このような作品に対しては明確な見解を示すことはできないはずだ。彼の物差しは壊れ、彼は自分のコンパスを投げ捨ててしまうだろう。一八三一年の新聞の満足のいく解説を［十八世紀の人である］ダギュソー氏に求めるのと同じことだ。困惑したわれらの時代のアリスタルコス［手厳しい批評家の意］にこういってみたところで詮ないことではあるが、『あら皮』の著者は、かつてラブレーがそうしたように、幻想、叙事詩、諷刺、小説、コント、歴史、ドラマ、千の色彩の諷刺物語《フォリー》からなる一冊の書物のうちに、自分の時代を要約しようとしたのである。〔35〕

この書評を目にしたバルザックが、初版『あら皮』の翌月に刊行されることになる『哲学的小説コント集』の序文執筆をシャールに依頼したという事実を踏まえると、バルザック自身、シャールの指摘の正しさを認めていたということになるだろう。実際、バルザックのお墨付きを得たシャールは、「『哲学的小説コント集』序文」執筆にあたって、上に引用した箇所を含め、『あら皮』書評の大部分を再利用していくことになる。〔36〕とすると、シャールが書いたように、バルザック自身、『あら皮』を「千の色彩」を含む書物とみなしていたということになるし、『あら皮』に様々な、時に対立し合うような要素が含まれていることについてもそれで説明がつくことになるだろう。つまり、『あら皮』が多様性に満ちた作品であるのは、ほかでもなく著者自身がそう望んでいたからなのである。だが、そうであるとして、ではなぜ、そのような多様性のある作品であるはずの『あら皮』を、バルザックはあくまでコントという呼称やイメージ、文学的世界に結びつけようとしたのだろうか。

以下ではバルザックの選択を理解するために、『あら皮』に設けられた二つの枠として、物語の枠と作品そのものの枠に注目していきたい。私たちの考えでは、それらの二つの枠によって、『あら皮』はあらためて「コント」に結びつけられているからであり、同時にまた、それらの枠があることを通じて、バルザック独自の「コント」の概念が表されているからである。

『あら皮』の二つの枠

まず、物語の枠を取りあげるにあたっては、『あら皮』の第二部を参照したい。三部構成の『あら皮』において、「つれない女」と題された第二部は、文字どおりの意味において、また、象徴的な意味においても中心的な位置を占めており、そこでは物語の主人公であるラファエル・ド・ヴァランタンが、自身の生い立ちから失恋経験までを長々と告白している。[37]『あら皮』を論じるこれまでの研究においては、とりわけこの告白文が重視されることが多かった。[38]その理由としては、第一に、告白に自伝的な側面があり、ラファエルの告白と著者自身の経験が多くの点で重なっているためである。第二に、告白に歴史的価値が認められているためであり、恋にやぶれた主人公の失望を通じて、ラファエルの告白が世紀病に冒された同時代の心性を反映しているといわれてきた。そして最後に、ラファエルの告白が、ロマン派的告白文学の系譜に連なっているためである。ジャン＝ジャック・ルソーの『告白』の影響下にあるラファエルの告白は、アルフレッド・ド・ミュッセの『ある世紀児の告白』の着想源の一つに数えられてきた。

だが、いかに豊かな内容を持っているとはいえ、ここで私たちはラファエルの告白そのものに向き合うのではなく、むしろ、作者がこの告白を扱っているその語りのあり方に目を向けていきたい。なぜなら、登場人物によって一人称で語られる告白を三人称を基本とする物語に挿入するにあたって、バルザックは「枠物語」と呼ばれる古くからある語りの手法を用いているからである。「一つあるいは複数の物語を枠として閉じ込める」という「枠物語」を読むとき[39]、読者はしばしば、ある登場人物が物語内での語り手となって、対話や会話の最中に、聞き手となる別の登場人物に「枠に入れられた物語」としての物語を語るという情景を目にすることになるのだが、『あら皮』ではまさにそのような情景が用意されている。ラファエルが告白の物語を始めるのは、友人であるエミールとの対話のなかにおいてであり、ラファエルの告白はエミールの次の発言に促されたものとなっている。

「告白してみろよ。嘘はつかないでくれ。歴史的な回想録なんて頼んでないんだからな。それと、短めに、酔いが醒めないうちにすませてくれよ。なんたってぼくは、読者と同じように注文が多いんだし、ラテン語の晩課を唱えている女みたいに眠気が回ってきているんだからね……」[40]

そして、告白文の一部が『『あら皮』の断片」として雑誌掲載された際にバルザックが用いた表現を借りれば、「宴会騒ぎの最中」に語られた「幻想的であったり現実的であったり、ポンチ酒の炎のように揺らめき、色づき、燃えあがり、人を酔わせる絶望の物語」[41]として物語内に挿入されたラファエルの物語＝告白は、第二部終盤でラファエルとエミールの対話が閉じられると同時に終わりをむかえる。

やがてすぐに二人の友は眠りに着き、サロンに響く音楽にあわせていびきを鳴らしていた。蝋燭の火が一つまた一つと消え、その度にクリスタルの蝋受け皿を輝かせた。それから夜が、長く続いた宴会騒ぎを黒いヴェールで覆い包んだ。その宴会騒ぎのなかにあって、ラファエルの物語は、言葉の宴会騒ぎ、考えのない言葉と、しばしば言い回しと噛み合わない考えの宴会騒ぎだった。[42]

ラファエルの告白はこのように、おどけた調子の地の文に挟まれながら、明らかな物語内物語として、枠物語の構造にしっかりと収められている。よく知られているように、枠物語の手法は『千一夜物語』や『デカメロン』といったコント文学の古典的作品で用いられてきた伝統的かつ典型的な語りの手法でもあり、[43]バルザックが『千一夜物語』と『デカメロン』を高く評価していただけでなく、枠物語の手法そのものに愛着を持ち実際に重用していた作家であったことを思い起こすと、[44]『あら皮』第二部でバルザックが枠物語の手法を用いたのには、二つの目的、というよりは二重の目的があったと考えることができる。一つは、「コント」が想起させる作り話や幻想といったイメージとは重なることがないラファエルの告白を、その内容においてではなく、語りのあり方の水準で際立たせるという目的である。そしてもう一つは、それと同時に、ラファエルの告白が「コント」的でないにもかかわらず、あるいはむしろだからこそ、作品の物理的、精神的中心に置かれた告白を、あえて「コント」に特徴的な語りの形式に組み込むという、ジャンルの境界を越えた野心的な目的である。こうした二重の、一見矛盾しているようにも思える目的のために、バルザックは『あら皮』に枠物語の構造を持ち込み、そうすることによって、自伝的な内容をもつ、分析的でもあれば内省的でもある「哲学的小説」として読まれる可能性のある『あら皮』を、それでもなお、「コント」として読まれるべき作品として作りあげたのではないだろうか。

『あら皮』の物語の内部には、このように語りの次元での枠が設けられているといえるのだが、それに対して、もう一つの枠は、物語の外側といえる箇所に見られるものとなっている。以下に取りあげていきたいのは、『あら皮』においてとりわけ注目に値する、ローレンス・スターン、フランソワ・ラブレーからの二つの引用である。注目に値する、というのには複数の理由がある。まず、スターン、ラブレーの二人については、著者自身による『あら皮』書評に、作品の試みの後ろ盾となる作家として名前があげられているからである。

書評中でバルザックは、「[『あら皮』においては]人間の生が、ラブレーとスターンがそうしたように、再現され、言い表され、表現されている」と記している。[45] またさらに、バルザックが別々のテクストのなかで少なくとも三度にわたって両作家の名前を並列してあげているからである。すなわち、草稿として残された「巧みに語ったものたち Ceux qui ont *bien conté*」のリスト、[46]『結婚生活の小さな不幸』の作中に挿入された「偉大な語り手・コントの作者たち les grands conteurs」のリスト、[47] さらに、『ラ・カリカチュール』紙に掲載された『魔王の喜劇』のプレ・オリジナルである「新しいメニッポス的風諷刺の断片」の作中、[48] という、いずれも一八三〇年代初頭の『あら皮』の執筆、刊行時期と近い時期に書かれた複数の異なるテクストにおいて、バルザックはラブレー、スターンの名を同格のものとして繰り返し列挙している。『あら皮』において、「偉大な語り手・コントの作者」として名前があげられていたスターン、ラブレーからの引用をあらためて行うことで、バルザックが自作を『トリストラム・シャンディ』や『ガルガンチュアとパンタグリュエル』と同じ系統にある作品として位置づけようとしたことは明らかであるといってよいだろう。では実際のところ、それらはどのような「引用」だったのか（図5・6参照）。

両作家からの引用には二つの重要な共通点がある。第一の共通点は、二つの引用のいずれもが、典拠

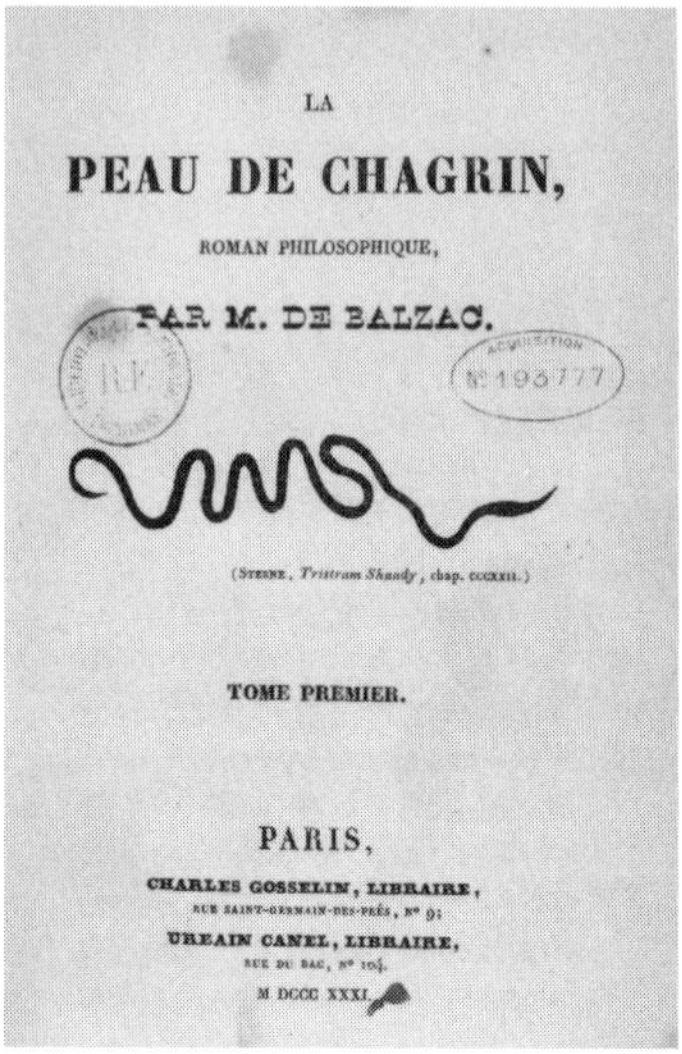

図5　スターンからの引用

を欠いた偽の引用であることである。図5にあるように、蛇行する曲線として印刷されたスターンからの引用には「スターン『トリストラム・シャンディ』第一三二章」という文言がカッコ書きで付されており、一見したところでは正確な引用であるかのようではある。しかし、「横方向」に蛇行する曲線についてバルザックが述べていることを参照すると、バルザックが、蛇行する曲線の方向ばかりでなく、その意味までも恣意的に操作していたことがわかる。原典である『トリストラム・シャンディ』においては、「縦方向」に蛇行する曲線が独身生活の自由をあらわすものとして登場するのに対して、[49] バルザックはそれとはまったく関係がない独自な解釈を行いながら、蛇行する曲線と「平板」でない『あら皮』の構造とを重ね合わせるために、スターンからの引用を「蛇行し、うねり、渦巻き、その流れのなかに身を任せなくてはならない正劇《ドラム》[50]」の象徴として紹介しているのである。

　また、図6にある、イタリック体で記された「テレームの道楽者たちは、皮を少しもすり減らさず、悲しみだけを減らす」[51]と訳せるラブレーからの引用については、その文中に、「皮 peau」と「悲しみ chagrins」の二語が含まれており、一見したところ『あら皮』の主題、コンセプトにぴったりと当てはまる引用文であるかのように思える。しかし実際は、バルザックがラブレーのものであるとしたこの一文は、『ガルガンチュア』にも『パンタグリュエル』にも含まれていないだけでなく、今日に至るまで原典が明らかにされていない典拠不明の引用とみなされている。[52]

スターン、ラブレーからの引用が共に正しくない形でなされた偽の引用であることから、これらの引用は、原文やもとのイメージに含まれた意味を取り込むという目的のためではなく、たとえ強引なやり方であってもスターン、ラブレーの名前そのものを作品に刻み入れること、また、それによって両作家の名前が喚起するものを読者に想起させることを目的になされたのだと考えることができるだろう。つまり、二つの偽の引用を介して、バルザックはスターン、ラブレーに彼なりのやり方でオマージュを捧げていることになるのだが、先に見たように、バルザックの文学的パンテオンにおいて、スターン、ラブレーは、ただの「作家」あるいは「小説家」としてではなく、あくまで「コントの作者」として称揚されていたことにあらためて注意を促しておきたい。

スターン、ラブレーからの引用の第二の共通点は、すでにふれたように、どちらの引用も物語の外側といえる箇所に位置づけられていることである。まず、スターン作品から援用された蛇行する曲線は、『あら皮』のタイトルページ

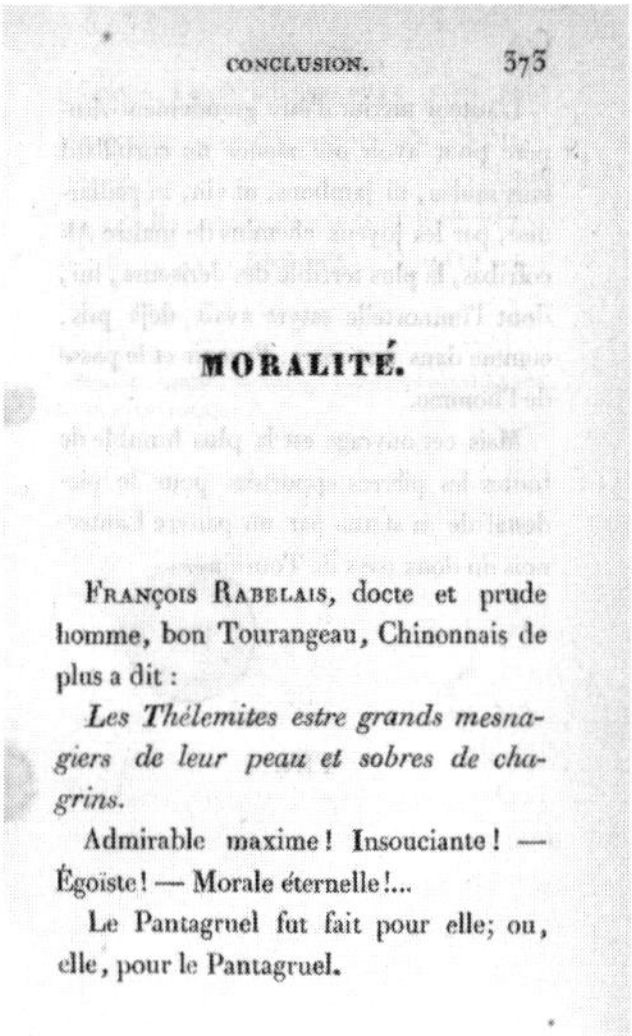
CONCLUSION. 373

MORALITÉ.

FRANÇOIS RABELAIS, docte et prude homme, bon Tourangeau, Chinonnais de plus a dit :

Les Thélemites estre grands mesnagiers de leur peau et sobres de chagrins.

Admirable maxime ! Insouciante ! — Égoïste ! — Morale éternelle !...

Le Pantagruel fut fait pour elle; ou, elle, pour le Pantagruel.

図6　ラブレーからの引用

に印刷されており、『あら皮』をひもとく読者は、そのため、蛇行する曲線を一種のエピグラフとして受けとることになる。それに対して、ラブレーのものとされたテクストの方は、「教訓」と題された作品の最終ページに引用されており、『あら皮』では物語を締めくくる「結び」の後に「教訓」が続くことから、読者は、その引用を作品のエピローグとして受けとめることになるのである。[53]

このように、『あら皮』において、スターン、ラブレーからの「引用」は、物語の外側から、作品と物語を取り囲む外枠として機能しているということができる。そして、これらの引用が原典の意味をあらためて伝える性格のものではなく、もっぱらスターン、ラブレーへの作家からのオマージュとみなせるものであることをあらためて思い起こすと、『あら皮』全体を取り囲む外枠を設けることによって、バルザックは『あら皮』を、「幻想、叙事詩、諷刺、小説、コント、歴史、ドラマ、千の色彩の諷刺物語《フォリー》からなる一冊の書物のうちに、自分の時代を要約しようとした」というラブレー、そしてラブレーと並ぶ「偉大なコントの作者」であるスターンの庇護のもとに置こうとしたのだと考えることができるだろう。『あら皮』をそのように位置づけることによって、バルザックは『あら皮』を「コント」として、しかしただのコントではなく、スターン、ラブレーの精神と機知、エスプリを受け継ぐ、その内部に様々なジャンルやスタイルを含み込んだメタレベルにある「コント」として、読者に提示しようとしたのではないだろうか。

ここまで見てきたように、「哲学的小説」の副題にもかかわらず、初版『あら皮』は様々な形でコントに結びつけられた作品であったといえる。しかし、『あら皮』をコントとして読むためには、コントという言葉の意味を最大限に広げて理解すること、つまり、バルザックが押し拡げた意味において理解することが求められるだろう。バルザックにおいて、コントとは、そのほかのジャンルと同じように固有の歴史伝統を持つ限定的で有限性のあるジャンルであるだけでなく、物語の求めに応じて、あらゆる語りの欲求に応えることのできる特権的で拡張性のあるジャンルとして構想されていたといえるからである。私たちとしては、『あら皮』における「ジャンルの消滅」を指摘するジャニーヌ・ギシャルデにならって、バルザックにとってコントとは、「『あら皮』の性質とは反対に」、「無限に伸張可能であり」、「あらゆるジャンルを迎え入れ、潜在的に含みこむことのできる」ジャンルであったのだと捉えておきたい。[54] 初版『あら皮』は、一八三〇年代初頭のバルザックの文学的感性とバルザック独自のコントの概念を私たちに示しているのであり、『あら皮』は今なお、さらなる読み直しの可能性に向けて大きく開かれているといえる。

注

〔1〕初版『あら皮』（Balzac, *La Peau de chagrin, Roman philosophique*, Gosselin et Canel, 1831, 2 vol）については以下の批評校訂版を参照する。Balzac, *La Peau de chagrin, Roman philosophique*, édition établie et présentée par Andrew Oliver, Toronto, Éditions de l'originale, coll. « Les Romans de Balzac », 2007. 引用を行う際には*Peau*と略記し、続けて頁数を記す。あわせて丸括弧内に初版単行本の該当巻数、頁数を付記する。また、初版『あら皮』には以下の普及版があり、本章の執筆に際して参照した。Balzac, *La Peau de chagrin*, éd. Pierre Barbéris, Librairie générale française, coll. « Le Livre de Poche », 1972.

〔2〕Balzac, *Romans et contes philosophiques*, Gosselin, 1831, 3 vol. 『哲学的小説コント集』については次章以降で論じる。

〔3〕Anonyme [Balzac], « *Romans et contes philosophiques*, par M.

de Balzac », *L'Artiste*, 2 octobre 1831, *OD*, t. II, p. 1194.

〔4〕 Pierre Barbéris, « Préface », Balzac, *La Peau de chagrin*, *op. cit.*, p. VI.

〔5〕 Gérard Genette, *Seuils*, Éditions du Seuil, coll. « Points-Essais », 1987, p. 231.（ジェラール・ジュネット『スイユ』和泉涼一訳、水声社、二〇〇一年、二六四、四八三頁。）引用は拙訳。

〔6〕 Lettre à Loève-Veimars, vers avril 1828（?）, *Corr.*, t. I, p. 214.

〔7〕 Balzac, *La Peau de chagrin*, *Études philosophiques*, Werdet, 1835.

〔8〕 Balzac, *La Peau de chagrin*, *Études sociales*, Delloy et Lecou, 1838.『あら皮』初版以降の各版における改訂や異同については以下の論稿に詳しい。Graham Falconer, « Le travail de style dans les révisions de *La Peau de chagrin* », *AB 1969*, p. 71-106.

〔9〕 Lettre à Mme Hanska, 22 janvier 1838, *LH*, t. I, p. 437-438.

〔10〕 アンヌ＝マリー・バロンはこの点について次のように記している。「バルザックは、小説家という疑わしいものだった名称よりも、コントの作者という、歴史と大衆的な人気の両方に保証された名称のほうを好んでいた。バルザックはつねづね妖精譚を愛読し、そこからインスピレーションを受けていた」（Anne-Marie Baron, « Avant-propos », dans *Balzac et la nouvelle (1)*, *L'École des lettres, second cycle*, L'École des loisirs, mai 1999, p. 10）。

〔11〕 Balzac, *Pensées, sujets, fragments*, éd. Jacques Crépet, A. Blaizot, p. 77.

〔12〕 Alfred Coudreux [Balzac], « Les Litanies romantiques », *La Caricature*, 9 décembre 1830, *OD*, t. II, p. 823.

〔13〕 一八二〇年代から三〇年代にかけて、コントが旧来的なジャンルから現代的なジャンルへとそのイメージを変えていった経緯については以下の拙稿を参照されたい。Michiaki Tanimoto, « Qu'est-ce que le conte des années 1820 ? : Ouvrir la *Bibliographie de la France* », Kantoshibu-Ronshu, n° 19, Tokyo, Société japonaise de langue et littérature françaises, 2010, p. 171-181. またフランスにおけるホフマン作品の受容とコント・ファンタスティックの流行については以下の古典的研究に詳しい。Elizabeth Teichmann, *La Fortune d'Hoffmann en France*, Genève, Droz, 1961.

〔14〕 Elizabeth Teichmann, *op. cit.*, p. 54-132.

〔15〕 *Peau*, p. 5. (I. 8.)

〔16〕 Pierre Barbéris, « Préface », *op. cit.*, p. XXXIV ; Alain Schaffner, *Balzac*, "*La Peau de chagrin*", PUF, coll. « Études littéraires », 1996, p. 23-25. あわせて本書第一章を参照されたい。

〔17〕 *Peau*, p. 83 ; 134. (I. 177 ; 281.) 初版刊行直後に新聞掲載された書評記事のなかでも、バルザック自身が『あら皮』を「われらが時代、フランスの風俗、宴会、サロン、筋書き、文明から構成された東洋のコント」と評している (Le comte Alexandre de B*** ［Balzac］, « *La Peau de chagrin*, *Roman philosophique*, par M de Balzac », *La Caricature*, 11 août 1831, *OD*, t. II, p. 850)。

〔18〕 Alain Schaffner, *op. cit.*, p. 35-36.

〔19〕 「「何ということだ!」と、ラファエルが叫んだ。「ダイヤモンドだって炭素の結晶にすぎないことがすでにわかっている知性の世紀にいるというのに。／すべてのことは解明され、警察が新たなメシアを名乗る男を裁判所に突き出し、男のなした奇跡を科学アカデミーに検証させるこの世紀に。／公証人の書き判のほかにはもう信じられるものもないというこの時代に! ……このぼくは、マネ・テケル・ファレスのような言葉を信じなくてはいけないのか。／否、そんなはずはない! 善良な人間を苦しめて神さまがお喜びになるはずがない。／学者たちに会いに行こう」」というラファエルの嘆きの言葉から始まる学者めぐりは、しかし、逆に科学者たちが「［あら皮には］悪魔が宿っているようです」、「私は悪魔を信じることにする!」と言い出す結果に終わる (*Peau*, p. 266-285)。(I. 185-225.)

〔20〕 Tzvetan Todorov, *Introduction à la littérature fantastique*, Éditions du Seuil, coll. « Points-Essais », 1970, p. 73. 訳文については以下の翻訳を参照し、論旨にあわせて一部訳語を変更した。ツヴェタン・トドロフ『幻想文学論序説』三好郁朗訳、創元ライブラリ、一九九九年、一〇五頁。

〔21〕 *Peau*, p. 17. (I. 35.)

〔22〕 Michel Erre, « Du discours féerique au langage du réel : Éudes sur les formes de discours dans *La Dernière Fée* », *AB 1975*, p. 58.

〔23〕 Maurice Bardèche, *Balzac, romancier* ［1940］, Genève, Slatkine Reprints, 1967, p. 329.

〔24〕 Balzac, *La Vendetta*, *Scènes de la vie privée* ［1830］, *NC*, t. I, 2005, p. 161.

〔25〕Henri B*** [Balzac], « Le Dernier Napoléon », « Croquis », *La Caricature*, 16 décembre 1830, *NC*, t. I, p. 704. 実際、こうした類似から『最後のナポレオン金貨』は『あら皮』の書き出し部分の一種の下書きとして扱われてきた。

〔26〕Alain Schaffner, *op. cit.*, p. 25.

〔27〕*Peau*, p. 42-55. (I. 88-118.)

〔28〕「あら皮の出現」を描いたトニー・ジョアノの挿画は、たとえば、一九六〇年代に刊行されたエディション（Balzac, *La Peau de chagrin*, éd. Maurice Allem, Garnier, coll. « Classiques Garnier », 1967）や本章で参照している二〇〇七年刊行のエディションで表紙絵として使われている（図2）。

〔29〕*Peau*, p. 53. (I. 112.)

〔30〕*Ibid.*, p. 44. (I. 92.)

〔31〕*Ibid.*, p. 45. (I. 95.)

〔32〕*Ibid.*, p. 47. (I. 99.)

〔33〕*Ibid.*, p. 51-52. (I. 109-111.)

〔34〕*Physiologie du mariage ou méditations de philosophie éclectique, sur le bonheur et le malheur conjugal, publiées par un jeune célibataire*, Levavasseur et Canel, 1829, p. 8-9.

〔35〕Philarète Chasles, « *La Peau de chagrin* », *Le Messager des chambres*, 6 août 1831, repris dans *Balzac*, éd. Stéphane Vachon, Presses de l'université de Paris-Sorbonne, coll. « Mémoire de la critique », 1999, p. 61.

〔36〕Philarète Chasles, « Introduction aux *Romans et contes philosophiques* » [1831], *CH*, t. X, p. 1190. 興味深いことに、『あら皮』書評から引用した文中で「この二巻本」と書かれていた箇所は、「『哲学的小説コント集』序文」では「このコント」と書き換えられている。

〔37〕*Peau*, p. 105-219. (I. 217-393 ; II. 7-86.)

〔38〕ラファエルの告白を論じた主な研究としては以下をあげることができる。Pierre Barbéris, « L'autobiographie : pourquoi ? comment ? » ; Ruth Amossy, « La *confession* de Raphaël : contradictions et interférences », dans *Balzac et "La Peau de chagrin"*, textes réunis par Claude Duchet, SEDES, CDU, 1979, p. 25-42 ; 43-59. Pierre Glaudes, *"La Peau de chagrin" d'Honoré de Balzac*, Gallimard, coll. « Foliothèque », 2003, p. 67-84.

〔39〕「枠物語」の定義については以下の『文学用語辞典』を参照し引用を行った。Hendrik van Gorp *et al.*, *Dictionnaire des termes littéraires*, Honoré Champion, coll. « Champion

Classiques - Références et Dictionnaires », 2005, p. 406.

〔40〕 *Peau*, p. 100. (I. 212.)

〔41〕 Balzac, « Le Suicide d'un poète, Fragment de *La Peau de chagrin* », *Revue de Paris*, 29 mai 1831, *NC*, t. I, p. 854.

〔42〕 *Peau*, p. 219. (II. 86.)

〔43〕 文学史、文学理論の両面から枠物語を論じた論稿として以下がある。Tzvetan Todorov, « Les hommes-récits », *Poétique de la prose*, Éditions du Seuil, coll. « Poétique », 1971, p. 78-91.

〔44〕 バルザックの創作における枠物語を分析した論稿として以下の拙稿を参照されたい。「枠物語から『人間喜劇』へ――バルザックによる物語の「枠」について」『言語情報科学』第八号、二〇一〇年、二八一―二九七頁。

〔45〕 Le comte Alexandre de B*** [Balzac], « *La Peau de chagrin, roman philosophique*, par M. de Balzac », *op. cit.*, p. 849.

〔46〕 「語ったものは稀であり、巧みに語ったものたちは以下のとおりだが、彼らは天才なのである。／ルキアノス。ペトロニウス。／ファブリオー（作者不詳の）、ラブレー。／ヴェルヴィル、ボッカッチョ、アリオスト、ラ・フォンテーヌ、ウォルター・スコット、念のためマルモンテル、それにナヴァール妃!……ハミルトン、スターン、セルバンテス。ルサージュもそうだろうか?」(Balzac, *Pensées, sujets, fragments*, *op. cit.*, p. 18)。

〔47〕 「こうしたあわれな両親たちは、彼らの息子がパリで苦労して学んできたことをいつまでも知らずにいる。／たとえば、十数年の超人的な仕事を経ることなしに、作家となりフランス語に精通するのは難しいということ。／小説とは国民の私的な歴史であり、それゆえ、真の小説家となるには、社会生活の全体をくまなく調べる必要があるということ。／偉大なコントの作者たち――イソップ、ルキアノス、ボッカッチョ、ラブレー、セルバンテス、スウィフト、ラ・フォンテーヌ、ルサージュ、スターン、ヴォルテール、ウォルター・スコット、『千一夜物語』の名の知れぬアラブ人たち――彼らはみな、知識の塊のような偉人たちと同じように天才だということを」(Balzac, *Petites misères de la vie conjugale* [1830-1846], *CH*, t. XII, p. 107-108)。

〔48〕 「批評家には内閣と議会の構成員に噛み付くのは難しいことだった……才能ある人物たちがひしめいていたからだ。[…] 首都はその代表者として、作家であるラブレー [...] 文学者ローレンス・スターンを選出していた」(Balzac, « Fragment d'une nouvelle satyre ménipée », *La Caricature*, 18 novembre 1830, *NC*, t. I, p. 1028-1029)。

〔49〕 バルザックが参照した可能性がある翻訳書での該当箇所は以下のとおり。Laurence Sterne, *Vie et Opinions de Tristram Shandy*, *Œuvres complètes de L. Sterne*, tr. de l'anglais par une société des gens de lettres, Ledoux et Tenré, t. II, 1818, p. 473.

〔50〕 Le comte Alexandre de B*** [Balzac], « *La Peau de chagrin, roman philosophique*, par M. de Balzac », *op. cit.*, p. 850.

〔51〕 *Peau*, p. 342.（II. 343.）

〔52〕 Alain Schaffner, *op. cit.*, p. 33.

〔53〕 コント文学に特徴的な結句といえる「教訓」は初版『あら皮』のみに含まれたものとなっており、その後の版からはラブレーからの引用も「教訓」そのものも削除されている。そのことから、「教訓」は初版『あら皮』の「コント」らしさを高めることに寄与していたと考えることができる。

〔54〕 Jeannine Guichardet, *Balzac-mosaïque*, Clermont-Ferrand, Presses universitaires Blaise Pascal, coll. « Cahiers Romantiques », 2007, p. 87.

第四章　『哲学的コント集』をひもとく

『哲学的コント集』の時

本章では一八三一年九月にシャルル・ゴスラン書店から刊行された『哲学的小説コント集』において、『あら皮』とあわせて収録された十二篇のコント作品を取りあげていきたい。[1]全三巻からなる『哲学的小説コント集』の第二、三巻に収録された十二篇のコント作品は収録順に『サラジーヌ』『魔王の喜劇』『エル・ベルドゥゴ』（以上第二巻）、『呪われた子』『不老長寿の霊薬』『追放された者たち』『知られざる傑作』『徴募兵』『女性研究』『二つの夢』『フランドルのイエス・キリスト』『教会』（以上第三巻）であり、[2]本章では『あら皮』と切り離して扱うためにバルザック自身によって用いられていた『哲学的コント集』の呼称を用いる。[3]前章に引き続いて、作家の創作の軌跡、時代の歴史性という二つのコンテクストを意識しながら作品を位置づけ直し、バルザックのコントの独自性を明らかにすることが本章の目的となる。

まずは、複数の版、ヴァージョンが存在するなかで、なぜ、『哲学的コント集』の初版、および、初版刊行以前のプレ・オリジナルを本章で選択しているのかについて述べておくべきだろう。それは第一に、私たちの研究が、「コントの作者」としてのバルザックの創作・活動を一八三〇年代初頭という明確な時代のコンテクストの上に置き直し、同時代の歴史性のなかで理解することを主眼としているからである。それゆえ私たちは、手直しや加筆、大幅な書きかえや削除など、作品がその後に受けることになる改訂が行われる以前の、刊行当初のヴァージョンにこだわってバルザックのコント作品を取りあげていきたいと考えている。

そのことは同時に、やがて『人間喜劇』という巨大な文学的カテドラルの建立に行き着くバルザックの創作のプロセスにおいては、あらゆる改訂に何がしかの意味があることを認めつつも、『哲学的コント集』収録の十二篇の改訂後のヴァージョンについては、中心的な議論の対象にはしないということを意味している。なるほど、多くの場合、バルザックが刊行後に行った作品の改訂は単なる事後的な手直しの域をこえており、とりわけ一八三五年以降は「人物再登場法のシステムのなかに作品を組み入れるためであったり、刊行当時には言葉足らずであったところを補足するため[4]」、あるいはまた、一八四二年以降は、『人間喜劇』におけるカテゴリー区分のなかで、刊行当初に作品が占めていた位置から別の場所に移すためといった、作品そのものの意味や位置づけの変更を伴う重要な作業であったことは確かである。[5]そのほかの多くの作品と同様に『哲学的コント集』もこうした事後的なリライト、改編の対象となっており、十二篇のコントのうち、その後も刊行当初の状態を保った作品は少なく、バルザックの最終的な創作プランにおいては、『哲学的コント集』というタイトルも当初の枠組みそのものも消失している。

だが、忘れるべきではないのは、バルザックの場合、テクストと作品の変化・進展は、直線的な発展・展開として捉えるべきものではなく、その一つ一つがそれぞれの時と時代性に結びついた、継続的な試行錯誤の結果として理解するべきものであるということである。本章で私たちの関心を引いているのは、「『哲学的コント集』の時」であり、それは、「『人間喜劇』の時[6]」を大きくさかのぼる、バルザックにおいては初期といえる一時期に属する「時」の一つなのである。

『哲学的コント集』の場合には、一八三四年以降、ほぼすべての作品が『哲学的研究』に再録されていったという経緯がある[7]。それゆえ、「研究」を「コント」の発展的なプロジェクト、あるいはある種の増補・改訂版として捉えることは可能かもしれない。実際、『あら皮』についてピエール・バルベリスが指摘していたように、『哲学的コント集』についても、バルザックは既存の作品の文章や構造に手を入れることで、自身の創作が単なる「コント」からより深みのある「研究」に深化するように努めたのだと考えることができる。

しかし、やはり注意すべきなのは、『哲学的コント集』のその後の改訂作業、文章の手直しや作品の再カテゴリー区分化は「研究の作者」としてのバルザックの観点からなされたものだということであり、つまりそれは一八三〇年代初頭の「コントの作者」バルザックのものとは異なる発想、考えに基づいているということである[8]。イザベル・トゥルニエが指摘しているように、バルザックが「研究の時」に入るのは一八三三年のことであり、バルザックはそれ以降、初版のテクストに手を入れながら自身のコント作品の哲学的、思弁的な面をより深く探求しはじめていたのだった[9]。こうした、「コントの作者」バルザックと「研究の作者」バルザックの姿勢の違い、「コント」と「研究」との違いを踏まえるならば、『哲学的コント集』に対して無条件で『哲学的研究』を優先させることはできなくなるはずである。

そしてこれと同じ理由から、本章では、『人間喜劇』フュルヌ・コリジェ版における作品の最終ヴァージョンを尊重するという、従来の研究に見られる慣例にはあえて従わないこととする。確かに、フュルヌ・コリジェ版のもととなったヴァージョンは、バルザックの生前に刊行された最後の「全集」版であり、その全集にバルザック自身が『人間喜劇』という総題を付しただけでなく、一八五〇年に没するまで、作家自身が自身の所有する刊本に直筆で手を入れ続けたという点においてもフュルヌ・コリジェ版には特別な重要性があり、その版こそが、文学研究においてすべてを差し置いて尊重されることの多い「著者の最後の意志」をもっとも忠実に反映したヴァージョンであることは論をまたない。ピエール＝ジョルジュ・カステックス監修による現行のプレイヤード版がフュルヌ・コリジェ版を底本としているのもそのためである。だがここでは、先に述べた理由により、私たちとしては、「著者の最後の意志」に対して、一八三〇年から一八三一年にかけて「コントの作者」として『哲学的コント集』の創作にあたっていたバルザックの「最初の意志」の方を重視したい。

作品の歴史においては、『哲学的コント集』初版は、たとえ刊行からわずか数年間の短い間であったにしても、その後のリライトや改編を受けない状態で確かに存在していたはずである。ところが、研究の歴史においては、コント作品の最初のヴァージョンは、長い間、『哲学的研究』と『人間喜劇』による二重の影によって覆い包まれてきたといわねばならない。そしてそのために、今日に至るまで、『哲学的コント集』は知られる機会も、研究される機会も少ない、刊行当初に書店で購入したか、あるいは読書室から借り出した読者のほかには、十分な数の読者にめぐり会う機会さえ持ちえなかった作品として残されてきたといわねばならないのである。

実際のところ、一八三一年九月の初版刊行以来、長らく日の目を見ることがなかった『哲学的コント集』の初版、さらに初版単行本刊行以前のヴァージョンであるプレ・オリジナルの批評校訂版がはじめて刊行され、広く流通しはじめるのは今世紀になってからのことでしかない。初版については、『あら皮』と同様、アンドル・オリヴェール編纂による『哲学的コント集』が二〇〇七年に刊行されており、「初版刊行以来、一八三一年の作品を紹介するはじめての現代的エディション」という編者の言葉どおり、そこでは初版のテクストがそのままの形で収められている。[10]

プレ・オリジナルについては、二〇〇五年に刊行が始められたバルザックの短篇作品を網羅的に収録した二巻本の『ヌーヴェルとコント』第一巻において、コント作品の初出版がイサベル・トゥルニエの編纂によって世に出された。[11] このエディションにおいてトゥルニエのとった編纂方針はこれまでにない独自のものであり、『ヌーヴェルとコント』は「作家の発想や時代状況に可能な限り近接し、生気あるバルザックを発見するために」企図され、その目的のために編者は三つの方針を立てたという。すなわち、第一に「プレ・オリジナルとオリジナルという旧来的な区分によらずに、掲載媒体がいかなるものであれ（雑誌、書籍、冊子、新聞、共著）、初出の際のテクストを選択すること」、第二に「年代順を厳に遵守すること」、第三に「作品と作品の最初の読者たちとの出会いの瞬間と動きのなかで捉えるために」、『哲学的コント集』の十二篇を含む「すべての短篇作品を、その後の書き直しがいかなるものであっても作品の最初の状態で収録し、その後にバルザックが新たなタイトルをつけた場合であっても最初のタイトルで収める」というものである。[12] このように、オリヴェール、トゥルニエによる各エディションは、それぞれに『哲学的コント集』の初版とプレ・オリジナルを、その後の改訂版とは独立させて復刻・再現したものとなっており、それによって、初版刊行から百五十年以上が経過した時点ではじめて、作品

の歴史性に根ざした読解と研究を行うことが可能となったのである。〔13〕

組成の単一性／構成の一体性という幻想

『哲学的コント集』の全体としての特徴を理解するために、私たち自身のアプローチで作品をひもとく前に、『小説家バルザック』でのモーリス・バルデッシュ、『バルザックのヌーヴェルとコント』でのピエール＝ジョルジュ・カステックスがとった読解の方針を問い直すことから始めたい。〔14〕バルザック研究の古典に位置づけられる両者の研究は、今日に至るまでなお、専門の研究者に対してだけでなく一般読者に対しても陰に陽に影響を与え続けているといえるのだが、両者は『哲学的コント集』に対して同じような見方をしており、そこには無視できない問題が含まれているように思えるからである。問題は端的にいって、バルデッシュもカステックスも、私たちが先に言及した『哲学的コント集』の歴史性を軽視した姿勢を見せていることにある。彼らは、一見したところ、『哲学的コント集』が一八三一年に刊行された作品であることを意識した論述を行っているようでいながら、実際には、作品の来歴や歴史的コンテクストを十分に考慮に入れておらず、そのために、『哲学的コント集』を、作品が刊行された当初のものとは異なる見取り図の上に置いてしまっている。

ここでは、バルデッシュ、カステックスによる議論の詳細に立ち入る余裕はないため、彼らの読解の姿勢を基礎づけている共通点を指摘するにとどめておく。その共通点とは、作品の読解にあたってバルデッシュ、カステックスがともに、『あら皮』と十二篇のコント作品からなる『哲学的小説コント集』の内的な「単一性」をあくまで重視し強調する立場をとっているというものである。

モーリス・バルデッシュは『小説家バルザック』の「哲学的小説」と題された章において、作品の分析に先立ち、「『哲学的小説コント集』の思想の単一性」に注目している。[15] バルデッシュによれば、『あら皮』と『哲学的コント集』は一続きの作品であり、両作品の出発点には「思考の破壊的な力」の主題があるのだという。『あら皮』で描かれた「思考の荒廃」や「悲劇的な思考」、混乱や自滅に行きつくそのような思考の持つ不穏な力こそが、作品の根本的な原則となって、一八三一年九月刊行の『哲学的小説コント集』全体を一つにまとめあげているという。バルデッシュは、『哲学的コント集』はすべて、このような「中心的観念《イデー・サントラル》」をもとに構想されたものだという考えを示しており、そのため、「それらの作品はすべて同一のシステムから発展したものであるから、それらは一つの総体、ただ一つの創作とみなさなくてはならない」と述べている。

ピエール＝ジョルジュ・カステックスもまた、『バルザックのヌーヴェルとコント』における作品読解を同様のやり方で始めている。[16]「単一性《ユニテ》」を重視する立場から、カステックスはバルザックの創作すべてに通じる「バルザック的なシステム」をもっとも重要な原則であるとみなしている。そして、そのシステムを支えているのが『あら皮』と、『あら皮』という長い物語に続けて刊行された『哲学的コント集』全体をまとめあげる中心的観念」である、とカステックスは記している。というのも、カステックスによれば、『哲学的小説コント集』の「起点には」「エネルギーの同質性という、諸科学から借りた観察に多少とも厳格に基づいた形而上学的な公準が存在する」からだという。

確かに、バルザック作品に取り込まれた科学・哲学を論じたジャン・スタロビンスキーが指摘しているように、「[『あら皮』の]主要なモチーフは、欲望、意志、思考によって消費される生命力と命の消耗である」ということはできるだろう。[17] しかし、仮にそうであったとしても、カステックスがそうしたように、前述した「中心的観念」について、より具体的には、「エネルギーの同質性」に重きを置きつつ、「バルザックは［『哲学的小説コント集』を含む］すべての作品において彼自身の哲学を例示しようとした」と考え、その観念や哲学が「哲学的コントの大半の作品で応用されている」と結論づけるには無理があるといわねばならない。カステックスは一貫して『哲学的小説コント集』全体の等質性を強調しているのだが、仮にカステックスがいうように、「哲学的コントの大半の作品」が「中心的観念」「エネルギーの同質性」をその出発点としているとしたら、なぜカステックスは自身の著作で『二つの夢』『不老長寿の霊薬』『フランドルのイエス・キリスト』『追放された者たち』『知られざる傑作』の五篇のみを取りあげ、『哲学的コント集』に収録された残りの七篇については論述の対象としなかったのか疑問が残る。

これと同じように、モーリス・バルデッシュに対しても、『あら皮』を取りあげる際に、なぜ一八三三年に刊行された『田舎医者』との関わりを重視した論述を行っていながら、『哲学的コント集』収録作品との関係については十分にページを割いていないのか、疑義を呈することができる。先に指摘したように、そもそもバルデッシュは『あら皮』と十二篇のコントからなる『哲学的小説コント集』の思想の単一性に注目したにもかかわらず、なぜ、コント作品の読解に際しては、個々の作品をつないでいたはずの「中心的観念」を取りあげることなく、「バルザックの小説芸術のなかで、哲学的小説に固有の技法の検討」に議論を限定しているのであろうか。[18]

フェリックス・ダヴァンが語る『哲学的研究』の「観念《イデー》」

『哲学的コント集』を取りあげるバルデッシュ、カステックスの姿勢、論述の前提にこうした「問題」が見られるのは、両者が一八三〇年代初頭に刊行されたバルザックの作品に、「システム」や「観念」、そして「単一性・統一性・同質性」と訳すことができる unité をあらかじめ見込んだ見方を取り入れていることに原因があるように思われるのだが、では一体なぜ、彼らはこのように「問題」のある見方にこだわったのだろうか。それについて私たちは、バルデッシュのいう「『哲学的小説コント集』の思想の単一性」についても、カステックスのいう「『あら皮』と『哲学的コント集』全体をまとめあげている中心的観念」についても、どちらもバルザック作品の原理を言いあらわすためにフェリックス・ダヴァンが用いた表現や言い回しをその着想源としているためだと考えている。ダヴァンを通じてバルザック自身が喧伝したバルザック的「観念」をそのまま取り入れたからこそ、彼らは自分たちの見方の正当性に疑いを持たなかったのではないか。

一八三四年末に執筆された「『哲学的研究』序文」は、バルザックから序文執筆の依頼を受けた年少の文学者フェリックス・ダヴァンによるものである。[19] ダヴァンは、実際にはバルザックの監督を受けながら、それまでに刊行されていたバルザックの「哲学的」著作の「全体的な意味」や「ある観念が段階的に練りあげられていくことの」秘密、作品を「動かしている精神」について読者に向けて説明する役を担い、その際に、バルザック作品の「観念」を重視し、創作の単一性を強調する記述を行っている。ダヴァンは、彼の前任者であったともいえるフィラレート・シャールによる「『哲学的小説コント集』序文」に依拠しながら、「『あら皮』に刻まれた主題」でもあるという「根源的な観念」について、次のように記している。

個人、そして、社会的な存在とみなされた人間において、知性によって引き起こされる混乱と荒廃。それがバイロン卿やゴドウィンの著作を支配している根源的な観念であり、バルザック氏はその観念を自身の作品に取り入れたのである。[20]

ダヴァンによれば、この「根源的な観念」こそが「その上に『哲学的研究』が築かれていく大きな土台」として機能しているものなのだという。ダヴァンは続けて、「観念」によって結ばれたバルザック作品の単一性を次のように示している。

『あら皮』において、有機組織として捉えられた人間という装置を詩的に描き出し、そこから「生命は欲望の力や想念の散逸に直接比例して減ずる」という公理を導き出した後で、著者は、キケロがローマの地下に人々を引き連れるために松明を手にしたように、その公理を手にとるのだった。[…]彼は勢いよく前進し、「直感」を誇張しながら「観念」を示し、情念にまで辿り着くのだが、それは社会からの影響を絶えず受けてきたことで破壊的なものになった情念なのだ。そうして、『アデュー』では熱狂的なものとなった幸福の観念が[…]『徴募兵』では母性という暴力によって殺される母親が[…]『エル・ベルドゥゴ』では家系の観念が描かれている[…]そして『不老長寿の霊薬』では相続の観念が殺意にその姿を変えている。[21]

このように、いくつかのコント＝研究をその顕著な例としてあげながら、ダヴァンは読者に向けて作品読解のための指標を示しているのだが、それによれば、バルザックの哲学的コント＝研究のすべては『あら皮』で描かれた「根源的な観念」から出来したものであるという。こうした見方に従えば、コントはいわば衛星として、『あら皮』という中心作品の観念を具現化しつつ、その周辺を飾る作品群ということになるだろう。「『哲学的研究』序文」でのダヴァンの言葉使いに注意しながら論の展開を追っていくと、モーリス・バルデッシュとピエール＝ジョルジュ・カステックスは、ダヴァンの記述に無批判的に従ったがために、先に私たちが批判的に言及したテクスト・作品の歴史性を軽視した論述の姿勢に行きついてしまったように思える。つまり、彼らは作品の歴史性、創作の時系列から外れて、一八三一年の『哲学的コント集』を、一八三四年末にダヴァンが示した『哲学的研究』の枠組みのなかで理解しようとしたのだといえる。

とはいえ、「『哲学的研究』序文」にはダヴァンの背後からバルザック自身が積極的に関与していたことが知られており、コント＝研究が「根源的な観念」に貫かれているという見方については著者公認のものとして認めることはできるだろう。しかし、それでもなお、「『哲学的研究』序文」を対象とする論稿でアンソニー・R・ピューが指摘しているように、特に初版『哲学的コント集』については、こうした見方は退けられなくてはならない。[22]何よりそれはバルザック＝ダヴァンが、『哲学的コント集』が『哲学的研究』に改編されるにあたって事後的に考え出した見方・見解であるからであり、さらに、バルザックとダヴァンの同時代人の証言から、序文執筆にあたったフェリックス・ダヴァンその人でさえ、実際のところはバルザック作品の「単一性」や「哲学的体系」について懐疑的であったことが知られているからである。

一八五〇年八月、バルザックが亡くなってから数日後に雑誌掲載された追悼記事のなかで、エドゥアール・モネはバルザック作品の「単一性」が話題にのぼったというフェリックス・ダヴァンとの会話を次のように回想している。

私の近くにいたフェリックス・ダヴァンが小声で私にこういったのです。［…］「ああ！ あなたはうまくやっていくことでしょう。自立しているというのは幸運なことです！ 私が何のために苦しんでいるのかを知っていただけたら。私はといえば、バルザックの作品の総合的な序文を書くという仕事に苦労させられているのですよ。その序文というのは、彼の創作のすべてを関係づけ、彼の創作の単一性なるものを示し、さらに、彼の創作を哲学的体系に昇格させるためのものなのです！ 私がこちら側から書いたことは、あちらの側から誰かに否定されることでしょう。どう書いたところで、説得力に欠けるとか、あるいは、十分に褒めることができていないと思われるでしょうね！」[23]

モネの証言によれば、フェリックス・ダヴァンにとって「バルザックの作品の総合的な序文を書くという仕事」は困難であると同時に骨の折れる仕事であったということである。モネの回想に含まれたダヴァンの言葉を信じるならば、「『哲学的研究』序文」執筆中のダヴァンは、「創作の単一性なるものを示」すことが困難であることを十分に自覚しながらも、執筆を監督するバルザックの指示に沿って、バルザック作品の「単一性」と「哲学的体系」を無理に強調していたということになるだろう。ダヴァンの感じたこうした難しさ、齟齬については、プレイヤード版で、フィラレート・シャールによる「『哲学的小説コント集』序文」、フェリックス・ダヴァンによる「『哲学的研究』序文」両テクストの注記を担当したピエール・シトロンが重要な指摘を残している。シトロンによれば、ダヴァンだけでなく、バルザック自身も「当初は、こうした統一的な理論を想定していなかった」のであり、仮にそのような理論が一八三一年九月刊行の「『哲学的小説コント集』序文」のなかでフィラレート・シャールによって素描されていたとしても、その当時の「バルザックは、その後の改訂や事後的な注釈において強調した、すべての作品に共通する「死をもたらす思考」という中心的な観念を前面に押し出す意図は持っていなかった」のだという。[24]

起源の多様性

ここまで、先行研究批判をかねて『哲学的コント集』に「中心的な観念」や「単一性」「哲学的体系」を見出そうとする見方を長く取りあげてきた。私たちとしてはしかし、そうした見方をとることなく、より単純に、『哲学的コント集』をバルザックによる最初のコントの作品集として捉え、当時の読者に提示されたそのままの状態で取り扱っていきたいと考えている。作品の刊行当時の状況に目を向けると、『哲学的コント集』は、確固とした体系や明確な観念によって生み出された著作というより、バルザックを取り巻いていた状況の産物という側面が強いように思えるからである。

それでは当時の状況とはどのようなものだったのか。それは、簡潔にいえば、一八三〇年代初頭に「ジャーナリスト」と「文学者」を兼業し、原稿料で生計を立てるべく奮闘していたバルザックが、みずから「コントの作者」を自称し、『パリ評論』や『ラルチスト』をはじめとする文芸誌に、多くの場合、短篇読切作品として、のちに『哲学的コント集』に収められることになる「コント」の数々を精力的に寄稿していたという状況のことである。[25] この時期、バルザックは「文芸誌の救世主」の異名をとりながら、パリの文壇を席巻した「コントの流行」の中心人物の一人として、雑誌編集者と読者の期待に応える活躍ぶりを見せていたのだった。

『哲学的コント集』に収録されている作品の多くは、単行本収録以前に、一八三〇年一月から一八三一年八月にかけて個々の独立した作品として文芸誌に掲載されていたのであり、刊行の経緯からすれば、『哲学的コント集』はそれらの作品を寄せ集めるようにして作られた文集であったということができるだろう。それゆえ、『哲学的コント集』に作品集としての「単一性」があるとしても、それは「哲学的観念」や「全体の理論」によってあらかじめ準備、想定されていたものというより、「コントの作者」としてのバルザックの出版戦略によって事後的に付与されたものとして捉えるべきだと考えることができる。

実際のところ、『哲学的コント集』初版から文芸誌初出にまでさかのぼってみると、特にバルザックが『パリ評論』誌への寄稿を始める前に他誌に掲載されていた作品は、単一性とは対照的な、それぞれの作品の不統一性や独自の個性の方が際立っているように思える。確かに、『哲学的コント集』には、作品の短さという全体にあてはまる明確な共通点がある。そしてそれこそがこの作品集が「コント集」と題された所以でもあるだろう。しかし、そうした作品の短さでさえ、作者による純粋な創作上の選択であったというより、作品の掲載媒体である文芸誌が「コントの作者」に課した形式的な制約であったという方が的確なのである。バルザックが一時期専属契約を結んでいた『パリ評論』誌創刊者であるルイ・ヴェロンの表現を借りれば、文芸誌向けの物語作品は「一篇の新聞記事の長さにおさめるには展開が多すぎるが、かといって一冊の書籍をなすほどには展開が見られない文学作品」であるとされ、そのため『パリ評論』誌掲載の物語作品は一回読切か数回の分割掲載のものに限られていたからである。[26]

私たちとしては、『哲学的コント集』の多様性に注目する立場から、以下に各作品の初出をあらためて示すことで、まずは出自の多様性に目を向けてみたいと思う。『哲学的コント集』では単行本が初出となった『フランドルのイエス・キリスト』を例外として、そのほかの作品はすべて、初版刊行以前に新聞雑誌に掲載されたものとなっている。それらの新聞雑誌は、掲載順に、『ラ・モード』『ラ・シルエット』『ラ・カリカチュール』『パリ評論』『両世界評論』『ラルチスト』の六紙誌であり、以下に見るように、各媒体のコンセプト、編集方針、政治的傾向は重なっている場合もあるが、全般的な「カラー」は当然のことながらそれぞれに異なっている。

各作品の初出情報を順に記していくと、まず、一八三〇年一月三〇日から一一月一三日の間に『エル・ベルドゥゴ』『女性研究』『二つの夢』『魔王の喜劇』の前半部分が、エミール・ド・ジラルダン編集による『ラ・モード』紙に掲載されている。[27]『ラ・モード』紙はいわゆる「モード新聞」として服飾や文学の流行に敏感な貴族の女性読者に向けられたメディアとして知られている。[28]

次に、一八三〇年一〇月三日から一二月九日の間に、『哲学的コント集』では『教会』として一篇にまとめられることになる二篇の記事が、一方は『ラ・シルエット』紙に、もう一方は『ラ・カリカチュール』紙に掲載されている。両紙は共和派の諷刺新聞として知られており、一八三〇年一一月に、七月革命後の政治状況を諷刺する『悪魔の喜劇』の後半部分が掲載されたのも『ラ・カリカチュール』紙においてである。[29]

並行して、一八三〇年一〇月から翌年五月にかけて『不老長寿の霊薬』『サラジーヌ』『徴募兵』『追放された者たち』の四篇が『パリ評論』誌に掲載されている。[30] ヴェロン博士が創刊した『パリ評論』は上流階級層を読者に想定し、文学に特化した十九世紀フランス最初の本格的文芸誌の一つとして知られているが、その大きな特徴としては、政治性の排除と若手作家の積極的起用をあげることができる。[31]

続いて、『パリ評論』誌での掲載と重なる状態で、一八三一年四月から五月に『呪われた子』と『二つの夢』が『両世界評論』誌に掲載されている。[32]『二つの夢』は『ラ・モード』紙掲載のものに若干の変更が加えられたヴァージョンでタイトルも「内輪の夜食会」に変えられている。『両世界評論』誌は後に『パリ評論』誌と肩を並べることになる文芸誌の一つであり、創刊当初は若手作家の起用には消極的であったのが、一八三一年にフランソワ・ビュロが編集長に着任し、誌面改革がなされたことでバルザックの作品が掲載されはじめたという経緯がある。[33]

最後に、一八三一年七月から八月にかけて、つまり、『あら皮』の刊行直前、そして『哲学的小説コント集』刊行を間近に控えた時期に、『知られざる傑作』が『ラルチスト』誌に掲載されている。[34]『ラルチスト』誌は「芸術家」を意味する雑誌名のとおり、もっぱら芸術と文学を扱う文化・文芸誌として創刊され、『パリ評論』誌の編集方針をさらに推し進めるような形で、若手作家の創作を中心に、短篇読切作品を積極的に掲載することで「コントの流行」の発信源となっていたメディアである。[35]

『哲学的コント集』の各作品の生成や執筆過程については、いくつかの例外を除いて、草稿や校正刷が残されていないため、多くのことが知られているわけではないのだが、各作品の「出生地」ともいえる、各媒体での初出掲載については、上に記したように一八三〇年代初頭に相次いで登場したパリの新聞雑誌という具体的な場が明らかになっている。このようにコント作品の初出の掲載媒体が様々であることから、それらの作品はそれぞれに異なるルーツを持っているということができるだろう。また、コント作品のプレ・オリジナルは、各媒体に掲載されるにあたって、多くの場合、「兵隊の回想」「パリ風俗」「政治生活情景」「コント・ファンタスティック」「カリカチュール」「ファンテジー」「クロッキー」「戯画」といった、その多くがバルザック自身の考案による下位的なジャンル区分、小ジャンル、カテゴリーの名称が副題として付されていたことからも、少なくとも初出掲載の時点では、それぞれの作品は豊かに異なる起源、混ざり合うことのない色あいを明確に有していたということができる。

物語内容の多面性

『哲学的コント集』の各作品の起源が多様であることについては先に見た通りであるが、その物語内容についても単一性とは対照的な多様性、多面性を指摘することができる。同一作者による著者であるため、当然のことながら、『哲学的コント集』の全体を通じて、物語の主題やスタイル、語りの技法などについて、いくつかの共通点をあげることは可能だろう。しかし、あえて深読みを行わない限り、とりわけ刊行当時の読者にとっては、『哲学的コント集』はむしろ、ばらばらの、あるいは寄せ集めの、モザイク状の集合体として映っていたはずである。

ここでは十二篇からなる『哲学的コント集』から、『エル・ベルドゥゴ』『女性研究』『二つの夢』の三作を例として取りあげたい。これらの三作品は、一八三〇年の一月から五月にいずれも『ラ・モード』紙に掲載されたものではあるが、その際、各作品にはそれぞれに、「兵隊の回想」「パリ風俗」「政治生活情景」といった副題か見出しが付されていたのであり、そのことからも三作品が何らかの「中心的観念」を敷衍したものというよりは、別々の着想をもとに生み出された創作であったことがうかがえる。三作品の筋書きに実際に目を通してみれば、フェリックス・ダヴァンがエドゥアール・モネに密かに漏らしたという、作品同士を結びつける要素を見出すことの難しさを実感することができるはずである。

まず、『ラ・モード』紙に「スペイン侵攻」の副題を付されて掲載された『エル・ベルドゥゴ』は、明らかに婦人層を読者に想定した「モード新聞」という掲載媒体のカラーをあえて無視するかたちで、フランス・ナポレオン軍のスペイン侵攻を背景とした暗く重々しい内容の物語として書かれている。

『エル・ベルドゥゴ』では、フランス人士官ヴィクトール・マルシャンを視点人物とする「兵隊の回想」として、スペイン人貴族の一家の悲劇的な運命が描かれる。フランス軍の監視下に置かれたスペインの町で、ある夏の晩に住民たちの蜂起が勃発する。しかし、蜂起は軍隊によってすぐに鎮圧され、町を統括する大公としてレガネス侯爵が逮捕され、住民たちによるフランス兵殺害の責任を問われることになる。蜂起に参加したスペイン人二百人は即座に処刑され、侯爵の一家も全員に絞首刑が宣告される。そして、侯爵家の処刑が準備されている時に、ヴィクトール・マルシャンが侯爵からの最後の願いを上官の将軍に伝えることになる。マルシャンを仲介にして、侯爵は将軍に、一家の財産と引き換えに、彼の息子に恩赦を与え、一家を絞首刑にするかわりに、息子に一家全員の処刑をさせて欲しいと願ったのである。この願いを受けて、死刑執行人の到着を待っていた将軍は、「死刑執行人の務めを果たす侯爵の息子の一人に、財産と命を残してやろう」と冷酷にいい放つ。[36]一家の名誉と家名を守るために、侯爵は将軍との取り決めに従って、長男のファニトを後継者に選び、彼に一家の処刑を命ずる。読者は物語の最後で、「エル・ベルドゥゴ」が、その後スペイン王によってファニトに対して与えられた称号であり、スペイン語で「死刑執行人」を意味する語であることを知ることになる。[37]

『エル・ベルドゥゴ』の悲愴な調子とは対照的に、「パリ風俗」として書かれた『女性研究』は軽く喜劇的な調子の物語であり、その導入部分には「人はいつも探していないものを見つけてしまう」という一文が物語全体の教訓のように記されている。[38]

物語は、匿名の伯爵夫人に誤って届けられた一通の恋文を巡って展開していく。伯爵夫人は「王政復古期の精神のなかで育った若い女性のうちの一人」であり、「何事においても宗教そして世間との折り合いをつけており」、「「法に適っていること」という言葉を自身のエピグラフにしているような」[39]、つまりは、信心深いと同時に社交界好き、貞潔であると同時に魅力に富んだ、本心では何を感じ考えているか見抜くことの難しい女性の一人である。そこで、語り手である「『結婚の生理学』の著者」がその侯爵夫人の心を探り、その真実を読者に示そうというのである。[40]侯爵夫人に宛てられた、彼女が「探していない」手紙は、魅力的だがうっかりしたところのあるエルネスト・ド・M某という青年からのものであり、彼はある夜会で、侯爵夫人と踊り、会話を交わしたことがあったのだった。夜会の翌日、エルネストは情熱を込めた手紙を書いたものの、その宛先の記述を誤り、恋人であるB子爵夫人に送るべきところを侯爵夫人に手紙を送ってしまう。手紙を受けとり、火にくべる前に文面に目を通した侯爵夫人は、貞潔な夫人として、「冷たい振る舞いで青年を苦しめること」に徹することに決める。[41] ところが、手紙を受けとってから数日が経っても差出人のエルネストが訪れてくる気配がないため、侯爵夫人はまたしても彼女が「探していない」、ある種の「結晶化作用」を感じはじめることになる。[42] その後、エルネストが侯爵夫人を訪ね、彼女に届いた手紙は宛名間違いによるものだったことをうちあける。エルネストの弁明を聞いて、侯爵夫人は青年を許し、誤解を解くことができたものの、彼女の心にはいくらかの無念さが残されたのだった。

共に『ラ・モード』紙に掲載されたという共通点はあるものの、『エル・ベルドゥゴ』と『女性研究』は、主題、文体、物語の調子など多くの点で大きく異なった作品となっている。両作品の間にはむしろ、血腥さと社交界の軽薄さ、「兵隊の回想」と「生理学」、悲劇と喜劇といった対称性やコントラストが見られるほどである。

最後に、同じく『ラ・モード』紙掲載の『二つの夢』を取りあげたい。『二つの夢』はそれ自体が現実と夢、歴史的なものと幻想的なもの、という対照的な要素から成り立っている。そのタイトルのとおり、『二つの夢』は、「弁護士」と「外科医」として登場する謎めいた二人の人物によって語られる二つの夢の物語となっている。

一七八六年の夏、サン゠ジャム夫人の厚意で、二人の「新顔」が豪華な邸宅で開催された夜会に招待されたという。深夜になり、夜会の客のなかでも限られた顔ぶれのみが参加する「内輪の夜食会」で、「弁護士」と「外科医」は彼らの見た奇妙な夢について報告を行う。[43] 夜食会の参加者は、物語の語り手でもある匿名の登場人物を除いて、全員が十八世紀末に生きた歴史上の著名人という設定になっており、サン＝ジャム夫妻、カロンヌ、ジャンリス夫人、ボーマルシェ、ラヴォワジエ、そして、物語の最後で名前が明かされる「弁護士」と「外科医」がテーブルを囲んでいる様子が描かれている。第一の夢として語られるのは、「弁護士」とカトリーヌ・ド・メディシスとの会談であり、彼女は夢のなかでサン＝バルテルミーの虐殺における自身の決断を正当化したのだという。この「強力な「幻覚」」[44]に見舞われたという夢のなかで、「弁護士」は敵対者に対するカトリーヌ・ド・メディシスの「残酷な教義」と野心の実現のための「狂信的な態度」に強く印象づけられたとうちあける。[45]続けて語られた第二の夢では、「外科医」が病人の身体のなかに入りこみ、そこで民衆がうめき声をあげているのを目にしたことが告げられる。読者は物語の終盤で、サン＝ジャム夫人の発話から、二つの夢の語り手である「弁護士」と「外科医」がロベスピエールとマラーであったことを知ることになり、同時に、彼らの語った幻想的な夢が、「革命」と「恐怖政治」を象徴し、予言するものであったことに気づかされる。[46]

『哲学的コント集』の各作品のそれぞれの独自さや特徴、作品と作品の違いを強調するために、各作品の物語内容をさらに続けて追っていくこともできるのだが、もはやその必要はないだろう。『哲学的コント集』全体を貫いているのが「バルザック的なシステム」や「中心的な観念」ではなく、むしろその反対に、一貫性や統一性のなさの方であり、それによって『哲学的コント集』が対照的な要素や顕著なコントラストにあふれた作品として特徴づけられていることはすでに明らかだと思われるからである。

『哲学的コント集』の時空間

ここからは、『哲学的コント集』の精神をよりよく理解するために、各作品の物語の大枠、背景として、どのような時代設定、空間設定が行われているかに注目していきたい。『哲学的コント集』における時空間の設定、選択は、作品全体の構想、コンセプトと密に関わっているように思えるからである。物語の時空間に注目する私たちのアプローチは表層的なものに見えるかもしれないが、少なくとも、いくつかのメリットがある。まず、時空間の分析は、『哲学的コント集』に収録されているすべての作品を、その物語内容がいかなるものであれ、同じように対象にすることができる。また、その分析を通じて、各作品の独自性を具体的に指摘することも可能である。さらにそれによって、『哲学的コント集』の構想と輪郭を同時に浮き彫りにすることができるはずである。

『魔王の喜劇』、例外的作品

『哲学的コント集』の時空間を取りあげていくにあたって、まずは『魔王の喜劇』について、例外的作品として言及しておかなくてはならない。というのも、『魔王の喜劇』は「地獄」を舞台とする諷刺的コントであるからである。興味深いことに、『魔王の喜劇』において、地獄は暗く悲惨な場所としてではなく、豪華で贅沢な場所として描かれており、そこでは亡者の王としてサタンが君臨している。魔王は地獄のなかで、永遠の生に退屈しきっている。コントの前半部分では地獄に劇場を建設する議論が展開し、それに続いて、劇場で上演される演目のジャンルをめぐる文学的な議論が交わされるという筋書きである。物語の時間、時代の設定についていえば、『魔王の喜劇』は完全に時間軸から逸脱しており、その逸脱ぶりは、異なる時代を生きた歴史上の人物たちが地獄の住人として登場することによって強調されている。「永遠の上演」と題されたコントの後半部分では、地獄の「政府」の大臣を務める「有能な人士たち」として、「戦争大臣ジャンヌ・ダルク、金融大臣サミュエル・ベルナール、宗教と公教育大臣女教皇ジャンヌ、内務大臣サン＝シモン、法務大臣ソクラテス、海軍大臣ピエール・コルネイユ、外務大臣ユリウス・カエサル」が一堂に会している。[47] 同様に、地獄の議会においても歴史上の人物たちが時空を超えて集結しており、「首都がその代表として選出した古参の預言者ムハンマド、クーザン氏が刊行した八つ折り版九巻からなる思弁的な哲学者プラトン、博愛家の大司教フェヌロン、古代ローマ法典起草者ヌマ・ポンピリウス、作家ラブレー［…］退役将軍ティムール、文学者ローレンス・スターン」が亡者たちの代表を務めているという。[48] このように、『魔王の喜劇』は多くの歴史上の人物たちを冥界に集わせており、それによって、通常の物語の時空間の枠組みそのものが遊戯的なやり方で無効化されている。

『魔王の喜劇』という例外を別とすれば、『哲学的コント集』の各作品はすべて、ヨーロッパのいずれかの土地を舞台とし、十四世紀から十九世紀の間のいずれかの時代を背景として創作されている。以下に見ていくように、バルザックは各作品においてそれぞれの時空間を設定するにあたって、空間、地理については、特にパリが舞台となる場合には単純に地名を記すことで、また、地方や国外の土地が舞台となる場合には地名を明記することに加えてその土地の描写を行うことで示している。時、時代については、直接的に年代が記されることもあれば、歴史上の人物が物語に登場することで、作品の時代設定が間接的に明らかにされている場合もある。十八世紀のヴォルテール、デ・フォー、スウィフトといった作家による「哲学的コント」においては、人目につくことのない、孤立した、想像あるいは理想上の「哲学的島々」といわれる場所が舞台とされていたことを思い起こすと、[49]『哲学的コント集』において具体的な地名や時代が明らかにされていることがバルザックの独自性の一つとなっているといってもよいのかもしれない。

『追放された者たち』

『パリ評論』誌掲載時には「歴史的素描」という副題が付され、『哲学的コント集』のなかでももっとも古い時代を背景にしている『追放された者たち』から見ていくことにしたい。

『追放された者たち』では「歴史」を強調した書き出しで、物語が十四世紀初頭のパリを舞台にしていることが記されている。

一三〇八年、ノートル＝ダム寺院の裏手、シテ島の上流の方にセーヌ川の運ぶ砂や土砂堆積によって形成された「土地」には、まだほとんど家屋が建てられていなかった。[50]

この時、セーヌ川の中洲で部屋貸しをしていた市警の男の家に、亡命詩人として、ダンテがその素姓を明かさずに滞在しており、同じく「追放された者たち」である年若いゴドフロワを伴った「超自然的な風貌の」謎めいた異国の男はフィレンツェに帰還できる日を待ち侘びている、というのが『追放された者たち』と題された物語の前提となっている状況である。[51]

また、物語の中盤で『追放された者たち』の歴史性を演出している場面の一つにダンテとシジエ博士という二人の人物が邂逅する場面がある。語り手によれば、一三〇八年、シジエは「パリ大学で神秘神学のもっとも著名な博士」であり、博士はその演説によって、「最近ソルボンヌで受理された素晴らしい論文の著者その人」とされるダンテを魅了したと記されている。[52] しかし、後にもふれるように、注意すべきなのは、実際にはこの場面も、シジエという神学者についても、史実に捉われない形でバルザックが創造した偽歴史的な記述であるということである。ただし、そうではあるとしても、時代設定やパリを舞台とする偽歴史的記述を行うことによって、バルザックが『追放された者たち』において十四世紀特有の雰囲気を描き出そうとしていることは確かだといえるだろう。

『フランドルのイエス・キリスト』

次に、古い時代を背景としたもう一つのコントである『フランドルのイエス・キリスト』を見ていく。『フランドルのイエス・キリスト』においても、物語の時空間は書き出しの一文によって読者に示されている。

> ブラバンの歴史のなかでも何時とはいいがたいある時期において、カザント島とフランドル沿岸の間に介在しうる社会のつながりが保たれていたのは、旅客が移動する用途のためのたった一隻の船によってであった。[53]

物語の地理歴史的背景をこのように記述しながらも、作者は明確な時代設定についてはお茶を濁しているのだが、そのことについては、物語の冒頭に「語り手」自身が登場し、申し開きを行っている。「語り手」の言によれば、それは『フランドルのイエス・キリスト』がフランドル地方に伝わる伝説に着想を得ているからであるという。オーステンデの沿岸で、一隻の船が嵐に襲われ波にのまれかけた時、金持ちと貧乏人、善人と悪人、信仰者と不信仰者など十二名の乗客が乗り合わせたなかで、信仰を持っていたものだけが、乗客の姿をしていた「救い主」に命を救われた、というのが伝説の内容である。『フランドルのイエス・キリスト』は、神秘的な男の後を追って、信仰を持つものたちが波の上を歩き、海岸にたどり着くことができたという伝説を再話した物語だといえるのだが、書き出しで「語り手」が明確な時代設定を避けているのは、『フランドルのイエス・キリスト』において伝説や伝統的なコントの語りのあり方を尊重したためだということができる。それは「代々伝えられた歴史物語の、ご先祖さまたちや昼と夜の語り部たちが炉端から炉端へと語り継いだ」物語の語りのあり方であり、そうした物語は不可避的に「曖昧さや不確かさや不可思議さ」と結びついているからである。[54] 別の言い方をすれば、時代設定を不明確にすることによって、「語り手」と作者バルザックは伝統的なコントの語りに忠実であろうとしたということもできる。ただし、『フランドルのイエス・キリスト』の読者は、船の乗客の一人である「ルーヴァン大学の博士」[55]という副次的な登場人物を手がかりとして、物語の時代をルーヴァン大学が設立された十五世紀中葉として推定することが許されている。

『不老長寿の霊薬』

『不老長寿の霊薬』では霧深いフランドルとは対照的な日の照る地域が舞台とされている。

フェラーラのもっとも美しい大邸宅の一つのなかで、ある冬の晩に、ドン・ジュアン・ベルヴィデロがエステ家の大公をもてなしていた。その当時、夜の祝宴は、王家の富や領主の権力のみが開かせることのできる特別な見せ物のようなものだった。[56]

という書き出しから始まるこの物語では、『フランドルのイエス・キリスト』と同様に、副次的な登場人物の存在から時代設定を推し量ることができるようになっている。主人公であるドン・ジュアン・ベルヴィデロが、ドン・ジュアン伝説から着想を得た架空の人物として、あらゆる地上の悦楽を好み、父から受け継いだ不老長寿の霊薬の力を借りて、死後に蘇り、二度目の生を生きることを望む、不信心な悪魔的な存在として物語に登場しているのに対して、「エステ家の大公」として登場するアルフォンソ・デステの方は実在した人物である。

一五〇五年から一五三四年の間、フェラーラの大公を務めたアルフォンス・デステを手がかりに、読者はこのコントが十六世紀のイタリアを舞台としていることがわかる。ただし、『不老長寿の霊薬』ではイタリアだけでなく、スペインも舞台となっていることを指摘しておかなくてはならない。「宴」と「最期」の二部に分けられたこのコントでは、前半でイタリアでのドン・ジュアンの青年時代が、後半で年老いたドン・ジュアンのスペインでの暮らしぶりが描かれている。つまり、そのほかのドン・ジュアン伝説と同様に、『不老長寿の霊薬』のドン・ジュアンも信心深いカトリック国としてのスペインで最期を迎えることになるのだが、その死に様は独自なものとなっている。物語の結末で、息を引き取ったはずのドン・ジュアンは、教会で自身の葬儀が執り行われている最中に霊薬の力で頭部のみが蘇り、ドン・ジュアンの胴体から離れた頭部は、彼の妻であり「若く魅力的なアンダルシア娘」[57]であるドナ・エルビーラとの関係が疑われた神父の頭部を食いちぎって、再び息絶えるのである。

ここまで三篇のコントを取りあげ、時代が十四世紀から十六世紀までの間に、その舞台が、フランス、フランドル地方、イタリア、スペインに設定されていることを見てきた。物語の空間設定についていえば、『哲学的コント集』ではそのほかの作品についても、これらの四つの地域に収められているだけでなく、これらの四つの地域は、後の『人間喜劇』においても特に重要な物語空間であるとして、それぞれ重点的に研究されてきた地域でもあることを付言しておこう。[58]その後のバルザックの文学的地理記述の傾向をいわば予告的に伝えている三篇のコントに続けて、以下に、引き続き時代順に従いながら、『呪われた子』『知られざる傑作』『二つの夢』『徴募兵』の四篇を取りあげる。

これまでの三篇とは異なり、これらの四篇はすべて、パリと地方のフランス国内を舞台としているが、時代設定は十六世紀から十八世紀の間でそれぞれ異なっている。

『呪われた子』

まず、『呪われた子』は、第一章の章題「十六世紀のある寝室」[59]にあるとおり、十六世紀後半に時代が設定されている。物語はデルヴィル伯爵夫人の出産前夜にはじまる。伯爵夫人は十八歳という若い年齢であり、五十歳で暴力的、残忍で醜男のうえ嫉妬深い夫のデルヴィル伯爵を恐れている。なぜなら、侯爵夫人は「呪われた子」を産もうとしているからであり、その子供は「結婚初夜から七か月後」に生まれてこようとしているのである。[60]伯爵は生まれてくる子供が自分の子供ではなく、伯爵夫人の愛人の子供であるのではないかと疑っている。こうした物語の状況を説明しながら、語り手は、「この夜の場面は一五九三年、フランスが宗教戦争のただなかにあった時代のものである」[61]と記し、その時代設定のなかで、架空の登場人物であるデルヴィル伯爵に歴史性を持たせ、フランス王に仕えノルマンディーの西側を治める領主になりうる人物として描いている。そして、両親の諍いのもととなる、体が弱く憂鬱な性格に生まれた「呪われた子」の陰鬱な物語は、ノルマンディー沿岸に面した暗く孤立した伯爵の領地で展開していく。

『知られざる傑作』

次に、『知られざる傑作』では、以下の書き出しの一文によって、物語の時空間が明確に読者に伝えられている。

一六一二年の暮れ頃、一二月の午前の寒さのなか、じつに寒々しい身なりの若い男が、パリのグラン＝ゾーギュスタン通りにある家の戸の前を歩いていた。[62]

物語を読み進めていくと、読者はその「若い男」が若き日のニコラ・プーサンであり、プーサンが「アンリ四世の画家」として世に知られるフランソワ・ポルビュスを尋ねようとしていたことがわかる。ポルビュスのアトリエで、プーサンは風変わりではあるが天才的な画家フレンホーフェルと出会うのだが、『知られざる傑作』では、三人の画家のうち、フレンホーフェルのみが架空の登場人物となっている。今日では『知られざる傑作』は、物語の前半部分で架空の天才画家であるフレンホーフェルによって語られる芸術論によって広く知られているが、『追放された者たち』での神学議論と同様に、その部分は「コント」が「研究」となった一八三五年以降に大幅に加筆されたものであり、一八三一年の初版においては、パリのアトリエで三人の画家たちが出会い会話する様子が中心に描かれている。

『二つの夢』

『二つの夢』では、一人称で語る語り手によって、物語の冒頭で、きわめて簡潔かつ正確に、物語の時空間が提示されている。語り手は、「ある晩、それは一七八六年八月二日だったと思う」[63]と述べながら、その日、パリ、ヴァンドーム広場に実在したボダール・ド・サン＝ジャムの邸宅にいたことを読者に伝えている。すでに見たように、『二つの夢』では、語り手が同席したという「内輪の夜食会」で語られた夢をめぐる物語となっており、サン＝ジャム夫妻、カロンヌ、ジャンリス夫人、ボーマルシェ、ラヴォワジエ、ロベスピエール、マラーといった十八世紀後半のフランスで活躍した歴史上の著名人物たちが登場人物となっていることで、予言的であると同時に幻想的な「二つの夢」が、作者の作り出した歴史的現実という枠のなかに収められている。

『徴募兵』

『二つの夢』では物語の時代が革命前の時期に設定されているのに対して、『徴募兵』では革命の数年後の恐怖政治の時期に時代が設定されている。

一七九三年の一一月のある晩、カランタンの中心人物たちはド・デイ某夫人のサロンに集まっていた。彼女の家では毎日「会議」が開かれていたのだった。[64]

書き出しの後、このコントは、「バス＝ノルマンディー地方では革命による被害がほとんどなかった」[65]ために比較的平穏であったとされるカランタンを舞台に展開していく。しかし、平穏であったとはいえ、カランタンにおいても「当時は、たとえどんなに小さなものであれ、危険を伴う動きは貴族たちにとってはほぼ必ず生死に関わる問題となるのだった」[66]という。ド・デイ某夫人は「貴族たちにとって」困難で危険な時代に、裕福な家庭の相続人として、貴族的な美徳と美しさを失わずに生きている女性として描かれている。物語の冒頭では、夫人が密かに、イギリスに亡命していた王党派の伯爵である息子の帰還を待っていることが明かされている。息子からの手紙を二日前に受けとっていた夫人は、息子が徴募兵に変装し三日以内に帰宅する予定であることを知らされているのだが、その三日目になってもまだ息子は母親の前に姿を現さずにいる。『徴募兵』はある種の心理劇として、共和派と王党派、市民と貴族が鋭く対立する緊迫した時代状況を背景として、息子の帰還を願う母親の心情が細かく描き出された作品となっている。

『エル・ベルドゥゴ』

『悪魔の喜劇』を例外として、ここまで『哲学的コント集』収録の七篇を取りあげ、それぞれの作品がそれぞれ異なる時代と地域のなかで展開しているのを見てきた。それらの作品に対して、以下に取りあげる四篇は、まったく異なる状況設定がなされてはいるものの、いずれも十九世紀に時代が設定されている。四篇の物語の舞台としては、あらためて、スペイン、イタリア、パリ、そしてフランスの地方都市が選ばれている。

すでに見たように、またいうまでもなく、『エル・ベルドゥゴ』は「スペイン」を舞台にした物語である。『エル・ベルドゥゴ』では、十九世紀初頭のナポレオン帝国によるスペイン侵攻の時代に、あるスペインの町で起きた貴族の一家の悲劇が語られている。だが注意すべきなのは、複数の研究者が指摘しているように、気候の描写から、「メンダ」と名指された地域の描写、人物描写に至るまで、『エル・ベルドゥゴ』での「スペイン」の表象は紋切型に満ちていることであり、それらの典型的なスペインの描写は、のちに「ロマン主義的スペイン」と形容されることになる「地方色」を再現し、読者に提示する目的でなされたという側面があることである。[67] たとえば、「スペインの美しい空は彼の頭上で蒼いドームのように拡がっていた」[68]と書かれているように、『エル・ベルドゥゴ』のスペインの空は舞台の書き割りに見られるように蒼く澄みきっている。そして、こうした舞台装置のような空間のなかで、「クララ」と名づけられたヒロインが若いスペイン女性の典型として主人公の前に現れる。[69] そのヒロインは次のように描かれている。「彼［ヴィクトール・マルシャン］は彼女［クララ］の黒髪、柔らかな腰回りに見惚れた。というのも、彼女こそが真のスペイン女であったからだ。彼女の肌はスペイン人の肌の色である茶色に近く、スペイン人の目をしていた。長いまつ毛はカールし、その瞳はカラスの眼よりも黒々としていた」[70]。

別の言い方をすれば、バルザックは『エル・ベルドゥゴ』の舞台をロマン主義の時代の多くの作家と読者たちを惹きつけた「ピトレスク」で情熱的な地に設定するために、すでに同時代人の間で共有され、用いられていたスペイン的な舞台装置や装飾を積極的に利用したということである。このことは、バルザックによる物語の時空間の選択、設定が、創作上の芸術的な観点からなされたものであると同時に、あるいはそれ以上に、読者の関心を誘うための戦略としてなされたものであることを示唆している。

『サラジーヌ』

『知られざる傑作』『不老長寿の霊薬』『魔王の喜劇』などの作品と同様に、『サラジーヌ』は二部構成の作品となっている。『サラジーヌ』では、「二枚の肖像画」と題された前半部分が十九世紀のパリを、「芸術家の情熱」と題された後半部分が十八世紀のローマを舞台にしている。パリで展開する前半部分は、エリゼ＝ブルボン邸からほど近いランティ家の館で開かれた夜会の場面から始まる。時代を明確に示す記述は見られないものの、作中に、一八一三年にヴェニスで制作され、一八二二年にパリで上演されたロッシーニの「タンクレディ」や十九世紀前半を生きたオペラ歌手であるマリブランへの言及が見られることから、王政復古期を時代背景としていることを知ることができる[71]。

ランティ伯爵家という「パリにおいて、なぜ？　どうやって？　彼はどこから来たのか？　彼らは誰なのか？　何があったのか？　彼女は何をしたのか？　といったことにばかりを気にしている物見高い人々」〔72〕の興味をそそる「謎めいた一家」で開かれた夜会で、語り手である「私」は同伴していたＦ伯爵夫人から、夜会に亡霊のように現れた一人の老人が何者であるかを問われる。そして、夫人の好奇心を満たし、さらにそれによって夫人の気を引くという二つの目的のために、「私」はランティ家で大切にまもられているその謎めいた老人の正体を明らかにする「イタリアではよく知られた話」を、夫人の閨房で披露することになる。イタリアを舞台にする『サラジーヌ』の後半部分は、「私」が「夫人」に語った、いわゆる物語内物語として作中で語られたものとなっている。

「芸術家の情熱」と題された後半部分で語られるのは、フランス人彫刻家サラジーヌの熱狂的な恋物語であり、若く情熱的で天才的な彫刻家は「一七五八年にイタリアに渡った」〔73〕という設定になっている。「芸術の祖国」といわれるイタリアの地で、「理想の美」を探し求めるサラジーヌはローマの劇場でプリマドンナのザンビネッラを目にし、ザンビネッラのことを「傑作」として追い求めることになる。ザンビネッラに夢中となったサラジーヌは「彼女に愛されるか、さもなくば死ぬまでだ！」〔74〕と彼女の誘拐を計画するほどに思いを強めていく。しかし、実際は、ザンビネッラはカストラートといわれる男性の去勢歌手であったのであり、強力な後ろ盾を持つザンビネッラはサラジーヌの求愛を退けようとする。ここでは物語の筋をこれ以上追うことはしないが、『サラジーヌ』では、二重化された語りの構造のなかで、同時代のパリという枠に前世紀の芸術家の物語が挿入され、二つの時空が巧みに結びつけられていることを指摘しておきたい。

『女性研究』

『哲学的コント集』において、『女性研究』は唯一、雑誌掲載時である一八三〇年三月と重なる同時代のパリ社交界を舞台とした作品になっている。すでに見たように、『女性研究』では、エルネスト・ド・M某が恋文を書くなかで無意識のうちに混同した宛先によって、パリ中心部の「サン＝ドミニク通り」と「フォーブール・サン＝トノレ」の周辺で物語が展開していることがわかる。[75] なるほど、『女性研究』には、物語の時代設定が直接的に記されているわけではない。しかし、作中で、語り手である「私」と友人のエルネストが交わしたという会話のなかに、物語の時代を推測させる手がかりが含まれている。会話の内容として「私」は次のように記している。

私たちはアルジェリア遠征の話をしはじめて、私は資料編纂官か軍事報告書の書記官として登用されたいという話をした。[76]

こうした記述を目にした『女性研究』の雑誌掲載当時の読者は、この作品がすぐれた同時代性を持っていることに気がついたはずである。まさにこの頃フランスでは「アルジェリア遠征」が議論されていたのであり、遠征は実際に一八三〇年の六月から開始されているからである。宛先の書き間違いという身近な主題を扱った『女性研究』は、その意味でも当時のパリの読者にとって身近な作品であったに違いない。

『教会』

最後に『教会』を取りあげたい。『教会』は『女性研究』と同様に同時代を背景にしたコントであるといえるのだが、作品の同時代性は『女性研究』の場合とくらべてさらに間接的な形で暗示されている。『教会』は一人称の語り手の独白によって始まっており、その独白の絶望に満ちた語り口が読者に時代の空気を感じさせる。

私は生きることに疲れていた。だが、私の絶望の理由を問われたとしても、私にはその理由を見つけることはおそらくできなかっただろう。私の精神はそれほどに覇気を失い不安定になっていたのだった。［…］今日死ぬか、あるいは、明日死ぬか！……どちらにしても死ななくてはならない。［…］私は不確かな未来のことや失われた希望のことを考えながらさまよい歩いていた。こうした不穏な考えにとらわれて、霧の向こうに塔が幽霊のように見えていた薄暗いサン＝ガチアン聖堂に引きこまれていった。(77)

この書き出しの独白を読むことで、時代背景についての直接的な記載がないにもかかわらず、当時の読者は、ここで作者が一八三〇年の七月革命後のフランス社会を覆った絶望の空気、心情を描いていることを理解することができたはずである。そのような推察がなぜ成り立つかというと、『教会』は二篇の雑誌掲載記事をもとに構成された作品となっており、その二篇は七月革命の数か月後に、いずれも諷刺新聞である『ラ・シルエット』と『ラ・カリカチュール』の各紙に掲載されたものだったからである。

とりわけドーミエによる諷刺画によって知られているように、この当時、両紙はテクストとイメージを通じて、「栄光の三日間」と呼ばれた革命の日々の後に市民たちが感じることになった失望と絶望、怒りの心情を諷刺的に表現することに力を入れていた。何より、バルザック自身、後に『フランドルのイエス・キリスト』と結合された『教会』の改訂後のヴァージョンで、「それは、生きることに疲れていた頃、七月革命から少し経った頃だった。私の絶望の理由を問われたとしても［…］」というふうに、時代背景を明記する形で、書き出しの独白を書き換えてもいるのである。

物語の空間についていえば、引用文にもあるように、『教会』は「私」がトゥールのサン＝ガチアン聖堂で見舞われた幻覚を描いた作品となっている。「私」は自分の足元で教会が「石の舞踊」を踊っているように揺れ動くのを感じ、「私」はカトリック教会の終焉と再生を想像のなかで目にすることになる。[79] 教会はまず、「私」の前に老いさらばえた娼婦の姿で現れ、その後、「私」が教会に厳しい叱責の言葉を浴びせかけると、奇跡のように、教会は清らかな処女に生まれ変わっていく。独白や幻覚体験という形を取りながらも、『教会』は、教会批判や政府批判として、七月革命後の世相や市民の心情を即座に取りこんだすぐれて同時代的なコントであったといえる。

『哲学的コント集』の独自性

多様性に満ちた『哲学的コント集』の精神をよりよく理解するために、ここまで、それぞれの物語の大枠となる時空間の設定に目を向けてきた。『魔王の喜劇』を例外として、『哲学的コント集』に収録されているコントは、中世から現代までという長い時間的広がりと、フランス、パリ、だけでなく、スペイン、イタリア、フランドル、そのほかの地方を含む、大きな地理的な広がりをその背景としていたことを見てとることができた。確かに、十二編のなかで、『追放された者たち』『知られざる傑作』『二つの夢』『サラジーヌ』『女性研究』の五篇で同じパリという場が選ばれてはいるが、五つのコントはそれぞれ異なる時代の物語として書き分けられており、各時代のパリの表情はそれぞれ異なっている。各作品における時空間の選択については、何よりまず作家の意志を反映したものといえるだろうが、そこに、時代が共有していた嗜好を感じとることもできる。というのは、たとえば一八三〇年代初頭に「中世のパリ」に関心を示していたのはバルザック一人ではなく、「中世のパリ」は、一八三一年に刊行された『ノートル＝ダム・ド・パリ』の著者ユゴーによって、『追放された者たち』を大きく上回るスケールで描き出されてもいたものだった。[80] また、スペイン、イタリアについていえば、一八三〇年の時点で、ミュッセによる詩集『スペインとイタリアのコント』が刊行されており、[81] フランドルについても、バルザックが『フランドルのイエス・キリスト』を執筆していたのと同時期に、同地出身のサミュエル＝アンリ・ベルトゥーによる『フランドルの不可思議な歴史物語と伝説集』が、数篇の雑誌掲載を経て一八三一年五月に単行本として刊行されている。[82] これらの場に関しては、バルザックは同時代的に広まりつつあった地理的嗜好を共有しようとしていたといえるだろう。

物語の時に関しては、十二篇のうちの半数に当たる六篇で近過去から同時代のおよそ五十年間のうちに設定されているが、それぞれの作品には細かな時代設定がなされている。『二つの夢』では大革命を間近に控えた一七八六年に、『徴募兵』では恐怖政治の時代にあたる一七九三年に、『エル・ベルドゥゴ』では帝政期の一八〇九年に、『サラジーヌ』では王政復古期である一八一五年から一八三〇年の間に、『女性研究』では一八三〇年の二月から三月の間に、『教会』では一八三〇年の「七月革命から少しすぎた頃」に物語が展開している。このように整理してみると、これらの六篇において、背景となる時代が重なることがないよう、バルザックが巧みに歴史的時間を使い分けていたことがわかる。『哲学的コント集』においては、複数の作品が同一の時空間を共有することは固く禁じられているかのようなのだ。また、これまで見てきたように、それぞれのコントの持つ歴史的な雰囲気は、物語の前提となる状況や、物語の筋や展開、あるいはまた、登場人物の人物設定に緊密に結びつけられており、バルザックが複数の作品を同時代性という単一のラベルのもとにまとめようとしたのではなく、それぞれの作品がそれぞれの歴史的時間を映し出すことができるように、細かな時代区分を際立たせようとしていたことは明らかである。

このように、バルザックは『哲学的コント集』の各作品において、明らかな意図を持って時空間の設定を行っているといえるのだが、細部の正確さに関しては、若干の補足をしておく必要がある。とりわけ、著者が実際に赴いたことのないフランス国外の地域が舞台となっている作品において、土地の描写はしばしば型にはまったものとなっており、それらの描写は独自性や正確さを意図したものではなく、その土地その土地の典型的なイメージを喚起することで地方色を演出することに重きが置かれているといえるからである。

たとえば、すでに見たように、スペインを舞台とする『エル・ベルドゥゴ』では「スペインの夜空は素晴らしく澄み切っており、オレンジの木々が大気を香りづけ、星々は鮮明な輝きを放っていた」[83]と書かれている。また、『サラジーヌ』において、イタリアは手短に「見事なモニュメント」に満ちた「芸術の祖国」と書かれており、フランス人彫刻家はイタリアの「赤茶けた空」の下で「ローマに数多くある芸術作品」を鑑賞して回る。[84] あるいはまた、フランドル地方を舞台とする『フランドルのイエス・キリスト』では、バルザックは地理に関して明らかな思い違いをしており、カザント島の描写をするにあたって、誤ってオランダの別の島であるヴァルシュレン島の地理を書きこんでしまっている。[85] 島と岸をつなぐ舟の運航が重要な意味を持つ物語において、こうした思い違いは大きな落ち度となっているといわねばならない。

粗探しを続けるわけではないが、作中に登場する歴史的人物についても、バルザックは正確さを度外視している場合がある。そのもっとも顕著な例は、『追放された者たち』におけるダンテの造形であろう。十四世紀初頭のパリに現れた『追放された者たち』のダンテについては、バルザック研究者であるルネ・ギーズだけでなく、ダンテ研究者であるクリスティアン・ベックによってもその不正確さが指摘されている。

『神曲』からそのタイトルの着想を得た『人間喜劇』の著者は、伝説と時代錯誤との間を取って次のように想像した。亡命者となったダンテが一三〇八年に、パリのノートル＝ダムの近くに滞在し、そこで、アヴェロエス主義者の哲学者であるシジエ・ド・バラバンの講義を聞いた。実際にはバラバンは一二八二年から一二八四年の間に死去している。またバルザックは、一三〇八年には四十三歳であったダンテを性急に「偉大な老人」に仕立てることで、『神曲』の著者にオマージュを捧げようとした。[86]

さらに付け加えると、『追放された者たち』において、「老人」ダンテは、パリ大学に博士論文を提出した「英雄的人物」[87]ということにもなっているのだが、歴史的には、そのような事実はない。『哲学的コント集』にはこうした不正確さが多々見られ、少なくともいくつかのコントにおいて、地理的あるいは歴史的な詳細について、バルザックは十分な調査や確認作業を行わなかった可能性がある。別の言い方をすれば、バルザックは『哲学的コント集』の各作品を歴史的な時空間のなかに位置付けながら、にもかかわらず、細かなところでは時代や場所そして人物の歴史的、現実的な正確さに重きを置いていなかったということである。だが、私たちとしては、バルザックの不正確さを否定的に捉えるのではなく、細部の正確さに捉われない姿勢のうちにこそ、バルザックの意図を見てとるべきであると考える。『哲学的コント集』の著者は、歴史的、現実的な正確さや真実を探究することよりも、必要とあらば歴史や現実をもととした虚構を作り出すことで、物語の時空間の多様さを生み出すことを選んだのではないだろうか。そして、『哲学的コント集』は、人工的とも創造的ともいえるこうした多様さへと向かう意図によってこそ、大きく特徴づけられているのではないか。

「コント」と「情景《セーヌ》」

『哲学的コント集』のこのような特徴を別の視点から捉えるために、ここからは、『哲学的コント集』の構成を、それ以前のバルザックの作品の構成と比較していきたい。それぞれ独立した多様な作品からなる『哲学的コント集』の構成は、短篇作品集としてはその前作にあたる、一八三〇年四月に刊行された『私生活情景』の構成と、明らかなコントラストをなしているように思えるからである。[88]

『哲学的コント集』と『私生活情景』の構成はどのように異なっているのか。一見したところ、一年と数か月という短い間隔で刊行され、どちらも短篇作品集である両作は、その刊行の経緯からしても似通った作品集であるように見える。『哲学的コント集』と同様に、『私生活情景』は、二作品を例外として、単行本刊行以前に雑誌掲載された作品によって構成されている。[89] ただし、『哲学的コント集』の場合には、作品の全体がそのまま文芸誌に掲載されることがほとんどであったのに対して、『私生活情景』の場合は、作品の断片が、最終的な作品タイトルとは異なるタイトルで、部分的に掲載されることが多かったという違いがある。また単行本化された際の両作品集の違いについては、イザベル・トゥルニエの指摘にもあるように、二巻本の『私生活情景』では各作品に一から六までの作品番号が付されていたのに対して、『哲学的コント集』十二篇については、そのような番号付けはなされておらず、各作品は発表順とも物語の年代順とも関係のない、恣意的な順序で並べられている。[90] こうした細部から、『哲学的コント集』とは異なり、『私生活情景』の場合は、全体としての一貫性が重視された構成となっていたことがわかる。

また、形式的な面のほかに、『哲学的コント集』と『私生活情景』の大きな違いとして、物語の時空間の設定をあげることができる。先に見たように、『哲学的コント集』では大きな時空的な広がりのなかで、各作品がそれぞれの時代、場所を背景としていた。それに対して、『私生活情景』においては、『哲学的コント集』とは対照的に、すべての物語が限定された時空間のなかで展開している。「情景」はすべて、地理的にはパリの中心かその周縁において、時代的には、帝政期から王政復古期の間の近過去の一時期に位置づけられている。このことからも、『哲学的コント集』とは反対に、『私生活情景』が構成の単一性や統一性、全体の一貫性を重視した作品集として創作されたことは明らかだといえるだろう。実際、作品集としての『私生活情景』の特徴の一つは、限定された時空間のなかで展開するすべての「情景」において、同一のテーマとその変奏が中心に据えられていることにある。タイトルに含まれた「私生活」の言葉のとおり、それぞれの「情景」は「私生活」を共通の主題としており、物語においては、とりわけ結婚前の女性、若い娘の生活が繰り返し描かれている。

『私生活情景』初版に付された「序文」によれば、作品集全体を通じて、バルザックは「結婚の後、またはその前に起きる出来事を忠実に描こうとした」のだという[91]。また、「序文」の別の箇所では、『私生活情景』の第一の目標は「今日、それぞれの家族が目につかないところに隠しており、観察者であっても見つけるのに苦労することがある、風俗の真の光景」を描き出すことにあると書かれている[92]。実際に『私生活情景』で扱われている、パリのブルジョワ家庭の日々の生活（『貞淑な女』『家庭の平和』）、年若い男女の恋愛と結婚（『ソーの舞踏会』『栄光と不幸』）、禁じられた恋愛と世代の対立（『ラ・ヴェンデッタ』）、一家の秘密（『不身持の危険』）といった主題はすべて、「私生活」の範疇に収まったものとなっている。

『哲学的コント集』の多様性の起源

『哲学的コント集』と『私生活情景』の構想、あり方は、このように正反対といえるほどに異なっている。刊行時期の近い短篇連作集であるこの二作は、一方は人工的、創造的な多様さと広がりを重視し、他方は「私生活」という閉じられた世界に見られる「真の光景」の探求を重視している。『哲学的コント集』の執筆、刊行は、それゆえ、バルザック自身にとっても新たな挑戦であり、『私生活情景』の写実的美学とは大きくかけ離れた新しい創作美学の探究であったといえるだろう。しかし、それではなぜバルザックは、このように短期間の間に進路を変更し新たな道に進むことを選んだのだろうか。

こうした問いに答えるためには、ロラン・ショレの研究を参照するのが有効だろう。『ジャーナリスト・バルザック』の最終章において、ロラン・ショレは、のちにその大半が一八三一年九月刊行の『哲学的コント集』に収録されることになる、一八三〇年一〇月から一八三一年六月にかけて『パリ評論』誌と『両世界評論』誌に掲載されたバルザック作品を特徴づけている創作美学を考察の対象としているからである。[93]

ショレの研究によれば、「情景」から「コント」へと舵を切ったバルザックの美学的転換はこの時期のバルザックの創作条件の変化と重なるものであるという。すなわち、この時期、文芸誌と契約を結んだ作家として雑誌媒体に物語作品を発表していくにあたって、「コントの作者バルザック」は雑誌からの二重の要請に応えていかなくてはならなかったのであり、バルザックは雑誌一号分の短篇読切作品としての「コント」を執筆するという形式的な制約を受けていただけでなく、それと同時に、契約作家に対して、何よりも、様々な水準における多様性を求める雑誌からの要請に従わなくてはならなかった。ショレは、一八三〇年一〇月からしばらくの間、バルザック作品の主要な掲載媒体であった『パリ評論』誌編集長とバルザックの関係を追いながら、どのようにして『パリ評論』誌が契約作家たちの創作の方向性に影響を与えていたのかを明らかにしている。

まず取りあげられているのは、『パリ評論』誌創刊者であるルイ・ヴェロンの掲げた編集方針である。

ヴェロンは自身の回想録のなかで、『パリ評論』誌創刊時に求めていたものが掲載作品に多様性を持たせることであったことを明言しており、契約作家たちに期待していたものが「読むのに時間のかからない、変化に富んでいながら理解しやすい創作」であったこと、そしてその理由が、『パリ評論』誌創刊以前には「多様さと楽しさを真面目さと意義深さに結びつけた定期刊行の文芸誌が存在しなかった」ためであったことを明らかにしている。[94] そして実際、こうした言葉のとおりに、ヴェロンはバルザックに対して、創作の多様性を求めていた。

たとえば、一八三一年二月にヴェロンからバルザックに宛てられた書簡――バルザックが『コント・ドロラティック』の一篇として執筆した「美姫イムペリア」を『パリ評論』誌に掲載することを断る書簡――のなかで、ヴェロンは「才気に満ちた大切な協力者」に対して次のように記している。

私があなたに求めたいものは、雑誌に対する好意であり忠誠であり、来週読者に届ける短篇作品なのです。そうです、「私たちには必要なのです」、おわかりでしょうか。エスプリと面白さと詩情と、月曜か火曜までには、あなたの原稿が「私たちには必要なのです」。期待してもよいでしょうか？　あなたは私のことを見捨てることはないでしょう。あなたは強く必要とされているのです。ただ、あなたの能力が多様であることを示すためにも、できれば慎ましくしていただきたいのです。[95]

ヴェロンの書簡は、バルザックの艶笑譚が『パリ評論』誌の読者には刺激が強すぎるために、それに代わる創作を求めて書かれたものである。そのため作家に慎ましさが求められているのだが、そのほかにも、雑誌に対する献身的な姿勢から作品の長さ、内容の多様さに至るまで多くのものが求められている。

さらに、ヴェロンがバルザックに書簡を送った数か月後に、『パリ評論』誌二代目編集長として、シャルル・ラブーはあらためてバルザックに「能力が多様であることを示す」ことを求めている。『あら皮』の執筆に集中するためにパリを離れていたバルザックに宛てて、ラブーは『パリ評論』誌への寄稿が再開することを願いながら次のように記している。

近いうちに戻ってらしてください。その際には、本や短篇作品、コントに夢幻もの、幻想ものにダンテもの、そしてバルザックものを詰めこんできてください。『パリ評論』はあなたを両手をあげてお迎えしますので。[96]

このように、『パリ評論』誌寄稿中のバルザックは、雑誌編集長からの命令的でもあれば嘆願的でもある要請を受ける立場にあったのであり、そうした要請に対して、バルザックは職人的な巧さで、「読むのに時間のかからない、変化に富んでいながら理解しやすい創作」を定期的に寄稿していくことで応えていった。その時、「コントの作者バルザック」には、「『私生活情景』においてそうしていたように、登場人物の生活背景を描きながら彼らに長い発話をさせたり」、「細部に凝ること」と「長い準備」に特徴づけられた創作美学を再び採用することは選択肢になかった。なぜなら、『私生活情景』に見られる綿密な文体、表現とは反対に、『パリ評論』誌が求めていたのは「簡潔で力強く多様性のある芸術的効果」だったからである、とロラン・ショレはまとめている。[97]

また、ショレによれば、「情景」から「コント」への転換についてだけでなく、本章で見てきた『哲学的コント集』の物語の時空間の選択についても、雑誌の編集方針が関係しているという。というのは、バルザックが契約作家として寄稿していた『パリ評論』誌と『両世界評論』誌は、文学の専門雑誌として政治性の排除を編集方針としていたため、雑誌による「暗黙の検閲」によって、バルザックは政治的な題材をはじめとする現代の題材を自由に取り扱うことを禁じられていたからである。[98] そのような検閲の目を逃れるためもあって、バルザックは多くのコントにおいて、物語の時空間を意図的に「現代」から遠ざけたのだと考えることができる。『哲学的コント集』において、明らかに政治的な題材を扱った『二つの夢』や、反教権主義的な内容をもつ『教会』において、物語の一部が夢や幻覚として語られているのも偶然ではなく、バルザックは、政治的、現代的な題材を作品に取りこむにあたって、雑誌の編集方針から外れぬよう、夢や幻覚を、ある種のアリバイとして利用していた可能性がある。『哲学的コント集』でもっとも諷刺性の強い作品である『魔王の喜劇』が地獄を舞台としているのも同様の理由によるものだろう。

本章では、『哲学的コント集』に体系的な一貫性があることを強調してきたモーリス・バルデッシュやピエール＝ジョルジュ・カステックス、また、フェリックス・ダヴァンと『哲学的研究』の著者としてのバルザックの見方から離れ、一八三一年の刊行当時に『哲学的コント集』が本来持っていたはずの精神と特徴をあらためて捉え直すことにつとめてきた。私たちは初版とプレ・オリジナルを参照しながら、物語の筋と時空間を取りあげることでそれぞれのコントの独自性を示し、『私生活情景』との比較を行うことにより『哲学的コント集』のコンセプトの特徴を明らかにした。そして最後に、「コントの作者」バルザックに対して、「コント」の掲載媒体であった文芸誌が課していた制約、要請が、『哲学的コント集』を特徴づける多様性を生む要因となっていたことを強調した。

しかし、それでは、『哲学的コント集』は多様ではあるにしても、寄せ集めの色彩の強い、状況の産物というべき著作であったと結論づけるべきなのであろうか。確かに『哲学的コント集』は意図的に一貫性を拒絶した著作であるといえるだろうが、それでもやはり、全体をまとめあげている要素がないわけではない。それは、『哲学的コント集』という全体のタイトルそのものであり、『哲学的コント集』は十二篇のコントを包みこむそのタイトルがあることによって一体性を与えられていると考えられる。とはいえ、『哲学的コント集』というタイトルは最初から用意されていたものではない。このタイトルは、文芸誌などに掲載されていたそれぞれの作品が一つの著作を構成するように、バルザックが書籍化の準備をしていた一八三一年八月にシャルル・ゴスランと交わした出版契約のなかで現れたものであるが、そのタイトルが書籍の背表紙に印字されたことによって、それまで名前を持たなかった著作に一つの名前と統一性が与えられたのだった。

だが、タイトルによる統合、統一化は、複数の作品からなる著作のタイトルが共通して有する機能であり効果であるともいえる。[92]『哲学的コント集』というタイトルについて特に興味深いのは、「コント」というジャンルの名称を含む統一的なタイトルを用いることによって、バルザックがジャンルとしての「コント」の柔軟さと自由さを間接的にではあるが明示していることである。つまり、それぞれに異なる十二篇の作品――その着想も、起源も、物語も、テーマも、時空間も、そしてジャンル的なカテゴリーまでも異なる作品――に『哲学的コント集』という一つのラベルを貼りつけることによって、バルザックは、タイトル（統一性）と内容（多様性）に相互的なつながりを持たせたのであり、それによって作品の内容の持つ雑多で多様な性質と、作品のタイトルに含まれる「コント」の意味が連関することとなった。また、それによって、少なくとも、『哲学的コント集』の読者に対して、「コント」は多様な形態をとり、あらゆるカテゴリー化を拒むことも受け入れることもできる、可変的なジャンルとしてその姿を現し、読者もまたそのように受け止めたはずである。『哲学的コント集』という全体のタイトルを付される以前に、収録作品の半数以上が様々な副題を伴って新聞雑誌に掲載されていたという事実を今一度思い出しておきたい。プレ・オリジナルにおいて、『魔王の喜劇』には「メニッポス的諷刺」、『追放された者たち』には「歴史的素描」、『エル・ベルドゥゴ』には「兵隊の回想」、『女性研究』には「パリ風俗」、『知られざる傑作』と『二つの夢』には「コント・ファンタスティック」、『教会』には「ファンテジー」というそれぞれに別々のジャンルに結びつく副題が付されていた。『哲学的コント集』の場合、統一的なタイトルが事後的に付与されたことの意味とインパクトは小さいものではなかったはずだ。

他方でまた、『哲学的コント集』というタイトルをつけることによって、バルザックは読者に対して、柔軟なだけではなく、革新的であり、バルザックに固有で特別であるという意味で、バルザック化されたジャンルとしての「コント」を提示しようとしたのだともいえる。「革新的」というのは、いかにバルザックがコント文学の伝統に学んできた作家であるとはいえ、『哲学的コント集』に収録された「様々なニュアンスを持つ、多様な形態のコント作品」（バルザック＝シャール）は、伝統的なジャンルとしてのコント、流行遅れのジャンルとなりつつあった妖精譚《コント・デ・フェー》や前世紀の哲学コント《コント・フィロゾフィック》、あるいはまた、少年少女ら若い読者のための教訓話《コント・モロー》としてのコントとはもはや縁遠い関係にあるかわりに、当時の文学と出版の状況を如実に反映しているという意味で同時代的で現代的なジャンルとしてのコントを体現していたといえるからである。

「バルザック化された」というのは、『哲学的コント集』が、私たちが前章で『あら皮』を取りあげながら考察したバルザックに独自なコントの概念をあらためて具現化した作品として捉えることができるという意味で、「バルザック化されたコント」にほかならないからである。一八三一年秋の『哲学的小説コント集』の出版キャンペーンをみずから取り仕切ったバルザックは、「コント」を、あらゆるジャンルをそのうちに含みこむことのできる超ジャンル的ジャンルとして特別に評価すると同時に、みずから作りあげた全能のコントの作者としての形象、自己表象を作品と共に喧伝することで、それまでは定まることがなかった自身の作家像を刷新し、読者の間に定着させようとした。そうした試みを行うなかで、十二篇の短篇作品を「コント」として提示することで、「コントの作者バルザック」は、「コント」という語そのものの意味を大きく変え、同時に、「コント」というジャンルとそのイメージを刷新しようとしたのだ。

『哲学的コント集』は何より著者バルザックにとって、『あら皮』と同様に、自身のコントの概念を具現化する意味合いを持った作品だったのであり、バルザック作品の「単一性・統一性」はその点においてこそ認められるべきものであると私たちは考えている。『哲学的小説コント集』の出版キャンペーンのさなかに執筆された「『哲学的小説コント集』書評」における著者自身の言葉を借りれば、「バルザックの作品は今ではただ一つの全体を成している」のであり、「『あら皮』とコント、それは同じものなのである」。一八三一年の『哲学的小説コント集』がある一つの「中心的な観念」に貫かれていたとするならば、それは何らかの「哲学的」観念によってではない。『あら皮』と『哲学的コント集』を貫く一つの観念、そして二つの作品が「ただ一つの全体」を成すように結びつけていた観念とは、この当時のバルザックの創作を大きく規定していた「コント」の観念《イデー》・概念《コンセプト》であったというべきなのだ。

注

〔1〕Balzac, *Romans et contes philosophiques*, Charles Gosselin, 1831, 3 vol.

〔2〕原題は以下のとおり。*Sarrasine*, *La Comédie du diable*, *El Verdugo*, *L'Enfant maudit*, *L'Élixir de longue vie*, *Les Proscrits*, *Le Chef-d'œuvre inconnu*, *Le Réquisitionnaire*, *Étude de femme*, *Les Deux Rêves*, *Jésus-Christ en Flandre*, *L'Église*. なお、以上の十二編は、近年、水声社から刊行された以下の翻訳に収録されている。『バルザック幻想・怪奇小説選集3』（二〇〇七年）、『バルザック芸術／狂気小説選集1』（二〇一〇年）、『神秘の書』（二〇一三年）、『バルザック愛の葛藤・夢魔小説選集4』（二〇一七年）。ただし、上記翻訳の底本となっているのはプレイヤード版（フュルヌ・コリジェ版）であり、本章で取りあげる初版単行本版（オリジナル）、プレ・オリジナルとはヴァージョンが異なっているため、引用はすべて拙訳による。

〔3〕「哲学的コント集 *Contes philosophiques*」という呼称はバルザックによって、初版の出版契約の際や、一八三二年六月に『哲学的小説コント集』から十二篇のコントのみが切り離される形で刊行された再版において作品タイトルとして用いられている。

〔4〕Pierre Barbéris, « Préface », Balzac, *La Peau de chagrin*, Librairie générale française, coll. « Le Livre de Poche », 1972, p. VI.

〔5〕Nicole Mozet, *Balzac au pluriel*, PUF, coll. « Écrivains », 1990, p. 287-307.

〔6〕「『人間喜劇』の時」は、『人間喜劇』の生成を主題

としたシンポジウムのタイトルであり、シンポジウムの記録は以下の論集として刊行されている。*Balzac, Œuvres complètes. Le « Moment » de "La Comédie humaine"*, éd. Claude Duchet et Isabelle Tournier, Saint-Denis, PUV, coll. « L'Imaginaire du Texte », 1993.

〔7〕 Balzac, *Études philosophiques*, Werdet, puis Delloye et Lecou, puis Souverain, 1834-1840, 20 vol.

〔8〕 たとえば、『サラジーヌ』は、「哲学的」でないと著者が判断したためか、『哲学的研究』には収録されることなく、一八三五年以降は『十九世紀風俗研究』を構成するセクションである『パリ生活情景』に収録されることになる。

〔9〕 Isabelle Tournier, « Temps des Études », *NC*, t. II, p. 12-24.

〔10〕 Balzac, *Romans et contes philosophiques*, édition établie et présentée par Andrew Oliver, Toronto, Éditions de l'originale, « Les Romans de Balzac », 2007. 以下、*CP*と略記する。引用は以下の「注記」から行った。Andrew Oliver, « Notice », *CP*, p. III.

〔11〕 Balzac, *Nouvelles et contes*, édition établie, présentée et annotée par Isabelle Tournier, t. I, Gallimard, coll. « Quarto », 2005. 以下、*NC*と略記する。

〔12〕 Isabelle Tournier, « Avertissement », *NC*, t. I, p. 7-18.

〔13〕 なお、プレイヤード版、オリヴェール、トゥルニエによるエディションのほかに、『哲学的コント集』収録作品のエディションとして現在流通しているものとして、以下の普及版がある。*Le Chef-d'œuvre inconnu, Gambara, Massimilla Doni*, éd. Marc Eigeldinger et Max Milner, Flammarion, coll. « GF », 1981 ; *La Comédie du diable*, préface et notes de Roland Chollet, postface de Joëlle Raineau, Saint-Épain, Lume, 2005 ; *L'Élixir de longue vie*, précédé de *El Verdugo*, éd. Patrick Berthier, Librairie générale française, coll. « Le Livre de Poche - Libretti », 2003 ; *Nouvelles*, éd. Philippe Berthier, Flammarion, coll. « GF », 2005 ; *Sarrasine*, éd. Éric Bordas, Librairie générale française, coll. « Le Livre de Poche - Libretti », 2001.

〔14〕 Maurice Bardèche, *Balzac, romancier* [1940], Genève, Slatkine Reprints, 1967, p. 321-371 ; Pierre-Georges Castex, *Nouvelles et contes de Balzac "Études philosophiques" : "Les Deux Rêves", "L'Élixir de longue vie", "Jésus-Christ en Flandre", "Les Proscrits", "Le Chef-d'œuvre inconnu", "Gambara", "Massimilla*

Dont", "*Melmoth réconcilié*", CDU, coll. « Les Cours de Sorbonne - Littérature française », 1963.

〔15〕Maurice Bardèche, *op. cit.*, p. 322-324.

〔16〕Pierre-Georges Castex, *op. cit.*, p. 3-4.

〔17〕Jean Starobinski, *Action et réaction. Vie et aventures d'un couple*, Éditions du Seuil, coll. « La Librairie du xxe siècle », 1999, p. 220.

〔18〕Maurice Bardèche, *op. cit.*, p. 321-322.

〔19〕Félix Davin, « Introduction aux *Études philosophiques* » [1834], *CH*, t. X, p. 1199-1218.

〔20〕*Ibid.*, p. 1211.

〔21〕*Ibid.*, p. 1213.

〔22〕Anthony R. Pugh, « Interpretation of the *Contes philosophiques* », in *Balzac and the nineteenth century*, edited by D. G. Charlton, J. Gaudon and Anthony R. Pugh, Leicester, Leicester University Press, 1972, p. 47-56.

〔23〕Édouard Monnais, « Honoré de Balzac », *Revue et gazette musicale de Paris*, 1er septembre 1850, repris dans Stéphane Vachon, *1850. Tombeau d'Honoré de Balzac*, Saint-Denis, PUV, Montréal, XYZ, coll. « Documents », 2007, p. 331-332.

〔24〕Pierre Citron, « Notice », *CH*, t. X, p. 1199-1200.

〔25〕詳しくは以下の充実した研究を参照されたい。Roland Chollet, *Balzac journaliste. Le tournant de 1830*, Klincksieck, 1983 ; Marie-Ève Thérenty, *Mosaïques. Être écrivain entre presse et roman (1829-1836)*, Honoré Champion, coll. « Romantisme et Modernités », 2003.

〔26〕Le Docteur Louis Véron, *Mémoires d'un bourgeois de Paris*, Librairie nouvelle, 1856, t. III, p. 43.

〔27〕Balzac, « Souvenirs soldatesques. El Verdugo. Guerre d'Espagne (1809) », *La Mode*, 30 janvier 1830, *NC*, t. I, p. 101-110 ; « Mœurs parisiennes : Étude de femme », *La Mode*, 20 mars 1830, *NC*, t. I, p. 139-146 ; « Les Deux Rêves », *La Mode*, 8 mai 1830, *NC*, t. I, p. 502-515 ; « La Comédie du diable », *La Mode*, 13 novembre 1830, *NC*, t. I, p. 1007-1038.

〔28〕『ラ・モード』紙については以下を参照されたい。Algirdas Julien Greimas, *La Mode en 1830* [1948], éd. Thomas F. Broden et Françoise Ravaux-Kirkpatrick, PUF, coll. « Formes sémiotiques », 2000. 鹿島茂『新聞王伝説——パリと世界を征服した男ジラルダン』筑摩書房、一九九一年。

〔29〕 Balzac, « Zéro, conte fantastique », *La Silhouette*, 3 octobre 1830, *NC*, t. I, p. 602-604 ; « Fantaisies : La Danse des pierres », *La Caricature*, 9 décembre 1830, *NC*, t. I, p. 694-696 ; « Fragment d'une nouvelle satyre ménipée », *La Caricature*, 18 novembre 1830, *NC*, t. I, p. 1007-1038.

〔30〕 Balzac, « L'Élixir de longue vie », *Revue de Paris*, 24 octobre 1830, *NC*, t. I, p. 607-628 ; « Sarrasine », *Revue de Paris*, 21 et 28 novembre 1830, *NC*, t. I, p. 227-252 ; « Le Réquisitionnaire », *Revue de Paris*, 27 février 1831, *NC*, t. I, p. 650-680.

〔31〕 ヴェロン博士と『パリ評論』誌については以下を参照されたい。鹿島茂『かの悪名高き——十九世紀パリ怪人伝』筑摩書房、一九九七年。

〔32〕 Balzac, « L'Enfant maudit », *Revue des Deux Mondes*, peu avant le 12 avril 1831, *NC*, t. I, p. 785-823 ; « Le Petit Souper. Conte fantastique », *Revue des Deux Mondes*, peu avant le 15 mars 1831, *NC*, t. I, p. 502-515.

〔33〕 『両世界評論』誌については以下を参照されたい。Nelly Furman, *"La Revue des Deux Mondes" et le romantisme (1831-1848)*, Genève, Droz, 1975.

〔34〕 Balzac, « Le Chef-d'œuvre inconnu.（Conte fantastique）», *L'Artiste*, 31 juillet et 7 août 1831, *NC*, t. I, p. 891-906.

〔35〕 『ラルチスト』誌については以下を参照されたい。Peter J. Edwards, « La revue *L'Artiste*（1831-1904）, Notice bibliographique », *Romantisme*, n° 67, 1990, p. 111-118.

〔36〕 *El Verdugo*, *CP*, p. 109.

〔37〕 *Ibid.*, p. 114.

〔38〕 *Étude de femme*, *CP*, p. 290.

〔39〕 *Ibid.*, p. 289.

〔40〕 『女性研究』は「『結婚の生理学』の著者」による創作として『ラ・モード』紙に掲載されていた。

〔41〕 *Ibid.*, p. 294.

〔42〕 *Ibid.*

〔43〕 *Les Deux Rêves*, *CP*, p. 302-303. 先に記したように、『二つの夢』はその後『内輪の夜食会』とタイトルをあらためて一八三一年三月中旬に『両世界評論』誌に掲載されることになる。なお、その際『内輪の夜食会』には「コント・ファンタスティック」という副題が新たに付されている。

〔44〕 *Ibid.*, p. 306.

〔45〕 *Ibid.*

〔46〕 *Ibid.*, p. 316.

〔47〕*La Comédie du diable*, *CP*, p. 88.

〔48〕*Ibid.*

〔49〕ジャン＝ルイ・トリテルは十八世紀の哲学コントを取りあげながら、「哲学的島々」と総称される「不思議な島」「無人の島」「ユートピア的な島」といった仮想の空間が物語の舞台となっていることを指摘している（Jean-Louis Tritter, *Le Conte philosophique*, Ellipses, coll. « Thèmes et Études », 2008, p. 31-57）。

〔50〕*Les Proscrits*, *CP*, p. 201.

〔51〕*Ibid.*, p. 209.

〔52〕*Ibid.*, p. 216.

〔53〕*Jésus-Christ en Flandre*, *CP*, p. 319.

〔54〕*Ibid.*

〔55〕*Ibid.*, p. 321.

〔56〕*L'Élixir de longue vie*, *CP*, p. 171.

〔57〕*Ibid.*, p. 190.

〔58〕バルザックの文学的地理記述一般については Léon-François Hoffmann, *Répertoire géographique de "La Comédie humaine" : L'Étranger*, José Corti, 1965. フランドル地方についてはMadelaine Ambière Fargeaud, *Balzac et "La Recherche de l'absolu"* [1968], PUF, 1999, p. 240-256. イタリアについては René Guise, « Balzac et l'Italie », *AB 1962*, p. 245-275 ; *Balzac et l'Italie*, sous la direction de Roland Chollet, Paris-Musées, Éditions des Cendres, 2003. スペインについては Léon-François Hoffmann, *Romantique Espagne. L'Image de l'Espagne en France entre 1800 et 1850*, PUF, 1961. をそれぞれ参照されたい。

〔59〕*L'Enfant maudit*, *CP*, p. 117.

〔60〕*Ibid.*, p. 125.

〔61〕*Ibid.*, p. 124.

〔62〕*Le Chef-d'œuvre inconnu*, *CP*, p. 243.

〔63〕*Les Deux Rêves*, *CP*, p. 301.

〔64〕*Le Réquisitionnaire*, *CP*, p. 269.

〔65〕*Ibid.*, p. 270.

〔66〕*Ibid.*, p. 269.

〔67〕Philippe Berthier, « Notice », Balzac, *El Verdugo*, *Nouvelles*, *op. cit.*, p. 24-25 ; Patrick Berthier, « Préface », Balzac, *El Verdugo*, *op. cit.*, p. 7-23.

〔68〕*El Verdugo*, *CP*, p. 103.

〔69〕『エル・ベルドゥゴ』で用いられた「クララ」という名前は、一八二五年に刊行されたプロスペル・メリメ『クララ・ガスル』の同名のヒロインを同時代の読者に想起

させたはずである。Prosper Mérimée, *Le Théâtre de Clara Gazul, comédienne espagnole*, Sautelet, 1825.

〔70〕 *El Verdugo*, *CP*, p. 109-110.

〔71〕 *Sarrasine*, *CP*, p. 27, 21.

〔72〕 *Ibid.*, p. 20-21.

〔73〕 *Ibid.*, p. 38.

〔74〕 *Ibid.*, p. 40.

〔75〕 *Étude de femme*, *CP*, p. 295.

〔76〕 *Ibid.*, p. 293.

〔77〕 *L'Église*, *CP*, p. 335.

〔78〕 Balzac, *Jésus-Christ en Flandre*［1845］, *CH*, t. X, p. 321.

〔79〕 *L'Église*, *CP*, p. 341.

〔80〕 『ノートル＝ダム・ド・パリ』は一八三一年五月に『哲学的小説コント集』と同様にゴスラン書店から刊行されている。Victor Hugo, *Notre-Dame de Paris*, Gosselin, 1831.

〔81〕 『スペインとイタリアのコント』は一八三〇年一月に刊行されている。Alfred de Musset, *Contes d'Espagne et d'Italie*, Levavasseur et Canel, 1830.

〔82〕 サミュエル＝アンリ・ベルトゥーはバルザックと同時期に『両世界評論』誌にコント数篇を寄稿したのちに、以下の単行本を刊行している。Samuel-Henry Berthoud, *Chroniques et traditions surnaturelles de la Flandre*, Werdet, 1831.

〔83〕 *L'Élixir de longue vie*, *CP*, p. 192.

〔84〕 *Sarrasine*, *CP*, p. 38.

〔85〕 *Jésus-Christ en Flandre*, *CP*, p. 319.

〔86〕 Christian Bec, « Avant-propos », Dante, *Œuvres complètes*, Librairie générale française, coll. « Le Livre de Poche - La Pochothèque », 1996, p. 8.

〔87〕 *Les Proscrits*, *CP*, p. 219.

〔88〕 Balzac, *Scènes de la vie privée*, Mame et Delaunay-Vallée, Levavasseur, 2 vol. 収録作品は以下のとおり。*La Vendetta*, *Les Dangers de l'inconduite*, *Le Bal de Sceaux*.（以上第一巻）*Gloire et malheur*［le titre primitif de *La Maison de chat qui pelote*］, *La Femme vertueuse*, *La Paix du ménage*.（以上第二巻）

〔89〕 『私生活情景』の初出掲載誌紙は以下のとおり。*La Silhouette*, 1er avril 1830 ; *La Mode*, 6 mars 1830 ; *Le Cabinet de lecture*, 4 janvier 1830 ; *Le Voleur*, 5 avril 1830.

〔90〕 Isabelle Tournier, « L'entrée en scènes », *NC*, t. I, p. 148-156.

〔91〕 Balzac, « Préface de la première édition 1830 », *Scènes de la vie privée*, *NC*, t. I, p. 159.

〔92〕*Ibid.*

〔93〕Roland Chollet, *Balzac journaliste*, *op. cit.*, p. 536-580.

〔94〕Le Docteur Louis Véron, *op. cit.*, p. 44 et 46.

〔95〕Le Docteur Véron à Balzac, 18 février 1831, *Corr.*, t. I, p. 334.

〔96〕Charles Rabou à Balzac, 21 mai 1831, *Corr.*, t. I, p. 364.

〔97〕Roland Chollet, *op. cit.*, p. 574 et 572.

〔98〕*Ibid.*, p. 586 et 568.

〔99〕Gérard Genette, *Seuils*, Éditions du Seuil, coll. « Points-Essais », 1987, p. 59-106.（ジェラール・ジュネット『スイユ』和泉涼一訳、水声社、二〇〇一年、六九―一二二頁。）

第五章　「コントのような会話」のために
――『コント・ブラン』と『新哲学的コント集』

一八三二年に刊行されたコント

一八三二年にバルザックは、後に代表作の一つとして知られることになる『コント・ドロラティック第一輯』に加えて、[1]今日では手にとられる機会の少ない二冊のコントの作品集を刊行している。そのうちの一冊は二月刊行の『コント・ブラン』であり、フィラレート・シャール、シャルル・ラブーとの共著となるこのコント集で、バルザックは『十一時から真夜中にかけての会話』と『スペイン大公』の二篇を担当している。[2]もう一冊は一〇月刊行の『新哲学的コント集《ヌーヴォー・コント・フィロゾフィック》』であり、そこには『コルネリウス卿』『フィルミアーニ夫人』『赤い宿屋』『ルイ・ランベール略伝』の四篇が収められている。[3]

一八三二年に刊行されたこれら二冊のコント集は、そのタイトルからしても、前章で取りあげた『哲学的コント集《コント・フィロゾフィック》』をひきつぐ創作であるように見える。実際、三人の著者たちの間で『コント・ブラン』の企画が持ちあがったのは一八三一年一〇月のことであり、[4]つまり『コント・ブラン』は、刊行されたばかりの『哲学的小説コント集』が評判を呼んでいたまさにその時期に着想されたコント集であった。また、本書ですでに言及してきたように、『コント・ブラン』の著者の一人であるフィラレート・シャールは、『哲学的小説コント集』に付された「序文」の執筆者でもある。『新哲学的コント集』についていえば、バルザック自身、そのタイトルを表立って使用する以前には、全三巻からなる『哲学的小説コント集』の続巻にあたるという意味で「四巻目のコント集」と呼んでいた。[5] さらにバルザックは、『新哲学的コント集』が刊行された後も「四巻目」の呼称を用い続けていたのであり、[6] 創作時期からしても刊行の経緯からしても、『哲学的小説コント集』と『コント・ブラン』『新哲学的コント集』のつながりは否定のしようのないほど強いものだといえる。

ところが、今日に至るまで、いずれも「コント」として一八三一年から一八三二年にかけて刊行されたこれらの著作のつながりに着目する研究、あるいは、一八三二年に刊行された複数のコント作品を、私たちがこれまで取りあげてきたような『哲学的小説コント集』の構想や観念と関連づけて論じようとする研究は、十分になされてこなかったといわざるをえない。たとえば、モーリス・バルデッシュによる古典的研究『小説家バルザック』では、青年期から一八三五年までに刊行されたバルザック作品を網羅的に論じるという方針が立てられているにもかかわらず、『コント・ブラン』に収録されたコントについては一切言及がない。[7] また、本章と同じく、「一八三二年に刊行されたコント」に着目した比較的新しい先行研究として、バルザックの全短篇作品を年代順に論じるティム・ファラントの『バルザックの短篇作品』をあげることができるが、ファラントの著作においても『哲学的小説コント集』『コント・ブラン』『新哲学的コント集』の三作のコント集が一つの流れのなかで論じられているわけではない。[8]

確かに、冒頭にタイトルを書き出した個々のコント作品のうち、少なくとも二篇については、『哲学的小説コント集』のコントの観念から離れているという意味で例外的な作品とみなすべきだろう。ルイ十一世の時代のトゥールを舞台とする『コルネリウス卿』は「哲学的コント」よりも「コント・ドロラティック」に親和性がある作品だといえるし、[9]『新哲学的コント集』に唯一の未発表作として収められた『ルイ・ランベール略伝』は、作中で作者の分身ともいえるルイ・ランベールの形而上学的考察が展開していく「真に哲学的な」コントとして、この時期のバルザックによる「哲学的コント」のなかではむしろ異彩を放っているからである。そのためもあってか、『ルイ・ランベール略伝』は、『新哲学的コント集』刊行からわずか数か月後に独立した単行本として刊行され、その後は、より哲学的で神秘主義的な色彩が強い『神秘の書』に再録されていった。[10]本章では、こうした理由から、これまでの研究においては看過される傾向があった一八三一年から一八三二年にかけて刊行されたバルザックのコントのつながりと連続性に光をあてつつ、『コント・ブラン』『新哲学的コント集』から上記の二篇をのぞいた計四篇について論じていく。

以下、本章においてはまず、『十一時から真夜中にかけての会話』（以下『会話』と略記する）の読解を進めながら、『哲学的コント集』の次作としての『コント・ブラン』の創作にバルザックがどのように取り組んでいったのかを論じていく。次に、『会話』そのものの特徴を明らかにするために、作品のプロローグ部分を取りあげ、この時期のバルザックのコントの創作に通底しているといえる「コントのような会話 conversation conteuse」の話法、書法と関連づけた分析を行っていく。その後、論の後半では『新哲学的コント集』のなかから、同一のテーマによって結ばれているといえる『フィルミアーニ夫人』と『赤い宿屋』を取りあげ、二篇の読解を通じて、バルザックが自身のコントの技法をどのように発展的に展開させていったのかを示していきたい。

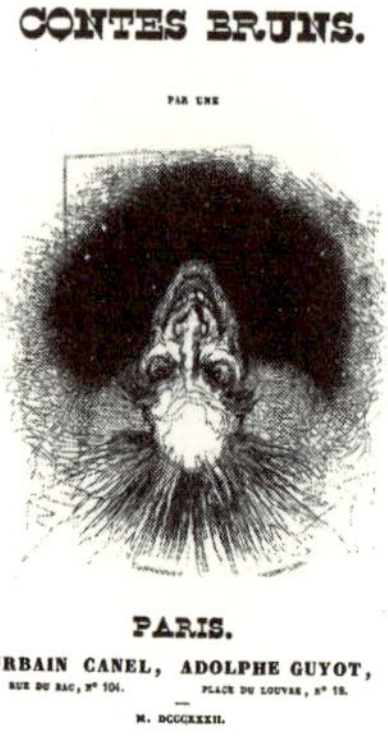

図1　『コント・ブラン』タイトルページ

『哲学的コント集』から『コント・ブラン』へ

　文学史および出版史の上では、『コント・ブラン』は、文芸紙誌におけるコントの流行を追う形でパリの書店から次々と刊行されていくことになる共著によるコント集の先駆けとなった著作として知られている。[11] 当初『コント・ブラン』は、「逆さ頭」の挿画を扉絵として、著者名についてはあえて空白のままで刊行されたのだが（図1参照）、著者の三名は、文芸誌を舞台にそれぞれに活躍を見せていた文学者たちであったのであり、『コント・ブラン』の匿名刊行には読者の関心を煽るための出版戦略の側面があった。

　当時のバルザックが「文芸誌の救世主」の異名をとっていたことについてはすでにふれたとおりだが、共著者のシャルル・ラブーは一八三二年の三月から八月にかけて、バルザックがコント作品を多く寄稿していた『パリ評論』誌の編集長をつとめていた文学者であり、フィラレート・シャールは『パリ評論』『ジュルナル・デ・デバ』『両世界評論』など、七月王政期の主要文芸誌に多数の記事を寄稿していた気鋭の批評家であると同時に、「コントの作者バルザック」を文芸誌上で宣伝し顕揚する、バルザックのメディア戦略の重要な協力者でもあった。ただし、『コント・ブラン』が文学と出版に通じた三名による共著であるとはいっても、十篇のコントからなる『コント・ブラン』のなかで、バルザックによる『会話』と『スペイン大公』が巻頭と末尾を飾っていることから、著者たちの間で、パリの文壇におい

『十一時から真夜中にかけての会話』
「ビアンキ隊長の話」(p. 9-15.)
*「騎士ボーヴォワールの話」(p. 17-28.)
「堕胎」(p. 30-39.)
*「われらの大佐の愛人」(p. 39-52.)
*「この人を見よ エッケ・ホモ」(p. 54-57.)
「死人の痙攣」(p. 59-61.)
「徴兵忌避者の父」(p. 62-66.)
「赤いベスト」(p. 66-70.)
「裁判長ヴィニュロン」(p. 71-72.)
「ある医者の妻の死」(p. 72-74.)
「ポンチ酒の椀」(p. 74-80.)
「リュスカ将軍」(p. 81-95.)

図2　十二の小コント、タイトルとページ数

てすでに名の知れた「コントの作者」であったバルザックが別格の扱いを受けていたことがわかる。[12]

構成の類似

前述のとおり刊行時期の近い『哲学的コント集』と『会話』には、一方はコント集であり他方はコント集のなかの一篇であるという違いがあるものの、両作品には何よりその構成において共通するところがある。『哲学的コント集』と『会話』を実際にひもといてみれば明らかなように、両作はどちらも十二篇のコント・物語によって成り立っている。『哲学的コント集』がそれぞれに異なる、独立した十二篇のコントの集成であることについては前章で見たとおりだが、『会話』についていえば、初版単行本で九十六ページという比較的長い一篇のコントのうちに、「ミクロ・ヌーヴェル」[13]あるいは「小話」とも「小コント」とも呼ぶことのできる、それぞれ数ページからなる十二の物語が含み込まれている。図

2にタイトルと初版でのページ数を示したそれらの小コントについては、バルザック自身がタイトルをつけていた数篇を含め(図においてアステリクスを付したもの)、研究者によってこれまで以下のように名指されてきており、本章においても慣例に従ってその呼称を使っていくこととしたい。[14]

『会話』にはこうした形で、『哲学的コント集』の構成を反復するかのように、一つの総題のもとに十二の小コントが収められている。しかし、両作品にこのような共通点が見られるとはいっても、それぞれのコントが大きな時空間的広がりの上に位置づけられていた『哲学的コント集』とは異なり、『会話』を構成する小コントの大半は、狭く限られた時空間のなかで展開する物語となっていることに注意しなくてはならない。それらの小コントはいずれも革命以降から同時代に至るまでの近過去に属する物語として書かれており、物語の背景となる地理的な設定や広がり、ヴァリエーションについても、『哲学的コント集』とくらべてはるかに限られたものとなっている。

『会話』の小コントの多くは、革命、恐怖政治、ヴァンデの反革命戦争、スペイン戦争を題材としており、『会話』全体の色彩はそれゆえ、それらの歴史的な事象、背景の影響を強く受けているといえる。このことは、『コント・ブラン』の批評校訂版編者であるマリー゠クリスティーヌ・ナッタが指摘しているように、[15]『会話』を含むコント集の全体がフランス語で「茶褐色」を意味する「ブラン」の語を用いた『コント・ブラン』と題されていることとおそらく無縁ではなく、『会話』を構成する小コントのほとんどは、暴力や血を想起させる「赤」、死や暗さを連想させる「黒」、そして「赤」と「黒」の中間色としての「茶褐色」の色調にあらかじめ結びつけられている。

赤と黒／茶褐色のコント

実際、『会話』を読み進める読者は、冒頭の三つの小コントにおいてすでに、暴力や死といった『会話』の主要テーマが現れているのを目にすることになる。

まず、「ビアンキ隊長の話」では、ナポレオン軍のイタリア人隊長の暴力的な荒々しさが取りあげられている。[16] スペインでの野営中、数人の兵隊たちが鍋を囲んでいるところで、ビアンキ隊長は兵隊仲間に一つの賭けを持ちかける。「見張り番のところまで行って、番兵の心臓を取ってきて、それを煮て食べる」というのがその賭けの中身なのだが、[17] とはいっても、隊長には肝心の持ち合わせがないため、「千エキュのかわりに自分の両耳」を賭けることを提案する。[18] 兵隊たちの間で賭けが成立したところで、隊長は自分の言葉どおりにスペイン人番兵を襲い、心臓を持ち帰り、賭け相手の前で平然と鍋で煮た心臓をたいらげてしまう。こうしてビアンキ隊長は彼の「可愛いパリの物売り娘」に支払う千エキュを手にすることに成功したというのが、「ビアンキ隊長の話」の内容である。[19]

次の「騎士ボーヴォワールの話」で語られているのは、ブルターニュのふくろう党の若い首領の冒険譚である。[20] ソーミュールに赴くため、貴族の騎士ボーヴォワールはルブランという共和派市民になりすます。しかし、ソーミュールに到着するやいなやボーヴォワールは逮捕され、「かなりの高さの岩壁の上に建てられた」塔に幽閉されることになる。[21] そうした状況のなかで、ボーヴォワールは熟考の末に命をかけて塔から逃げることを決意する。独房の看守が騎士にヤスリと縄紐を手渡し、小さな開口部から逃走するよう騎士を説得した。しかし実際には、その看守は市民に変装した青年貴族のことを妬ましく思っており、騎士を罠にかけようとしていたのである。看守の裏切りに気がついた騎士は復讐を心に誓い、逃走の最中に裏切り者に対して文字どおり鉄槌を下す。

ボーヴォワールは看守の頭にあまりに凄まじい一撃を喰らわせたので、裏切り者は叫び声もあげずにどすんと倒れた。[…]看守の頭は棒で割られたのだった。[22]

復讐の場面はこのように、「ビアンキ隊長の話」での番兵襲撃の場面に負けず劣らず血腥いものとなっており、物語は復讐を遂げた騎士が看守の衣服を奪って塔から脱出していくところで終わっている。

続く「堕胎」で語られるのは、成功した手術ではなく無惨に失敗した手術の顛末である。十八歳で「暴力的で恐ろしく嫉妬深い男」と結婚したある若い夫人が、[23]一家の名誉を守るために堕胎手術を施行する医者を探しているのだが、その手術は、ナポレオンの残した「民法典」によって禁じられている。彼女は半年前から懐妊しており、子の父親は、彼女の夫ではなく、彼女が愛する従兄弟だった。結局、「娼館に出入りしている腕の悪い外科医」しか見つけられなかった彼女は、「呪われた子」の非合法の堕胎手術という「絶望的な行為によって引き起こされたひどい出血」が原因で命を失ってしまう。[24]

小コントの語り手たち

このように、『会話』においては確かに、殺人や死に至る暴力的な行為や不幸な事象が頻出する主題となっている。しかし、注意しておかなくてはならないのは、『会話』で語られる小コントの多くがいずれ劣らず残酷であったり、悲壮であったりするとはいっても、『会話』においては、作中で、それらの小コントがそれぞれに異なる登場人物によって語られていることである。

　これまで取りあげた「ビアンキ隊長の話」「騎士ボーヴォワールの話」「堕胎」の三つの小コントについていえば、順に、「将軍」「最良の文献学者でありもっとも愛すべき愛書家」「医師」という別々の登場人物の口を介して語られている。[25] そのほか、『会話』における語り手たちは、「医師」「外科医」「内科医」や、「兵士」「隊長」「将軍」など、似通った職業の人物とされてはいるものの、[26] 彼ら語り手の視点や語り口はそれぞれに異なっており、『会話』においては、物語の内容だけでなく、十二の小コントを語る声の違いやヴァリエーションが読者に強い印象を残していく。バルザックはまた、『会話』で交わされる声、コントを語る声を特別なものとするために、「騎士ボーヴォワールの話」と「この人を見よ エッケ・ホモ」の語り手としてシャルル・ノディエとスタンダールという、バルザック自身が敬愛し高く評価していた同時代作家を、匿名ながらそれとわかる形で作中に登場させるという工夫を凝らしている。[27] そのため、その全体が血や死と結びついた「赤」「黒」「茶褐色」の暗い色合いに覆われていながら、『会話』では、とりわけ語りのあり方において様々なニュアンスが認められるのであり、その点において、『会話』は、それぞれに語り口の異なる独立した十二篇のコントによって構成された『哲学的コント集』とまたしても通じ合っている。

　『哲学的コント集』と『会話』は構成と構想の二つの面で明らかな類似を見せており、短さ、多様さ、強烈さを核としていた『哲学的コント集』の美学は、次作としての『会話』において、さらに凝縮されたかたちで再現されているといってもよいだろう。しかし、こうした類似やつながりがある一方で、『会話』には、物語の構造において、『会話』を『哲学的コント集』から決定的にへだてる特徴があることも

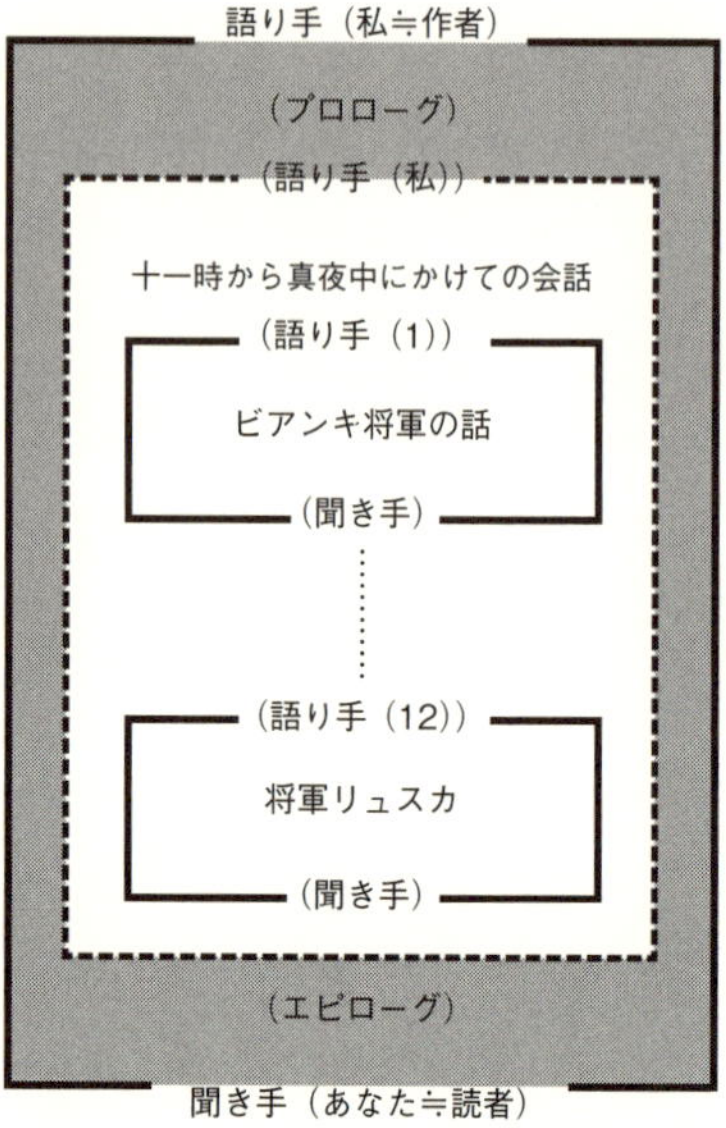

図3 『十一時から真夜中にかけての会話』の構成

指摘しておかなくてはならない。『哲学的コント集』においては、十二篇のコントが明確な脈絡のないまま、巻をまたいで横並びに並置されていたのに対して、『会話』を構成する十二の小コントは、先に述べたように、作中で職業などによって個別化された匿名の登場人物たちを語り手として、「十一時から真夜中にかけて」語られたものとなっており、物語論の用語を使っていえば、それらの小コントは「二次的な水準にある物語」として、『会話』の物語の枠・額縁を構成する「一次的な水準にある物語」に入れ子式に組み込まれている（図3参照）。

このような物語の構造とその構造を支える役割を果たしている物語の枠・額縁の存在が、『哲学的コント集』には見られない『会話』独自の特徴であるといえるのだが、私たちがその特徴に強い関心を持つのには次のような理由がある。第一の理由としては、これから見ていくように、『会話』においてバルザックは、作品そのものが文字どおり一つの会話となるよう、十二の小コントを登場人物たちに語らせることに関心を持っていただけでなく、全体を縁取る物語の枠を作りあげることにも力を入れていたからである。『会話』では、物語の枠が全体のプロローグとなって、一つ一つのコントが語られていく会話を導いていくのだが、絵画であれば額縁に相当する部分であるにもかかわらず、そこにバルザックは、パリのサロンにおける夜更けの会話の情景を入念に描き込んでいるのである。また、第二の理由としては、バルザックと二人の共著者の間で交わされた書簡から、バルザックが、『会話』におけるプロローグに対して否定的な見解を示していたラブーとシャールの反対を受けながらも、あくまでその部分を充実させることにこだわっていたことをあげることができる。[28]

それでは、バルザックが重視した『会話』の物語の枠が実際にどのように作りあげられているのか、以下に見ていくこととしたい。

物語の枠とプロローグの機能

私は昨冬にある邸宅をよく尋ねていたのだが、そこは、夜になると会話が政治やサロンのくだらない事柄から自由になる、今にちでは唯一ともいえる邸宅だった。そこにやって来るのは芸術家、詩人、政治家、学者、そして、狩や馬、女性や賭け事、他所では身なりのことで頭をいっぱいにしていながらも、その邸宅での集まりでは、他所で金銭や自惚れに糸目をつけないのと同じように、才気を存分に放つことをみずからの任としている若者たちだった。

そのサロンはかつてのフランス精神が、その秘められた深遠さ、無数の機微、心地よい上品さと共に逃げ込むことのできる最後の安住の地なのである。そこでは人々の心にまだいくらかの率直さを見出すことができるし、人々の考えにも気取りのなさや寛大さが感じられるだろう。芝居のために思いつきを取っておこうとか、話のなかに本のタネを探そうとする者は誰もいない。すぐれた機知や興味深い主題をめぐって、無惨な骨組みの文学作品が持ち込まれることもないのである。

これから私がお話しようとしている夜会の時間には、偶然、あるいは習慣によって、ヨーロッパ中に評判が知れわたる、確かな功績を収めた人物たちが集っていた。[…]十分に研究され、操られることで役者やコントの語り手の能力を作り出す口述現象によって、私がこれほど完全に魅了されたことはかつてなかった。そのような甘美な幻惑に身を委ねたのは私一人ではない。私たちみなが味わい深い夜会を過ごしたのである。

十一時から真夜中にかけて、それまで才気走り対立的なものだった会話は、コントのようになり、その急な流れのなかに、興味深いうちあけ話や、幾つもの肖像、無数の奇想が引き込まれていくのだった。[29]

『会話』の書き出しに置かれたプロローグは、このように、物語が展開する場や語り手が置かれている状況を読者に詳細に伝えるものとなっている。「私」という一人称を用いた、著者バルザックの分身ともいえる『会話』の匿名の語り手は、[30]読者に語りかけるように、特別なサロンに居合わせた幸運を強調し、サロンは貴族的であると同時に芸術的な雰囲気があり、そこに集う人々にも際立った上品さとエスプリが感じられると述べている。そのような、心地よく親密な空間のなかで、「口述現象」といわれる魅惑的な語りが実践される「コントのように」なった「会話」が展開していくことになるのだが、語り手は、「口述現象」と「あふれるほどの思考と寸言とコントと歴史の記録」について若干の持論を展開した後で、[31]あらためて読者に向けて次のように語りかける。

上品なサロンの暖炉のまわりに、苦労の跡が見えながらも美しく、情念や思考をあらわした表情をしている十二人ほどの人たちが座っている様子を思い浮かべていただきたい。愛想がよく、身なりが整っていて上品であり、優しい声音の三人の女性がその場を取り仕切っていて、少なくとも私にとっては、その場に欠けている魅力は一つもなかった。ランプの灯りのもとで、何人かの芸術家が話に耳を傾けながら絵筆を執っていたのだが、放っておかれた彼らの絵筆のセピアインクが乾いていくのを私は幾度も目にした。サロンはすでにそれ自体が完成した一枚の絵だったのであり、数人の画家がその情景を実際に描こうとしていたのだった。[32]

『会話』ではこの部分でプロローグが閉じられ、その後で、十二の小コントを含む「コントのような会話」が始まっていく。「コントのような会話」が展開していく「上品なサロン」の特徴がこうしてあらかじめ細かく記述され、さらに、そのサロンが「完成した一枚の絵」に喩えられていることから、バルザックは二重の意図を持ってこのプロローグを書いたのだということができる。すなわちバルザックは、「コントのような会話」が語られる場として、「それ自体が完成した一枚の絵」であるような、読者を惹きつける魅力的な「情景」を描くこと、それと同時に、その「情景」そのものを物語の枠とすることで、枠となる物語と枠のなかで語られる物語が継ぎ目なくつながり、一つの全体としての「会話」を形作っていくことを目指したのだ。

またバルザックは、『会話』の書き出しから、このように明確な仕方で物語の枠を提示し、枠物語の手法を用いることによって、コントという物語ジャンルの伝統を踏襲する姿勢を見せたということもできる。枠物語の手法はとりわけ『デカメロン』や『千一夜物語』、フランスの『エプタメロン』といったコント文学の古典に見られる定型的な語りの手法であるからであり、[33]『会話』を枠物語構造とすることによって、バルザックはこれまで称賛してきたと同時に、自身も実践してきたジャンルの歴史の上にあらためてみずからを位置づけているのである。[34]

会話の情景の演出

他方で、このプロローグについては、そこで「情景」や「絵画」という語彙が使われていることから、バルザック＝語り手＝「私」がプロローグそのものを一つの演劇的な場、空間として現出させようとしているという指摘を行うことも可能だろう。実際、バルザックは、「上品なサロン」を舞台の書き割り、背景として、「十二人ほどの人たち」を登場人物として、「暖炉」の火や「ランプの灯り」を照明として、「十一時から真夜中にかけて」の「味わい深い夜会」の空間を演出しているということができる。

こうした作中における物語空間の演出については、バルザックが枠物語の手法を用いた複数の作品を分析の対象としてレオ・マゼが詳細に論じているが、[35]マゼが指摘しているように、『会話』の書き出しで描かれた「上品なサロン」には、登場人物たちの間で「物語の交換」が行われるバルザック作品に共通する特徴を見てとることができる。レオ・マゼは、『グランド・ブルテーシュ奇譚』（一八三七年）、『続女性研究』（一八四二年）、『田舎ミューズ』（一八四三年）といった作品に書かれた「物語の交換という儀式」に着目しながら次のように記している。

物語の交換は、バルザックにおいて、他の作家の場合と同じように、ある種の典礼に従った儀礼的なセレモニーなのであり、語り手によって細かく演出されたものとなっている。セレモニーには、そのための祭壇、会衆、時間性、固有のしきたりがあるのだが、それらは以下の四つの言葉にまとめることができる。「パリ」「夜食」「小さなサロン」「灯り」。[36]

つまり、バルザックの作品においては儀礼的なセレモニーのように、

「小さな」と形容されるパリのサロンで、気の置けない間柄の人々の間で、夕食あるいは夜食の後に、机を囲んで、あるいは、暖炉のそばで、物語が交換されるのである。[37]

実際、『会話』における「物語の交換」はレオ・マゼが指摘したとおりの状況で行われている。ただし、『会話』が一八三二年に刊行された作品であることを考慮に入れると、時系列の上では、『会話』に描かれた儀礼的な「情景」がバルザック独自の「物語の交換」の場の雛形となり、その後、そうした「情景」が、『人間喜劇』に収録されていくその後の創作のなかで、形を変えながら再利用されていったという方が正確であろう。[38]さらに補足しておくと、バルザックは早くから「物語の交換」の場の演出とその再

利用に意識的であったのであり、『会話』のプロローグに書かれた「情景」は、『会話』のなかの小コントである「この人を見よ」や、『コント・ブラン』に収められたバルザックのもう一篇のコントである『スペイン大公』において、細部に変更が加えられながら早くも「再登場」している。

「この人を見よ」は物語の前書きとなる以下の文によって書き出されている。

ある晩に、説明の仕様がない偶然の一つによって、館に住む七、八人のご婦人方が女性たちだけで、夜の十一時頃に、音を立てているわけでもなければ消えているわけでもないのだが、その生ぬるいような暖かさが、彼女たちの心に、彼女たちを幸せにする晴れやかな気分を熱となって届けることで、いつもより親密な閑談を誘うことのある、そのような暖炉の前に集まっていた。

私はじっと動かずに、私にはまるで理解できない話を婦人たちが「小声で」語るのを聞いていたのだが、それぞれの語りを区切る品のよい笑い声が子どもだった私の好奇心を掻き立てたのだった。[39]

また『スペイン大公』では、『会話』の「情景」に以下のように「地方色」が加えられている。

一八二三年から翌年にかけて、ルイ十八世王によってフェルナンド七世を立憲体制から救うためのスペイン遠征が計画されていた頃、私はたまたまスペインに向かう途上でトゥールにいた。私は出発の前日に、そのほかの地方のどの中心都市でよりも楽しむことができるその街でももっとも愛すべき女性の一人が開く舞踏会に出かけたのだった。そして、夜食の少し前に、というのもトゥールではまだ夜食をとる習慣があったからだが、私は話好きな人たちの輪のなかに入った。輪の中心には、私の知らない一人の男性がいて冒険譚を話していた。随分と遅くなってから舞踏会にやってきたその話し手は、総徴税官のところで夕食を済ませてきたのだろうと私は思った。［…］話の間、私は語り手の顔つきと人となりを何とはなしの関心を持って眺めていた。その男は、多くの人物と似ているところのある捉え所のない表情をした男の一人であり、観察家は、そうした男たちを知られざる天才に分類すべきなのか、あるいは、下っ端の陰謀家に分類すべきなのか判断がつかず、迷ってしまうだろう。(40)

ここまで読みとってきたように、『会話』の書き出しにおいて——さらには、『会話』に収められた「この人を見よ」や、『コント・ブラン』全体を締めくくる『スペイン大公』においても——、バルザックが、物語の枠となると同時に、それ自体が一つの情景ともなる独自のプロローグを作りあげることを目指し、その目的のために、物語が交換される舞台となる空間を演出することに意を注いだのだとすれば、『会話』のプロローグの持つ意味や重要性を理解しなかった『コント・ブラン』の二人の共著者の意見をバルザックが聞き入れなかったのも当然だったといえるだろう。そして、以下に見ていくように、このプロローグのもう一つの面白さは、バルザックが一人称の語り手の姿を借りながら自然な口承性を高く評価することで、物語の語りのあり方としての『会話』の特徴や技法について、作中に作者自身の見解が示されているところにある。

書かれた「会話」 「話されたこと」と「書かれたもの」

先の引用にあったとおり、貴族的でもあれば芸術的な雰囲気もある「最後の安住の地」であるという『会話』の舞台となるサロンでは、「本」や「文学」のための場所は存在しない。[41] 何より、サロンでの語りの行為は、来客者たちの間で物語が無償で交換されることを前提としてなされており、物語を公表したり売り物にすることは想定されていないからである。「本」を刊行することは、そこではもっぱら商業的な行為と見なされているらしい。そのようないわばブルジョワ的な振る舞いに対して、サロンで称賛されるのは貴族の優雅さをもって物語を気前よく分け与え、その場で消費する行為なのであり、それによってこそ「あふれるほどの思考と寸言とコントと歴史の記録」や「軽薄でもあれば深遠でもある談話」、「急ぎ足で語られる物語」が豊かに生み出されていく。[42] サロンにおいて、「芸術的な言葉の才気」と「十分に研究され、操られ」た「口述現象」に強烈に魅了されたという「私」は、プロローグにおいて、『会話』を一個の作品として執筆するに至った経緯を次のように記している。

サン＝ジェルマン・デ・プレから天文台までの帰り道を私と共にしたある学者は、その晩の見事な即興を言葉であらわすことはできないと考えていた。しかし私は、競争心の強い者ならではの無謀さで、その晩の喜びを再現することをほとんど約束してしまったのだった。それは有言実行のためというより、私自身の感情に、回想という作りものの生を与え、話されたことと書かれたものとの間にある距離を加えるためだった。とはいえ、話された事柄に含まれていた自由さ、自然な急展開、わざとらしい回りくどさをそのまま残したいとも思ったので、私は、それぞれの話が私たちに強い印象を与えているうちに会話を書き留めておいたのだ。[43]

「私」が認めているように、『会話』の語り手の試みは野心的というよりも向こう見ずなものだといえる。というのも、語り手は他所ですでに記述に対する発話の優位をはっきりと認めていただけでなく、ここでも「話されたことと書かれたものとの間にある距離」を十分に自覚しているからである。生き生きとした、自発的な言葉に対して、書かれた文章は魅力を欠いた複製にならざるをえない。それでも語り手は、そのことを承知しながら、「競争心の強い」一人の作家として、「言葉であらわすことはできない」とみなされた即興の「話」や「話されたこと」を「書かれたもの」によって再現するべく試みようというのである。別の言い方をすると、語り手とその背後にいるバルザックは、みずからのコントの技法を用いて口承性を模倣、再現しようとしているのであり、マルク・フュマロリが「会話」と題された論稿において指摘しているように、『会話』の著者は、一篇の書かれたコントを通じて「会話のもたらした強い幸福という想像上の経験を読者に共有させること」を目指し、それによって「読者は刺激的な会話の席に招かれたかのように会話に耳を傾ける」ことになる。[44]

このように、『会話』では、「話のなかに本のタネを探そうとする者は誰もいない」と書かれていながら、実際は、語り手自身がサロンの不文律を反古にして、公衆には閉ざされたサロンでの私的な会話を文章で再現し一般読者に届けることにより、一つのコント＝フィクションが形成されている。こうした文学的試みについて、『会話』の語り手は、全体のエピローグとなる結末部分で読者の前に再び姿を現し、企てられた試みの複雑さについて次のように記している。

この会話の断片はそのままの、真実のものである。不正確なところがあるとしても十分に許される程度のものであり、それによって意味や内容が変わるようなことはないし、ここにあるのはすべて、優れた人士によって語られたことなのだ。芸術それ自体にとって、自然がそのままに書き写されたとしたらそれだけで美しいものなのか、という問いに答えることは興味深いことではないだろうか？　私たちみなが大いに感動したとして、はたして読者も感動するのだろうか？……私たちはシェフェールの描いた《糸車のマルガレーテ》を見に行きはする。しかし私たちは、パリの街路にいる多くの人々、絵画とはまるで違った詩情があり、惨めであっても美しく、表情豊かで崇高でありながら、ぼろを着た人々のことは気にすることがない……今日、私たちは、理想化と、事実や人々や出来事をそのままに表現することの間で揺れている。どちらかを選んでいただきたい……これは芸術が自然を真似ようとした冒険なのである。[45]

プロローグに始まり、十二の小コントを含む『会話』は、ここに引用した、いささか控え目ではあるが、一種のリアリズム宣言とも言いうる文をエピローグとして掲げている。はっきりとメタ的な視点に立った語り手が述べているように、『会話』は、芸術と自然、書かれたものと話されたこと、「理想化」と「そのままに表現すること」といった結びつけることの難しい二つの極の間にありながら、あくまで「真実」の側に立とうとした創作であるとされている。別の言い方をすれば、『会話』は、始まりから終わりまで、「真実」の「会話」を物語として語ることの根本的な矛盾と難しさを、作品の中心的な主題として取り込み、読者に向けて問題提起しているのであり、そのなかでバルザックは、「理想化」に陥ることなく、コントの作者としての「芸術」的手段を駆使し「自然を真似ようとした冒険」を実践していった。

『会話』の語り手が、物語を語る行為のみに集中するのではなく、登場人物による発話と語られた話の真実性や現実らしさを強調するために、枠物語という、明らかに人工的であると同時にコント文学に特徴的な語りの技法に頼り、絵画や舞台の語彙を借りながら物語の枠そのものの脚色に力を注いだのも、こうした文学的試みの一環として捉えるべきだろう。一つのコント＝フィクションとしての『会話』の最大の特徴は、このように、バルザックが一人のコントの作者として、物語芸術そのものに対して、また、みずからの語りの技法に対して意識的、自省的な姿勢を示していることにある。

ここであらためて、比較の対象として『哲学的コント集』を持ち出すと、構成や構想における類似が認められもした『会話』と『哲学的コント集』は、作中において「語り」をめぐる省察が含まれているか否かという点において大きく異なっているという指摘をすることができるだろう。『哲学的コント集』の十二篇には、『会話』に見られたほどに、「コントの作者バルザック」が前面に出て持論を展開するという創作は見られないからである。あるいは、一八三一年から一八三二年にかけて、バルザックは継続的にコントの創作にあたるなかで、コントを書くこと・語ることに対する思索を独自に深め、その思索そのものをコントの主題にするに至ったというふうに捉えてもよいのかもしれない。いずれにせよ確かなことは、『会話』が『哲学的コント集』を引き継いでいる創作であるとしても、そこで行われたのは単純な継承ではなく、発展的であると同時に、自己批判的でもある継承であったということである。

『フィルミアーニ夫人』と『赤い宿屋』　二つの「哲学的コント」？

　ここからは、『コント・ブラン』から『新哲学的コント集』に目を転じ、はじめに、『フィルミアーニ夫人』と『赤い宿屋』のつながりを指摘し、その後で、これらの二つのコントが、『会話』で提起された問題系をそれぞれに引き継いでいることを明らかにしていきたいと思う。

　すでに述べたとおり、『哲学的小説コント集』の第四巻目として構想され、一八三二年一〇月にゴスラン書店から刊行された『新哲学的コント集』は、四篇のコントによって構成されており、そのうちの三篇は一八三一年八月から一八三二年二月までの間に『パリ評論』誌に初出掲載されたものとなっている。[46] そのタイトルや刊行までの流れからすると、『新哲学的コント集』の四篇は当然ながら「哲学的」な作品として受け止めるべき創作であるかのように見える。実際、バルザック自身が一八四五年から一八四六年にかけて作成した『人間喜劇』の最終的な「カタログ」においては、当初は『私生活情景』の一篇として書きはじめられた『フィルミアーニ夫人』をのぞいて、『コルネリウス卿』『赤い宿屋』、そして、のちに大幅に改稿され『ルイ・ランベール』と改題されることになる『ルイ・ランベール略伝』の三篇が『哲学研究』のカテゴリーに収められている。[47] しかし、これから見ていくように、その物語内容からすると、『ルイ・ランベール略伝』という例外をのぞいて、『新哲学的コント集』に収録されたコントを「哲学的」と形容することは難しいといわざるをえない。この点について、本章で参照する『新哲学的コント集』初版復刻版の編者であるアンドル・オリヴェールは次のように指摘している。

> 『新哲学的コント集』の三篇［『フィルミアーニ夫人』『コルネリウス卿』『赤い宿屋』］は著者の手元に残さ

れていた多くの作品のなかから選ばれたものであり、その「哲学的」側面が著者の目を引いたということなのかもしれないが、そのような側面を見つけるのはさほど容易なことではない。[48]

このように記すことによって、アンドル・オリヴェールは作品のタイトルにもなっているコント集のコンセプトそのものを疑問視しているわけだが、こうした見解は実のところ、すでに『新哲学的コント集』刊行直後に発表された書評記事において示されていたものでもある。

バルザック氏の哲学的コントに重要な哲学があるだろうか？ どの本屋の窓にもその宣伝が貼られているようなコント集に幻想的なところがあるだろうか、というのと同じことだ。人を騙そうとする貼り紙、悪意ある看板ではないか！ どうして素直にこういわないのだろうか、「読者の皆さん、これからお読みいただく作品はどうぞ呼びたいように呼んでください。私としては大げさで、厚かましくて、挑発的なタイトルを付けることもできたのですが！ 読者の皆さんご自身でタイトルをつけていただく方がよりよいだろうと思ったのです」と。そうすれば私は、私の本の上のほうに『小話集』『短篇集』『閑談集』とタイトルを付けるかもしれないではないか？ 幻想的コント、滑稽譚、哲学的コントといったタイトルが何の役に立つというのだろう？[49]

『ルヴナン』紙の書評執筆者が辛辣な書きぶりで記しているように、『新哲学的コント集』というタイトルが「人を騙そうとする貼り紙」とまでいえるかどうかという問いはわきに置くとしても、このコント集が、文芸誌におけるコントの流行のさなかに矢継ぎばやに発表された、「哲学的」な側面を見出しがたい複数のコントを含んでいることはやはり否定しがたいところがあるため、私たちとしては、『哲学的小説コント集』の場合と同じように、「哲学的」とは別の側面から『新哲学的コント集』にアプローチしていきたいと思う。

実際、『新哲学的コント集』が「重要な哲学」や一貫性に欠けたコント集であるとしても、少なくとも『フィルミアーニ夫人』と『赤い宿屋』の二作については、物語の主題や創作のあり方そのものの点で確かに共通するところがあるからである。私たちとしては、『フィルミアーニ夫人』と『赤い宿屋』の二作のテーマ的、内的なつながりは、タイトルやカテゴリー分けといった事後的な関係づけより意義深いものとして捉えるべきであり、また、コントの作者としてのバルザックの創作のコンテクストとの関連や、バルザックが『コント・ブラン』で展開していたコントの技法・話法との関連において考察し、理解していくべきものと考えている。

財産のテーマ

はじめにいってしまえば、バルザックの中短篇作品集を編纂したフィリップ・ベルティエの指摘にもあるように、『フィルミアーニ夫人』と『赤い宿屋』を結びつけているのは「不誠実・不名誉な手段で得られた財産というテーマ」にほかならない。[50]『フィルミアーニ夫人』と『赤い宿屋』においては共に、家族の財産をめぐる調査が物語の中心に置かれ、『フィルミアーニ夫人』では財産の散逸と獲得、『赤い宿屋』では謎に満ちた財産の起源をめぐって物語が進展していく。まずは、二つのコントで財産のテーマが実際にどのように現れているのか、以下に見ていきたい。

『フィルミアーニ夫人』における財産調査は、地方在住の「非常に立派な紳士」であるド・ヴァレーヌ氏が、彼の甥で「ただ一人の遺産相続人」であるジュール・ド・カンが財産を失った経緯を確かめるためにパリにやってくるところから始まる。[51] ド・ヴァレーヌ氏はトゥーレーヌである不名誉な噂を耳にしていたのであり、その噂によれば、「ジュール・ド・カン氏はフィルミアーニ夫人なる女性に財産をつぎ込んだすえに、数学の復習教師に成りはて、伯父から遺産を相続するのを待っている」というのである。[52] 夫人を多少とも知る人たちの言うところによれば、彼女は「パリ中でもっとも貴族的に美しい女性」であり、[53] 魅力的で上品な社交界の花であり、同時にまた、「危険」「コケット」「謎に満ちた女性」であり、[54] 結局のところ、彼女の本当の表情、姿を知るものは少ない。確かなことは、フィルミアーニ夫人が密かにジュールを愛していること、ジュールと法的に結ばれるために、「彼女に名前と財産を与えただけ」とされる夫の死亡証書が届くのを待っているということである。[55]

何人かに会って話を聞いたものの、納得のいく答えを得ることができなかったド・ヴァレーヌ氏は最後に、甥自身の口から失われた財産についての真実を知らされることになる。住まいとしている屋根裏部屋で、ジュールは伯父に、みずからの意志で財産を手放したこと、その財産は父が実直な一家から盗み取ったものであったことをうちあける。ジュールの父親の恥ずべき行為のために「身ぐるみを剥がされ、不幸で、すべてを奪われた」その一家は、悲惨な暮らしを強いられており、[56] フィルミアーニ夫人の助言を受けたジュールは、その一家にみずからの財産を提供することで父の犯した過ちを償おうとしたのだった。つまりジュールは、罪の償いと、彼にとって「良心」と「誠実さ」の権化であるフィルミアーニ夫人の愛に誠実に応えるという二つの目的のために、自身の財産を投げうったのである。[57] こうしたすぐれた行いが報われたかのように、ジュールはフィルミアーニ夫人の愛を得ると同時に、彼女が相続した莫大な財産を手にすることになった、というのが、『フィルミアーニ夫人』というコントの寓話のような結末となっている。

他方で、『赤い宿屋』で問題とされるのは、「ナポレオン軍の御用商人であった」フレデリック・モリセの財産の起源の怪しさであり、[58] コントの語り手として登場する「私」は、「修道院から出てきたばかり」の純真で魅力的なモリセの娘に恋をしているという一人の青年である。[59]『赤い宿屋』では、うちとけた雰囲気の夜会の席で、会食者たちの前で披露されたヘルマンという名のドイツ人による話によって、元御用商人の財産の起源の秘密が、遠回しに、しかしそれとわかる形で明らかにされていく。

ヘルマンの話は、ある殺人事件についてのものである。一七九九年、フランスとオーストリアとの戦争が続く中で、二人のフランス人青年が軍医としてドイツに赴き、ライン川に近いアンデルナッハの街に向かった。青年の一人はプロスペール・マニャンという名前であり、もう一人の青年の名前はヘルマンの記憶から消えかかっていたものの、赤い宿屋の話をし終える頃に、ヘルマンはその青年がフレデリックという名前であったことを思い出す。

アンデルナッハへの長い行程の末に、二人の青年は「全体が赤に塗られた」宿屋に到着する。[60] しかし、人里離れた場所にあるその宿屋には、十分な食べ物もなければ客室もなく、二人は「ヴァルヘンフェルと名乗る、ノイヴィート近郊にかなりの規模のピン製造工場を所有している」という見知らぬドイツ人商人と寝食を共にすることを余儀なくされる。[61] 同室で眠りにつく前に、商人は二人の青年に向かって、自分の鞄のなかには「十万フラン相当の金とダイヤモンド」が入っていることを軽率に口にしてしまい、[62]それを聞いたマニャンは、夜の間中、「商人がその上に眠っている十万フランのことしか考えられなくなってしまう。[63]「金塊に魅了され」、「人殺しの理屈に心を奪われ」たマニャンは商人を殺害しそうになるのだが、すんでのところでその衝動を抑え、考えをあらためる。[64]

しかし、翌朝マニャンが目覚めてみると、客室には血の海が広がり、マニャンは「彼の手術道具」で首を切られた商人の死体を発見することになり、[65]殺人の疑いがかけられたマニャンは即座にフランス軍に逮捕される。当時は若い愛国者だったヘルマンがマニャンと出会ったのは、フランス軍の牢獄のなかでのことで、マニャンは処刑される日を待っているところだった。みずからの境遇に絶望したマニャンは「同時に無実であり有罪であると信じて」いるという状態で、「眠っている間に夢遊病の症状が出て、覚醒しながら夢に見た罪を犯してしまったことを恐ろしく思っていたのだった」。[66]マニャン自身にも無実の確証がないにもかかわらず、マニャンの告白を聞いたヘルマンは、マニャンの幼馴染であるフレデリックこそが真犯人であると確信するに至る。夜会の席でヘルマンが語った『赤い宿屋』での殺人事件の真相は、商人を殺したのはフレデリックであり、フレデリックが金塊の入った鞄を盗み、友人であるマニャンを残して逃亡したために、マニャンがかわりに処刑された、というものだった。

ヘルマンの話は夜会の席に強い衝撃を与え、話を聞いていたフレデリック・モリセは落ち着きを失い、苦しみはじめる。深い苦悩に陥ったモリセは「頭部の痛風のような発作」に襲われ、[67]激しい苦悶の末にその場で息絶えることになる。ヘルマンの話はまた、語り手である「私」までをも苦しめることになる。血塗られた財産に手をつけるのを避けるためには愛する女性までをも諦めるべきなのか。ヘルマンの話を聞き終えた「私」は、モリセの娘が「犯罪の相続者」であることを知っていながら、[68] 彼女と結婚することができるのかどうか、深く思い悩む。「道徳と哲学の高度な問題」に直面した語り手は解決策を見出すことができず、[69]『赤い宿屋』は、「私」と友人たちとの間で交わされた「良心の問題」をめぐる議論によって結ばれている。[70]

社交界のコントといえる『フィルミアーニ夫人』においては、財産のテーマが恋愛関係にある二人の登場人物をさらに緊密に結びつけることでハッピー・エンドを導いているのに対して、『コント・ブラン』の延長にあるともいえそうな『赤い宿屋』においては、財産のテーマが、その発端にある殺人や裏切り、そしてその結果にある犯罪者の死という一連の陰惨な出来事の流れのなかに位置づけられており、財産のテーマから派生した「良心の問題」も解決を見ることはない。『フィルミアーニ夫人』と『赤い宿屋』という二つのコントは物語としても大きく異なっているが、いずれのコントにおいても、「不誠実・不名誉な手段で得られた財産というテーマ」が中心に据えられていることはこれまで見てきたように明らかである。

確かに、トゥオン・ヴオン＝リディクが的確に指摘しているように、罪と結びつけられた財産のテーマは、『サラジーヌ』『不老長寿の霊薬』『ゴリオ爺さん』といったバルザックのその他の作品に現れているものでもあり、とりわけそれらの作品が執筆された一八三〇年代前半のバルザックにとって重要な創作のテーマであったということができるだろう。[71] しかしそれは同時に、バルザックにおいては、そのテーマが必ずしも「コント」と題された創作で限定的に扱われるものではなかったことを意味しており、『フィルミアーニ夫人』と『赤い宿屋』という二作の「コント」としてのつながりを強調するためには、財産のテーマに加えて、二作に通じるその他の要素を指摘する必要がある。そこで私たちとしては、両作品の語りの水準に見られる特徴を以下に指摘していきたい。『フィルミアーニ夫人』と『赤い宿屋』という二作の「コント」において、バルザックは共通するテーマを扱うのと同時に、語りの経過そのものを作中に取り込み、物語るという行為そのものを描き出しているからである。また、これから見ていくように、『フィルミアーニ夫人』と『赤い宿屋』において、バルザックは、私たちが『会話』を分析するなかで注目した「コントのような会話」の物語化の試みをあらためて実践しているようにも思えるからである。

あらためて、「コントのような会話」のために

まず指摘すべきなのは、『赤い宿屋』において、バルザックがまたしても枠物語の手法を用いていることであろう。

『赤い宿屋』では、登場人物の一人であるヘルマンを語り手として赤い宿屋での殺人事件をめぐる話が作中で語られており、その話は、二次的な水準にある物語として枠となる物語に挿入されている。また、枠となる物語と挿入された物語は関連しないものとして語り出されており、作中では、二つの異なる水準にある物語の間に境目があることが登場人物の一人が発する言葉によって明らかに示されている。[72]その言葉とは、「ホフマンのコントやウォルター・スコットの小説を読んできたに違いない色白で金髪の若い女性」とされる銀行家の娘による発言であり、[73]ヘルマンの話は「お帰りになる前に、ヘルマンさんにお話をしてもらいたいのです。私たちを怖がらせるようなドイツのお話を」という彼女の発言

によって導かれたものとなっている。[74]

元御用商人の財産の起源に関わる犯罪の話は、このような要請、やりとりを経て語られはじめるのだが、語り手であるヘルマンも、聞き手たちも、事件の犯人であるフレデリックその人が同席していることには気がついていない。ヘルマンの話を聞き終えたフレデリックが死に至る発作に襲われることについては先に記したとおりだが、ヘルマンの話はその途中においても聞き手の強い反応を引き起こしている。たとえば、罪のない男が処刑されるという話の結末をおそれた銀行家の娘は、自分がヘルマンに「私たちを怖がらせるようなドイツのお話」をするよう頼んだにもかかわらず、ヘルマンを遮って物語を途中で中断させてしまう。[75]

『赤い宿屋』ではこのように、枠物語の手法が用いられることによって、物語を語る行為と物語を聞く行為そのものが、サスペンスの要素を持った語りの進行のなかで、はっきりと、効果的な形で描かれている。さらに興味深いのは、『赤い宿屋』においては、『会話』におけるのと同様に、物語の枠にあたる部分がパリで開かれた夜会の場面によって構成されていることである。明示的に「序論」と題された『赤い宿屋』の冒頭では、[76]一人称で物語に登場する語り手の視点から、「楽しい集まり」の心地よい情景が描かれている。[77]来客者たちは「パリの銀行家」の邸宅に招かれており、[78]そこには、「資本家」や「商人」といった銀行家の「親しい友人たち」に加えて、「感じのよい女性たち」が集っている。[79]こうした上層ブルジョワジーが集う夜会の空間は、先に私たちが見た『会話』の貴族的で芸術的な雰囲気のある夜会の空間と好対照をなしているということもできるだろう。そのような違いがあるとはいえ、『赤い宿屋』では、やはり『会話』と同様に、食後の「穏やかな時間」に物語の聞き手となる会食者たちの前でヘルマンの話が語られるのであり、「「小さな」と形容されるパリのサロンで、気の置けない間柄の人々の間で、夕食あるいは夜食の後に、机を囲んで、あるいは、暖炉のそばで物語が交換される」ことになる。[80]

こうした状況のなかで、「絵画の蒐集家」を自認する『赤い宿屋』の語り手は、物語が語られはじめる時間帯には、「召使たちがすでに姿を消していた」ことを見逃さずに記しているのだが、[81]すぐれてバルザック的といえる、「コントのような会話」が展開する情景をこまかに描き出した後で、語り手はさらに、夜会の「幸福なひと時」、「上質な食事が消化される間」の時間について、読者に向けて次のように述べている。[82]

そのとき会食者たちは、私たちが自分たちの消化能力をいささかあてにしすぎた際に美味な食事が私たちを誘うあのまどろみと沈黙からなる幸福な状態のなかにいた。彼らの一人一人が椅子にもたれかかり、テーブルの端に軽く手首をのせ、手元でゆっくりとナイフの金色の刃を遊ばせていた。[…]その状態は、そのほかのことについてはあれほど完璧なブリヤ゠サヴァランも著作のなかでふれることがなかった、美食の小さな喜びなのだ。[…]

そこで会食者たちは人のよいドイツ人の方に自然と向きを変えた。たとえつまらないものであっても、バラードの一つでも聞かせてもらいたいという思いだったのだ。というのも、こうした穏やかな時間には、コントの語り手の声は、私たちの緩んだ感覚にとってはいつも快いものであり、私たちの控えめな幸福の助けとなるからだ。[83]

「美味な食事」の後で、会食者たちは「美食の小さな喜び」に浸り合い、続けて、食事と同様に「快い・おいしい」と形容された「コントの語り手の声」に惹かれながら、物語に耳を傾けるという喜びに身をゆだねていく。『赤い宿屋』ではこうして、食事の時間から物語の時間へと、「穏やかな時間」は途切れることなくなめらかに進み、会食者全員が、読者と共に、ヘルマンの話を味わうことになる。[84] あるいは、『赤い宿屋』では、「コントの語り手の声」と物語は、会食者に対して食事と同じように供され、声と物語はその場で、熱が冷めないうちに、味わわれ、消化されることになるともいえるだろう。そのとき、「美味な食事」の後に続く物語は、聞き手の精神や知性によって消化されるだけではない。すでに述べたように、ヘルマンの話は、聞き手の肉体にも作用し、まずはフレデリック、そして「若い娘」、さらに「私」に、深刻な消化不良を引き起こしていく。

「話されたこと」と「書かれたもの」

先に私たちが見た、「芸術が自然を真似ようとした冒険」に身を投じ、生の発話を可能な限り忠実に言葉で再現しようとしていた『会話』の語り手の野心と比べると、『赤い宿屋』の語り手の野心は慎ましいものではあるが、それでも両者は、書かれた言葉のなかに話された言葉の生気をとどめようと試みる姿勢を共有している。「序文」を締めくくるにあたって、「私」は次のように記しているからである。

私が無益な観察をしている間、人のよいドイツ人は嗅ぎタバコを鼻に吸い込み、彼の話をしはじめた。

話は何度も中断されたり、長い回り道をしたりしたので、彼の話を言葉どおりに再現しようとしたら、至難の業となっただろう。そこで私は、私なりのやり方で彼の話を書いたのだった。自分の著作の題名の横に「ドイツ語からの翻訳」と書くことを忘れてしまう作家たちの無邪気さで、不手際はニュルンベルク人のせいにして、詩情をそそったり面白みがあるところについては自分のものにしていったのだ。[85]

バルザックはこのようにして、『赤い宿屋』において、『会話』で問われていた「話されたことと書かれたものとの間にある距離」について、語り手の声を通じて言及しているといえるのだが、『コント・ブラン』と『新哲学的コント集』とのつながり、『赤い宿屋』と『フィルミアーニ夫人』の内的なつながりに注目している私たちの関心をさらに引くのは、『赤い宿屋』においてだけでなく、『フィルミアーニ夫人』の作中においても、こうした、自身の語りの技法に対する自己言及的な言葉と態度が見られることである。

『フィルミアーニ夫人』の書き出しで、バルザックは今度は「著者」の立場から、物語を語ることの難しさについて述べており、著者はまず次のような一般論から始めている。

場面展開が豊かで、数えきれない偶然によって劇的なものになっている多くの物語は、それぞれに固有の技法を含み持っており、誰が口にしたとしても、主題のもっとも取るに足りない美しささえも損なわれることなく、そのままにあるいは巧みに語られうるものなのである。[86]

こう述べてから、著者は自身の見解を加えている。

ただし、人間生活のいくつかの出来事については、心の響きによってのみ生気が与えられる。〔87〕

なぜなら、と著者は続ける。

未知の調和のようなものがなければ、どう言ったらよいのか、どうしたらよいのかわからない事柄があるからであり、そのような調和のためには、一日、一時間、星座の適切な並び、あるいはまた、秘められた精神の傾向といったものが必要となるからだ。〔88〕

こうした難しさがあるにもかかわらず、著者が関心を向けているのは「どう言ったらよいのかわからない事柄」を言葉にし、それを物語にすることであり、『フィルミアーニ夫人』の書き出しは、「真実の」「飾り気のない話」を読者に届けるにあたって、「語りを美化」しかねない「嘘」に頼ることをみずからに禁じる著者の言葉によって終えられている。『会話』や『赤い宿屋』におけるのと同じく、『フィルミアーニ夫人』の著者もまた、「芸術が自然を真似ようとした冒険」に出ようとしているのだといえるだろう。

会話や語られた話が物語の中心に置かれていた二つのコントとは異なり、『フィルミアーニ夫人』では登場人物の間での対話が重要な位置を占めており、特に、ド・ヴァレーヌ氏がジュールの資産状況の調査を始める前にフィルミアーニ夫人の真の姿を知るためにパリのサロンを訪ねる作品の前半は、その大部分が対話によって、より正確には、複数の登場人物の声そのものによって構成されている。[89]

「フィルミアーニ夫人をご存知ですか？」というド・ヴァレーヌ氏の問いかけに対して、[90]各々がそれぞれの答えを返すことで、作中には、異なる「ジャンル」や「階級」に属する複数の登場人物たちの声が響きあうことになる。[91]そして、「同一の事柄についての複数の異なる説明に耳を傾けること」に関心を持っているという著者によって、十数人の声が次々と紹介されていくことで、「社会に複数の階級があり、カトリックに多くの宗派があるのと同じように多くある」という複数の「フィルミアーニ夫人」のヴァージョンが読者に示されていく。[92]

「真実の話」とされている『フィルミアーニ夫人』の特徴は、逆説的なことに、ただ一つであるはずの真実に対して、真実を語っているはずの声が過剰に複数化していることにある。一読したところでは他愛もない「社交界のコント」にも読めてしまう『フィルミアーニ夫人』の面白みは、著者バルザックが一つ一つの声を「真実」としてあえて横並びにし、可視化しているところそのものにあるといえるだろう。『フィルミアーニ夫人』について、ジュリエット・フロリッシュは「バルザック的な談話空間」に「一見したところ矛盾しているように見える複数の小さなポートレートが一つの全体として」立ち現れていると的確に評しているが、[93]私たちとしてはさらに、「理想化」を拒絶する「バルザック的な談話空間」に「事実のそのままの表現」があふれているという指摘を加えてみたい。『フィルミアーニ夫人』においてバルザックは、『赤い宿屋』で実践したのとは別の仕方で、『会話』で取りあげたのと同じ語りの問題系を物語のなかに持ち込み、『フィルミアーニ夫人』という一人の登場人物の内に具現化したのだといえるからである。

このように、一八三二年に刊行されたコントはそれぞれに異なる独立した作品であると同時に、「話されたこと」と「書かれたもの」をめぐる一つの問題系から派生した作品として捉えることが可能である。なるほど巨視的な視点から見るならば、『コント・ブラン』と『新哲学的コント集』は、『哲学的コント集』の延長線上にある著作として位置づけることができるだろう。これまで見てきたように、『コント・ブラン』に収められた『会話』と『哲学的コント集』は、作品全体の構成や豊かなヴァリエーションから成るという点で共通していたし、『新哲学的コント集』と『哲学的コント集』は、そのタイトルと明確な「哲学」の欠如によって結ばれている。しかし、私たちが本章で取りあげてきたコントは、以下の点において『哲学的コント集』とは明らかに異なる創作であるといわねばならない。それらのコントでは、物語内容に違いがあるにもかかわらず、「コントのような会話」がなされる場面が定型的な儀式のように描かれていたり、コントを語る行為や流れそのものが演出され、著者自身の分身でもあれば登場人物でもある語り手によって細かに描写されていたりする点。また、コントや発話を交換し合う登場人物たちの交流が描かれ、書かれたものに対して、話されたことの生気が尊重されている点。つまるところ、一八三二年に刊行されたバルザックのコントは、コントという物語ジャンル元来の特徴であり持ち味であった口承性への回帰が見られる点において、前年に刊行された『哲学的コント集』とは明らかに趣を異としているのである。そして、一八三二年のコントの作者であるバルザックは、複数のコントを通じて、「話されたことと書かれたものの間にある距離」に強い関心を示し、「芸術が自然を真似ようとした冒険」を実践したのである。

早くも一八三三年以降、バルザックは同様の主題を取りあげるコントを執筆することがなくなっていくのだが――『新哲学的コント集』が刊行された一八三二年一〇月の時点ですでにバルザックは雑誌にコントを寄稿するそれまでの創作スタイルから遠ざかりはじめている（第六章参照）――、その後「コントの作者」から「歴史家＝小説家」へと変貌を遂げていくバルザックは、よく知られているように、いよいよ本格的にリアリズムの方へと舵を切っていくことになるだろう。その意味において、『コント・ブラン』と『新哲学的コント集』は、短期間に終わったコントの流行とバルザックにおける「コントの作者」の季節の終わりを告げる創作であると同時に、その後長く続いていくバルザックの芸術的探究の始まりを告げる創作ともなっているのである。

注

〔1〕 Balzac, *Les Cent Contes drolatique. Premier Dixain*, Gosselin, 1832.

〔2〕 [Balzac, Philarète Chasles et Charles Rabou] *Contes bruns, par une...*, Canel et Guyot, 1832.

〔3〕 Balzac, *Nouveaux Contes philosophiques*, Gosselin, 1832.

〔4〕 Charles Rabou à Balzac, 26 octobre 1831, *Corr.*, t. I, p. 418.

〔5〕 Lettre à Madame B.-F. Balzac, 10 juin 1832, *Corr.*, t. I, p. 539-541.

〔6〕 Lettre à Charles Gosselin, 26 novembre 1832, *Corr.*, t. I, p. 683-685.

〔7〕 Maurice Bardèche, *Balzac, romancier* [1940], Slatkine, 1967.

〔8〕 Tim Farrant, *Balzac's shorter fictions : Genesis and Genre*, Oxford, Oxford University Press, 2002.

〔9〕実際、コルネリウス卿はルイ十一世と共に、『コント・ドロラティック』の一篇である「ルイ十一世陛下のご遊楽」の登場人物ともなっている。

〔10〕Balzac, *Histoire intellectuelle de Louis Lambert*, Gosselin, 1833 ; *Le Livre mystique*, Werdet, 1835, 2 vol.

〔11〕『ラルチスト』誌の編集者、寄稿者が中心となって企画されたといわれる『サルミゴンディ あらゆる色彩のコント集』がフルニエ・ジューヌ書店から書籍として刊行開始されたのは一八三二年一〇月のことであり、その後『サルミゴンディ』は一八三三年八月まで、ほぼ月刊のペースで十一巻までが刊行されていくことになる（*Le Salmigondis. Contes de toutes les couleurs*, Fournier jeune, 1832-1833, 11 vol）。また、『サルミゴンディ』の後を追うようにして、『コント作家の書』がアラルダン書店から一八三二年一二月に刊行開始されており、その後『コント作家の書』は、第五巻以降はルキアン書店に版元を移しながら、一八三五年六月までに六巻までが刊行されている（*Le Livre des conteurs*, Allardin, Lequien, 1832-1835, 6 vol）。このように、『コント・ブラン』は、「共著によるコント集」という着想と刊行時期の両面において、後にこの時期のアンソロジー式コント集の代表例として知られることになる上記二作に先行していたといえるのだが、特にバルザックの意向で続刊化が実現しなかったこともあって、結果的に『コント・ブラン』はその他のコント集とは異なる独自の創作として後世に残されることとなった。

〔12〕『コント・ブラン』の創作と出版の経緯については、以下の批評校訂版に収められた「序文」に詳しい。Marie-Christine Natta, « Introduction », Balzac, Chasles et Rabou, *Contes bruns*, Jaignes, La Chasse au Snark, 2002, p. 7-43. また、シャールとラブーによるコントについては、ミレイユ・ラブレによる以下の論稿を参照されたい。Mireille Labouret, « Le Rouge et le Brun : Ricochets de conversation balzacienne entre onze heures et minuit », dans *Balzac et la nouvelle (I)*, *L'École des lettres, second cycle*, L'École des loisirs, 1999, p. 29-47. なお、シャールによる「眼蓋のない眼」の翻訳は以下のアンソロジーに収められている。『十九世紀フランス幻想短篇集』川口顕弘訳、国書刊行会、一九八三年。

〔13〕「ミクロ・ヌーヴェル」の呼称はイザベル・トゥルニエによる（Isabelle Tournier, « Notice à *Une conversation entre onze heures et minuit* », NC, t. I, 2005, p. 1109）。なお、本

章では『コント・ブラン』に収録されたバルザック作品については、イザベル・トゥルニエによる上記のエディションを参照し、『十一時から真夜中にかけての会話』から引用を行う際は、*Une conversation* と略記し、続けて頁数を記す。

〔14〕これら十二のタイトルを最初に用いたのは、一九二七年にデルプシュ書店から『コント・ブラン』のエディションを刊行したマルセル・ブートロンであり（Balzac, *Contes bruns*, éd. Marcel Bouteron, André Delpeuch, 1927）、最新のエディションの一つであるイザベル・トゥルニエによるエディションにおいてもそのタイトルが踏襲されている。

〔15〕Marie-Christine Natta, *op. cit.*, p. 24.

〔16〕『会話』には、振る舞いの粗暴さで知られたイタリア人部隊が登場する小コントとして、「ビアンキ隊長の話」のほかに、「ある砲兵隊長」を語り手とする「われらの大佐の愛人」がある。また、ナポレオン戦争を背景としたそのほかの小コントとして「ある将校」を語り手とする「リュスカ将軍」がある。

〔17〕*Une conversation*, p. 1113.

〔18〕*Ibid.*, p. 1112.

〔19〕*Ibid.*, p. 1113.

〔20〕「革命期の追想」として、「騎士ボーヴォワールの話」と「裁判長ヴィニュロン」はシャルル・ノディエの著作から明らかに影響を受けた創作となっているだけでなく、バルザックは「騎士ボーヴォワールの話」の語り手を「われらの時代の最良の文献学者でありもっとも愛すべき愛書家」とすることでノディエにオマージュを捧げている。

〔21〕*Ibid.*, p. 1117.

〔22〕*Ibid.*, p. 1120.

〔23〕*Ibid.*, p. 1122.

〔24〕*Ibid.*, p. 1124.

〔25〕*Ibid.*, p. 1112, 1116 et 1121.

〔26〕*Ibid.*, p. 1112, 1121, 1124, 1138, 1140 et 1142.

〔27〕ノディエについては先の注に記したとおり。スタンダールは「この人を見よ　エッケ・ホモ」の語り手として「大きく丸々とした、才気煥発で、外交官としての職務で呼ばれたイタリアに出発しなくてはならない人物」として登場する（*Ibid.*, p. 1130）。

〔28〕Charles Rabou à Balzac, novembre 1831, *Corr.*, t. I, p. 423.

〔29〕 *Une conversation*, p. 1109-1111.

〔30〕 マリー＝クリスティーヌ・ナッタは、「天文台」の近くに住む語り手がバルザック自身を、「サン＝ジェルマン＝デ＝プレ」のサロンが男爵ジェラールのサロンをモデルにしているという指摘をしており、ナッタの論述には説得力がある（Marie-Christine Natta, *op. cit.*, p. 40）。

〔31〕 *Une conversation*, p. 1110.

〔32〕 *Ibid.*, p. 1111.

〔33〕 「枠物語」の技法と歴史については以下の論稿で簡潔に述べられている。Tzvetan Todorov, « Les hommes-récits », *Poétique de la prose*, Éditions du Seuil, coll. « Poétique », 1971, p. 78-91.

〔34〕 『会話』とフランスの伝統的な物語ジャンルとしてのコントについては以下を参照されたい。Gisèle Mathieu-Castellani, « La beauté de la rhétorique, la vérité de l'histoire », *La Conversation conteuse. Les Nouvelles de Marguerite de Navarre*, PUF, coll. « Écrivains », 1992, p. 7-22.

〔35〕 Léo Mazet, « Récit (s) dans le récit : l'échange du récit chez Balzac », *AB 1976*, p. 129-161.

〔36〕 *Ibid.*, p. 131.

〔37〕 *Ibid.*, p. 133.

〔38〕 バルザックのその後の創作では、特に、『会話』から二つの小コント「われらの大佐の愛人」「ある医者の妻の死」をそのまま再利用する形で再録した『続女性研究』と、ロジェ・ピエロが「一八三二年の『会話』の短縮改訂版」と呼ぶ『フランス式閑談見本』（一八四四－一八四五年）において、物語が『会話』とほぼ同じ情景、儀式のように決められた条件と雰囲気のなかで展開していく。また、バルザックが『会話』で描いた「情景」は同時代作家にも影響を与え、一八三三年には、明らかに『会話』を意識した『十一時から真夜中にかけて』というタイトルの二巻本が刊行されている。エミール・マルコ・ド・サン＝ティレールによる一巻目は『暖炉の前で』と題され、アルフォンス・ブロによる二巻目は『サロンの隅で』と題されている（Émile Marco de Saint-Hilaire et Alphonse Brot, *Entre onze heures et minuit*, Souverain, 1833, 2 vol）。

〔39〕 *Une conversation*, p. 1130-1131.

〔40〕 *Le Grand d'Espagne*, *NC*, t. I, p. 1149-1150.

〔41〕 *Une conversation*, p. 1110.

〔42〕 *Ibid.*, p. 1110.

〔43〕*Ibid.*, p. 1111-1112.

〔44〕Marc Fumaroli, « La Conversation », *Les Trois Institutions littéraires*, Gallimard, coll. « Folio », 1994, p. 183.

〔45〕*Une conversation*, p. 1148.

〔46〕Balzac, « Maître Cornélius », *Revue de Paris*, 18 et 25 décembre 1831, p. 157-195 ; 235-258 ; « Madame Firmiani », *Revue de Paris*, 19 février 1832, p. 143-164 ; « L'Auberge rouge », *Revue de Paris*, 21 et 28 août 1831, p. 165-183 ; 241-267.

〔47〕Balzac, « Catalogue des ouvrages que contiendra *La Comédie humaine* ordre adopté en 1845 pour une édition complète en 26 tomes » [1846], *CH*, t. I, p. cxxv.

〔48〕Andrew Oliver, « Notice », Balzac, *Nouveaux Contes philosophiques*, édition établie et présentée par Andrew Oliver, Toronto, Éditions de l'originale, coll. « Les Romans de Balzac », 2010, p. v-vi. これらの三篇については既訳が存在するが、『哲学的小説コント集』の場合と同様に、翻訳はいずれも後年のヴァージョンであるフュルヌ・コリジェ版に拠っているため、登場人物名や全体の構成など、少なからぬ点で初版とは異なるところがある。

〔49〕Anonyme, « *Contes philosophiques*, par M. de Balzac », *Le Revenant*, 29 octobre 1832, p. 1.

〔50〕Philippe Berthier, « Introduction », Balzac, *Nouvelles*, Flammarion, coll. « GF », 2005, p. 227.

〔51〕*Madame Firmiani*, *NCP*, p. 84. 後の版でバルザックは、ド・ヴァレーヌ氏をド・ブルボンヌ氏に、ジュール・ド・カンをオクターヴ・カンに変更している。さらに、作中に数多くの再登場人物たちの名を書き入れることによって、『フィルミアーニ夫人』を『人間喜劇』の世界に深く組み込んでいる。

〔52〕*Ibid.*, p. 85.

〔53〕*Ibid.*, p. 89.

〔54〕*Ibid.*, p. 81-83.

〔55〕*Ibid.*, p. 89.

〔56〕*Ibid.*, p. 97.

〔57〕*Ibid.*, p. 98-99.

〔58〕*L'Auberge rouge*, *NCP*, p. 106.

〔59〕*Ibid.*, p. 140. 後の版では、バルザックはフレデリック・モリセをジャン＝フレデリック・タイユフェールに、娘をヴィクトリーヌ・タイユフェールに置き換え、二人の再登場人物を通じて、『赤い宿屋』と、『ゴリオ爺

さん』をはじめとする他作品を関連づけている。

〔60〕 *Ibid.*, p. 112.

〔61〕 *Ibid.*, p. 115.

〔62〕 *Ibid.*, p. 119.

〔63〕 *Ibid.*, p. 119.

〔64〕 *Ibid.*, p. 120.

〔65〕 *Ibid.*, p. 124.

〔66〕 *Ibid.*, p. 129.

〔67〕 *Ibid.*, p. 142.

〔68〕 *Ibid.*, p. 145.

〔69〕 *Ibid.*, p. 144.

〔70〕 *Ibid.*, p. 143-149.

〔71〕 Thuong Vuong-Riddick, « La Main blanche et *L'Auberge rouge* : le processus narratif dans *L'Auberge rouge* », *AB 1978*, p. 134.

〔72〕 『赤い宿屋』において、異なる語りの水準にある別々の物語として語られはじめる二つの物語が、徐々に相互浸透的に連関していく過程については、すでに言及したトゥオン・ヴオン＝リディクの論稿で詳しく分析されている。

〔73〕 *L'Auberge rouge*, *NCP*, p. 104.

〔74〕 *Ibid.*

〔75〕 「「ああ！［お話を］終えないでください！」この話を頼んだ若い女性が声をあげ、ニュルンベルクの男の話を唐突に遮った。「私は結末を知らないまま、彼［マニャン］が救われたと信じていたいのです。もし今日、彼が処刑されたのだと知ったら、今晩は眠れなくなってしまいます。明日、私に続きをお聞かせください……」」（*Ibid.*, p. 136）。

〔76〕 *Ibid.*, p. 103-106.

〔77〕 *Ibid.*, p. 104.

〔78〕 *Ibid.*, p. 103.

〔79〕 *Ibid.*, p. 103-104.

〔80〕 Léo Mazet, *op. cit.*, p. 133.

〔81〕 *Ibid.*, p. 105.

〔82〕 *Ibid.*

〔83〕 *Ibid.*, p. 104-105.

〔84〕 興味深いことに、『赤い宿屋』では、コントの語り手であるヘルマン自身が食欲旺盛な人物として描かれている。「外国人［ヘルマン］は目を見張る飲みっぷりで、［…］ヨーロッパではよく知られたゲルマン的な食欲で料理をたいらげていた」（*Ibid.*, p. 103）。

〔85〕*L'Auberge rouge*, NCP, p. 106.
〔86〕*Madame Firmiani*, NCP, p. 77.
〔87〕*Ibid.*
〔88〕*Ibid.*
〔89〕この点について、詳しくは以下の論稿を参照されたい。Mireille Labouret, « *Madame Firmiani* ou "peindre par le dialogue" », *AB 1999 (I)*, p. 255-278.
〔90〕*Madame Firmiani*, NCP, p. 77.
〔91〕『フィルミアーニ夫人』では、以下の様々な「ジャンル」と「階級」に属する登場人物たちの声が取りあげられている。「実証主義者」「遊歩者」「自分本位」「リセの学生」「気取り屋」「愛好家」「うるさ型」「大使館員」「上流人士」「公爵」「間抜け」「観察者」「神経質」「反論屋」「大農場主」等々 (*Ibid.*, p. 78-84)。
〔92〕*Ibid.*, p. 84.
〔93〕Juliette Frølich, « *Madame Firmiani*, ou le "parloir" balzacien », dans *Balzac et la nouvelle (II)*, *L'École des lettres, second cycle*, L'École des loisirs, 2001, p. 38.

第六章　『コントの理論』
――バルザックからバルザックへ

『コントの理論』はどのようなテクストなのか？

バルザックが自身の創作や創作方法について記したテクストのなかで、『コントの理論』は重要であると同時に不安定でもあるという独自な位置を占めている。[1] 重要であるというのは、そのタイトルから推測できるように、『コントの理論』が、バルザックがみずからのコントの創作と、一八三〇年代初頭の数年間のコントの作者としての活動を取りあげた数少ないテクストの一つとなっているからである。不安定であるというのは、『コントの理論』が、バルザックが未完のまま残した少なくない数のテクストのうちの一つであるために、これまで作家の創作年譜上で安定した位置を占めることがなかったからである。こうした状況を打破するために、というとおおげさなようだが、本章では、「コントの作者」バルザックの創作活動の全体を視野に入れながら、あらためて『コントの理論』を捉え、位置づけ直していきたいと思う。『コントの理論』の読解を行い、執筆時期の推定に関わる問題点を整理した上で、執筆時期について私たち自身の仮説を示すことを本章の最終的な目標としたい。

『コントの理論』は、特にわが国では、これまで翻訳される機会もなければ言及される機会もなかったマイナー作品であるため、まずはその概要を記すところから始めておく。「理論」と題されてはいるものの、『コントの理論』においてバルザックが「コント」というジャンルの特質を考察するといった真剣な課題に向きあっているわけではなく、『コントの理論』はむしろ偽理論ともよべる著作の一つであり、[2]バルザックが執筆にあたったのは、自身が精力的にコントの創作に取り組んでいた一八三〇年から一八三三年の間のこととされている。執筆時期について断定を避けなければならないのは、『コントの理論』の原稿に執筆時期の特定を可能にする日付などの記載が残されていなかったためである。『コントの理論』は短く、私たちが参照しているエディションで三ページに満たない分量ではあるが、幻想的でもあれば現実的、批評性があると同時に物語性もあるというテクストとなっており、そういったところにも、一筋縄では捉えきれない不安定さがあるといえる。では、実際のところ『コントの理論』には何がどのように書かれているのか、以下に見ていくことにしよう。

バルザックとその分身

『コントの理論』は、「私」が無限に増殖した「私」と対面する場面から始まる。

昨日、自宅に帰ったところで、私は私自身の数えきれない複製と顔をあわせた。複製たちはみな、樽底のニシンのようにひしめきあい、幻のような遠くに、私の顔を映し出していた。二枚の鏡が反射しあって、鏡面と鏡の裏箔の間の際限のない空間に、サロンの中央に置かれた灯りがどこまでも照り返し続けているかのようだった。

サン＝ドニ通りのブルジョワにとってみれば、それは恐るべき光景であったかもしれない。だが、私にとってはなんでもなかった。想像力で生計を立てている貧しい男の玄関を怪奇幻想《ファンタスティック》がノックしに来ることに、驚くようなことは何もないのだから。[3]

『コントの理論』はこのように、「理論」とは相容れない「私」を語り手とするフィクションとして書き出されていながら、フィクションの空間に現れるのは「私」とその「数えきれない複製」ばかりであり、そこから物語らしい物語が展開していくわけでもない。それではこの「私」は誰なのかというと、「想像力で生計を立てている貧しい男」を自認し、どうやら作家を生業としているらしい「私」は、よほどひねくれた見方をしない限り、バルザックその人であるといってよいだろう。一八三〇年四月刊行の最初の短篇集である『私生活情景』に収められた『栄光と悲惨』（後の『毬打つ猫の店』）や、同時期に書かれた雑誌記事「芸術家たちについて」に見られるように、バルザックが、パリのブルジョワと芸術家の意見の衝突を度々作品のテーマとしてきた作家であったことを思い出しておきたい。

「ファンタスティック」そのものといえる導入部に続いて、「私」は自分と「瓜二つの男たち」のなかに「第一の自分自身」であるもう一人の「私」として、「ダンディ」な身のこなしの「社交人士」を見つけ出す。[4]『コントの理論』ではバルザックとバルザックが自宅で顔をあわせるという状況が描かれ、バルザックがバルザックに教訓を与える場面がそれに続くのだが、教訓の内容については不可思議な場面状況とは打って変わって現実的なものとなっている。自宅に戻ったばかりのバルザックに、「ダンディ」なバルザックは、コントの作者としての生き方や身の処し方について、まさに親身になって、辛辣な助言を与えていくのである。

「これ以上コントを書くのはよした方がいい。コントは疲れ切って息も絶えだえ、膝には傷を負って、蹄は割れているし、脇腹は君の痩せ馬たちと同じように落ちくぼんでいる。オリジナル［な作家］になりたいのなら、コントを掴んで、切られた鶏肉を捌くように、その腰を折って、そして、壊されてばらばらにされたまま放っておくのだ。そうしなければ、君は「コント屋」、一つのことしかできない男になってしまう。あるいは、コントが文学のもっとも高尚な表現であることを示した上で、そのような称号に意味があるわけではないこと、どんな種類の作品であっても、そこにあるのは複数の細部とある程度手慣れた仕上げだけだということを示さなくてはならない。こうした結論に辿りつけるよう努力したまえ。そうすれば、コントの道をわが物にしようとしながら、その道を荒らしてしまう、厚紙でできたような連中を吹き飛ばすことができるだろう〔5〕」

この教訓の意味するところについては後であらためてふれることにして、『コントの理論』の特徴と面白さが、ジョゼ＝ルイス・ディアズが「分身の術〔6〕」とよんだ遊戯的な方法が用いられていながらも、テクストの内容自体は自己反省的かつ自己批判的なものとなっているというちぐはぐさにあることを先に指摘しておきたい。こうして一人目の分身によって遠慮のない忠告がなされると、続いて二人目の分身が「私」の前に現れ、バルザックからバルザックへと二つ目の教訓が述べられていく。ただし、第一の分身が「ダンディ」な「社交人士」であったのに対して、第二の分身はそれとは対照的な身なり物腰となっている。

二人目の自分自身が突然立ちあがった。その男は紫色の部屋着姿で、額に皺を寄せ、唇はコーヒーで黄ばみ、髭を長く生やし、両の目は輝きながらも落ち着いており、顔色は赤みがかっていた［…］。その男は概念を追う男、眠ることのない男、視線を遠くに向ける男、勇気ある男、思考の重さで体が曲がった男だった。〔7〕

この「部屋着姿」の「二人目の自分自身」は「五十歳」とされてはいるものの、「ダンディ」な分身よりも、社交する暇もなく創作に明け暮れたバルザック本人のイメージに近く、「思考」に生きる求道者然としたその様子は、ダニエル・ダルテスやルイ・ランベールといった『人間喜劇』に登場する絶対の探究者たちを思わせるところがある。そして、この第二の分身もまた、バルザックにコントの創作に関する教訓を与える。


「聞きなさい。世間がその下に君を見ているこの整っているとはいえない顔が嘘をついたことはないのだから！

一人の夫とその妻、さらに妻の愛人を作り出して、そこからどれ一つとして似たものがない百のコントを生み出していくのだ。

何よりも料理に向いた「卵」という材料から料理人が百の料理を作るのと同じように〔8〕」

第一の分身が文学ジャンルとしてのコントの状況を疲弊した馬に喩えていたのに対して、第二の分身はコントの創作のあるべき姿をヴァリエーション豊かな卵料理に喩えているという違いが見られるが、どちらの分身の発言も命令調であることには変わりがない。第二の教訓についても、その内容については後でふれることとして、ここでは、細かいところではあるが、分身の発言に「百のコント」という表現が用いられていることに注意しておきたい。バルザックが実際に「夫とその妻、さらに妻の愛人」を「材料」にして作り出した『コント・ドロラティック』（原題 *Cent Contes drolatiques*）は、一八三一年末の時点ではまさしく「百のコント」と題されていたのであり、[9] こうした表現の一致が見られることを理由として、『コントの理論』はこれまで、複数の批評校訂版で『コント・ドロラティック』の「付録」として扱われてきたという経緯があるからである。[10]

「ダンディ」と「部屋着姿」という対照的な二人の分身から、遠慮のない命令口調の忠告を聞かされた「私」は、「出ていってくれ」と頼みながら、自分の身代わりになりそうな文学者として、「シャルル・ノディエ」「エティエンヌ・ベケ」「ウジェーヌ・シュー」の三氏の名前をあげて、分身から逃れようとする。だが、「私」の願いが聞き入れられることはなく、二人目の分身が立ち去った後には「百人の自分自身」が残されることになる。[11] 実際には「理論」ではなく、分身の口から発せられた「教訓」から成る『コントの理論』は、書き出しに巻き戻っていくかのように、「私」が順番待ちの列を作っている無数の分身たちに否応なく対峙させられるという場面で終わっている。ただし、『コントの理論』の原稿調査を行ったロラン・ショレによれば、原稿の末尾には「§1」という文字が残されていたということであり、バルザックは『コントの理論』をさらに長く書き継いでいく意志を持っていたようではある。[12] とはいえ、たとえバルザックに『コントの理論』を本格的な「理論」に仕立てていく構想があったのだとしても、実際に書き残されたのは二人の分身による二つの教訓だけであるため、以下に『コントの理論』の執筆時期を検討していくにあたっては、それらの教訓の内容をもとに議論を進めていきたいと思う。

『コントの理論』はいつ書かれたのか？

すでに述べたように、未完原稿として残された『コントの理論』には執筆時期の特定を可能にする記載がなかったために、いつ書かれたのか、という単純な問いに対して、研究者たちによって複数の推定が示されてきた。それを受けて私たちとしては、これまでに示されてきた仮説、推定の根拠とされている事項や、それぞれの説で問題と思われる点などを整理するために、一八三〇年の始めから一八三二年の終わりまでのバルザックの「コントの作者」としての活動をまとめた年表を作成し、執筆時期の推定に関わる事項と先行研究において示された推定執筆時期をあわせて図表化した（二六〇頁「年表 コントの作者バルザック一八三〇―一八三二年」参照）。

まず年表の構成について述べておくと、年表は左右二つのパートに分けられており、年月日を記した列の横に、右のパートでは「コントの作者バルザックの創作と活動」が、左のパートでは『コントの理論』の推定執筆時期」がまとめられている。「コントの作者バルザック」という呼称は、ここでは、雑誌や新聞などの定期刊行物に掲載される読切作品の著者としてだけでなく、「コント」と題された書籍の著者としてのバルザックのことを同時に指している。年表で示した三年の間に、一八三一年九月の『哲学的小説コント集』、一八三二年二月の『コント・ブラン』、一八三二年四月の『コント・ドロラティック第一輯』、一八三二年一〇月の『新哲学的コント集』の四冊が刊行されているだけでなく、その翌年の七月には『コント・ドロラティック 第二輯』が刊行されているといったように、この時期のバルザックの創作はコント一色に染められていたといっても過言ではない。

あわせて、年表の構成要素とその見方についても述べておきたい。右側の年表で月を単位とするマスの上に記されたアルファベットは、それぞれが略字として、著作、雑誌記事、書簡といった、「コントの作者バルザック」による主要な著作やテクストをあらわしており、それぞれの略字は「I. コント＝書籍」「II.『コント・ドロラティック』」「III. その他の著作」「IV. 雑誌記事」「V. 書簡」の別に分けられた五つの行の上で、執筆開始、執筆終了、印刷、刊行といった創作上の節目にあたるマスの上に置かれている。たとえば先述の「コント」と題された書籍四冊については、「I」と「II」の二列で、年代順に「*a*」「*b*」「*g*」「*c*」としてあらわされている。それぞれの略字がバルザックのどの著作、テクストに対応しているかについては、「略字一覧」と題したリストにまとめた。

左側の年表では、七件の先行研究において言及、提示されてきた『コントの理論』の推定執筆時期が、それぞれの列で、文献の著者名と刊行年を記したセルと、網掛けした年月のマスによって示されている。網掛けの濃淡は、先行研究における推定の蓋然性の違いを反映させたものとなっており、網掛けが濃い箇所は推定の蓋然性が高い時期を、薄い箇所は蓋然性が低い時期をあらわしている。年表の右側を見れば、『コントの理論』の推定執筆時期が研究者や文献によって異なっていることが一目で分かるだけでなく、年表の左右をあわせて見ることで、それぞれの推定執筆時期と、バルザックのその他の著作の執筆・刊行時期との重なりを視覚的に捉えることが可能となる。

『コントの理論』の執筆時期については、左側の年表にまとめたように、一九四〇年刊行の『小説家バルザック』に『コントの理論』の抜粋を掲載したモーリス・バルデッシュによる推定から、二〇〇五年刊行のバルザックの中短篇作品集に『コントの理論』を収録した編者のイザベル・トゥルニエによる執筆時期への言及に至るまでの間に、合計して七つの推定が示されている。そのうち、一九六一年から一九九〇年までに示された推定は、レーモン・マッサン、ロラン・ショレ、ニコル・モゼという、いずれも『コント・ドロラティック』の批評校訂版編者によるものである。それに続く、ステファヌ・ヴァションによる二つの推定は、一つはバルザックの全著作を対象とする詳細な創作年譜である一九九二年刊行の『オノレ・ド・バルザックの仕事と日々』において示されたものであり、もう一つは、バルザックが自身の創作について記したテクストを集めた二〇〇〇年刊行のアンソロジーにおいて、編者の立場から示されたものである。これらの文献の書誌情報については、「文献一覧」にまとめてある。

それでは、なぜ研究者たちによる推定に看過できないほどの違いやズレが生じているのか。それはいうまでもなく、それぞれの研究者が『コントの理論』をそれぞれに解釈してきたためであり、これまで示されてきた複数の執筆推定時期をテクストの解釈とあわせて検討し直してみると、解釈の角度、推定のアプローチが大きく二系統に分かれてきたことがわかる。これから見ていくように、研究者による解釈・推定の違いはおもに、『コントの理論』に残された二つの手がかり、すなわち、先に見た「ダンディ」と「部屋着姿」の二人の分身からバルザックに与えられた二つの教訓のどちらを重視するかによって生じてきたといえるのだが、先行研究における推定を検証していく前に、まずは私たち自身で、テクスト解釈と執筆時期推定の両方に関わる、二つの教訓の意味するところを明らかにしておきたい。

二つの教訓

すでに述べたように、「これ以上コントを書くのはよした方がいい。コントは疲れ切って［いる］」という言葉で始まる一つ目の教訓は、ジャンルとしてのコントの現状を踏まえてなされたものだといえる。ではいったいどうして、バルザックの第一の分身は、開口一番にこのようにネガティヴなことを述べなくてはならないのか。どうしてコントを壊したり、作り変えたりしなくてはならないのか。またどうして、こうした厳しい忠告がバルザックに向けてなされなくてはならないのか。

何よりそれは、一八三〇年代初頭に流行のジャンルとして文芸誌を賑わせ、多くの作家をその創作に向かわせた「コント」が、わずか数年を経た時点で大きな危機を迎えることになったという、文学史的・出版文化史的な事実があるためだといえる。ルネ・ギーズが論じているように、掲載媒体である雑誌と書籍、作家、編集者、読者を一つの強力なうねりのなかに巻き込んだ「コントの熱狂」は、コントが過剰に量産されたことによる供給過多が起きたことや、流行のコントの作者の一人であったジュール・ジャナンの創作を批判したデジレ・ニザールとジャナンとの間で「安直文学論争」が起きたことなどが原因となって、すでに一八三三年には急速に冷めていったのだった〔13〕。

一つ目の教訓はこのように、流行のなかで使い尽くされ、疲弊したジャンルとして「コント」を捉えているという批評性を持っているのだが、その批評性が同時に「コント」に向き合うバルザックの姿勢に対しても向けられているのはなぜかというと、すでに私たちが見てきたように、バルザックがとりわけ「コント」と深い関係にあった作家であったからにほかならない。

青年期の作品に「妖精譚《コント・デ・フェー》」のパロディーといえる『最後の妖精』があることからも明らかなように、

バルザックは早くからコント文学に馴染んできた作家であり、ボッカッチョの流れをくみ、フランスではペロー、ラ・フォンテーヌ、ヴェルヴィルといった作家が代表してきた古典的な文学ジャンルとしての「コント」から、とりわけホフマンのコント・ファンタスティックの翻訳紹介が始まった一八二〇年代後半以来、ノディエ、ジャナン、ペトリュス・ボレルといった同時代作家たちに加えて、バルザック自身がその創作に精力を注いだ現代的なジャンルとしての「コント」まで、バルザックは継続的に「コント」に向きあい、その伝統的な側面と革新的な側面の両方から着想を得てきた作家であったといえる。一八三〇年代初頭に、バルザックがパリの文壇で本格的に認知されることになったのも、諸々の媒体に寄稿した読み切りの短篇作品の作者としてであり、バルザックはコントの波をみずから起こし、「コントの作者」を自称してその波に乗ることによって、作家活動の幅を大きく広げていったのだった。先に言及したいずれも「コント」と題された著作の数々は、こうした「コントの作者」バルザックの短期間ながらも充実した活躍ぶりを物語る作品群となっている。

他方でバルザックは、一八三三年頃にはすでに、コントの流行の終焉を見越すようにして、文芸誌へのコントの寄稿を行わないようになったばかりでなく、一八三二年八月から九月にかけて『哲学的小説コント集』の刊行にあわせてみずからが中心となって作りあげ、雑誌記事を活用してその喧伝につとめたコントの作者としての自身の形象、作家像を放棄していく姿勢を見せはじめている。「文芸誌の救世主」[14]や「短篇の王様」[15]といった異名を取る精力的な創作活動と活躍ぶりを見せていたバルザックではあったが、反面、この後で引用する『パリ評論』誌編集長に宛てた書簡に記されているように、自身が理想とする「コントの作者」の姿とはかけ離れた、コント専門の作家としての「コント屋」に成り下がることへの危惧を抱きはじめていたのだった。一八三三年以降に刊行されたバルザックの著作のうち、「コント」のタイトルを付されたものが、プレ・オリジナルとして事前の文芸誌掲載という過程を経ていない、『コント・ドロラティック 第二輯』(一八三三年)『コント・ドロラティック 第三輯』(一八三七年)の二冊に限られているのもそこに理由がある。

『コントの理論』の第一の教訓をこのような同時代のコンテクスト、バルザックの創作のコンテクストの上に置き直してみると、「ダンディ」な分身による教訓が、コントの作者バルザックが、ジャンルとしてのコントの現状を見据えた際の批評的な観点を取り入れた内容であることがわかるだろう。教訓のなかで、バルザックの分身が「コントは文学のもっとも高尚な表現である」としながらも、「そのような称号に意味があるわけではない」と釘を指している背景には、かつても今も優れたジャンルであったコントの「称号」だけを求めて「厚紙でできたような連中」が大挙して群がった結果、その「称号」はただの「流行の表現」[16]になり、それによってコント本来の価値が目減りしてしまったというバルザック自身の認識があったと見てよい。そのような「コント」が生まれ変わるためには、「壊されてばらばらにされ」なければならないのだ。

第一の教訓については、その対象、矛先がジャンルとしてのコントと、コントの作者としてのバルザック自身の現状に向けられたものとみなせるのに対して、第二の教訓については、そこからさらに対象が具体化され、『コント・ドロラティック』の構想と創作を念頭に置いてなされたものとみなすことができる。先にもふれたように、「一人の夫とその妻、さらに妻の愛人を作り出して、そこからどれ一つとして似たものがない百のコントを生み出していくのだ」という「部屋着姿」の分身の助言は、「百のコント」としての『コント・ドロラティック』を連想させる。ただし、研究者のなかには、『コント・ドロラティック』からさらにさかのぼって、第二の分身の発言に、婚姻や姦通に関係する事象を「逸話化」する創作として構想された『結婚の生理学』への示唆を読み取ろうとするものもいるが、[17]『結婚の生理学』の初稿の起草が一八二六年にはすでに始められていたことを思い起こすと、やはり第二の教訓は、当初はコント文学の古典『デカメロン』と同様に十輯百篇からなるコントとして構想され、一八三〇年代に三度に分けて三十篇までが刊行された『コント・ドロラティック』に関連したものとして捉えるのが自然であろう。実際、バルザックは『コント・ドロラティック』において、この教訓どおりに、「卵」のように定番の題材、材料からヴァリエーション豊かな古くて新しい創作を実践しているのだし、一八三二年四月刊行の『コント・ドロラティック　第一輯』「序文」では、第二の教訓で料理の比喩が用いられているのに呼応するかのように、「味わい」に富んだ作品を読者に紹介するにあたって飲食物にちなんだ表現が用いられている。[18]

二つの視点

『コントの理論』を構成する二つの教訓は、コントの作者バルザックのそれぞれに系統の異なる二つの創作と活動に向けられたものであるといえる。すなわち、第一の教訓は、『哲学的小説コント集』のバルザックであると同時に『パリ評論』誌に代表される文芸誌への寄稿者としてのバルザックに、そして、第二の忠告は『コント・ドロラティック』のバルザックに対して発せられているということである。そして、このようにコントの作者バルザックに二つの顔があり、『コントの理論』に二つの側面があるために、それぞれの研究者による執筆時期の推定がそれぞれに異なるものとなってきたのである。

　つまり、『コントの理論』と『コント・ドロラティック』の関連を重視したロラン・ショレやニコル・モゼは、二つのテクストの執筆が同時期に行われたという考えをもとに、『コントの理論』の執筆開始が一八三一年一二月以前にさかのぼる可能性は低いという考えを示しているということであり、その推定は、先にもふれたように、バルザックが『コント・ドロラティック』の編集者であるシャルル・ゴスランに宛てた書簡で、[19]『コント・ドロラティック』の仮題として「百のコント」という表現をはじめて用いたのが一八三一年一二月であったことを根拠としている（年表 t）。一九六九年に刊行された『コント・ドロラティック』の批評校訂版を編纂したロラン・ショレによって、『コントの理論』の執筆が一八三一年一二月から一八三二年一二月にかけて行われたという推定が示されたのも、一八三二年一二月にバルザックが『コント・ドロラティック 第二輯』の執筆を終えていることがその根拠となっている（年表 i）。付言しておくと、一九九二年のステファヌ・ヴァションによる『コントの理論』の執筆時期の推定は、一九六九年のショレの見解をそのまま踏襲する形でなされている。

　また、ロラン・ショレはニコル・モゼと共に、自身としては二度目となる一九九〇年刊行の『コント・ドロラティック』批評校訂版の編纂にあたった際に、あわせて『コントの理論』の注記を新たに執筆し、『コントの理論』の推定執筆終了時期を一八三二年一二月から同年の二月まで変更しているが、その変更は、『コントの理論』の執筆が『コント・ドロラティック 第一輯』の印刷が行われた一八三二年三月より前に行われたという考えを反映させたものとなっている（年表 f）。ショレとモゼは、「[仮題であった]『百のコント』が[正式な題]『コント・ドロラティック』となったときに、[バルザックは『コントの理論』の執筆を」中断した」という見解を示しており、[20] 彼らにとって、『コントの理論』の執筆時期があくまで『コント・ドロラティック』との関係、兼ね合いから推定されるべきものとされていることがわかる。

他方で、「部屋着姿」の分身による第二の教訓よりも、「ダンディ」な分身による第一の教訓の内容を重視したモーリス・バルデッシュをはじめとする研究者は、『コントの理論』を、一八三二年の中頃から主に文芸誌上で散見されるようになったコントのいきすぎた流行への批判に通じる、文壇の趨勢を捉えたテクストであるとみなし、[21]『コントの理論』と一八三二年一二月上旬にバルザックが当時の『パリ評論』誌編集長アメデ・ピショに宛てた書簡との関連に注意を促してきた（年表 *u*）。書簡が書かれたのは、その年の九月にバルザックが『パリ評論』誌との間で契約を交わした後のことであり、契約はバルザックに対してその後一年間にわたって契約期間を延長し、『パリ評論』誌への事実上の専属執筆を求める内容のものであった。[22] その書簡のなかで、バルザックは、『コントの理論』の「ダンディ」な分身による教訓に見られるのと同じように、ジャンルとしてのコントを高く評価しながら、文芸誌向けのコントばかりを執筆する「コント屋」となることへの不満と危惧を表明している。

> コントばかりを創作することについては、たとえそれが私の発案だとして、また異説もあるかも知れませんが［コントが］文学のもっとも希少な表現であるとしても、私はもっぱら「コント屋」となることを望んでいるわけではないのです。私の宿命は別のところにあります。[23]

書簡の書き手である『パリ評論』誌寄稿者バルザックと、『コントの理論』の「ダンディ」な分身とでは、発話者としての立場や発話の相手が異なるものの、書かれた事柄の内容において二つのテクストは明らかな類似を示している。一九六一年刊行の『コント・ドロラティック』批評校訂版の編者レーモン・マッサンはこうした類似が見られることを理由の一つとして、『コントの理論』の推定執筆時期を一八三二年一二月としているが、[24]マッサンが一八三二年一二月を選んだのには、先にも述べたように、この月に『コント・ドロラティック 第二輯』の執筆が終えられていることがもう一つの理由となっている（年表 *u*・*i*）。

なるほど、『コントの理論』の推定執筆時期がそれぞれの研究者による解釈、二つの忠告のどちらに重点を置くかという視点と見解の違いによって異なってきたことは確かである。とはいえ、『コントの理論』と『コント・ドロラティック』とのつながりを重視するにせよ、『コントの理論』をバルザック自身によるコント批判と結びつけて捉えるにせよ、複数の研究者の推定が、七件中五件という高い割合で、一八三二年一二月を含むこの年の後半の一時期に集まっていることもまた確かであり、これまでに示された諸説をいささか強引に総合するならば、ひとまずのところ、『コントの理論』の有力な推定執筆時期は一八三二年後半とみなすことができるだろう。

第三の視点

ところが、先行研究における『コントの理論』の執筆時期の推定に関して、興味深いと同時に困惑させられるのは、これまで見てきた二系統の解釈と推定のほかに、第三の視点からの推定が示されていることである。『コントの理論』とバルザックのその他の著作との関連を指摘することで、第三の推定執筆時期に言及しているのは、一九六九年に『コント・ドロラティック』の批評校訂版を編纂したロラン・ショレであり、その後その仮説は、ロラン・ショレ自身とニコル・モゼによって一九九〇年になって再び取り入れられている。ここでもまた付言しておくと、「年表」で二〇〇〇年のステファヌ・ヴァションと二〇〇五年のイザベル・トゥルニエによる推定執筆時期に重なりが見られるのは、ショレによる仮説が両者によって踏襲されているためである。

一九九〇年刊行のバルザック『諸作品集』に収められた『コントの理論』への注記において示されたショレによる仮説は次のとおりである。「『コントの理論』は一八三〇年には執筆されていた可能性があり、バルザックはそれを、『百のコント』（一八三一年末）の序文とするために書類箱から引き出してきたのだと考えることができる」、なぜなら「『コントの理論』は、滑稽譚に限られないコントの生理学といえるからである」と述べて、ショレは一八三一年以降に本格化していく『コント・ドロラティック』の執筆（年表 *d*）と、バルザックが一八三〇年初頭から『ラ・モード』紙への短篇読切作品としてのコントの寄稿を行っている事実（年表 *o*）とを、『コントの理論』の執筆に結びつけて捉えている。[25]

確かに、バルザックは『エル・ベルドゥゴ』『女性研究』『二つの夢』といった、その後に『哲学的小説コント集』に収録されることになるコント作品を、一八三〇年一月から三月にかけて『ラ・モード』紙に寄稿しており、この時期から「コントの作者」としてのバルザックの活動が本格化していったことは間違いない（第四章参照）。私たちの作成した年表が一八三〇年一月をその始まりとしているのもそこに理由がある。しかし、先に述べたように、コントの流行が翳りを見せはじめるのは一八三三年頃のことであり、バルザックが一八三〇年初頭の時点で、『コントの理論』の「ダンディ」な分身が述べたように、「コントは疲れ切って息も絶えだえ」という見解を示すことはありえなかったはずである。バルザックがパリの文芸誌は「コントにあふれている」とエミール・デシャン宛の書簡に記すのは一八三三年五月のことであり、[26] 一八三〇年初頭から『哲学的小説コント集』が刊行される翌年九月までの間、そして、一八三一年二月刊行の『コント・ブラン』を挟んで、『新哲学的コント集』が刊行される一八三二年一〇月までの間は（年表 *a*・*b*・*c*）、少なくとも表向きにはバルザックは「コントの作者」であり続けていた。その後すぐに「コント屋」に成り下がることへの危惧を感じはじめたとしても、それ以前のバルザックが「ダンディ」な分身が口にしているようなコント批判の言葉を「コントの生理学」として書き残していたという可能性は極めて低い。それゆえ、第三の視点からなされた『コントの理論』の執筆が文芸誌へのコントの寄稿と同時期に開始されていたとするショレによる指摘についてはこれを退けることにしながら、以下に、先行研究の成果をいかしつつ、私たち自身による仮説を示していきたい。

『コントの理論』、「シャルル・ノディエへの手紙」そして『ルイ・ランベール』

ここまで、『コントの理論』をコントの作者バルザックの活動、同時代のコンテクスト、バルザック自身の創作のコンテクストと関連づけて読解し、先行研究におけるテクストの執筆時期の推定を一つ一つ検証し直すなかで、執筆時期を一八三二年後半とする説が優勢であることを指摘しておいたが、私たちとしては、「ダンディ」な分身による教訓を重視する立場を取りつつ、これまでとは異なる角度から『コントの理論』を捉えることで、一八三二年後半説をさらに補完する新説を示したい。

はじめにいってしまうと、私たちは、『コントの理論』が一八三二年九月から一二月にかけて執筆されたテクストであると考えている。先行研究との関係でいえば、私たちによる執筆推定時期はモーリス・バルデッシュとレーモン・マッサンが示した推定執筆時期、また部分的にではあるが一九六九年にロラン・ショレが示した推定執筆時期の一部と重なっている。ただし、私たちとしては、バルデッシュ、マッサン、ショレの推定とその根拠にある程度は賛同するものの、先行研究においては取りあげられてこなかったバルザックの著作を参照することで、『コントの理論』の執筆時期をより正確に推定できるのではないかと考えている。

私たちの仮説の根拠となっているバルザックの著作の一つは、「シャルル・ノディエへの手紙」と題された雑誌記事である。[27] その記事は、「シャルル・ノディエへの手紙「人間の輪廻転生と復活について」」と題されたノディエの記事について」という長い原題に記されているとおり、ノディエの雑誌記事を対象とした書評であると同時に、友人作家に向けて綴られた公開の文学書簡ともいえるテクストであり、一八三二年九月に執筆され、翌月に『パリ評論』誌に掲載されている（年表 r・s）。端的にいって、私たちは『コントの理論』と「シャルル・ノディエへの手紙」が同時期に執筆された可能性があると考えているのだが、その理由は、二つのテクストに内容や記述における共通点が見られるだけでなく、「シャルル・ノディエへの手紙」に『コントの理論』の執筆時期の推定を可能にする記述までもが見られるからである。

まず指摘しておきたいのは、「シャルル・ノディエへの手紙」の宛先となっているノディエの名が、『コントの理論』においては、バルザックの身代わりとなり得る同時代の三人の文学者のうちの一人としてあげられていることである。その点だけからも二つのテクストには縁があるといえるのだが、バルザックとノディエの交友はすでに一八三〇年から始まっているため、[28]そのことが『コントの理論』の執筆時期の推定に役立つわけではない。『コントの理論』の執筆時期の推定に関して、「シャルル・ノディエへの手紙」でより注目すべきなのは、『コントの理論』で言及されている画家の名が「シャルル・ノディエへの手紙」にも見られることである。

『コントの理論』では、印象的な風貌で「私」の前に現れた「部屋着姿」の分身の肖像画制作を依頼しようと、「私」が「シェフェールとシュネッツはどこにいった?」と冗談まじりに口にする箇所があるのだが、[29]ジャン＝ヴィクトール・シュネッツとアリ・シェフェールという二人の画家のうち、「シャルル・ノディエへの手紙」ではシュネッツの名が、「馬鹿者、俗物、ジャーナリスト、シュネッツ、バイロン卿、キュヴィエ」という並びで、バルザックが、ここでも冗談まじりに、「人類」を代表する六種の人間としてあげた例のなかに含まれている。[30]では、なぜシュネッツの名が「シャルル・ノディエへの手紙」にも見られることが、『コントの理論』の執筆時期の推定に関係してくるのか。それは、レーモン・マッサンも指摘しているように、バルザックとシュネッツとの交流が始まったのが一八三二年九月から一一月にかけてのことだからであり、[31]後にバルザックがハンスカ夫人に宛てた書簡で述べているように、シュネッツとシェフェールがバルザックを訪ね肖像画制作の話を持ちかけた際に、バルザックが画家二人の申し出を断ったのがその頃のこととされているからである。[32]つまりバルザックは、一八三二年の秋に知り合ったばかりの画家の名を「シャルル・ノディエへの手紙」に書き込んだだけでなく、それと同時期に、シュネッツの名を、今度は丁寧にシェフェールとペアにして、『コントの理論』に書き込んだ可能性があるということだ。

二つのテクストの共通点はその内容にも見られる。バルザックは「シャルル・ノディエへの手紙」において、『コントの理論』での「ダンディ」な分身と同様の視点から、同時代の文学の現状や自身の作家像について、批判的な見解を示している。[33]「シャルル・ノディエへの手紙」のなかでバルザックは、コントだけでなく、同時代の文学の全般的な状況について、文学が読者に対して「敬意を持たせる」どころか「一般大衆におもねっている」として悲嘆しているだけにとどまらず、「人々を楽しませる軽薄なコントの作者」という作家像をみずから受け入れながらも、「一人の作家を一つの専門性のうちに閉じ込めようとする」読者たちによって、コントの専門家と見なされることに対する違和感を表明している。[34]すでに私たちは、バルザックが『コントの理論』と、一八三二年一二月にアメデ・ピショに宛てた書簡において、コントばかりを創作する「コントの理論」「コント屋」となることへの危惧を示していることを見てきたが、「シャルル・ノディエへの手紙」はピショに宛てた書簡の二か月前に書かれたものであり、内容において通じるところのある『コントの理論』もまたこれら二通の手紙と同時期に執筆された可能性は十分にあるといえるだろう。

分身のテーマと「ホモ・デュプレクス」

さらに、「シャルル・ノディエへの手紙」においてバルザックは、『コントの理論』の中心にある「分身」のテーマを、人間存在の二分化という学術的問題として捉え、持論を展開しており、この点においても二つのテクストは深く通じ合っている。[35]バルザックは「シャルル・ノディエへの手紙」で博物学者ビュフォンによる用語・概念として知られる「ホモ・デュプレクス」に言及し、ビュフォンにおいては、人間の内面における二重性、「霊的な原理と動物的な原理」という「性質からして異なる二つの原理からなる」人間の二重性をあらわす「ホモ・デュプレクス」を自己流に解釈しながら、[36] 人間存在のうちには内的＝霊的な人間と外的＝物質的な人間の二重性があり、両者の衝突が見られることが「「分身」という迷信」につながっていると述べている。ビュフォンに学んだバルザックがいうところによれば、「分身」とは科学的には「人間の持つ二つの「性質」が分離している状態」、すなわち、「二つの性質や、二つの行動、言葉と行為、内的人間と外的人間のあり得る分離であり、両者が人間の内部で、絶えず結びつき、また絶えず離れていく状態」にあることをいうのだという。[37] こうした記述は、『コントの理論』の執筆時期の推定に直接関係するものではないが、「シャルル・ノディエへの手紙」に見られる「分身」についてのバルザックの理論的記述が、『コントの理論』ではフィクションとして具体化した可能性はあるだろうし、その逆に、『コントの理論』で用いられた「分身の術」が、「シャルル・ノディエへの手紙」において理論化されたという可能性もあるのではないだろうか。

分身のテーマとのつながりで、『コントの理論』の推定執筆時期に関して私たちの関心を引くのは、バルザックが「シャルル・ノディエへの手紙」と前後して執筆・改稿作業にあたっていたもう一つのテクストにおいても、同様のテーマが取りあげられていることである。そのテクストとは、後に『ルイ・ランベール』と改題されることになる『ルイ・ランベール』の初期の二つのヴァージョン『ルイ・ランベール略歴』と『ルイ・ランベールの知性史』であり、[38] 興味深いことに、バルザックが『ルイ・ランベール』の初期の二つのヴァージョンの執筆と改稿作業に取り組んでいたのもまた一八三二年後半のことなのである（年表 k・

l・*m*・*n*）。ただし、ここでは『ルイ・ランベール』における分身のテーマを本格的に論じていく余裕はないため、以下でその要点にふれるにとどめておきたい。

まず、『ルイ・ランベール』では、ヴァンドーム学院の生徒として、ルイ・ランベールと語り手である「私」が登場し、周囲から「詩人とピタゴラス」とあだ名された二人の生徒は、学院で孤立しながらも、お互いがお互いの精神的な分身であることを認め合っているという関係にある。[39]『ルイ・ランベール』の前半では、「詩人とピタゴラス」が二人一組となって行動を共にし、二人だけに通じる思想を探究する姿が描かれており、これまでの研究では、そもそも「詩人」も「ピタゴラス」も、バルザック自身の「分身」として生み出された登場人物であるという見方がなされてきた。[40]

さらに、『ルイ・ランベール』では、スウェーデンボルグの思想や天使論の影響を受け、みずから『意志論』の執筆を目指すようになったルイ・ランベールが「私」に向かってその思想の萌芽を語り聞かせるという重要な場面で、バルザックは「シャルル・ノディエへの手紙」におけるのと同様に、ビュフォンの「ホモ・デュプレクス」を自己流に解釈した人間の二重性についての理論をルイ・ランベールに語らせている。[41]その後、バルザックが作中に「ホモ・デュプレクス」という語を直接書き入れることになるのは一八三五年に刊行された『ルイ・ランベール』の最終ヴァージョンにおいてのことではあるのだが、[42]分身や人間の二重性のテーマは、一八三二年後半に執筆・改稿が行われた『ルイ・ランベール』の初期の二つのヴァージョンにおいてすでに、作品の核をなす部分にはっきりと刻み込まれていたといえる。

このように、『ルイ・ランベール』は、『コントの理論』「シャルル・ノディエへの手紙」と同じように、明らかに「分身」のテーマを含んでいる。確かに、これらの三つのテクストに同一のテーマが見られることを、『コントの理論』の執筆時期の推定に短絡的に結びつけることは控えるべきであろう。それでも、三つのテクストで同一のテーマが扱われているのが偶然によるものであるとは思えないし、『コントの理論』と「シャルル・ノディエへの手紙」、あるいは、『コントの理論』と『ルイ・ランベール』の初期の二つのヴァージョンが同時期に構想、あるいは執筆された可能性があると考える方が自然ではないだろうか。

『コントの理論』と「シャルル・ノディエへの手紙」が「分身」のテーマだけでなく、「シュネッツ」の名を共有していたことを今一度思い出しながら、最後に『コントの理論』の推定執筆時期について私たちがこれまで行ってきた議論をまとめることとしたい。

『コントの理論』は、バルザックとシュネッツが知り合った一八三二年の秋以降、「シャルル・ノディエへの手紙」が執筆された一八三二年九月、『ルイ・ランベール』の初期の二つのヴァージョンの執筆・改稿が行われた一八三二年一一月から一二月、そして、「コント屋」に堕することへの危惧が吐露された『パリ評論』誌編集長アメデ・ピショへの手紙が執筆され、あわせて、『コント・ドロラティック第二輯』の執筆が終えられた一八三二年一二月のいずれかの時期に、これらのテクストと並行して構想・執筆され、その後、なんらかの理由で執筆が放棄されたテクストであるというのが私たちの見解であり、よって、その執筆時期は一八三二年九月から一二月の間であると考える。

以上が私たちの推定となるが、結局のところはそれも一つの仮説にすぎない。しかしそうであるとしても、これまで見てきたように、『コントの理論』「シャルル・ノディエへの手紙」『ルイ・ランベール』の三つのテクストをあわせ読むことによって、少なくとも、なぜバルザックが『コントの理論』で分身を登場させたのかという疑問は氷解することになるはずだ。バルザックのいうように、分身が「人間の二つの「性質」が分離している状態」であるならば、「私」と「私」の出会いがただの「ファンタスティック」で終わることなく、そこから内省が深まり、「私」が「私」に自己批判的でもあれば有益で現実的でもある教訓を与えることもあるだろう。『コントの理論』の第一の分身、「ダンディ」な「社交人士」のバルザックが「外的人間」であるとすれば、第二の分身、「部屋着姿」の「概念を追う男」としてのバルザックは「内的人間」であるといえるかもしれない。あるいは、作者としてのバルザックが「外的人間」なのであって、二人の分身は、「人間の内部で、絶えず結びつき、また絶えず離れていく」「内的人間」として生み出されたといえるかもしれない。いずれにしても、バルザックの創作と作家戦略のクロノロジーに即していえば、『コントの理論』に現れた二人の分身は、一八三二年から一八三三年にかけて、「一般大衆におもね[る]」同時代文学の傾向から距離を取り、「安直文学」の担い手としての「人々を楽しませる軽薄なコントの作者・コント屋」から、より「難解な」[43]創作を行う作家となるべく密かに変貌を遂げようとしていたバルザックが生み出し、後に残していこうとした作家自身の影でもあれば原型ともいえる「内的人間」であったといえるだろう。『コントの理論』という、それ自体が作家の分身ともいえる私的な手記にも似た断片的なテクストを執筆することで、バルザックは「私」のなかにおいて、「コントの作者」としての創作活動に一つの区切りをつけようとしたのである。

年表「コントの作者バルザック一八三〇―一八三二年」

コントの作者バルザックの創作と活動

年	月	I. コント＝書籍	II. コント・ドロラティック	III. その他の著作	IV. 雑誌記事	V. 書簡
1830	1				*o*	
	2				*p*	
	3					
	4			*j*		
	5					
	6					
	7					
	8					
	9					
	10				*q*	
	11					
	12					
1831	1					
	2					
	3		*d*			
	4					
	5					
	6					
	7					
	8					
	9	*a*				
	10					
	11					
	12		*e*			*t*
1832	1					
	2	*b*				
	3		*f*			
	4		*g*			
	5					
	6			*k*		
	7		*h*			
	8			*l*		
	9				*r*	
	10	*c*			*s*	
	11			*m*		
	12		*i*	*n*		*u*

『コントの理論』の推定執筆時期

年	月	バルデッシュ（1940）	マッサン（1961）	ショレ（1969）	ショレ、モゼ（1990）	ヴァシヨン（1992）	ヴァシヨン（2000）	トゥルニエ（2005）
1830	1				▒		■	■
	2				▒		■	■
	3				▒		■	■
	4				▒		■	■
	5				▒		■	■
	6				▒		■	■
	7				▒		■	■
	8				▒		■	■
	9				▒		■	■
	10				▒		■	■
	11				▒		■	■
	12				▒		■	■
1831	1				▒			▒
	2				▒			▒
	3				▒			▒
	4				▒			▒
	5				▒			▒
	6				▒			▒
	7				▒			▒
	8				▒			▒
	9				▒			▒
	10				▒			▒
	11				▒			▒
	12			■	■			■
1832	1			■	■	■		▒
	2			■	■	■		▒
	3			■		■		▒
	4			■		■		■
	5			■		■		▒
	6			■		■		▒
	7	■		■		■		▒
	8	■		■		■		▒
	9	■		■		■		▒
	10	■		■		■		▒
	11	■		■		■		▒
	12	■	■	■		■		■

略字一覧

Ⅰ．コント＝書籍

a：『哲学的小説コント集』刊行
b：『コント・ブラン』刊行
c：『新哲学的コント集』刊行

Ⅱ．『コント・ドロラティック』

d：「第一輯」執筆開始
e：「第一輯」執筆終了
f：「第一輯」印刷
g：「第一輯」刊行
h：「第二輯」執筆開始
i：「第二輯」執筆終了

Ⅲ．その他の著作

j：『私生活情景』刊行
k：『ルイ・ランベール略歴』執筆開始
l：『ルイ・ランベール略歴』執筆終了
m：『ルイ・ランベールの知性史』執筆開始
n：『ルイ・ランベールの知性史』執筆終了

Ⅳ．雑誌記事

o：『ラ・モード』紙への寄稿開始
p：「芸術家について」『ラ・シルエット』紙
q：『パリ評論』誌への寄稿開始
r：「シャルル・ノディエへの手紙」執筆
s：「シャルル・ノディエへの手紙」『パリ評論』誌

Ⅴ．書簡

t：『コント・ドロラティック』編集者シャルル・ゴスラン宛
u：『パリ評論』誌編集長アメデ・ピショ宛

バルデッシュ (1940)
Maurice Bardèche, *Balzac, romancier* [1940], Slatkine Reprints, 1967, p. 432-433.

マッサン (1961)
Raymond Massant [éd], Balzac, *Les Cent Contes drolatiques*, *Œuvres complètes*, t. XXII, Club de l'Honnête Homme, 1961, p. 51-61.

ショレ (1969)
Roland Chollet [éd], Balzac, *Les Cent Contes drolatiques*, *Œuvres complètes*, t. XX, Les Bibliophiles de l'Originale, 1969, p. 677-678.

ショレとモゼ (1990)
Roland Chollet et Nicole Mozet [éd], Balzac, *Les Cent Contes drolatiques*, *Œuvres diverses*, t. I, Gallimard, coll. « Bibliothèque de la Pléiade », 1990, p. 517-518.

ヴァション (1992)
Stéphane Vachon, *Les Travaux et les jours d'Honoré de Balzac*, Paris, CNRS, Saint-Denis, PUV, Montréal, PUM, 1992, p. 129.

ヴァション (2000)
Stéphane Vachon [éd], Balzac, *Écrits sur le roman*, Librairie générale française, coll. « Le Livre de Poche », 2000, p. 76-80.

トゥルニエ (2005)
Isabelle Tournier [éd], Balzac, *Nouvelles et contes*, t. I, Gallimard, coll. « Quarto », 2005, p. 1752-1753.

注

〔1〕Balzac, *Les Cent Contes. Théorie du conte*, *NC*, t. I, p. 1607-1609. 以下、引用に際しては *Théorie* と略記し、続けて頁数を記す。

〔2〕バルザックは一八三〇年代前半に、『コントの理論』のほかにも「理論」と題した偽理論的な以下の二篇を雑誌記事として発表している。Balzac, « Nouvelle théorie du déjeuner », *La Mode*, 29 mai 1830 ; « Théorie de la démarche », *L'Europe littéraire*, 15, 18, 25 août et 5 septembre 1833.

〔3〕*Théorie*, p. 1607.

〔4〕*Ibid.*, p. 1608.

〔5〕*Ibid.*

〔6〕José-Luis Diaz, *L'Écrivain imaginaire. Scénographies auctoriales à l'époque romantique*, Honoré Champion, coll. « Romantisme et Modernités », 2007, p. 495.

〔7〕*Théorie*, p. 1608.

〔8〕*Ibid.*, p. 1608-1609.

〔9〕Lettre à Charles Gosselin, fin décembre 1831, *Corr.*, t. I, p. 443.

〔10〕Balzac, *Les Cent Contes drolatiques*, *Œuvres complètes*, t. XXII, éd. Raymond Massant, Club de l'Honnête Homme, 1961, p. 689-691 ; *Les Cent Contes drolatiques*, *Œuvres complètes*, t. XX, éd. Roland Chollet, Les Bibliophiles de l'Originale, 1969, p. 549-551 ; *Les Cent Contes drolatiques*, *OD*, t. I, p. 517-518.

〔11〕*Théorie*, p. 1609.

〔12〕Roland Chollet, *Les Cent Contes drolatiques*, *Œuvres complètes*, *op. cit.*, p. 677-678.

〔13〕René Guise, *Le Phénomène du roman-feuilleton 1830-1848. La crise de croissance du roman*, Thèse de lettres soutenue à l'Université Nancy II en 1975, 16 vol. 「コントの熱狂 folie du conte」といわれるコントの爆発的流行の顛末については第1部 « La Presse et la littérature facile (1828-1835) » に詳しい。

〔14〕バルザックによると、「文芸誌の救世主」という呼び名は『パリ評論』誌編集部が考え出したものであるという（Balzac, « Historique du procès auquel a donné lieu *Le Lys dans la vallée* »［1836］, *CH*, t. IX, p. 944）。

〔15〕Sophie Gay à Balzac, 1er janvier 1832, *Corr.*, t. I, p. 447.

〔16〕Balzac, « Note placée à la suite de *Melmoth réconcilié* dans *Le Livre des conteurs* »［1835］, *CH*, t. X, p. 389.

〔17〕Balzac, *Physiologie du mariage* [1829], *CH*, t. XI, p. 903-912.

〔18〕Balzac, « Prologue » [1832], *Les Cent Contes drolatiques*, *OD*, t. I, p. 7. 石井晴一による翻訳では、『コント・ドロラティック 第一輯』「プロローグ」の書き出しは以下のように訳されている。「此の書は、トゥーレーヌの永遠の名誉たる、我らがいと優れたる同郷人フランソワ・ラブレー師が、其の一連の著作を捧げた、高名此の上なき痛風病みと、貴重極まりなき呑み助の為に新たに物された、高雅なる味わいに溢れ、大いなる趣向に富み、たっぷりと薬味の利かされた一書である」（『艶笑滑稽譚 第一輯』岩波文庫、二〇一二年、一二頁）。

〔19〕ゴスラン宛の書簡には「一巻分の原稿をお送りします。[…]『百のコント』というタイトルに嘘はありません」と書かれている（Lettre à Charles Gosselin, fin décembre 1831, *op. cit.*, p. 443）。

〔20〕Roland Chollet et Nicole Mozet, *op. cit.*, p. 1379.

〔21〕Maurice Bardèche, *op. cit.*, p. 433.

〔22〕Traité avec Amédée Pichot, 1er septembre 1832, *Corr.*, p. 627-628.

〔23〕Lettre à Amédée Pichot, 3 (?) décembre 1832, *ibid.*, p. 690.

〔24〕Raymond Massant, *op. cit.*, p. 57.

〔25〕Roland Chollet et Nicole Mozet, *op. cit.*, p. 1379.

〔26〕Lettre à Émile Deschamps, 22 mai 1833, *Corr.*, t. I, p. 796.

〔27〕Balzac, « Lettre à M. Ch. Nodier sur son article intitulé "De la palingénésie humaine et de la résurrection" », *Revue de Paris*, 21 octobre 1832, *OD*, t. II, p. 1203-1216. 以下、*Lettre* と略記する。

〔28〕Pierre-Georges Castex, « Balzac et Charles Nodier », *AB 1962*, p. 197-212.

〔29〕*Théorie*, p. 1608.

〔30〕*Lettre*, p. 1215.

〔31〕Raymond Massant, *op. cit.*, p. 55-56.

〔32〕Lettre à Madame Hanska, fin mars 1833, *LH*, t. I, p. 31.

〔33〕*Lettre*, p. 1204.

〔34〕*Ibid.*

〔35〕*Lettre*, p. 1214-1215.

〔36〕Buffon, « *Homo duplex* » [1753], *Discours sur la nature des animaux*, *Œuvres*, éd. Stéphane Schmitt et Cédric Crémière,

Gallimard, coll. « Bibliothèque de la Pléiade », 2007, p. 471.

〔37〕 *Lettre*, p. 1215.

〔38〕 Balzac, *Notice biographique sur Louis Lambert*, *Nouveaux Contes philosophiques*, Gosselin, 1832 ; *Histoire intellectuelle de Louis Lambert*, Gosselin, 1833. 引用はアンドル・オリヴェール編『新哲学的コント集』初版復刻版（NCP）に拠る。『ルイ・ランベール』は一八三二年一〇月刊行の『新哲学的コント集』に収録された作品ではあるが、併録されたその他の三篇とは創作の経緯が異なる、いわゆる「書き下ろし」作品であることと、一八三三年以降は『新哲学的コント集』から分離独立して出版されていること、一八三五年には『セラフィータ』『追放者』と共に「神秘の書」に収録されていることから、「年表」ではあえて「その他の著作」に含めた。

〔39〕 Balzac, *Notice biographique sur Louis Lambert*, NCP, p. 169, 172 et 188.

〔40〕 Rose Fortassier, « Du bon usage par le romancier Balzac des souffrances du jeune Honoré », *Imaginaire & Inconscient*, 2003, n° 12, p. 39-52.

〔41〕 Balzac, *Notice biographique sur Louis Lambert*, *op. cit.*, p. 183-188.

〔42〕 Balzac, *Louis Lambert*, *Le Livre mystique*, t. I, Werdet, 1835, p. 178.

〔43〕 バルザックにおける「安直な」文学から「難解な」文学への移行については、デジレ・ニザールとの間で「安直文学論争 querelle de la littérature facile」を繰り広げた当事者であるジュール・ジャナンが、『田舎医者』『ウジェニー・グランデ』（いずれも一八三三年）といった長篇作品を発表しはじめたバルザックを念頭に置きながら、次のように記している。「しばらく前から、バルザック氏は「安直文学」に見切りをつけている。彼はもはやコントの創作を行っておらず、小説しか執筆していない。だが、なんという小説だろう！　政治経済を扱う小説とは！　彼は小説のうちに、ラ・ブリュイエールやメルシエの書いた章を取り込んでいるのであり、一言でいえば、難解な文学を手がけている。もはや読者たちにはバルザックの著作だとわからないだろうが、彼に向かってこう嘆いてみても詮ないことなのだ。「バルザックさん、以前にあれほど見事にお書きになられていた素晴らしいコントをどうかまたお一つ書いてくださいませんか、お願いします！」」（Jules Janin,

« Manifeste de la jeune littérature. Réponse à M. Nisard »,
Revue de Paris, 5 janvier 1834, p. 14) °

第三部

小説の方へ

第七章　バルザックとパリの泥
――『金色の眼の娘』『ゴリオ爺さん』『シビレエイ』

バルザックが得意中の得意とし、その頻度と長さのために読者を辟易させる要因ともなった創作の重要な構成要素の一つに、パリの街路の詳細な描写がある。

トゥルニケ＝サン＝ジャン通りのもっとも道幅の広い部分は、ティクセランドリ通りと交差するところであったが、そこでも五尺の幅しかなかった。そういうわけで、雨になると、黒い水が通りに沿った古い家々の足元をすぐに浸し、各家庭が縁石のわきに置いたゴミを押し流していく。ゴミ集めの車はどうしたってこの道を通ることができないので、住民たちは、いつも泥にまみれた彼らの道をきれいにしてくれることを大雨に期待していたのだが、それでどうして通りが清潔になることがあるだろうか？[1]

引用した初期の中篇『二重の家庭』（一八三〇―一八三二年）では、「トゥルニケ＝サン＝ジャン通り」の歴史や位置関係が綴られた後で、かつてパリ市庁舎のほど近くに存在した街路の様子が臨場感ゆたかに描かれている。こうしたバルザック作品に特徴的な街路の描写の数々のなかで、これまで研究者の注目を集めてきたのが、引用文中にも見られる「泥」である。

『人間喜劇』におけるパリの描写を網羅的に論じたジャニーヌ・ギシャルデは、「パリの街が飲み込まれている大量の泥を絶えず想起させることによって、バルザックはパリの界隈を蘇らせる。バルザックのパリは不快でしつこい泥に浸かっている」と述べている。[2] 近代フランス文学におけるパリの表象を論じたピエール・シトロンもまた、「バルザックのパリ」が「どぶ、下水道、泥」に特徴づけられていることに注意を促している。[3] 近年では、ずばり「バルザックの泥について」と題された論稿で、アレックス・ラスカールは『人間喜劇』全体を視野に収めつつ、バルザックの著作に、いかに「泥」が頻出しているのかを明らかにしている。[4] 作家のエリック・アザンも、バルザックとパリをテーマとするエッセイで、バルザック作品に現れる「泥」に注目している。[5]

しかし、これまでの研究は、バルザック作品に現れた「泥」を列挙することに終始し、「泥」に対するバルザックの並々ならぬ関心を指摘することに自足してきたきらいがある。いずれの論者も、「バルザックの泥」を前にしながら、なぜバルザックが「泥」を描いたのか、各作品において「泥」がどのように描かれているのか、「泥」が作品中でどのような位置を占めているのか、といった根本的、本質的な問いを立ててこなかったのである。本章では、「パリの泥」「バルザックの泥」の特徴を確認しつつ、一八三〇年代中盤から後半にかけて執筆、刊行された、いずれもパリを舞台とする三作品『金色の眼の娘』（一八三四―一八三五年）『ゴリオ爺さん』（一八三五年）『シビレエイ』（一八三八年）における「泥」についての記述、「泥」の表象を取りあげ、それらの問いの答えを探していきたい。なお、本章では、泥を意味するフランス語としてもっとも一般的に用いられる boue だけでなく bourbe, crotte, fange などの同意語も「泥」と訳出して論じていく。

バルザックの泥、パリの泥

なぜバルザックは繰り返し「泥」を作品に登場させたのか。ここでは「泥」の物質的な特徴を明らかにしていきながら、その理由に迫りたい。まず知っておく必要があるのは、バルザックが描いた泥が「田舎の泥」ではなく、もっぱら「パリの泥」であったという事実であり、[6]「パリの泥」が自然の土とは大きく異なる、都市に固有の泥であったということである。それでは、都市に固有の泥とは具体的にはどのようなものだったのだろうか。

「パリの泥」についてはパリ名物として古くから様々な記述が残されているが、[7]バルザックと直接関連する十九世紀の記述を取りあげる前に、パノラマ的パリ論の先駆者であるルイ＝セバスチャン・メルシエによる記述から見ていきたい。

パリの泥には、絶えず揺れ動く何台もの馬車から落ち続ける鉄粉が含まれているため、泥は必然的に黒い色をしている。そこに台所から流れ出る排水が加わり、悪臭を放つようになる。その泥はパリの外から来る人には耐えがたい臭いがするのだが、それは硫黄と硝酸塩がたっぷりと浸み込んでいるためである。泥のしみがつくと、生地が傷んでしまうほどなのだ。[8]

「パリの泥」を作るのは自然の土や水ではない。もちろんそれらの物質も含まれてはいるものの、「パリの泥」を決定的に特徴づけているのは「鉄粉」であり「排水」なのだ、とメルシエは指摘する。バルザックを含め、メルシエ以降に「パリの泥」を記述しようとするものが何度も繰り返すことになるように、車輪などから粉となって落ちる鉄を由来とするその「黒い色」と、生活排水による下水臭、「硫黄と硝酸塩」から発せられる腐敗臭、アンモニア臭などが交じり合ったその悪臭こそが「パリの泥」のトレードマークなのである。[9]

メルシエからバルザックへ

メルシエがパリの情景を活写したのは十八世紀後半のことだが、その後も黒く悪臭を放つ「パリの泥」が首都から消えることはなく、十九世紀前半、つまりバルザックの時代になると、いよいよその存在感は際立ったものになっていく。「パリの歩行者」を自称するアルフォンス・L…なる郵便配達人が一八二六年に出版した『パリ市の衛生について』では、パリを知らない「田舎の人」を対話相手に、街路に発生する「黒い泥」がいかに厄介な代物であるかが次のように強調されている。

ありとあらゆる種類の汚物やゴミが、日々、二十万をこえる世帯から公道に投げ棄てられており、それらの廃棄物はしばらくの間、公道にそのまま残される。工場で作られた品々の残骸が廃棄物の山をさらに高くしていく。馬や馬車や歩行者が、これらのゴミや瓦礫の上を往来し、踏みつぶし、細かく砕き、黒い泥に変えていく。黒い泥は、工場や薬品製造所からの排水や、雨水、家庭からの排水に溶けてしまうので、掃除を担当するものにも取り除くのが難しく、時間がかかる。

かろうじて半分だけ浚ったとしても、残りの半分は溝に広がり、溝の流れをせき止めてしまう。大雨が溝を水浸しにして、下水溝をいっぱいにでもしない限り、泥がなくなることはない。

こういったゴミが放置されているところからは、泥が舗石の間に入り込んでいるいないにかかわらず、ひどいにおいの腐敗臭が放出されている。[10]

ここには、「汚物やゴミ」「廃棄物」や「瓦礫」など、メルシエがあえて名指すことのなかった「黒い泥」の原料がこまかく記されている。現代の研究ではさらに、馬や小動物の排泄物や死骸、壊れた馬車そのものなど、つまりは街路に散乱し堆積するあらゆる「汚物やゴミ」が「パリの泥」の原料となっていたことが明らかにされており、十九世紀前半、「パリの泥」は都市の排泄物そのものであったといってもよいだろう。[11]

引用文の後半にあるように、バルザックの時代、「パリの泥」をめぐる大きな問題は、その黒さと悪臭に加えて、街路から汚泥がなくならないことにあった。雨に期待をしても、液状化した泥は掃除人の手を逃れていってしまうし、そもそも舗石の間に浸み込んでしまった泥には手をつけることができない。そして、そうこうしているうちにも、街路ではまた新たに「黒い泥」が発生してしまう。とはいえ、このように汚泥が問題になるのであれば、泥になる前の「汚物やゴミ」を定期的に回収するなり、街路を清掃するなどして、泥の発生を防げばよいのではないか、あるいは、泥がうまく水に流されるように、下水溝、下水道を整備すればよいのではないか、と考えるのが道理だろう。しかし、本章の冒頭に引用した『二重の家庭』の「トゥルニケ＝サン＝ジャン通り」の描写にもあったように、そもそも「ゴミ集めの車」が通ることのできない狭い道幅の通りのゴミは、回収さえされずに放置されたというし、メルシエの時代から、「道路掃除人夫」の仕事は「いいかげんで不十分」なことで知られており、ゴミ集めの車に泥やゴミを載せて回収したとしても、郊外の廃棄場に向かう途中で積荷の半分以上を再び路上に落としていってしまうことさえあったといわれる。[12] また、よく知られているように、パリ市の下水道が本格的に機能しはじめるのはオスマンによるパリ大改造後の十九世紀後半のことでしかない。

メルシエの時代からバルザックの時代にかけて、すなわち、十八世紀後半から十九世紀前半にかけての間、パリでは産業化にともなう人口の増加と集中が顕著となり、市民の住環境は急速に変化、悪化していく。とりわけ一八三二年のコレラの流行以降は、都市の衛生、市民の健康の観点から、密集しすぎた家屋や極度に日当たりの悪い街路、不潔さや悪臭などが問題視されはじめる。パラン＝デュシャトレに代表される公衆衛生学者による問題提起が次々となされていくのはまさにこの時期だが、下水道の整備が十九世紀後半まで遅れたのと同様に、衛生問題、都市計画に対する行政の対応は緩慢かつ不十分なものだったといわれる。十九世紀前半のパリの住民たちはそのため、街路に発生しては居座り続ける大量の泥を前にし、問題の所在を把握していながらも対策を講じることができずに、泥との共存を強いられていた。[13] 別の見方からすると、十九世紀前半において、「パリの泥」は、パリの現実をもっともよくあらわし、パリ生活のマイナスの側面をもっとも端的に象徴する物質になるに至ったといえる。そして、この、パリの現実でもあり象徴でもある「泥」にいち早く目を向け、創作に取り入れた作家のひとりがバルザックであった。

ブルジョワたちの大部分が暮らす家々の空気がひどいにおいで、街路からも鼻をつく瘴気が吐き出され、店の奥の間では空気も薄くなっているというのに、こうした悪臭に加えて、この大都市の四万件の家々はゴミのなかにその足場を浸しているのだ。それでもまだ市当局は真剣になって建物の壁をコンクリートで囲おうとはしていない。そうすれば、ひどい悪臭の泥が地中に浸み込んで井戸を汚染することも、リュテースに密かにその悪名を名乗らせ続けることも防ぐことができるはずなのに。パリの半分は中庭、街路、汲み取り式便所の腐敗臭のなかに埋もれている。[14]

『金色の眼の娘』において、バルザックは「悪臭」と「泥」に埋もれ悩まされるパリの現状をこのように嘆きつつ、パリ市の無策ぶりに憤慨している。「リュテース」の名がなぜ「悪名」となるのかというと、パリ市の旧名である「リュテース Lutèce」のラテン語名 Lutetia が「泥、ぬかるみ」を意味する lutum の派生語とされているため、Lutèce / Lutetia という土地の名が「泥・沼の街」を意味するといわれてきたからである。引用した一節が、それ自体独立したパリ論としても読むことができる『金色の眼の娘』の第一章「パリの容貌」に含まれていたという事実、[15]また、連作『十三人組物語』の一篇でもある『金色の眼の娘』が、作家が「縦に横にパリをくまなくめぐりながらパリのいくつかの表情を描く」[16]ことを目指したという『フェラギュス』の続編として執筆されたというもう一つの事実を踏まえると、同時代のリアルなパリを描くにあたって「泥」が不可欠な要素であることをバルザックが認識していたことは疑いようがない。バルザックが「泥」にこだわりを見せ、パリを舞台とする複数の作品に登場させた理由もそこにあったと考えることができるだろう。バルザックにとって、泥を描くことはパリを描くことと同義だったのである。[17]

『ゴリオ爺さん』における「パリの泥」

これまでも指摘されてきたように、「パリの〈精神の下水道〉を存分に描き出す[18]」ことを課題としたとバルザック自身が述べている『ゴリオ爺さん』では、物語の要所々々で泥に関連する表現が用いられている。[19] しかし、後述するように、それでいながら『ゴリオ爺さん』では、これまで引用してきたような、黒く悪臭を放つ「パリの泥」の生々しい記述は影を潜めている。泥が『ゴリオ爺さん』にどのような形で現れているのか、以下に見ていきたい。

ラスティニャックの「はね」

まずは、『ゴリオ爺さん』のもっとも有名な場面の一つ、ラスティニャックが泥をはねあげる場面を取りあげよう。[20] パリ社交界での成功を夢見るラスティニャックは、はじめての夜会で見初めたレストー伯爵夫人を訪問するため、左岸のうらぶれた界隈にある下宿ヴォケー館から、右岸きっての高級地区ショセ＝ダンタンへと——つまり、当時十二区からなるパリの端から端までを——勇み足で向かっていく。しかし、めかし込んだ若き野心家は泥の「はね」によって出鼻を挫かれることになる。

ウジェーヌは泥で汚れないように細心の注意をはらって歩いていたが、歩きながらレストー夫人に何を言おうか考えていた。自分の将来がかかっている愛の告白にもってこいの場面をあれこれ想像しては、機知に富んだ言葉を用意し、想像の会話の中で当意即妙の答えを工夫し、しゃれた言い回し、タレーラン風の警句を準備した。彼は泥をはねあげた。学生はパレ＝ロワイヤルで靴を磨かせ、ズボンにブラシをかけてもらわねばならなかった。[21]

たとえそれが小さなしみであっても、靴やズボンに泥が付着してしまったら最後、外出は台無しになってしまう。もう一度出直すか、原語 décrotteur を直訳すると「泥落とし人」となる街頭の「靴磨き人」に泥を落としてもらわなくてはならない。[22] メルシエがいうように、「たとえ詩人であろうとも、泥で汚れたままの姿で人を訪ねるようなことは禁物」[23] というのが、パリの社交生活の常識なのだ。

引用文に続く部分では、金のない地方貴族のラスティニャックが、「はね」のせいで生じた靴磨きの不意の出費を嘆き、徒歩移動を強いられる節約生活からの脱却を願うことになる。しかし、ここでは物語の展開ではなく、ラスティニャックの動作が「彼は泥をはねあげた Il se crotta」という描写的要素を排した一文で、簡潔かつ印象的に表現されていることの方に注意したい。ラスティニャックの不運、徒歩生活者の悲哀が凝縮されたこの一文は、前述した社交生活の常識に加え、もう一つの常識を前提としているからこそ成り立っているといえる。もう一つの常識、いうまでもなくそれは、パリが泥の街であるという常識であり、ラスティニャックが泥をはねあげる場面が注目に値するのは、そこに『ゴリオ爺さん』における「パリの泥」の扱われ方の特徴を見てとることができるからでもある。

この物語はパリの外でも理解してもらえるだろうか？　確かにそれは疑わしい。豊かな観察とこの土地ならではの色彩あふれるこの情景の独自性は、モンマルトルの丘とモンルージュの高台にはさまれた谷、今にも落ちてきそうな石膏の壁と泥で黒ずんだどぶ川で有名な谷間でしか、理解してもらえないだろう。[24]

『ゴリオ爺さん』の書き出しで、語り手は作者の立場から、『パリ評論』誌掲載の初出版では「パリ物語」という副題を付されていたこの作品が、パリの内側で、「泥で黒ずんだどぶ川」を知る読者によってのみ理解されうる物語となっていることへの申し開きを行っている。実際、『ゴリオ爺さん』においては、パリが泥の街であるという常識・現実が、そのまま物語内の現実として機能しており、「パリの泥」がでしゃばってその存在感を主張することなく、むしろ後景に退いているところにこの作品のリアリティーがあり、凄みがあるといえる。そのため、『ゴリオ爺さん』における「パリの泥」は、たとえば『金色の眼の娘』に見られたように、その厄介な性質が強調されたり、その形状や臭気などが直接的、説明的、具体的に描写されることはない。[25]そのかわりに、ラスティニャックが泥をはねあげる場面に見られたように、簡潔な記述のなかで示唆されるか、あるいは、以下にあげる例に見られるように、パリが泥の街であるという物語内外の現実を踏まえた上での比喩表現に昇華した形であらわされるかのいずれかとなっている。

パリという泥沼

たとえば、パリ社交界に出るための緊急の出費を郷里の母親に無心する手紙のなかで、ラスティニャックは自身の置かれた状況を次のような言葉で伝えている。

自分の道を切り開くか、泥のなかに埋もれて終わるかという分かれ道にきています。[26]

また、不慣れな社交生活のなか、賭けでこしらえた借金で首が回らなくなったラスティニャックに対して、気前よく援助を申し出る「悪魔」ヴォートランは、うぶな青年の問いかけに次のように答える。

「あなたはいったい何者なんです?」とウジェーヌは叫んだ。「ぼくを苦しめるために生まれてきた人なんですか」
「とんでもない、きみが一生泥にまみれることのないよう、自分が泥をかぶってやろうっていう親切な男だよ」[27]

そして、危篤の父親を見舞うことよりも舞踏会に出ることが優先されてしまうパリ社交界の異様さ、非情さを前にしたラスティニャックの心境を、語り手は次のように代弁している。

社交界は、足を踏み入れたが最後、ずるずると首まで浸かってしまう泥の大海のように思えた。[28]

これらの例とは若干異なり、『ゴリオ爺さん』において、「泥」が具体性をともなってあらわされている稀な例としては、ニュシンゲン夫人を話題としたボーセアン夫人とランジェ夫人との会話で言及される「サン゠ラザール通りとグルネル通りの間の泥」をあげることができるだろう。

ニュシンゲン夫人は銀行家の男爵に嫁いだ金持ちの新興貴族ではあるのだが、その家柄のせいで社交界での立場はいまだ低く、パリ社交界の女王であるボーセアン夫人の邸宅に招待される日を今か今かと待ちわびている。そのようなニュシンゲン夫人の卑しい心根を見抜いているボーセアン夫人は、親友であるランジェ夫人との会話のなかで、ニュシンゲン夫人を痛烈にこきおろす。

「レストー家は名門なので、奥さんも社交界に迎えられ、宮廷にも顔見せしました。ところがその妹さん、お金持ちで美しいデルフィーヌ・ド・ニュシンゲン夫人は銀行家の妻で、悶え死にしそうなのです。嫉妬に苛まれているのね。〔…〕ですからニュシンゲン夫人はわたしのサロンに足を踏み入れるためなら、サン゠ラザール通りとグルネル通りの間の泥を舐めつくすことも辞さないでしょう」[29]

パリの上流社交界に迎え入れられるためであれば、ニュシンゲン夫人は「サン゠ラザール通りとグルネル通りの間の泥」、つまり、新興貴族が多く住まう右岸のショセ゠ダンタン界隈から、由緒ある家柄の貴族が住まう左岸のフォーブール・サン゠ジェルマンの間、成り上がりと本物の貴族を隔てる街路の泥を「舐めつくす」だろうとコケにされているのだからなんとも辛辣な言いようである。

しかし、ボーセアン夫人のこの発言も、そもそもは「この社会は泥沼よ、お互い、高いところに留まるように努めましょうね」[30]というランジェ夫人の発言を受けてのものであり、作者の関心が、パリの街路の泥を具体的に想起させると同時に、パリが泥の街であることを前提とする「泥沼」の比喩に対して、より喚起力に富んだ比喩で答えたボーセアン夫人のエスプリを強調することにあったことは明らかである。

このように、『ゴリオ爺さん』において、泥に関連する表現の多くは、登場人物の発話、心理描写のなかの比喩に見られる。実際にパリは泥の街であったのだから、「パリは泥沼」「社交界は泥沼」あるいは「この世は泥沼」といった比喩は紋切型そのものであるともいえる。しかし、これらの比喩は、それによって、『ゴリオ爺さん』の登場人物たちの心中においてまた同時に、「泥で黒ずんだどぶ川」を知る読者の心中において――「パリの泥」が内面化していることが喚起されるという点において重要なものである。バルザックが「パリの〈精神の下水道〉を存分に描き出す」ことを重視していたことをあらためて想起すると、泥を用いた比喩を介して、物質、肉体の次元ではなく、内面、精神の次元で「パリの泥」を描いているところに、この作品の立ち位置に関わる本質的な特徴があると考えることができる。

『シビレエイ』と「パリの泥」

ここからは、バルザックの創作と「パリの泥」との関係をさらに別の角度から捉えるために、『金色の眼の娘』『ゴリオ爺さん』の二作と刊行年が近く、とりわけ『ゴリオ爺さん』とのつながりが強い一八三八年刊行の『シビレエイ』[31]を取りあげる。『シビレエイ』は、その第一部が一八三七年に刊行された『幻滅』と共に、『ゴリオ爺さん』の続編として知られている。実際、『シビレエイ』と『ゴリオ爺さん』は、ラスティニャックやヴォートランといった登場人物を共有しているだけでなく、先行研究においてすでに指摘されているように、両作品には「泥のモチーフ」が共通して現れている。[32] これから見ていくように、『シビレエイ』では、「オペラ座の舞踏会」「改悛した娘」「寄宿生」の全三章を通じて語られる「エステルの物語」においても、さらには、作品そのものの構想においても、「パリの泥」が重要な位置を占めているのである。

『シビレエイ』においては、ヒロインのエステルと「パリの泥」が全篇を通じて分かち難く結びつけられている。たとえば、第二章「改悛した娘」の冒頭、エステルの住む「オルティー通り」の描写において、「パリの泥」は「ゴミ」や「汚れ」と共に直接的な形であらわされている。

その名にふさわしく、オルティー通り〔rue des Orties の ortie はイラクサの意。イラクサには毒性のあるトゲがあり、ふれると皮膚に炎症がおきる〕とその近くの通りは、パレ＝ロワイヤルとリヴォリ通りの美観を損ねてしまっている。パリでもっとも輝かしい界隈でありながら、そのあたりは山積みになった古きパリのゴミが残した汚れを長い間とどめており、かつてはその上に風車が立っていたのだった。これらの狭く、暗く、泥だらけの街路、そこでは見かけにはほとんど気を使わないような稼業が営まれており、夜になるとコントラストに富み、謎めいた表情を見せる。［…］パリ市議会はまだ、この巨大な癩病院を洗浄するための手立てを打つことができていない。だいぶ前からそこに売春業が本拠地を構えているためである。［…］オペラ座の舞踏会で一言で打ちのめされたお針子は、オルティー通りの、ひどく汚い外観の住居に住んでいた。[33]

引用文の最後に「オペラ座の舞踏会で一言で打ちのめされた」とあるのは、第一章「オペラ座の舞踏会」で、愛するリュシアンの面前で、娼婦「シビレエイ」としての過去を知る男たちからエステルが不意に呼びかけられたことを指している。パリの劇場で偶然出会ったリュシアンに恋をしたのをきっかけに、エステルは放蕩生活から足を洗い、お針子として生計を立てようとしているのだが、住まいのあるオルティー通りは、バルザックのほかの著作で描写されたパリの街路と同様、このようにひどい衛生状態にある。[34]「パレ＝ロワイヤルとリヴォリ通り」との対比のなかで「巨大な癩病院」にも喩えられた界隈にある街路は、「狭く、暗く、泥だらけ」であり、ここでは、身寄りも後ろ盾もいないエステルの貧しい暮らしぶりが「パリの泥」のもつマイナスのイメージと重ねられている。

エステルが泥と結びつけられているのはしかし、お針子としての現在の姿においてだけではない。他の登場人物たちの発言を通じて、彼女が執拗に泥と結びつけられるのは、むしろ「シビレエイ」としての過去の姿においてである。

オペラ座でエステルの正体を見抜いた数人の男たちは、シビレエイは稀代の娼婦であると口々に褒めそやし、どんな相手をも性的快楽によって痺れさせるという彼女の魔性の力が、エステルの「ネズミ」時代から培われたものであると、訳知り顔に指摘しあう。以下の男たちのリズミカルな会話に、当然のように泥の比喩が現れていることに注意したい。

「あの可愛いネズミは泥のなかを転げまわったんだ」

「土のなかの百合のタネのようにね」とブロンデが言葉を継いだ、「彼女は土のなかで美しくなり、花を咲かせたんだ。そこに彼女の優れたところがある。誰にでも通じる笑いと快楽を作り出すにはすべてを知っておかなくてはなるまい」

［…］「あの娘は、十八ですでに、最上の贅沢も最低の不幸も、あらゆる身分の男も知っていたのだ」[35]

語り手によると、「ネズミ」とは「放蕩者が性的悪徳やおぞましいことのために育てた」という劇場付きの子役を指す隠語であり、エステルは「ネズミ」の頃からパリの遊び人の間では知られた存在であったという。男たちの会話を総合すると、子どもの時分から放蕩生活という「泥のなか」に投げ込まれながら、そこから芽を出し、娼婦として美しく花を咲かせたというのが「シビレエイ」誕生の経緯であり、その波乱に満ちた来歴にこそ彼女の魅力の秘密が隠されているということになろう。実際、エステル自身、オルティー通りでのお針子暮らしを始める「三か月前まで、私は生まれたままの無秩序のなかで暮らしていました。私は神様のおつくりになったもののなかでもっとも下等で卑しいものでした」[36]という告白をしており、過去の娼婦生活の乱脈ぶりを認めているわけだが、男たちの会話では、ネズミに喩えるにしろ百合に喩えるにしろ、どちらにしてもエステルの過去が「泥・土」と結びつけられている。

『ゴリオ爺さん』に見られたのと同じく、これらの表現はパリが泥の街であるという物語内外の現実を前提とした比喩である。『ゴリオ爺さん』と『シビレエイ』が決定的に異なるのは、前者において、「パリの泥」がラスティニャックや女性登場人物といった複数の登場人物のうちに内面化された形であらわされていたのに対して、後者においては、「パリの泥」が、ひとりエステル＝シビレエイのみに結びつけられ、決まって、彼女の過去の放蕩生活、娼婦性を強調、あるいは糾弾する発話のなかに、直接、間接的に現れているところにある。こうした特徴が顕著に見られるのは、第二章「改悛した娘」でのヴォートランの発話においてである。

『シビレエイ』でのヴォートランは、司祭カルロス・エレーラを名乗り、リュシアン・ド・リュバンプレの絶対的な庇護者として現れる。『幻滅』において、恋人、かつての文壇の仲間たち、社交界とのつながり、財産のすべてを失ったリュシアンは、『シビレエイ』では、ヴォートランの助けを借りてパリでの再起を狙っている。娼婦としての過去を知らないこともあって、エステルとすっかりうちとけた仲となっているリュシアンとは対照的に、金持ちで有力な貴族の娘を踏み台にリュシアンを再浮上させる算段を練っているヴォートランにとって、エステルはリュシアンの渡世を邪魔立てする存在でしかない。そこで、司祭になりすましたヴォートランは、リュシアンのために純潔な娘になってみせると誓うエステルに、次のように厳しい言葉をかける。

「お前は確かに美人だから、リュシアンはお前を世間に見せつけて得意になりたいのだろう。お前のことをパレードの馬のように自慢げに見せびらかしたいのだ。自分の金を浪費しているだけならまだしも、いずれ時間も体力も無駄にしてしまうだろう。皆が彼に用意してやろうとしている恵まれた境遇にも興味を失ってしまうだろう。いつの日か、金持ちで尊敬を集める立派な大使になるかわりに、みずからの才能をパリの泥のなかに埋めてしまった大勢の放蕩者たちと同じように、けがらわしい女の愛人になってしまうだろう」[37]

涙ながらに改悛を誓う娘に対する司祭の説教としての発言であるため、悪漢ヴォートランも、リュシアンを「パリの泥」に引き摺り込む「けがらわしい女」だとエステルを頭ごなしに叱りつけているわけではない。それでも、この後、長々と説教を受けたエステルがリュシアンのためを思って身を引き、自分のなかの「売春婦をすっかり葬り去り」、「娼婦めいた顔つき」を捨て去るために[38]、偽司祭の導きにしたがって修道院に入ることを決意することになるのだから、放蕩生活と結びつけられた泥の比喩が、自分自身に向けられたものであることを少なくともエステル自身は十分に自覚していたはずである。[39]

泥の記憶、泥へのノスタルジー

このように、『シビレエイ』のエステルは、その現在と過去、肉体と精神の両面において、泥のレッテルを貼られたヒロインとして描かれている。ここで再び『ゴリオ爺さん』を比較対象としてあげると、『ゴリオ爺さん』では、ヴォートランを含め登場人物が口にする「パリの泥」はあくまで比喩の次元にとどまるものであったのに対して——そうでなければ、ラスティニャックの物理的な泥の「はね」が一つのドラマになることはない——、『シビレエイ』においてエステルに結びつけられた泥は、たとえそれが比喩としての泥であったとしても、かつて娼婦として泥にまみれ、お針子となった今も「狭く、暗く、泥だらけの街路」にしか住むことのできないエステルにとっては、常に恐るべきリアリティーをもった物質としてあらわされているところに特徴がある。

さらに興味深いのは、『シビレエイ』においては、私たちがこれまで見てきたのとは全く違った形で「パリの泥」が登場人物に結びつけられていることである。

「寄宿生」と題された『シビレエイ』第三章では、過去の放蕩生活と完全に決別し、自身の娼婦性という穢れを洗い清めることを目的に修道院生活をおくるエステルの姿が描かれている。「野生の状態と文明との距離」を一足飛びにこえたエステルは、戸惑いながらも宗教の光に照らされた修道院生活になじんでいこうとする。[40] やがてエステルは、修道院長からも「模範生」として太鼓判を押されるまでになっていくのだが、それと同時に、彼女自身もあずかり知らぬところで、「彼女をむしばむ愛、奇妙な愛、荒々しい欲望」がエステルの心を覆いはじめる。[41] 語り手は、密かにエステルを襲う変化を次のように描いている。

私たちのなかにはさまざまな記憶がある。肉体と精神はそれぞれに記憶を持っており、たとえばノスタルジーというものは肉体的な記憶だといえる。三か月の間、この清らかな心のうちの荒々しさは、その心が天国へと大きく翼を広げていたために、エステル自身にもその理由がわからないながらも、表には現れない抵抗力によって、手なずけられていたとはいえなくとも、足かせをはめられていた。彼女はスコットランドの羊のように、群れから離れて草を食むことを望み、放蕩が発達させた本能に打ち克つことができなくなっていった。彼女が捨て去ったパリの泥だらけの街路が、彼女を呼び戻そうとしたのだろうか？　忘れられたつなぎ目から、断ち切ったかつての恐ろしい慣習の鎖が、彼女につながっていて、医者によると、老いた兵士がすでに失われてしまった腕や脚に痛みを感じるというのと同じように、彼女が感じたということだろうか？　悪徳と不節制が彼女の骨の髄にまで奥深く染み込んでいるせいで、聖水もそこに潜む魔物に届いていないということだろうか。[42]

ここで注目したいのは、エステルのノスタルジーの対象が恋人のリュシアンではなく、過去の放蕩生活にあるとされている点である。他所では、「エステルは退廃のなかに植えられ、そこで育っていった。断固とした意思の至上命令もよそに、彼女の地獄のような祖国はその影響力をなおも行使していたのである」[43]とも書かれており、そこにリュシアンの影はまったく見あたらない。引用文中で、語り手がみずから問いかけながら特徴づけているように、エステルのノスタルジーは、「聖水」でさえも消すことのできない「放蕩」の記憶、「悪徳と不節制」の記憶、それらをひとまとめに象徴する「パリの泥」の記憶と結びついたものとしてあらわされている。

エステルのノスタルジーは「パリの泥」へのノスタルジーにほかならない。そう断言してみたくなるのは、引用した箇所に続く段落で、無自覚なエステルにかわって、語り手自身がエステルと泥の結びつきをさらに強調しているからである。

王の食卓の残りものを餌にして鯉を飼いたいというマントノン夫人の望みを叶えるべく、泥で濁った池で鯉が捕まえられたのだが、それは大理石の水盤の澄み切った水のなかに放すためだった。鯉は衰弱してしまった。動物を献上することはできても、媚びへつらうという病が人間から動物にうつることは決してない。ある宮廷人がヴェルサイユ宮殿で、この無言の抵抗に気がついた。「鯉たちも私と同じなのです」とこの非公式の王妃が答えた、「鯉たちは、暗く濁った水底の泥が恋しいのです」。この言葉にエステルの物語のすべてがある。[44]

語り手は、十八世紀フランスのモラリスト、シャンフォールの著した「鯉の逸話」を引用しながらエステルのノスタルジーを説明している。[45]「非公式の王妃」という言い回しは、ルイ十四世とマントノン夫人の婚姻が、身分が大きく異なるいわゆる貴賤結婚であったため、夫人が正式な王妃として認められなかったことを踏まえている。「泥で濁った池」から「澄み切った水のなかに」移され、弱ってしまった鯉たちにわが身を重ね、かつての暮らしを懐かしんだというマントノン夫人の逸話は、王の寵愛を受けながら、その低い身分のために宮廷ではしばしば嫉妬や非難の対象となったといわれる夫人の境遇を題材にしたものである。ここで語り手が「鯉の逸話」と「エステルの物語」をはっきりと重ね合わせている以上、私たち読者としては「暗く濁った水底の泥」を恋しがる鯉に、「パリの泥」へのノスタルジーを感じるシビレエイ＝エステルの姿を重ね見なくてはなるまい。

エステルは私だ

このように『シビレエイ』においては、登場人物や語り手自身によって、エステルと「パリの泥」が結びつけられているだけでなく、エステル自身もまた、無意識的にではあるが「パリの泥」へのノスタルジーを感じている。数あるバルザック作品のなかでも、直接的、間接的に、さらには「肉体的記憶」の次元で「パリの泥」と結びつけられた登場人物はエステルのほかにはいないだろう。しかし、それではいったいなぜ、バルザックは「パリの泥」にこれほどのこだわりを見せたのか。

その理由の一つとして、『シビレエイ』の「献辞」に書かれているように、『シビレエイ』という作品そのものが、作者自身の泥へのノスタルジーを創作の起点としていることをあげることができるだろう。『シビレエイ』は「献辞」によってミラノの大貴族アルフォンソ・セラフィノ・ディ・ポルチャ公に捧げられているのだが、それはポルチャ公のはからいによって、バルザックのミラノ滞在が可能になったためであり、一八三八年春のミラノ滞在中に作家が『シビレエイ』の構想を練る機会を得たためである。「献辞」においてバルザックは、自身がミラノでノスタルジーに襲われたことを告白しつつ、作品をポルチャ公に捧げることによって、「ミラノの大聖堂を前に、パリを想った私の罪、そして、ポルタ・レンツァのあれほどに清潔で整然とした敷石の上で、パリのあれほど泥だらけの街路に思いを馳せた私の罪も清算することができるでしょう」[46]と述べている。「献辞」での作者の言葉をそのまま受け止めると、遠いミラノの地で「もっぱらパリで展開する」作品の構想を練っていたバルザックは、『シビレエイ』において、ノスタルジーを感じつつ思いを馳せたパリの街路、その泥を作中に織り込んだのだといえる。[47]作中で、バルザックは「パリの泥」をひとりヒロインのエステルに結びつけているわけだが、それは、伝統的でもあれば当時流行していた主題でもあり、バルザック自身が『コント・ドロラティック』において取りあげている主題でもある「恋する娼婦・改悛した娼婦」の系譜にそのまま連なる「改悛した娘」エステルに、パリという「土地ならではの色彩」[48]を与えることで差異化を図り、いまだ泥にまみれた十九世紀のパリにふさわしい「時代の詩」[49]としての娼婦像を提示しようとしてのことであったと考えることができる。[50]そのことを実際に論証するためには稿を改める必要があるが、「パリの泥」を詩的に体現することこそが『シビレエイ』のヒロインの絶対条件であったことは確かであろう。

本章では、バルザックの著作における「パリの泥」にあらためて目を向け、一八三〇年代中盤から後半にかけて刊行された作品を分析対象として、先行研究においては十分に論じられてこなかった作品間における差異を考慮にいれつつ、その特徴や扱われ方を明らかにした。『金色の眼の娘』では、黒く悪臭を放つ「パリの泥」は、パリの現実でもあればそのマイナス面の象徴としても機能する、パリの記述に欠かせない要素としてあらわされていた。『ゴリオ爺さん』においては、パリの現実、象徴としての機能を受け継ぎつつ、物語全体のリアリティーを担保する暗黙の前提として位置づけられ、作中においては複数の登場人物の心理に内面化した形であらわされることで逆説的にその存在感が強調されていた。そして、『シビレエイ』においては、「パリの泥」はより深化した形で作品と結びつき、物語のヒロインを特徴づける支配的な要素として用いられていただけでなく、「パリの泥」の記憶、泥へのノスタルジーが、作品の構想における決定的な契機ともなっていた。「パリの泥」はこのように、この時期のバルザックの創作におけるもっとも重要なモチーフの一つであったといえる。

パリがどれだけ美しくなったか、あなたには想像もできないことでしょう。〔…〕十年後には、私たちの街は清潔になり、パリの泥は事典の項目から外されるでしょう。パリが本当の貴婦人になるというのは、とても素晴らしいことです。パリは壁に囲われた女王のなかでも一番の女王とな

るでしょう。私はトゥールの人間であることを諦めて、この知的な首都の市民であり続けることにします。〔51〕

一八三七年九月、パリ市が重い腰をあげ、ついに大通りの本格的な整備、改造が始められたことを受けて、バルザックはハンスカ夫人への書簡で「パリの泥は事典の項目から外されるでしょう」と、興奮気味に綴っている。「パリから消えゆく物〔52〕」を敏感に察知し、とりわけ深い関心を寄せた作家として知られるバルザックであるから、悪名高い「泥」がパリの街路から消えていくことに大きな期待と喜びを感じながらも、翌春のミラノ滞在に先立って、早くもこの時点で「泥」への愛惜の念を抱きはじめていたのかもしれない。現実に「パリの泥」が消えることになるのはそれから数十年後の話でしかないのだが、その間、「パリの泥」はフランス文学の黒いミューズとなって『パリの秘密』（一八四二—一八四三年）のウジェーヌ・シュー、『悪の華』（一八五七年）のシャルル・ボードレール、さらに『レ・ミゼラブル』（一八六二年）のヴィクトル・ユゴーにインスピレーションを与えていくことになる。予見性についてはともかく、「パリの泥」にその鋭い視線を向け、一八三〇年代にはすでに決定的な形で創作に取り込んでいたバルザックの先見性、先駆性についてはあらためて見直されてもよいだろう。

注

〔1〕 Balzac, *Une double famille*, *CH*, t. II, p. 17.（「二重の家庭」『オノリーヌ』大矢タカヤス訳、ちくま文庫、二〇一四年、一四二—一四三頁。）本章でのバルザックの著作からの引用は原則的にプレイヤード版（*CH*）に拠る。邦訳がある場合は書誌情報、該当箇所を丸括弧内に

記す。引用文は既訳を参考にしつつ新たに訳出した。

〔2〕Jeannine Guichardet, *Balzac « archéologue » de Paris*［1986］, Genève, Slatkine reprints, 1999, p. 32.

〔3〕Pierre Cirton, *La Poésie de Paris dans la littérature française de Rousseau à Baudelaire*, Éditions de Minuit, t. I, 1961, p. 223.

〔4〕Alex Lascar, « De la boue balzacienne », *AB 2009*, p. 105-125.

〔5〕Eric Hazan, *Balzac, Paris*, La Fabrique, 2018, p. 28-30.

〔6〕Alex Lascar, *op. cit.*, p. 105.

〔7〕十九世紀以前の「パリの泥」については、「街路、下水溝、ゴミ捨て場、糞尿だめ、疫病、墓場の状態」を副題に、十二世紀から十八世紀までのパリを記述したアルフレッド・フランクランの以下の著作に詳しい。Alfred Franklin, *L'Hygiène*, Plon, 1890.（『排出する都市パリ』高橋清徳訳、悠書館、二〇〇七年。）なお、アントワーヌ・コンパニョン『パリの屑拾いたち』は文学作品に描かれた「パリの泥」を取りあげた近年の重要な文献ではあるが、十九世紀後半の詩作品を主たる著述の対象としているためか、バルザック作品への言及は限られたものとなっている。Antoine Compagnon, *Les Chiffonniers de Paris*, Gallimard, coll. « Bibliothèque des histoires », 2017.

〔8〕Louis-Sébastian Mercier, *Tableau de Paris*［1781-1783］, éd. Michel Delon, *Paris le jour, Paris la nuit*, Robert Laffont, coll. « Bouquins », 1990, p. 65.（『十八世紀パリ生活誌』原宏編訳、岩波文庫、一九八九年、上巻、四三五頁。）

〔9〕バルザックの作品では、一八四八年に刊行された最後期の長篇『従兄弟ポンス』に同様の記述が見られる。「ノルマンディー通りはひび割れた路面の古い通りの一つで、パリ市はいまだに街頭の水道栓を設置しておらず、通りの溝の黒い水によってあらゆる家庭の排水がかろうじて流されている状態だった。この家庭排水が舗石の下に浸み込み、パリの街に特有のあの泥を作り出すのである」（Balzac, *Le Cousin Pons*, *CH*, t. VII, p. 689-690.『従兄弟ポンス』柏木隆雄訳、藤原書店、一九九九年、三三三頁）。

〔10〕Alphonse L..., *De la salubrité de la ville de Paris*, Huzard, 1826, p. 9. なお、『パリ市の衛生について』は、ルイ・シュヴァリエ『労働階級と危険な階級』喜安朗、木下賢一、相良匡俊訳、みすず書房、一九九三年［原書刊

行一九五八年」に言及があり、引用箇所は四三二頁に訳出されている。

〔11〕それゆえ「パリの泥」にはやがて肥料としての価値が見出されることになる。十九世紀フランスの「パリの泥」の歴史、変遷については以下の文献を参照されたい。Sabine Barles, *L'Invention des déchets urbains, France : 1790-1970*, Champ Vallon, coll. « Milieux », 2005.

〔12〕Mercier, *op. cit.*, p. 197-198.（訳書、上巻、一〇九―一一一頁。）「ゴミ集めの車」による泥の回収については以下の論稿に詳しい。Pierre-Denis Boudriot, « Essais sur l'ordure en milieu urbain à l'époque pré-industrielle. Boues, immondices et gadoue à Paris au XVIIIe siècle », *Histoire, économie et société*, n° 4, Armand Colin, 1986, p. 515-528.

〔13〕十九世紀パリの住民の生活環境、公衆衛生学者の見解、パリ市の都市計画、衛生政策などについては、前掲のルイ・シュヴァリエ『労働階級と危険な階級』に加え、以下の文献を参照されたい。アラン・コルバン『においの歴史』山田登世子、鹿島茂訳、新評論、一九八八年。

〔14〕Balzac, *La Fille aux yeux d'or*, *CH*, t. V, p. 1050.（「金色の眼の娘」『十三人組物語』西川祐子訳、藤原書店、二〇〇二年、四〇二頁。）

〔15〕実際、第一章の後半部分「パリの若者」はメルシエ『タブロー・ド・パリ』に着想を得て一八三〇年代に刊行された『十九世紀新タブロー・ド・パリ』（*Nouveau Tableau de Paris au XIXe siècle*, Mme Charles-Béchet, 1834-1835, 7 vol）第四巻に独立した形で再録されている。

〔16〕Balzac, *Ferragus*, *CH*, t. V, p. 904.（「フェラギュス」『十三人組物語』前掲書、一八二頁。）

〔17〕『フェラギュス』では、パリのお針子についての記述のなかで、パリと泥が次のように緊密に結びつけられている。「この「お嬢さん」と呼ばれた女こそ、パリでなくてはみられないタイプの女性であった。パリの泥のように、石畳のように、またセーヌ河の水が工業の力で泥水から、切子ガラスの水差しへ注がれる透明で、清らかにきらめく水になるまで、パリの貯水池で十回も濾過されるのと同様に、パリで造られるもの、パリに特有の女性であった」（*Ibid.*, p. 850-851. 訳書、一〇〇頁）。

〔18〕ハンスカ夫人に宛てた書簡のなかで、バルザックは執筆中の自作を次のように紹介している。『ゴリオ爺さ

ん』は美しい作品ですが、途方もなく悲しい作品でもあります。そのためには、パリの〈精神の下水道〉を存分に描き出す必要があったのです。それは見るに耐えない傷のように見えるでしょう」（Lettre à Mme Hanska, 22 novembre 1834, *LH*, t. I, p. 208）。

〔19〕たとえば、ピエール・ブリュネルは『ゴリオ爺さん』を論じる中で、「グロテスク grotesque」をもじった「クロテスク crottesque」―crotte は「動物の糞」や「道路の泥」を意味する―なる造語をキーワードとしてあげながら物語の分析、読解を行っている。Pierre Brunel, *Le Chemin de mon âme. Roman et récit au XIXe siècle, de Chateaubriand à Proust*, Klincksieck, 2004.（Ch. 4. « Honoré de Balzac, *Le Père Goriot*（1834-1835, 1843）. Le sublime et le grotesque ou l'âme de la Paternité », p. 87-115.）『ゴリオ爺さん』における泥のテーマについては、近年刊行された以下の翻訳の「解説」にも言及がある。宮下志朗「解説」、バルザック『ゴリオ爺さん』中村佳子訳、光文社古典新訳文庫、二〇一六年、五一六―五五一頁。

〔20〕以下の文献にこの場面の充実した分析がある。鹿島茂『馬車が買いたい！』白水社、一九九〇年。あわせて、以下の拙稿を参照されたい。「バルザックとパリの真実――『ゴリオ爺さん』のパリ」『フランス文学を旅する六〇章』野崎歓編著、明石書店、二〇一八年、一二一―一二五頁。

〔21〕Balzac, *Le Père Goriot*, *CH*, t. III, p. 94.（「ゴリオ爺さん」博多かおる訳、『バルザック』野崎歓編訳、集英社文庫、二〇一五年、八〇頁。）

〔22〕バルザックの著作では、ラスティニャックより前に、『あら皮』（一八三一年）の主人公ラファエル・ド・ヴァランタンが泥の「はね」に悩まされている。「ぼくの幸福と恋は、一張羅の白いチョッキに泥のしみがついていないかどうかにかかっていたのだ！ 服がよごれたり、濡れていたりしたら、彼女に会うことは諦めなくてはならない！ 靴についたほんの小さな泥のしみを、靴磨きに拭きとってもらうための五スーもないとは！」（Balzac, *La Peau de chagrin*, *CH*, t. X, p. 160.『あら皮』小倉孝誠訳、藤原書店、二〇〇〇年、一七〇頁）。

〔23〕Mercier, *op. cit.*, p. 199.（訳書、上巻二三二頁。）

〔24〕Balzac, *Le Père Goriot*, *CH*, t. III, p. 50.（訳書、一〇―一一頁。）

〔25〕「通りの舗石は乾き、下水溝には泥も水もなく、壁に

沿って草が生えている」(*Ibid.* 訳書、一二頁)。『ゴリオ爺さん』の冒頭で綿密に描写されている、ヴォケー館のあるヌーヴ＝サント＝ジュヌヴィエーヴ通りが、このように、むしろ泥の不在よって特徴づけられているのはおそらく偶然ではない。

〔26〕 *Ibid.*, p. 120.(訳書、一二二頁。)

〔27〕 *Ibid.*, p. 185.(訳書、二二七頁。)すでに、ラスティニャックとヴォートランの最初の会話でパリは「泥沼」に喩えられている。「「何ですか」とウジェーヌは不快そうに言った。「あなたの言うパリはまるで泥沼ですね」「しかも妙な泥沼だよ」とヴォートランは続けた。「馬車に乗っていて泥にまみれる者はまっとうな人間で、徒歩で泥まみれになるやつはペテン師だってさ」(*Ibid.*, p. 89. 訳書、六九―七〇頁)。

〔28〕 *Ibid.*, p. 262.(訳書、三五四頁。)

〔29〕 *Ibid.*, p. 116.(訳書、一一五頁。)

〔30〕 *Ibid.*, p. 115.(訳書、一一三頁。)

〔31〕 一八三八年にヴェルデ書店から刊行された『シビレエイ』は、その後、『浮かれ女盛衰記』(一八四七年完結)の冒頭に全面的に組み込まれることになったという経緯があるためか、独立した作品として論じられる機会は多くない。ジャン・ポミエによる以下の優れた著作は、『シビレエイ』についての唯一の総合的な研究といえるものであり、一九五〇年代の刊行であるにもかかわらずその重要性は失われていない。Jean Pommier, *L'Invention et l'écriture dans la "Torpille" d'Honoré de Balzac, avec le texte inédit du manuscrit original*, Paris, Minard, Genève, Droz, 1957. 本章での『シビレエイ』からの引用は、一八三八年版『シビレエイ』を収録する『ヌーヴェルとコント』(NC)に拠る。

〔32〕 村田京子『娼婦の肖像』新評論、二〇〇六年、一五六―一八六頁。

〔33〕 Balzac, *La Torpille*, *NC*, t. II, p. 838-839.

〔34〕 『浮かれ女盛衰記』では、オルティー通りは、同じ界隈にある、より道幅の狭いラングラード通りに置き換えられている。詳しくは以下を参照されたい。Jean Pommier, *op. cit.* (Appendice III. « Les domiciles d'Esther », p. 243-245.)

〔35〕 Balzac, *op. cit.*, p. 834.

〔36〕 *Ibid.*, p. 842.

〔37〕 *Ibid.*, p. 847.

〔38〕 *Ibid.*, p. 851.

〔39〕『シビレエイ』の別の箇所で、ヴォートランは、エステルから引き離されてもなお彼女のことを思慕し続けるリュシアンに、次のように説いている。「もしも私がお前の情熱の手綱を握っていなかったら、おまえさんは今頃どこにいたかわからんだろう？　貧窮の泥のなかを、シビレエイといっしょに転げ回っていたことだろう。私はそこからお前を引きあげてやったのだ」（*Ibid.*, p. 867）。また、『浮かれ女盛衰記』では、ヴォートランはエステルに向かって次のように念押ししている。「お前は私が泥のなかから引き出して身も心も洗い清めてやったのだ。そのお前にリュシアンの将来を妨げようというつもりはないだろうな？」（Balzac, *Splendeurs et misères des courtisanes*, *CH*, t. VI, p. 481）。これらの発言からもヴォートランが一貫してエステルに泥の影を認めていたことがわかる。

〔40〕Balzac, *La Torpille*, *NC*, t. II, p. 855-856.

〔41〕*Ibid.*

〔42〕*Ibid.*, p. 856.

〔43〕*Ibid.*, p. 857.

〔44〕*Ibid.*

〔45〕「鯉の逸話」はバルザックが参照した可能性のある以下のエディションに収録されている。Chamfort, *Œuvres complètes de Chamfort*, Chaumerot jeune, 1824, t. II, p. 76. なお、『シビレエイ』刊行を受けて『両世界評論』誌（一八三九年二月一五日号）に掲載された書評記事のなかでサント＝ブーヴが指摘しているように、バルザックが「暗く濁った水底の泥 vases obscures」とした箇所は、シャンフォールによるもとの文では端的に「泥沼・ぬかるみ bourbe」と書かれている（Sainte-Beuve, « H. de Balzac : *Études de Mœurs au* XIXe *siècle*. — *La Femme supérieure*, *La Maison Nucingen*, *La Torpille*. » [1838, 1839], *Premiers Lundis*, t. II, Michel Lévy frères, 1874, p. 367）。

〔46〕Balzac, *op. cit.*, p. 823-824.

〔47〕ミラノ滞在中にハンスカ夫人に宛てた書簡での、「ノスタルジーとはなんと恐ろしい病でしょう」という言葉のとおり、バルザックを襲ったノスタルジーは相当なもので、作家は異国の地で食欲不振、無感動、ホームシックに悩まされたという（Lettre à Mme Hanska, 23 mai 1838, *LH*, p. 455-456）。バルザックのミラノ滞在、バルザックとエステルの精神状態の類似については、ジャン・ポミエの前掲書第一章に詳しい。Jean Pommier, *op. cit.* (Ch. 1. « Balzac et son sujet », p. 19-69.)

〔48〕 Balzac, *Le Père Goriot*, *CH*, t. III, p. 50.（訳書、一〇一–二頁。）

〔49〕 Balzac, *La Torpille*, *NC*, t. II, p. 833.

〔50〕 ラ・フォンテーヌ『恋する遊女』（一六七一年）、ヴィクトル・ユゴー『マリオン・ドロルム』（一八三一年）など、フランス文学には「恋する娼婦・改悛した娼婦」を取りあげた作品が多くある。バルザックは『シビレエイ』よりも前に刊行された『コント・ドロラティック』（一八三二–一八三七年）の第一話「美姫イムペリア」と最終話「結婚せし美しきイムペリア」で、実在した伝説の遊女をヒロインにしてこの主題を正面から取りあげている。ロマン主義の時代における「恋する娼婦・改悛した娼婦」の主題については、前掲の村田京子『娼婦の肖像』に詳しい。

〔51〕 Lettre à Mme Hanska, 1er septembre 1837, *LH*, p. 404.

〔52〕 「パリから消えゆく物」は、バルザックが『パリの悪魔』に寄稿したエッセーのタイトルである。著者はそこで「その泥によってあまりにも有名なパリの雨がちな気候」のために考案され、中央市場、ヴォージュ広場などに見られる柱廊アーケードを取りあげ、「やがて近いうちに、中央市場の柱廊アーケードは消えていき、古いパリは小説家の作品のなかにしか存在しなくなるだろう」と綴っている（Balzac, « Ce qui disparaît de Paris », *Le Diable à Paris*, J. Hetzel, t. II, 1846, p. 11-19）。

第八章　『ゴリオ爺さん』〈ボーセアン夫人の最後の舞踏会〉をめぐって

――「罪を犯した女たち」と人物再登場法

これまで、『ゴリオ爺さん』を論じる誰しもが、この作品ではじめて本格的に用いられた技法である「人物再登場法」にページを割いてきた。[1] 人物再登場法については、バルザック作品の要となる小説技法として、古くはフェルナン・ロット、アンソニー・R・ピューによって『人間喜劇』全体を対象とする網羅的な調査、再登場人物の目録化がなされ、その後も複数の論稿が発表されている。[2] しかし、それらの先行研究においてはいずれも、『ゴリオ爺さん』執筆時に人物再登場法がいかなる意図のもとに構想され実践されていったのか、という〈原因〉を追求する姿勢が見られず、人物再登場法によって複数の作品・物語が結びつけられ、個々の作品の枠をこえた物語世界が立ち上がる、というその〈効果〉ばかりが繰り返し強調されてきたように思える。また他方では、バルザック作品の登場人物のうち、『ゴリオ爺さん』においても重要な役割を担っている貴族階級の女性登場人物に焦点を合わせた綿密な研究がなされてはいるものの、残念ながら人物再登場法と結びつけた議論は見あたらない。[3]

先行研究におけるこうした偏り、欠落を意識しつつ、本章では、まず、一八三五年三月刊行の『ゴリオ爺さん』初版に依拠しながら関連作品をあわせて参照し、本章において重点的な分析の対象とする〈ボーセアン夫人の最後の舞踏会〉の場面の読解を行う。その上で、『ゴリオ爺さん』初版刊行当時の批評受容を概観し、『ゴリオ爺さん』「序文」に見られる人物再登場法についてのバルザック自身の見解を取りあげる。こうした手順を踏むことで、〈ボーセアン夫人の最後の舞踏会〉と、女性再登場人物、人物再登場法を同時代のコンテクスト、また、バルザック自身の創作のコンテクストの上に位置づけ直し、これまでとは異なる角度から考察を行うことが可能となるだろう。

〈ボーセアン夫人の最後の舞踏会〉

恋人であるダジュダ＝ピント侯爵の結婚によって恋愛関係に終止符が打たれたその晩に、パリ上流社交界の中心人物であるボーセアン子爵夫人は自邸で最後の舞踏会を開く。『ゴリオ爺さん』序盤での「大夜会」[4]では、社交界に出入りしはじめたばかりのラスティニャックがレストー夫人に一目惚れし、物語が本格的に始動していくのに対して、終盤に置かれた「舞踏会」では、パリを去る決意を固めたボーセアン夫人と夫人の信頼する「友人」となったラスティニャックの会話を軸に、それまで語られてきた複数の主題が綴り集められ、物語は、結末に先立って一気にクライマックスを迎える。本章で参照するオリヴェールによるエディションで六ページにわたって展開する〈ボーセアン夫人の最後の舞踏会〉は、次の印象的な描写で始まる。

五百台の馬車のランタンがボーセアン家の邸宅の周囲を照らしていた。灯りをともされた門の両側では騎馬兵が馬に足踏みをさせていた。社交界の人々があまりに大勢つめかけ、誰もが失墜の時にある貴婦人を見ようと急いでいたので、ニュシンゲン夫人とラスティニャックがそこに着いたときには、すでに邸宅の一階にある部屋はどこもいっぱいになっていた。ルイ十四世に恋人を取りあげられた王女のところに宮廷中の人々が押しかけたあのとき以来、ボーセアン夫人のものほど誰の目にも明らかな心の痛手はなかった。[5]

以下、引用部分に続く展開をたどっておきたい。

「フォーブール＝サン・ジェルマンでもっとも居心地のよい館として知られる」[6]という夫人の邸宅には——つまり、パリでももっとも庶民的な界隈にある安下宿ヴォケー館とはまったく対照的なその邸宅には——、物見高い社交人士たちがあふれ、室内では盛大に音楽が奏でられている。華やかな舞踏会が開かれている間、ひとり傷ついたボーセアン夫人はラスティニャックを頼りに恋人との最後のやりとりを交わし、来訪者たちの好奇の目にさらされながらも毅然とした態度で苦しみに耐え、社交界の女王としての威厳を保ちつづける。そして、招待客があらかた去った明け方になってから、夫とラスティニャック、ランジェ公爵夫人のみに別れを告げ、夫人は旅行用馬車に乗り込みパリを後にする。この場面全体は、「寒く湿った天気のなか、ウジェーヌは徒歩でヴォケー館にもどった。彼の教育は終わろうとしていた」[7]という文で終えられており、序盤からラスティニャックの感情教育を中心に展開してきた『ゴリオ爺さん』の物語はここで大きな区切りを迎えることになる。

実際のところ、〈ボーセアン夫人の最後の舞踏会〉で描かれているのは、ボーセアン夫人の心痛と旅立ちだけではない。バルザック研究の古典『小説家バルザック』でモーリス・バルデッシュが詳細に論じているように、そこでは同時に、ゴリオ爺さんの二人の娘、アナスタジー・ド・レストーの虚栄、デルフィーヌ・ド・ニュシンゲンの不義理と葛藤、ヴォートランの暗躍といった、主要登場人物たちそれぞれの物語・主題も取りあげられている。[8]
〈ボーセアン夫人の最後の舞踏会〉がこれまで多くの読者、研究者の関心を引きつづけてきたのは、こうした物語の展開における重要性のためだけでなく、そこにバルザック作品のヒロインたちが再登場人物として現れているからでもある。初版の「舞踏会」の場面においては、『捨てられた女』（一八三二年九月『パリ評論』誌掲載）のヒロインでもあるボーセアン夫人を中心に、『ざくろ屋敷』（一八三二年一〇月『パリ評論』誌掲載）のブランドン夫人、さらに、『斧にふれるな』（一八三三年三月『レコー・ド・ラ・ジューヌ・フランス』誌に一部掲載、一八三四年四月初刊、その後『ランジェ公爵夫人』に改題）のランジェ公爵夫人という、一八三二年後半から一八三四年前半にかけて発表された作品で主役を張ってきたヒロインたちが揃い踏みしている。[9] そして、ラスティニャックの物語とは必ずしも交じり合わない物語を生きてきたヒロインたちが再登場することで、〈ボーセアン夫人の最後の舞踏会〉には、作品の枠組みをこえた広がりと奥行きが与えられているといえる。以下に、ボーセアン夫人、ブランドン夫人、ランジェ夫人の三人の女性再登場人物によって「舞踏会」の情景がどのように彩られているのかを見ていきたい。
『捨てられた女』プレイヤード版の編者であるマドレーヌ・ファルジョー、[10] また近年ではピエール・ラフォルグが指摘しているように、[11] この三人のヒロインには、その髪型、人物造形から生き方、死の迎え方に至るまで、多くの共通点がある。王政復古期の上流社交界の女王として輝く彼女たちは、それぞれに名の知られた社交人士と婚外恋愛の関係を持つものの、スキャンダラスな破局や死別によって恋人を失った後は決然とパリを去り、世間との交渉を断った宗教生活、観想生活に入る。そして、最後まで結婚生活に戻ることなく、かつての恋人への愛情を密かに抱き続けながら孤独に死を迎える。このように、三人のヒロインは一つの運命――本章後半で取りあげるバルザック自身の表現を借りれば、「罪を犯した女たち」の運命――を変奏しているといえる。

『ゴリオ爺さん』に話を戻すと、古くはピエール＝ジョルジュ・カステックスの指摘にもあるように、[12]彼女たちが共有する「捨てられた女」の物語が、別の作品ですでに語られているからこそ、以下に引用する、パリを去る直前のボーセアン夫人とランジェ公爵夫人の会話は二重に感慨深いものとなるのである。

公爵夫人を見て、ボーセアン夫人は声をあげずにはいられなかった。

「わかっていますわ、クララ」とランジェ夫人がいった。「二度と戻らないつもりで出発なさるのでしょう。でも、私のいうことも聞かずに、わかり合うこともなく出発させるわけにはいきませんわ。［…］同じ苦しみが私たちの心を一つにしたのです。どちらが一番不幸になるか、私にはわからないわ。モンリヴォーさんが今夜ここにいなかったということは、おわかりでしょう？［…］私は最後の努力をしてみます。もしうまくいかなかったら、私は修道院に入るでしょう。あなたはどちらにいらっしゃるの？」「ノルマンディー、クールセルに。神がこの世から私を召されるその日まで、愛し、祈ります[13]」

読者はここで、「同じ苦しみ」が「心を一つにした」という二人の女性の悲壮な決意の言葉を目にすると同時に、『捨てられた女』『斧にふれるな』の二作ですでに言及され、描かれてきたボーセアン夫人の隠遁生活のはじまりに立ち会う、という二重の経験をすることになる。刊行時期においても物語内の時間設定においても『ゴリオ爺さん』に先立つこれらの二作品においては、「ボーセアン夫人の恋愛沙汰」も「隠遁」もすでに周知の事実として扱われている。「ボーセアン夫人の恋愛沙汰」は、『捨てられた女』では次のように言及されている。

「そのボーセアン夫人というのはもしかして、ダジュダ＝ピント氏との恋愛沙汰がかなりの噂になった方のことでしょうか」とガストンはそばにいた女性に尋ねた。
「ええ、まさにその方です[14]」と女性は答えた。「ダジュダ侯爵の結婚の後、夫人はクールセルに来て暮らしてらっしゃいます」

また、『斧にふれるな』では、二箇所に分かれてボーセアン夫人の行動が話題にあげられているのだが、最後の舞踏会の晩で夫人と心を通わせ合ったはずのランジェ公爵夫人は、ここでは夫人のとった行動に対して批判的な物言いをしている。

「結構です。最近のボーセアン夫人の恋愛沙汰が私［ランジェ公爵夫人］に教えてくれたのですが、女が犠牲を払うほど、それが原因で男から捨てられることになるのですわ[15]」

「私［ランジェ公爵夫人］はボーセアン夫人の二の舞を踏みたくはありません」[16]

あらためて『ゴリオ爺さん』に話を戻すと、同じこの「舞踏会」において、ブランドン夫人が恋人のフランケシーニ大佐と共に再登場し、「神々しく見える一組の男女」として華麗にダンスを踊っているのを目にするとき、読者はラスティニャックの驚きとは別の驚きを感じることになる。『ざくろ屋敷』で語られているブランドン夫人の隠遁生活と死をすでに知っている読者にとって、[17]「舞踏会」における夫人の再登場は不意を打つ死者の蘇りとなるからである。そうした「矛盾」を回避するためか、ブランドン夫人の再登場場面は、最終的には『ゴリオ爺さん』から削除されることになるのだが、初版での〈ボーセアン夫人の最後の舞踏会〉においては、ラスティニャックをはじめとする来客者たちの目を惹きつけた、もっとも煌びやかかつ幻のような情景として読者に鮮烈な印象を残したはずだ。本章では、ブランドン夫人の再登場場面について、これ以上詳しく論述する余裕はないため、初版に見られる「矛盾」を含んだ情景を以下に引用するにとどめておく。

人々が踊る回廊に入り、ラスティニャックは人間の美しさのすべてが一つに合わさり神々しく見える一組の男女に出会って驚いた。かつて、これほどまでに完全な美しさに見惚れたことは一度もなかった。一言ですべてをいえば、男の方は生けるアンティノウスであり、その身のこなしは、彼を見て人が感じとる魅力を裏切るものではなかった。女の方は妖精であり、見る者を魔法にかけ、心を魅了し、もっとも冷たい感覚でさえも熱くさせるのだった。二人とも、衣服と美しさがぴたりと合っていた。誰もが彼らを見て悦びを感じ、二人の視線と動きの調和から見てとれる幸福を羨ましく思った。

「いったいあの女性は誰なのですか?」とラスティニャックが尋ねた。

「ええ、一番のなかの一番の美女ね」と子爵夫人が答えた。「ブランドン夫人よ。彼女はその美しさだけではなくて、幸福なことでも知られているわ。あの若者にすべてを捧げたの。二人には子どもがいるという噂よ。でも、二人にはいつも不幸が迫っているの。ブランドン卿は夫人とその愛人に恐ろしい復讐をすることを誓っているそうよ。彼らは幸せだけど、いつも怯えているのよ」

「男の方は?」

「あら! 美丈夫のフランケシーニ大佐をご存じないの?」

「あの決闘をした……」

「そう、三日前にね。銀行家の息子に挑発されて、怪我をさせてすませるつもりが殺してしまったのね[18]」

ここまで見てきたように、〈ボーセアン夫人の最後の舞踏会〉は、物語の展開の上だけでなく、この時期のバルザックの創作の全体的な構想の上でも、特に重要な場面となっている。しかし、作家がこうして内容ゆたかか、かつ重層的に作りあげた場面であるにもかかわらず、初版刊行当時、この場面には批判の声が寄せられることが多かったことも知っておく必要があるだろう。

『ゴリオ爺さん』の批評受容

『ゴリオ爺さん』の批評受容を論じたニコル・ビロが述べているように、[19]その後の評価とは対照的に、初版刊行当時、新聞・雑誌には『ゴリオ爺さん』に対する批判的な記事が少なからず掲載された。〈ボーセアン夫人の最後の舞踏会〉への言及に注意しながらそれらの記事をあらためて参照していくと、批判の矛先はおもに小説の不道徳性、真実らしさの欠如、そして、人物再登場法に向けられていたことがわかる。以下に、当時の批評記事の抜粋をいくつか引用していきたい。

まず、小説の不道徳性に対する批判としては、テオドール・ミュレによる記事（一八三五年四月一一日『ラ・コティディエンヌ』紙掲載）がある。

しばらく前から［…］ひどくおぞましい描写をあえて提示しようとする［文学の］傾向に私たちは目を止めてきたが、『ゴリオ爺さん』がその最初の作品というわけでもない。ド・バルザック氏が登場させている上流社交界の四、五人の女性のなかで、サロンへの出入りを禁じられないような女性は一人としていない。どのサロンでも最低限の世間体は守られているであろうから。ボーセアン夫人も例外ではない。作者は彼女をヒロインにしているが、それは明らかに、彼女がほかの女性たちよりもさらに深い悪徳の持ち主だからである。［…］すでに言うべき事は十分に言ってあるから、どんな女性にもこの作品を読むことは薦めない、と言い足す必要はなかろう。[20]

ミュレによる記事には、不道徳性への批判に加え、真実らしさの欠如への批判も見られる。

この本は、社交界の描写の大部分において真実らしさを欠いているように見える。［…］ド・バルザック氏は優美なサロンに私たちを導こうとするとき、ずいぶんと腕が鈍っている。〔21〕

こうした真実らしさの欠如への批判は、ジュール・ジャナンによる記事（一八三五年四月一五日『ジュルナル・デ・デバ』紙掲載）にも見られる。

下宿屋の外で展開する小説のもう一つの部分に関しては、バルザック氏に対して私は大いに不満である。実際、その部分はこの世のもののなかでもっとも不条理に見える。フォーブール・サン＝ジェルマンの上流社交界と呼ばれる場所を奥深く知ろうとするなんて、今にちのわれらがコントの作者たちの大いなる思い上がりである。〔22〕

ジャナンはさらに、〈ボーセアン夫人の最後の舞踏会〉そのものを次のように批判している。

若く美しい公爵夫人［ママ］、高嶺の花といった女性がいるのだが、その女性は恋人が結婚したその日に舞踏会を開き、その後、人知れぬ場所へと去ってしまうのである。おかしなお人だ！　立ち去ろうというのなら、どうして舞踏会を開くのか？　舞踏会を開くのなら、どうして立ち去るのか？〔23〕

最後に取りあげるエドゥアール・モネによる書評（一八三五年四月一三日『ル・クーリエ・フランセ』紙掲載）では、『ゴリオ爺さん』全体の不道徳性への批判と絡めて、再登場人物・人物再登場法への批判がなされている。バルザックの同時代人による人物再登場法に対する批判としては、のちのプルーストによる反駁も含めてサント＝ブーヴによる批判がよく知られているが、[24]モネの批判はそれよりも数年先立っている点でまず注目に値する。

ド・バルザック氏は、別の作品に登場させた個性ある人物たちを、みずからすすんで『ゴリオ爺さん』に再び登場させた。ウジェーヌ・ド・ラスティニャック、ボーセアン夫人、ランジェ夫人、ブランドン夫人については、私たちもすでに知っている。『ゴリオ爺さん』の序文で、作者は彼らがなぜ再登場しているのかを私たちに教えてくれている。機知に富んだ独特な論法だが、肯首しかねるものだ。同じ名前、同じ登場人物が二度使われることで、読者は困惑させられ疲れさせられるだけだろう。新しい作品は何も得しないし、古い作品はしばしば多くを失う。『ざくろ屋敷』がその証拠で、ブランドン夫人を舞台に連れ戻し、フランケシーニ大佐を私たちに引き合わせることで、ド・バルザック氏はかつてあった魅力を台無しにしてしまった。美しいイギリス女性の恋人が殺し屋、金で雇われた人殺しでしかなかったら、今後、彼女の不幸に誰が同情しようとするだろうか？[25]

本章では、初版刊行直後に新聞掲載されたこれらの書評記事を作品と付き合わせて、その正確さや妥当さを問うことはせず、同時代の証言として、その内容を記憶に留めておきたい。その上で、特に女性登場人物の造形や心理、不道徳性、人物再登場法に向けられた同時代の文学者・ジャーナリストからの批判を、作者であるバルザックがみずから事前に争点化していたという事実の方を強調したいのである。

「罪を犯した女たち」と人物再登場法

先に引用したエドゥアール・モネの書評記事にあったとおり、一八三五年三月刊行の初版『ゴリオ爺さん』巻頭に置かれた「序文」には、人物再登場法についての記述がある。以下にその一部を引用する。

著者は、自分のフィクションの世界に不義を犯した女たちをさらに投入するのを避けるために、また、この深い問題に関してある種の現状維持の立場を保つ目的もあって、明らかに行いの悪い女性登場人物の幾人かを再び迎えにいこうという考えを持った。そして、この良識にかなった行いを果たしてから、著者は、手痛い指摘を受けることへの恐れに捉われた。そこで、著者を襲った恐怖を告白しつつ、『捨てられた女』『ざくろ屋敷』『パパ・ゴプセック』『斧にふれるな』にすでに現れているボーセアン夫人、ブランドン夫人、レストー夫人、ランジェ夫人の再登場をこの場で正当化する必要を感じている。だが、非難すべき女たちの数を著者が増やさずに節約したことを世間が認めてくれるならば、著者は「批評」の攻撃に耐えるだけの勇気を持つこともできるだろう。文学という饗宴の古くからの寄食者たる批評は、厨房に腰かけにいくためにサロンから降り、ソースの準備ができる前からソースを不味くさせてしまうような存在なのだが、その寄食者は、読者の名において、すでに非難すべき女性登場人物がたくさんいるではないか、とか、もしも著者に新たな登場人物を作れるだけの力があったなら、それらの登場人物たちを再び登場させずに済ますこともできただろうに、などというに決まっているのである。[26]

人物再登場法についてバルザック自身が述べた最初期の言葉であり、そのなかで、これまで注目してきた〈ボーセアン夫人の最後の舞踏会〉に現れる三人のヒロインとレストー夫人が「非難すべき女」として名前を挙げられていることにまず注意を払っておきたい。初期の人物再登場法の構想が、これらの女性登場人物、とりわけ彼女たちが「不義を犯した女たち」であり「明らかに行いの悪い」女たちであることと切り離せない関係にあったことを、バルザック自身が明言しているからである。

引用文中にあるように、バルザックは人物再登場法について、「自分のフィクションの世界に不義を犯した女たちをさらに投入するのを避け」るための方策だったと述べ、この言葉を受けて「序文」の後半部分では、『ゴリオ爺さん』を含め、実際にこれまでの創作において何人の「罪を犯した女たち」を登場させてきたかを、「徳の高い女たち」の数と対比させながら統計的に示している。[27] それによれば、「罪を犯した女たち」、すなわち、法的、宗教的、倫理的な意味で結婚制度から逸脱し、婚外恋愛に身を投じた女性たちが二十二名おり、ボーセアン夫人、ランジェ夫人、ブランドン夫人はもちろんこのカテゴリーに含み入れられている。それに対して、「徳の高い女たち」、すなわち、貞淑で献身的な女性、家庭的な妻や娘は合計三十八名、さらに、あえて数に入れていない女性登場人物も十名以上いれば、目下「印刷中」の貞淑な女性もいるという。この数字に端的にあらわされているように、作家はつとめて「非難すべき女性たちの数を［…］増やさずに節約」してきたのであり、そうであるならば〈ボーセアン夫人の最後の舞踏会〉に「罪を犯した女たち」が再登場しているのは問題にならないではないか、というのがバルザックの弁である。「機知に富んだ独特な論法だが、肯首しかねる」というエドゥアール・モネの言葉が頭をよぎるが、実際、作家自身、別の箇所では、この「序文」を「冷やかし・冗談半分」によるものと述べている。

確かに、文体をとっても論法をとっても、真面目な調子で書かれた「序文」であるとは言い難い。そのためか、これまでの研究においてもこの「序文」が本格的に論じられる機会は多くなかった。しかし、初版『ゴリオ爺さん』「序文」には、少なくとも二つ重要な点がある。一点目は、先にも述べたように、初期の人物再登場法が「不義・姦通」「悪徳」「罪を犯した女たち」の系譜にある女性登場人物の存在と切り離せない関係にあったことを、バルザック自身が明言していること。二点目は、一点目と関連しているのだが、「罪を犯した女たち」の再登場をバルザック自身が争点化し、さらにそのことをもって、「批評」をあらかじめ挑発していることである。

引用文中で、バルザックは「非難すべき女性登場人物」を手厳しく批判し、著者に攻撃を加えてくる「批評」を大文字で強調し、創作の味を変質させてしまう迷惑な存在として揶揄している。「批評」に対するこうした態度には、引用文に先立つ段落に書かれたこれまでの経緯、すなわち、「夫婦の幸福と不幸」としての「結婚生活の現実」、さらに、「婚外恋愛・不義・姦通」といった〈ボーセアン夫人の最後の舞踏会〉にも共通する主題を正面から取りあげた『結婚の生理学』の刊行以降、「美徳」を尊重し「不道徳」を断罪する「批評」から「あまりに多くの非難」を浴びせかけられたという著者自身の経験が反映されているといえる。[28]

　こうして、「序文」と作品本編をあわせて視野に収めつつ、『ゴリオ爺さん』執筆から刊行、その直後の批評受容という時系列に沿って経緯をあらためて整理すると次のようになる。バルザックは道徳や法を盾に「罪を犯した女たち」を糾弾しようとする批評の存在を尻目に、『ゴリオ爺さん』のなかでももっとも重要かつ目を引く場面の一つである〈ボーセアン夫人の最後の舞踏会〉に複数の、選りすぐりの「罪を犯した女たち」を再登場させ、「序文」において批評を揶揄しながら「罪を犯した女たち」の再登場をあえて正当化し、案の定、その場面に対して批評から否定的な評価を受けた。

　それではなぜバルザックは批評から否定されることを承知の上で〈ボーセアン夫人の最後の舞踏会〉に「罪を犯した女たち」を再登場させたのか。そういった女性たちへの密かな共感が動機としてあったことはおそらく間違いないのだが、その点についてはまた別の機会に論じることとしたい。[29] 女性たちへの共感を別とすれば、「序文」の場合と同じく、批評を挑発するため、というのが、その答えの一つとなるだろう。つまりバルザックは、「序文」と〈ボーセアン夫人の最後の舞踏会〉の双方向から批評を挑発し、そして実際に、批評は、バルザックが第二版『ゴリオ爺さん』「序文」の冒頭に書きとめたように、予想どおりの反応、攻撃をして見せたのだった。

　『ゴリオ爺さん』は新聞陛下直々の検閲・批判の対象とされた。十九世紀の専制君主たる新聞は、王よりも上位に君臨し、王に意見し、王位に就かせたり失脚させたりする。さらに、国家の宗教を無きものにして以来、新聞は道徳を監視する任をも担っているのである。[30]

ここでもまた、初版「序文」に通じる皮肉かつ挑発的な調子でバルザックは批評を槍玉にあげている。とはいえ、もちろん批評を挑発することだけがバルザックの目的であったわけではあるまい。そのためだけならば、私たちが見てきたように、〈ボーセアン夫人の最後の舞踏会〉においてヒロインたちの悲哀と美しさに焦点を合わせつつ、全体をあれほど入念に、見方によっては不自然、過剰なほどの場面として構成する必要はないからだ。とすると、バルザックの真の目的は、批評を挑発しつつ、問題点をみずから争点化することで批評に肩透かしを食らわせ、批評の頭越しに作品の個性、魅力を読者に伝えることにあったと考えることができるだろう。いいかえれば、不道徳性、真実らしさの欠如、「罪を犯した女たち」といった〈ボーセアン夫人の最後の舞踏会〉を構成する問題含みの要素を、人物再登場法によって「節約」するそぶりを見せつつ、むしろ、読者の心理においてそれらをかけあわせ、批評の攻撃をしのぐ強度をもった文学的構造物を作りあげること、それこそがバルザックの試みであったのではないだろうか。いずれにしても確かなことは、〈ボーセアン夫人の最後の舞踏会〉における人物再登場法は、バルザックと批評との間での、「罪を犯した女たち」の是非をめぐる応酬のなかで構想され実践されていた面があるということである。

『ゴリオ爺さん』に、それ以前に作り出された登場人物が再び現れるのを目にして、読者は作者の

もっとも大胆な意図の一つを理解した。〔31〕

　一八三五年五月初頭、つまり、三月初頭の『ゴリオ爺さん』初版刊行と五月末の第二版刊行の間に発表された「『十九世紀風俗研究』序文」において、バルザックはフェリックス・ダヴァンの筆を借りてこのように述べている。いささか早すぎる勝利宣言ではあるが、そこには、作品が批評に屈することなく読者を獲得しつつあることへの自負があらわされているといえるだろう。バルザック＝ダヴァンの言葉の勢いを借りて、私たちとしては最後に、人物再登場法によって「罪を犯した女たち」が再び現れる〈ボーセアン夫人の最後の舞踏会〉は、内容の面でも手法の面でも、この時期のバルザックのもっとも大胆な挑戦の一つであった、と結論づけて本章を終えることとしたい。

注

〔1〕『ゴリオ爺さん』の研究史については、Stéphane Vachon, « Commentaires », Balzac, *Le Père Goriot*, Librairie générale française, « Le Livre de Poche », 1995, p. 357-390 ; Andrew Oliver, « Introduction », Balzac, *Le Père Goriot. Histoire parisienne*, édition critique enrichie d'un Cédérom, établie et présentée par Andrew Oliver, Honoré Champion, coll. « Texte de littérature moderne et contemporaine », 2011, p. 13-72. 等を参照されたい。なお、本章では、『ゴリオ爺さん』初版（*Le Père Goriot. Histoire parisienne*, Werdet et Spachmann, 1835, 2 vol）を再録した上記のオリヴェールによるエディションを参照し、以下*PG*と略記する。

〔2〕Fernand Lotte, *Dictionnaire biographique des personnages fictifs de "La Comédie humaine"*, José Corti, 1952-1956, 2vol ; « Le "Retour des personnages" dans *La Comédie humaine* », *AB 1961*, p. 227-258 ; Anthony R. Pugh, *Balzac's Recurring Characters*, London, Duckworth, 1975. 比較的新しい研

究としては、Daniel Aranda, « Originalité historique du retour de personnages balzaciens », *Revue d'histoire littéraire de la France*, 101e année, n° 6, 2001, p. 1573-1589 ; Anthony R. Pugh, « *Le Père Goriot* et l'unité de *La Comédie humaine* », dans *Balzac, une poétique du roman*, éd. Stéphane Vachon, Saint-Denis, PUV, Montréal, XYZ, 2002, p. 123-132 ; Mireille Labouret, « À propos des personnages reparaissants. Constitution du personnage et "sens de la mémoire" », *AB 2005*, p. 125-142. 等がある。

〔3〕 Mireille Labouret, *Balzac, la duchesse et l'idole. Poétique du corps aristocratique*, Honoré Champion, coll. « Romantisme et Modernités », 2002.

〔4〕 *PG*, p. 113.

〔5〕 *Ibid.*, p. 274. 訳文は拙訳。以下同様。

〔6〕 *Ibid.*, p. 113.

〔7〕 *Ibid.*, p. 279.

〔8〕 Maurice Bardèche, *Balzac romancier* [1940], Genève, Slatkine reprints, 1967. (Ch. 12 : « *Le Père Goriot* », p. 501-544.)

〔9〕 本章では、バルザックの創作と人物再登場法を時系列に沿って理解し論じるために、『捨てられた女』『ざくろ屋敷』『斧にふれるな』の三作についても初出版・初版再録版を参照する。書誌情報は以下のとおり。Balzac, *La Femme abandonnée*, *NC*, t. I, p. 1512-1546 (以下*FA*と略記) ; *La Grenadière*, *NC*, t. II, p. 25-45 (以下*Gr*) ; *Histoire des Treize. Deuxième épisode. Ne touchez pas la hache*, *Études de mœurs au XIXe siècle*, t. III, *Scènes de la vie parisienne*, 3e vol., Mme Charles-Béchet, 1834, p. 1-289 (以下*NTH*).

〔10〕 Balzac, *La Femme abandonnée*, *CH*, t. II, p. 1401.

〔11〕 Pierre Laforgue, *Balzac, fictions génétiques*, Classiques Garnier, coll. « Études romantiques et dix-neuviémistes », 2017. (Ch. 1 : « Lady Brandon : Genèse et destinée romanesque d'un personnage balzacien », p. 21-38.)

〔12〕 Pierre-Georges Castex, « Introduction », Balzac, *Le Père Goriot*, Garnier, coll. « Classiques Garnier », 1981 [1960], p. I-LI.

〔13〕 *PG*, p. 278.

〔14〕 *FA*, p. 1517.

〔15〕 *NTH*, p. 125-126.

〔16〕 *Ibid.*, p. 158.

〔17〕 「火曜日の朝に埋葬が行われた。老女と二人の子ど

もだけが、小作人の妻に付き添われ、女［ブランドン夫人］の亡骸の後を歩いた。夫人はその才気、美しさ、気品によってヨーロッパ中に知られていた。もしも彼女が罪のうちでももっとも甘美な罪を犯していなかったならば、ロンドンでは、夫人の葬儀は貴族的な盛儀として、新聞に大きく書き立てられたことだろう。その罪はこの地上では常に罰せられるが、それも、許された天使として天に迎えられるためなのだ」（*Gr*, p. 44)。

〔18〕*PG*, p. 277.

〔19〕Nicolle Billot, « *Le Père Goriot* devant la critique（1835）», *AB 1987*, p. 101-129.

〔20〕Théodore Muret, « *Le Père Goriot*, par M. de Balzac », *La Quotidienne*, 11 avril 1835.

〔21〕*Ibid.*

〔22〕Jules Janin, « Théâtre des variétés. *Le Père Goriot*, vaudeville en trois actes, par MM. Jaime, Comberousse et Théaulon », *Journal des débats politiques et littéraires*, 15 avril 1835.

〔23〕*Ibid.*

〔24〕Sainte-Beuve, « H. de Balzac : *Études de Mœurs au XIXe siècle. — La Femme supérieure, La Maison Nucingen, La Torpille.* » ［1838, 1839］, *Premiers Lundis*, t. II, Michel Lévy frères, 1874, p. 360-367.

〔25〕Édouard Monnais, « Littérature et théâtre. *Le Père Goriot* », *Le Courrier français*, 13 avril 1835.

〔26〕Balzac, « Préface », *PG*, p. 83.

〔27〕「著者はここに良心の糾明の結果を公表することなしには筆を置くことができない。それは、著者が文学という場に登場させてきた徳の高い女性たちと罪を犯した女性たちの人数について、批評が著者に強制して行わせた調査の結果である」(*Ibid.*, p. 85)。

〔28〕*Ibid.*, p. 82-83.『ゴリオ爺さん』以前のバルザック作品の批評受容については、Pierre Barbéris, « L'accueil de la critique aux premières grandes œuvres de Balzac（1829-1830）», *AB 1967*, p. 51-72 ; « L'accueil de la critique aux premières grandes œuvres de Balzac (suite) », *AB 1968*, p. 165-195 ; René Guise, « Balzac et la presse de son temps : le romancier devant la critique féminine », *AB 1982*, p. 77-105. 等を参照されたい。

〔29〕バルザックと当時の女性（読者）の関係については、José-Luis Diaz, *Devenir Balzac. L'Invention de l'écrivain par lui-*

même, Saint-Cyr-sur-Loire, Christian Pirot, coll. « Balzac », 2007（Ch. 13 : « L'écrivain de leurs rêves : Balzac fantasmé par ses lectrices », p. 229-249）; Maren Lackner, « Donner une voix aux femmes : Balzac et ses lectrices », *AB 2008*, p. 217-237. 等を参照されたい。

〔30〕 Balzac, « Préface ajoutée dans la seconde édition Werdet 1835 », *CH*, t. III, p. 45-46.

〔31〕 Félix Davin, « Introduction aux *Études de mœurs au* XIXe *siècle* », *CH*, t. I, p. 1160.

第九章　拒絶された手紙
――書簡＝小説としての初版『谷間の百合』

かつてジャン・ルーセが論じたように、複数の登場人物の間で交わされる複数の書簡によって主要部分が構成された物語作品、というのが「書簡体小説」と呼ばれるジャンルに求められる条件であるとするならば、確かに『谷間の百合』は「書簡体小説」とはいいがたい作品ではある。[1] なにしろ『谷間の百合』は、フェリックス・ド・ヴァンドネスというただ一人の登場人物が書いた一通の手紙によってほぼ全篇が占められた作品なのであり、作品のそのほかの構成要素としては、手紙の宛先であるナタリー・ド・マネルヴィルへの「送文」とそれに対する「返信」という二通の短信を数えるばかりだからである。[2] そこには、「書簡体小説」を特徴づけるはずの複数の手紙の応酬という側面が明らかに欠けている。だが、私たちとしては、『谷間の百合』が「書簡体小説」であるか否かという、それ自体としてはさほど大きな意味を持たないようにも思える問いはいったんわきに置くこととして、『谷間の百合』ほど「書簡」そのものと緊密に結びつけられた作品はほかにあまり例がないという単純な事実の方に立ち返るべきではないかと考えている。繰り返していえば、『谷間の百合』は手紙のみによって構成された作品であるからであり、「書簡体小説」というよりむしろ、手紙と作品がそのまま等号で結ばれた「書簡＝小説」として成立しているからである。

本章では、あえて、そして、あらためて、『谷間の百合』が「書簡＝小説」であり、その全体が書簡性に強く特徴づけられていることを重視した分析、読解を行うことを第一の目的としたい。あえて、というのは、これまで『谷間の百合』を論じた邦語文献においては、書簡体小説、あるいは、恋愛教養小説というあらかじめのジャンル的枠組みのなかで作品の書簡性についてふれられることがあっても、作品から手紙の主題、モチーフそのものを取り出し、書簡性それ自体を論述の対象とする姿勢がほとんど見られなかったためである。[3]

あらためて、というのには二つの理由がある。第一に、これまでフランスでは、ニコル・モゼ、ジゼル・セジャンゼールによる研究、批評校訂版をはじめとして、『谷間の百合』を「書簡＝小説」として論じる研究が少なからずなされてきただけでなく、[4] 近年においても、たとえばイラリア・ヴィドットによって、『谷間の百合』における手紙の内容と機能を精緻に分析した論稿が発表されているからである。[5] 第二に、『谷間の百合』の舞台であるアンドル＝エ＝ロワール県とバルザック記念館の主導のもとで、作品紹介と資料公開を兼ねたウェブサイトが二〇一四年に立ち上げられたことによって、『谷間の百合』を取り巻く状況が大きく変化したからである。[6] 資料についていえば、初版以前のプレ・オリジナルといわれる雑誌掲載版から一八四四年刊行のフュルヌ版に至るまで、バルザックの生前に刊行された『谷間の百合』の全エディションに加え、これまでは容易に閲覧することができなかった原稿類までをも含むテクスト群のファクシミレが一般に向けて電子化公開された。それによって『谷間の百合』を対象に、あらためて、テクスト、作品、エディションの生成と歴史を視野に収めたマクロ・ジェネティックな読解を行うことが可能となったのだ。本章において、これまで無批判的に参照される傾向があったフュルヌ・コリジェ版――一八四四年刊行のフュルヌ版にバルザックが自筆で加筆訂正を施した生前最後のヴァージョン――、またフュルヌ・コリジェ版にもとづいた批評校訂版であるプレイヤード版ではなく、一八三六年刊行の単行本初版であるヴェルデ版を参照するのもそのためである。[7]

以下、本章では、先行研究や上記ウェブサイトを参考に、初版に固有の作品の構成や形態、草稿段階から初版に至る作品生成の過程を意識しながら、『谷間の百合』の書簡性に着目した分析、読解を進めていく。その上で、初版刊行時の批評受容を概観し、当時の文壇におけるバルザック自身の立場を念頭におきつつ、バルザックが『谷間の百合』の書簡性をどのように意識していたのか、また、批評がそれをいかに受け止めたのかを明らかにする。こうした二段階の論述を行うことによって、書簡性を光源として、作品をその内部と外部の両面から照らし出すことが可能となるだろう。

『谷間の百合』における「手紙」

構造と構成

先に述べたように、『谷間の百合』は、フェリックス・ド・ヴァンドネスによる一通の手紙と、手紙の宛先であるナタリー・ド・マネルヴィルへの「送文」、それに対するナタリーからの「返信」という三通の手紙によって全体が構成された作品となっており、作品の中心を占めるフェリックスの手紙は、物語の上では、これから男女の仲を深めていこうとするなかで、フェリックスの過去、とりわけ恋愛遍歴を教えるようナタリーがフェリックスに求めたことから執筆されたという設定となっている。物語の構

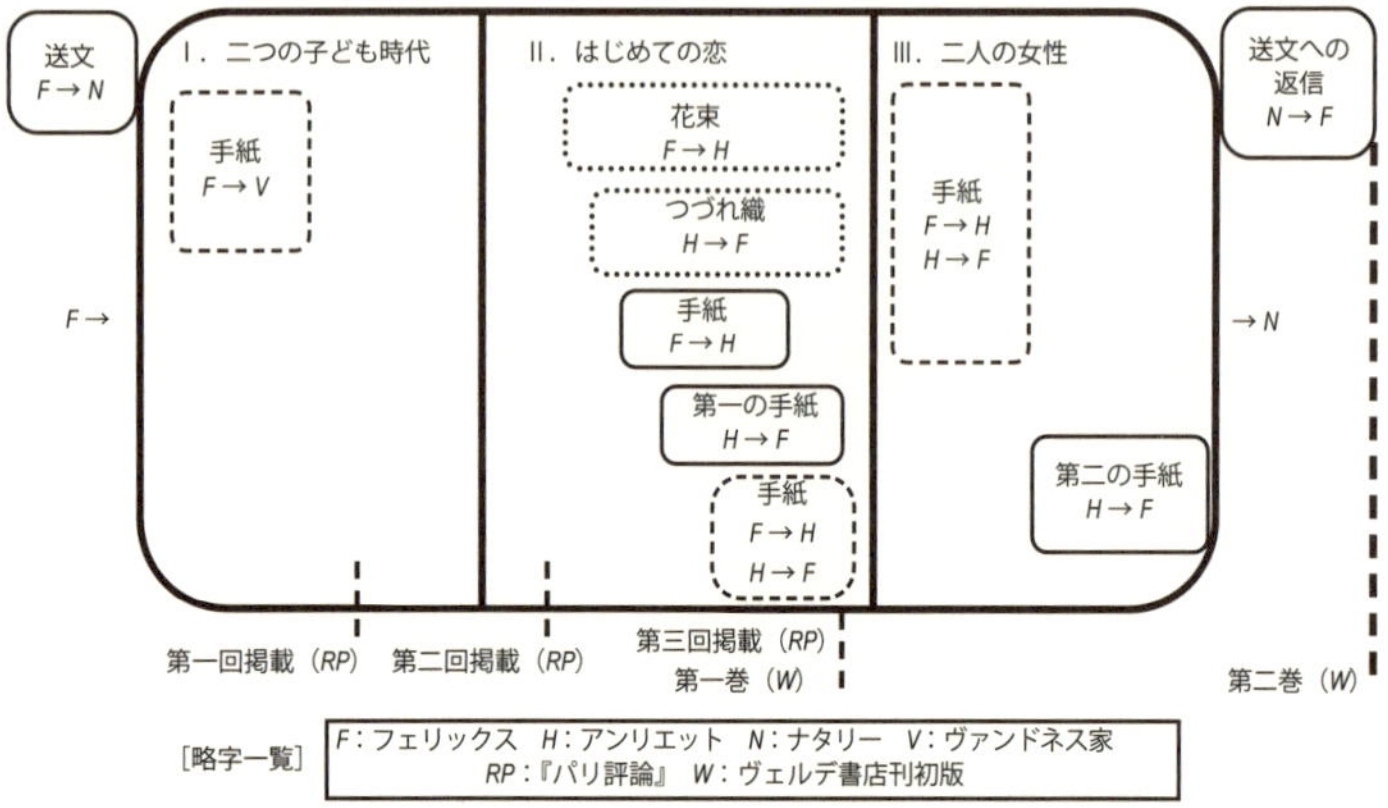

図１　『谷間の百合』における「手紙」

造についていえば、『谷間の百合』は、フェリックスの過去と恋愛遍歴として、フェリックスの子ども時代、モルソフ伯爵夫人との許されざる恋愛関係、フェリックスの裏切りとモルソフ夫人の死といった出来事が一人称の告白体で綴られた一通の手紙が、フェリックスによる「送文」とナタリーからの「返信」によって挟み込まれた、枠物語構造をなした作品だということができる。[8] そして、枠物語とその内部に挿入された物語内物語がいずれも手紙によって構成されているところに『谷間の百合』の形式面での特徴がある。その特徴的な作品構造を視覚的に捉えるためにも、まずは、「送文」、フェリックスによる手紙、「返信」をはじめとして、作中に様々な形で挿入された手紙を、初版での章分けにしたがって配置した図1を示すことにする。

「『谷間の百合』における「手紙」」と題したこの図表では、枠線で囲った図形によって作中の手紙をあらわしており、それぞれの手紙の下部には、「差出人↓受取人」として「略字一覧」に記載した登場人物のイニシャルが記してある。図表の上下左右は、作品の構成および物語の進行に対応しており、「送文 Envoi」「第一章 二つの子ども時代 I. Les Deux Enfances」「第二章 はじめての恋 II. Les Premiers Amours」「第三章 二人の女性 III. Les Deux Femmes」「送文への返信 Réponse à l'Envoi」の各章とパートごとに、左上から右下の順で、物語に登場する手紙を時系列に沿って図示している。作中で主要登場人物によって書かれたとされている手紙類はこれですべて網羅されているはずである。[9] そのうち、フェリックスによる長文の手紙を含め、実線で囲われた手紙は、作中で直接その本文が「転載」されているものをあらわしている。それに対して、点線で囲われた手紙は、作中でその存在、内容についての言及があるものの、本文については明らかにされていないものをあらわしている。また、「花束」と「つづれ織」については、物語の上で、フェリックスとモルソフ夫人との間でのみ機能する言語的な通信手段として用いられているため、疑似的な手紙とみなし、例外的に「手紙」に含み入れ、目の細い点線で囲った図形であらわした。[10]

図表の外側から内側に目を向けていくと、『谷間の百合』は、フェリックスによる「送文」、ナタリーからの「返信」、フェリックスによる長文の手紙という三通の手紙によって枠構造が形成されているだけでなく、物語内物語となるフェリックスによる長文の手紙の内部にも、いくつもの手紙が入れ子のように挿入された構成になっていることがわかるだろう。『谷間の百合』においては、登場人物同士が複数の手紙を交わし合うことが少ないかわりに――作中に「転載」されている手紙で往復が見られるのは、フェリックスとナタリーの間で一度、フェリックスとモルソフ夫人の間で一度の計二度でしかない――、三章からなるフェリックスの手紙の各章において、なんらかの形で複数の手紙が書き入れられている。『谷間の百合』はこのように、物語の外層といえる形式の面だけでなく、物語の内層にあたるその内容の面においても手紙・書簡性によって大きくまた深く特徴づけられており、『谷間の百合』の形式と内容は、手紙・書簡性というモチーフ、主題によって分かちがたく結びつけられているといってもよいだろう。

形式と内容

形式と内容の両面において、共に重要な箇所に手紙が挿入されている例としては、モルソフ夫人がフェリックス・ド・ヴァンドネスに宛てた二通の手紙に言及するべきであろう。物語の構成、形式の面から見ると、二通の手紙のうち、一通目は「第二章 はじめての恋」の終盤付近に、二通目は「第三章 二人の女性」を締めくくる箇所に、その本文が「転載」されている。

注目したいのは、これらの二通の手紙が、いずれも各章の終わりに配置されているだけでなく、図表においても枠外に向けて補助線を引いて示したとおり、二巻からなる一八三六年刊行のヴェルデ版においては各巻を締めくくる位置に置かれていたという、作品の形式面というより、単行本初版の形態面における事実である。付言しておくと、一通目の手紙は、一八三五年一一月末から一二月末にかけて『パリ評論』誌に掲載された三篇からなる『谷間の百合』雑誌掲載版＝プレ・オリジナルの最終稿を締めくくっており、[11] 雑誌掲載の時点から、バルザックがこの手紙によって作品の前半と後半を区切る意図を持っていたことは明らかである。なお、『谷間の百合』の『パリ評論』誌掲載は、『パリ評論』誌掲載に先立って作品の未完成原稿が『パリ評論』誌編集部からロシアの文芸誌『外国評論』に渡り、国外において著者に無断で雑誌掲載されるという事件が起きたために中断となり、作品の後半部分は初版が完全な初出となっている。[12]

あらためて初版の構成、形態に話を戻すと、『谷間の百合』は第一巻がモルソフ夫人からフェリックスへの一通目の手紙によって終えられるという相似的な構成を持っていたのであり、少なくとも一八三九年シャルパンチエ書店刊行の『谷間の百合』第二版において巻分けと章分けが取り払われるまでの間、[13]単行本初版の読者たちは、第一巻、第二巻のそれぞれの結末部分で、手紙を媒介にして形式と内容が共鳴し合い、作品全体に豊かな倍音を響かせる場面に遭遇していたのである。

物語全体の終盤に挿入されたモルソフ夫人の二通目の手紙が、物語の内容、展開においてひときわ重要な意味を持っていることについてはあらためて強調するまでもないだろう。[14]「聖女の死」と称される「第三章 二人の女性」の最終パートでは、フェリックスに裏切られたことを原因とする極度の心労のために衰弱したモルソフ夫人が、錯乱状態で「聖女」としての過去を否定する生々しい肉の告白をした後で、最後には、フェリックスと家族一同に見守られながら落ち着きを取り戻して息を引き取っていく様子が描かれている（II. 263-302）。死後開封することを約束に、いまわの際でフェリックスに渡されたモルソフ夫人の二通目の手紙は、彼女からの最初で最後の恋文であり、遺書であり遺言である。このように、モルソフ夫人の二通目の手紙は、物語全体を締めくくるにふさわしい意味と重要性を担っているといえるのだが、それに類する形で、フェリックスに宛てられた一通目の手紙は、形式的にも内容的にも物語の前半と後半を区切る重要な役割を担っている。

ここでは、モルソフ夫人の一通目の手紙が、物語の前半と後半を区切るなかで、それまでモルソフ夫人とフェリックスとの間でなされてきた交流を総括し、また、その後の二人の交流のあり方を規定していく性格を持っていることを指摘しておきたい。

図表中に示したように、物語の上で、「フェリックスからモルソフ夫人への手紙」への返信として書かれたモルソフ夫人の手紙は、それまでモルソフ夫人とフェリックスとの間で交わされてきた「花束」と「つづれ織」という疑似的な手紙を介した交流の延長にあると同時に、[15]モルソフ夫人の暮らすクロシュグルドの館を離れ、立身出世のために一人パリ生活を送るフェリックスと夫人との間でその後に継続的に交わされていくことになる文通のはじまりともなっているからである。[16]

作者がモルソフ夫人の一通目の手紙そのものを重視していることは、その手紙の本文が三十ページにわたって作中に挿入されていることからもすでに明らかである。さらにまた、この手紙に先行する「花束」と「つづれ織」によるやりとりが、フェリックスとモルソフ夫人の交流が親密になっていく過程を描いた「第二章 はじめての恋」の前半部分における物語上のハイライトをなしていること、[17]そして、この手紙以降、第二章の終盤から「第三章 二人の女性」にかけて物語の舞台がクロシュグルドからパリに移ってからも、モルソフ夫人が不在でありながら、フェリックスの文通相手として、その存在感を物語中に漂わせ続けていくことを考えあわせると、[18]モルソフ夫人の一通目の手紙は、物語の区切りにあたる重要な箇所で作品の書簡性を直接的に象徴しているだけでなく、作品の前半と後半の書簡性を間接的に高めることにも寄与しているといえよう。

『谷間の百合』の「前テクスト」における「手紙」

手紙の生成

ここまで見てきたように、『谷間の百合』では、物語の外層と内層、作品の形式と内容のすべてに手紙が関係しており、作品全体が手紙の主題に貫かれ、そのモチーフにあふれている。それではバルザックは、このような「書簡＝小説」をいかにして作りあげていったのだろうか。作品、テクスト生成の歴史に関心をもつ私たちとしてはそのような興味がわくのだが、幸いなことに、その点については先行研究において十分な調査がなされている。ここでは、テクスト生成に関する近年の資料として、バルザック記念館ウェブサイトにおけるイザベル・ラミによる注記を参照しながら作品の生成過程をたどっていきたい[19]。

一八三五年五月から六月にかけての執筆開始から一八三六年六月の初版刊行直前まで書き継がれていった『谷間の百合』の草稿、手書きの修正が書き込まれた複数の校正刷などの「前テクスト」に付された注記のなかから、作中の手紙に関する記述を取り出すと以下のような表にまとめることができる。

図2として、「『谷間の百合』の「前テクスト」における「手紙」」と題したこの表は、左から、「年月」「資料の名称」「手紙」の三項目で構成されている。「資料の名称」である「草稿 Manuscrit」「棒組の校正刷 Placards」「一冊目の校正刷綴 1er dossier d'épreuves」「七冊目の校正刷綴 7e dossier d'épreuves」に続けてカッコ書きで付記してあるのは、バルザックの原稿類の多くを保管するロヴァンジュール文庫における整理番号である。また、各手紙の名称に続けて同じくカッコ書きで補足してあるのは、先に示した図1

	資料の名称	手紙
1835 年 5-6 月	草稿（*Lov*, A 116）	フェリックスからモルソフ夫人への手紙（手紙 *F*→*H*）
1835 年 8-9 月	棒組の校正刷（*Lov*, A 117）	ナタリーへの送文（*F*→*N*）
1835 年 10 月以前	一冊目の校正刷綴（*Lov*, A 118）	モルソフ夫人からフェリックスへの第一の手紙（第一の手紙 *H*→*F*）
1835 年 10 月から 1836 年 6 月	七冊目の校正刷綴（*Lov*, A 121）	ナタリーからフェリックスへの送文への返信（*N*→*F*）

図 2 『谷間の百合』「前テクスト」における「手紙」　出典 www.lysdanslavallee.fr

中での手紙の名称、イニシャルである。

イザベル・ラミによれば、当初、『谷間の百合』の「草稿」には、「フェリックスからモルソフ夫人への手紙」のみが含まれていたところ、執筆過程において、そのほかの手紙が書き足されていったということである。執筆の時系列順に記していくと、一八三五年八月から九月に、改行や章分けの施されていない「棒組の校正刷」でフェリックスからナタリーへの「送文」が、その翌月までに校正が終えられた「一冊目の校正刷綴」で「モルソフ夫人からフェリックスへの手紙」が、初版刊行直前の一八三六年六月まで手が加えられ続けた「七冊目の校正刷綴」でナタリーからフェリックスへの「返信」が原稿に書き込まれていった、というのが、『谷間の百合』の「前テクスト」における手紙の生成の経緯である。

これらの手紙のうち、初版では「第二章 はじめての恋」の終盤に配置されることになる「モルソフ夫人からフェリックスへの手紙」については、イザベル・ラミによる注記のなかで、「草稿における アンリエットの長い台詞に置き換えられた」という指摘がなされているることからも、『谷間の百合』の構想の時点においては、全体が手紙によって構成され、作中の随所に手紙が挿入された「書簡＝小説」の着想がバルザックにあったわけではなく、約一年間という長期間にわたる執筆の過程、様々な段階において、徐々に、そして念入りに、バルザックが作中に手紙を書き足していったことがわかる。ただしウェブサイトでは、手紙の生成に関連する上記の原稿類のファクシミレが現時点では公開されていないため、これ以上のことを推し測ることはできない。そこで私たちとしては多少とも目先を変え、「棒組の校正刷」に書き加えられたナタリーへの「送文」についてのイザベル・ラミによる注記での補足的な指摘を足がかりに、手紙そのものの追加、書き足しとは別の形で執筆途中の作品において事後的に書簡性が高められたといえる事例を以下に取りあげていきたい。

フェリックスの子ども時代

イザベル・ラミによる補足的な指摘とは、『谷間の百合』の執筆過程において、一八三五年八月から九月にかけて「送文」が加筆されたのと同時期に、初版では「第一章 二つの子ども時代」の冒頭部分をなすことになる「フェリックスの子ども時代」が書き加えられたというものである。[20]

『谷間の百合』の「草稿」においては、この作品が、トゥールでの舞踏会のパート——フェリックスがたちまちのうちにモルソフ夫人に魅了され、名前も素性も知らない夫人の白い肩に唇を押しつけてしまう、いわゆる「盗まれた接吻[21]」の場面を含むパート（I. 41-51）——から書きはじめられていたことについては、これまでも指摘されてきたとおりなのだが、図2に示したように、「草稿」においては「フェリックスからモルソフ夫人の手紙」のみが含まれていたところに、「棒組の校正刷」においてはじめて、ナタリーへの「送文」と「フェリックスの子ども時代」が書き加えられたということである。それでは、「盗まれた接吻」に先行するパートとして「フェリックスの子ども時代」が事後的に書き加えられたことが、なぜ作品全体の書簡性を高めることにつながるといえるのか。それは、その後のヴァージョンの『谷間の百合』の読者が知っているように、バルザックが、とりわけ「子ども時代」のフェリックス・ド・ヴァンドネスを、言語による直接的な交流の機会や能力を奪われた人物、また、言語による交流を図る際には、必ずや書簡や仲介者などの媒介を必要とする書簡的人間ともいいうる人物として造形しているからにほかならない。

実際のところ、初版『谷間の百合』での「フェリックスの子ども時代」(I. 13-41)では、幼い頃から家族、両親と離れて暮らすことを余儀なくされ、寄宿学校時代には「ペン、ナイフ、定規、インク、紙などの必需品」(I. 23)を買うためのわずかな金銭しか渡されず、孤独な心情をうちあける友人にも恵まれずに惨めな生活を送りながら、わが子を見舞いに寄宿舎に顔を出すこともない両親に対しては「情にあふれた手紙を何通も書き」(I. 25-26)、姉妹たちの誕生日やお祝い事の際には「見棄てられた哀れな子どもならではの几帳面さで手紙を書いた」(I. 26)というように、不遇な子ども時代という設定のなかで書簡による交流、意思疎通を試みるフェリックスの姿が丹念に描かれている。またそのほかにも、家族、とくに母親と直接対峙する際にフェリックスが言葉を発することができず、不自由な寄宿生活のなかでやむなくこしらえた借金の釈明をする際には兄に「通訳」「媒介者」(I. 31)の役を頼んだという逸話が記されている。[22]

つまり、その後のフェリックス――「盗まれた接吻」においては、舞踏会で偶然に隣り合った女性に対して一言も言葉をかけることなく突然その肩に接吻を浴びせかけ、驚いたモルソフ夫人が咄嗟に発した「ムッシュー」という言葉に対しては「熱い涙」を流す以外の反応を示すことができず(I. 48)、件の舞踏会から数日の後、クロシュグルドのモルソフ夫人の館を訪れた際にも、夫人の呼びかけにまともに応えることができずに「まぶたの間にこらえた涙を隠し」(I. 68)、自分の「名前と経歴」(I. 67)を仲介者のシェセル氏に夫人に伝えてもらうことしかできないという、とりわけ口頭での言語使用においてあまりに消極的なフェリックス――にふさわしい「子ども時代」として、フェリックスを、孤独で、発話、直接的交流の機会と能力に恵まれず、仲介者、媒介を頼るか、文字による意思表示に訴えるほかない生来の書簡的人間として描くことで、バルザックは事後的にフェリックスの人物造形に一貫性を持たせたということができる。あるいは別の言い方をすれば、『谷間の百合』の物語全体を書簡化する「送文」を書き足したのと同時期に、「フェリックスの子ども時代」がこのように書き足されたことによって、「書簡＝小説」としての『谷間の百合』にふさわしい主人公が生み出されたのだといってもよいだろう。

拒絶された手紙

ナタリーからの返信

ここまで、作品の書簡性を重視しながら『谷間の百合』を分析的に読解するなかで、刊行後の作品から読みとれる部分に限らず、作品の生成、創作の過程においても、バルザックが手紙の主題、モチーフに意識的に向き合い、作品の構成から物語の設定、主人公の人物造形まで、様々な手段を取りながら書簡性を高めていったことを確認することができた。だが、バルザックはいったいなぜ、『谷間の百合』において「手紙」にこれほどの執着を見せたのだろうか。このような問いに対しては複数の回答の仕方があるだろうが、ここでは『谷間の百合』という作品そのもの、とりわけ、作品全体を締めくくる、フェリックス・ド・ヴァンドネスの「送文」に対するナタリー・ド・マネルヴィルからの「返信」を頼りに一つの答えを引き出していきたい。

『谷間の百合』を最後まで読み進めた読者であれば知っているように、ナタリーからの「返信」は初版でわずか十ページほどの分量であるにもかかわらず、「送文」以降、作品のすべての部分を占めてきたフェリックスの手紙を全面的に否定し、拒絶している点で注目すべき内容となっている。

伯爵さま、あなたはその哀れなモルソフ夫人から手紙を受けとり、その手紙は、あなたがお書きになったように、上流社会で立ち振る舞っていくにあたって役に立つものだったということですから、今あなたがついている高い地位もその手紙のおかげということになりますね。ここからは私があなたの教育の仕上げをさせていただくことにしましょう。どうかそのいやな癖をお捨てくださいませ。いつまでも最初の夫のことを話し続け、二番目の夫の面前でも亡くなった夫の美徳を持ち出し続ける未亡人の真似はやめていただきたいのです。(II. 335)

フェリックスから送られた告白調の長文の手紙を読み終えたところで、ナタリーはこのように「返信」を書き出し、恋の痛手に苦しみ続けるフェリックスに対して、モルソフ夫人(の「手紙」)のあとを継いで「教育」を終わらせてあげましょうと辛辣な調子で記している。慈愛に満ちたモルソフ夫人とは対照的に、ナタリーは実際にこの「返信」を通じて女性に対する理解に欠けるフェリックスに容赦のない説教を行い、彼女からの「教育」が終えられたところで『谷間の百合』という作品全体の幕が下ろされることになる。つまり、ナタリーからの「返信」に対して、フェリックスが弁解や反論をするためのさらなる「返信」を書くことは許されないまま、『谷間の百合』は、「手紙」に対して「手紙」で応えるナタリーによる一方的な批判と拒絶が読者に印象づけられる形で終えられている。

ここで指摘しておきたいのは、この短いながらも強いインパクトを与える「返信」のなかで、「あなたを愛するという骨の折れる名誉については諦めさせていただくことにします」（II. 336）、「友人同士でいることにさせていただきたいのです。私たちの間の愛は消し去ることにしましょう」（II. 338）という言葉で、恋人の立場からナタリーがフェリックスの「愛」をきっぱりと否定しているだけでなく、「あなたの幻滅をさらけ出し、愛をくじき、女性に自分自身のことを不安に思わせる、そのようなうちあけ話はもうなさらないでください」（II. 337）と記すことで、ナタリーが手紙の読者の立場から、手紙の書き手であるフェリックスと彼の「物語」（II. 336）そのものをはっきりと否定していることである。というのも、ナタリーからの「返信」がこのような内容のものであることをふまえたうえで、作品の構造として、この「返信」が「送文」と共に、フェリックスの長文の手紙をその内部に含む枠物語となっていることをあらためて想起すると、バルザックが再三にわたって『谷間の百合』に「手紙」を書き入れた理由の一つは、フェリックスの手紙をその本体とする「書簡＝小説」を綿密に構成、構築すると共に、作品の冒頭と結末で、フェリックスとナタリーが物語内作者と物語内読者の関係にあることを読者に意識させ、フェリックスの手紙で語られたモルソフ夫人との恋愛を中心とする物語内容とは異なる水準において、「手紙＝物語を書くことと読むこと」というもう一つの主題を浮き上がらせるためであったと考えることができるからである。作品にそのような自己言及性を持たせつつ、最終的には、ナタリーにフェリックスの「手紙＝物語」を鮮やかに拒絶させることで、書き手と読み手、作者と読者との間で「手紙＝物語」による交流が成立せずに失敗に終わるという結末を持たせたところにバルザックの優れた自己批評性が表れているということができるだろう。

初版刊行間近の一八三六年六月初頭にナタリーからの「返信」という最後の手紙を結末部分に書き加えたことによって、バルザックは『谷間の百合』を「書簡＝小説」として仕上げると同時に、作品全体に、「拒絶された手紙」としての批判的とも逆説的ともいえるイメージをまとわせた。逆にいえば、こうした二面性を演出するために、バルザックは『谷間の百合』において徹頭徹尾といえるほど「手紙」に執着を見せたのである。

『谷間の百合』の批評受容

ところで、『谷間の百合』がフェリックスの手紙を中心とする「書簡＝小説」であると同時に、フェリックスの語る行為そのものが否定された「拒絶された手紙」でもあるという二面性を持っていること、「手紙＝物語による交流とその破綻」という主題、問題系を含んだ作品であることについては、すでに名前をあげた、『谷間の百合』の書簡性を重視する研究を行ってきたニコル・モゼ、ジゼル・セジャンゼール、イラリア・ヴィドットといった複数の論者がそれぞれに指摘してきた事柄となっている。[23] また、ナタリー・ド・マネルヴィルが、作品の結末の数ページにしか登場しない一見影の薄い登場人物のようでいて、そのじつ、「隠された読者」として物語内作者であるフェリックスの手紙＝物語を読み、さらにそれを拒絶する重要な役割を担っていることについても複数の論稿で言及がなされてきた。[24]そのため、私たちとしては、作品に即してそれらの点についてさらなる分析を加えることは控え、作品の批評受容に視線を転じることで、これまで論及されてこなかったあらたな問いを立てることとしたい。その問いとは、「書簡＝小説」であると同時に「拒絶された手紙」でもある『谷間の百合』が「手紙＝物語による交流とその破綻」という主題、問題系を明らかに含んだ作品であるとして、そのような二面性、自己批評性を持った作品を、同時代の批評はどのように受けとめたのだろうかというものである。

そうです、すべての新聞雑誌が『谷間の百合』に敵対的でした。すべての新聞雑誌がこの作品を非難し、唾を吐きかけたのです。ネットマンが教えてくれたところなのですが、『ガゼット・ド・フランス』が作品をこきおろしたのは、私がミサに通っていないという理由からだそうです。『ラ・コティディエンヌ』は編集者の復讐心から、その他の新聞雑誌も何らかの理由で作品を批判したのでした。[25]

初版刊行から二か月後の一八三六年八月に、バルザックはハンスカ夫人にこのように記し、『谷間の百合』がかつて経験したことがないほどの悪評にさらされたことを嘆いてみせている。実際、『谷間の百合』の批評受容を論じた複数の研究においても、初版刊行時に新聞雑誌に掲載された書評、作品紹介、批評記事においては否定的な内容の記事が大半を占め、肯定的な評価を下す記事はごくわずかであったことが指摘されている。[26]

ここでは、二十五篇にのぼるという当時の批評記事のそれぞれを細かく取りあげる余裕はないが、批判の論点を大まかに把握するためにいくつかの例をあげていくと、たとえばバルザック自身が名指しにしている『ガゼット・ド・フランス』『ラ・コティディエンヌ』の両紙に掲載された書評においては、文体、語彙にはじまり、過剰な描写、人物造形、物語の展開、作品全体の不道徳性に至るまでが、具体例を交えて槍玉にあげられている。[27] あるいは、『文学科学月報』誌では、物語中のプラトニックにすぎる恋愛関係や花束を用いた交流のわざとらしさが揶揄され、ジュール・ジャナンを引き合いにバルザックの文体が大いに貶められている。[28] そのほか、『ラ・プレス』紙に掲載された新進気鋭の女性批評家アリド・ド・サヴィニャックによる書評では、全体としては中立的な論調となっているものの、『谷間の百合』の物語の筋と人物関係が、サント＝ブーヴの『愛欲』に酷似しているという批判的な指摘がなされている。[29]

こうした批評受容のなかでとりわけ私たちの目を引くのは、ニコル・ビロの指摘にもあるように、『谷間の百合』の出版直後から多くの記事が執筆されていながら、『パリ評論』誌を例外として、「『谷間の百合』がフェリックス・ド・ヴァンドネスによって書かれ、彼が結ばれるはずだった女性ナタリー・ド・マネルヴィルに宛てられた長大な告白の手紙であること」[30]に言及した記事がほとんど出されなかったという事実である。しかも、『パリ評論』誌に掲載された書評記事は、「終わるはずのなかった物語の結末（三十女になっていない女性への手紙）」[31]という、その標題からしてあからさまにバルザックを揶揄する内容の記事だったのであり、挑発的な標題を別とすれば、『谷間の百合』が「手紙であること」への言及については、物語の結末部分を散々に茶化しながら紹介していくなかで、ナタリーからの「返信」が部分的に取りあげられているにすぎない。さらに付言しておくと、先にあげた『ガゼット・ド・フランス』『ラ・コティディエンヌ』『文学科学月報』『ラ・プレス』の各紙誌に掲載された記事においては、フェリックスからの「送文」、ナタリーからの「返信」についてはそもそも論評の対象からそっくり外されており、『谷間の百合』が「手紙であること」については一言もふれられていない。ナタリーからの「返信」については、『ル・タン』紙掲載の書評においてかろうじて言及があるものの、評者のエミール・スーヴェストルは「作品を締めくくっているこの皮肉な手紙の意図を誰が理解できるだろう」と述べ、「皮肉な手紙」の解釈については匙を投げてしまっている。[32]

つまり、私たちにとって拍子抜けなことに、初版『谷間の百合』の批評受容においては、この作品が「書簡＝小説」であると同時に「拒絶された手紙」でもあること、また、作品に「手紙＝物語による交流とその破綻」という主題、問題系が含まれていることについては、議論の俎上にさえあげられなかったのである。しかも、以下に見ていくように、批評家たちは、無意識や無能力から『谷間の百合』の書簡性を見過ごしたわけではなく、彼らは作品の書簡性を意図的に拒絶したと考えることができるのだ。

手紙は二度拒絶される

初版『谷間の百合』刊行当時、批評家たちは『谷間の百合』の書簡性を意図的に拒絶した。つまり、「拒絶された手紙」である『谷間の百合』は同時代の批評によって再び拒絶されたということになるのだが、そのように断言できるのには二つの理由がある。

第一の理由は、そもそも『谷間の百合』が「書簡体小説」を意識して執筆された作品であることを、当の作者自身がその「序文」において明言しているからである。初版第一巻の巻頭に、『谷間の百合』執筆開始時期である「一八三五年六月」の日付を付して掲載された「序文」の書き出しで、バルザックは、「架空の登場人物に最大限の生気を吹き込むことができる文学的技巧」の一例として「書簡体小説」をあげ、『谷間の百合』では、書簡体小説である『クラリッサ・ハーロウ』に学びながらも、オーソドックスな書簡体小説の形式や構成を取るかわりに、一人称で書かれた手紙による語りを採用することで、書簡体小説につきものの冗長さを回避しながら、作品に真実味を与えようとしたのだと述べている（I. m）。この「序文」は、一八三五年一一月に『パリ評論』誌に掲載されたプレ・オリジナルを通じて早くからすでに一般読者の目にもふれていたものでもあり、こうした「序文」が付されていたにもかかわらず、『谷間の百合』が「手紙であること」や「書簡体小説」から着想を得た作品であることにふれようとしなかった批評家の姿勢――たとえば、『谷間の百合』と『愛欲』との類似を執拗に指摘しながら、両作品の決定的な違いである書簡性については等閑視したアリド・ド・サヴィニャックの姿勢――はむしろ意図的な拒絶の身ぶりであったとみなすことができる。

第二の理由は、『谷間の百合』をありとあらゆる角度から批判しているように見える批評家たちが、長編小説としては『谷間の百合』の前作にあたる『ゴリオ爺さん』については、バルザックの編み出した小説技法である人物再登場法を口を極めて批判していたにもかかわらず、[33]『谷間の百合』で用いられた人物再登場法と作中に現れた再登場人物に対しては、それを黙認するかのように口をつぐんでいるからである。

だが、人物再登場法について口をつぐむことが、なぜ作品の書簡性を拒絶することにつながるといえるのか。それは、フェリックスの手紙の宛先であると同時に、フェリックスの手紙を拒絶する役を担うナタリー・ド・マネルヴィルこそが、その登場の効果から『谷間の百合』においてもっとも重要といえる再登場人物であったからにほかならない〔34〕。

もしも批評が、これまでそうしてきたように、人物再登場法、再登場人物であるナタリーに批判の矛先を向けていたとしたら、その批判は翻って『谷間の百合』が「手紙であること」を認めることにつながっただろうし、さらに、先に私たちが指摘した『谷間の百合』の二面性と自己批評性を認めることにもつながっていっただろう。そうなった場合、フェリックスの「手紙＝物語」としての『谷間の百合』が、ナタリーによってあらかじめ作中で全面的に批判され、拒絶されている以上、そもそもが「拒絶された手紙」である『谷間の百合』を、批評があらためて批判し、拒絶する理由はなくなってしまうことになる。そこで、作品を批評し批判する、という批評自体の存在理由を守るために、批評は、『谷間の百合』の書簡性、自己批評性を認めることにつながっていく人物再登場法への批判をみずからに禁じた、と考えることができる。

もちろん、私たちのこうした考えは推測にもとづくものであり、それぞれの批評家には人物再登場法に目をつぶるそれぞれの理由があったのかもしれない。しかし、初版『谷間の百合』の執筆刊行当時、『谷間の百合』の原稿流出、著作権侵害を理由として、バルザックと二大文芸誌『パリ評論』『両世界評論』両誌の編集長として権勢をふるっていたフランソワ・ビュロとの間で訴訟が起き、バルザックがパリのジャーナリズム全体を敵にまわしていたこと、また党派を問わず多くの新聞雑誌がバルザックと彼の作品を批判することに躍起になっていたという、当時のパリ文壇の特殊な状況をあわせて考慮に入れると、[35] 批評が、バルザック小説のトレードマークになりつつあった人物再登場法についてはあえて不問に付し、それによって、『谷間の百合』の書簡性を視野の外に追いやっておきながら、他方で、ナタリーになりかわるかのようにフェリックスの「物語」としての——そして作者バルザックによる「書簡＝小説」としての——『谷間の百合』を批判し、拒絶する役割を演ずることを選んだという可能性は十分にあるように思える。

このように、初版『谷間の百合』刊行時の批評の多くが、作品の書簡性を拒絶することで作者と作品を批判し、貶め、無理解を示すことに終始していたとするならば、逆に、作品を真に理解し、バルザックの創作を正当に評価するためには、やはり作品の書簡性に目を向けなくてはならないということになるだろう。『谷間の百合』の書簡性に注目してきた私たちのアプローチの「正しさ」はそれゆえ、初版刊行時の批評受容によって、あらかじめ、逆説的な形で裏づけられたものでもあったのだ、と、そのように解釈するのは、あまりに都合がよすぎるだろうか。

本章では、初版『谷間の百合』を対象に、もっぱらその書簡性に重点を置いた分析、読解を行った。図表で示したとおり『谷間の百合』においては、作品の構造と構成、形式と内容のいずれにおいても、「手紙」が重要な役割を担い、作品全体が「手紙・書簡性」に満ち、またそれに支えられていることを見てとることができた。続いて、作品の生成過程に目を向けることで、バルザックが「書簡＝小説」としての『谷間の百合』をいかに創作していったのかを再び図表を用いて整理すると共に、物語の主人公であるフェリックス・ド・ヴァンドネスの人物造形が「書簡的人間」としてなされていったことを明らかにした。その上で、バルザックが『谷間の百合』を「書簡＝小説」として構築したことの理由を、作品を締めくくるナタリーからの「返信」の持つ役割とあわせて考察し、バルザックが「手紙」を様々に駆使することによって、『谷間の百合』を「書簡＝小説」であると同時に「拒絶された手紙」として成立させることで作品に二面性、自己批評性を持たせていることを指摘した。さらに、論の後半では、『谷間の百合』の批評受容に目を向け、バルザックを敵対視する同時代の批評が『谷間の百合』の書簡性を意図的に拒絶することによってみずからの領分を守ろうとした可能性があることを明らかにした。『谷間の百合』が内包する書簡性に関して私たちが指摘するべき事柄は、初版については、もはや多くは残されていないはずである。

初版については、という留保を付けたのは、ほかでもなく、本章の冒頭でもふれたように、『谷間の百合』という作品の歴史が初版では終わっていないためである。一八三六年の初版以降、一八三九年の第二版であるシャルパンチエ版、一八四二年の『人間喜劇』刊行開始後の一八四四年のフュルヌ版という二つのエディションがバルザックの生前に刊行されている。とくに一八三九年刊行のシャルパンチエ版では、作品の書簡性にも関わる多岐にわたる加筆、訂正、改変、改稿が行われていることが明らかにされており、初版以降の『谷間の百合』をテクストと作品の歴史に即して論じるためには、あらためて作品と向きあい、分析、読解をし直す必要がある。

シャルパンチエ版刊行に際して、バルザックは、本章で取りあげた初版の批評受容になかば応える形で、批判の矛先が向けられた文体や語彙、過剰な表現の全面的な見直しを行い、親しい女性読者からの助言にしたがって物語のハイライトの一つである「聖女の死」、モルソフ夫人の臨終の場面に手を加えている。また、人物再登場法についても、作中の再登場人物の数を大きく増やしていっただけでなく、シャルパンチエ版と同時期に刊行された『イヴの娘』に成熟した社交人士としてフェリックス・ド・ヴァンドネスを登場させることによって、『谷間の百合』との間テクスト的な呼応関係を新たに構築している。最後に、作中の「手紙」についていえば、フェリックスからの手紙の日付の変更、手紙内の章分けの削除、ナタリーからの「返信」の改稿などが行われていることが知られている。

バルザックの創作と同時代の出版文化を共に視野に入れつつ、初版から再版刊行に至るテクスト・作品の変遷をあらためて検証、吟味し、「書簡＝小説」「拒絶された手紙」としての『谷間の百合』の行方を追っていくことが私たちの今後の課題となるだろう。

注

〔1〕Jean Rousset, *Forme et signification. Essais sur les structures littéraires de Corneille à Claudel*, José Corti, 1962.（Ch. 4. « Une forme littéraire : Le roman par lettres », p. 65-108.）

〔2〕本章で参照するヴェルデ書店刊行の二巻本の初版『谷間の百合』（Balzac, *Le Lys dans la vallée*, Werdet, 1836, 2 vol）では、両面刷りの章題ページも含めて「送文」が六頁、「返信」が十一頁であるのに対して、フェリックスの手紙は第一巻のうち三百十三頁、第二巻のうち三百三十二頁で合計六百四十五頁を占めている。

〔3〕『谷間の百合』の書簡性に論述の対象を絞った数少ない邦語文献として以下の論稿がある。五島学「『谷間の百合』あるいは書簡体の誘惑」『武蔵大学人文学会雑誌』第三二巻四号、二〇〇〇年、一四一－一五七頁。

〔4〕Nicole Mozet, « Du bon usage (littéraire) de la lettre de rupture : du *Lys dans la vallée* aux *Lettres d'un voyageur* », *Revue des sciences humaines*, t. LXVI, n° 198, 1984, p. 19-24 ; « Réception et génétique littéraire : quand une lecture devient censure (*Le Lys dans la vallée*) », *Œuvres & Critiques*, n° 11, vol. 3, 1986, p. 241-251 ; *Balzac au pluriel*, PUF, coll. « Écrivains », 1990. Gabrielle Chamarat-Malandain, « Dire la passion, écrire *Le Lys dans la vallée* », *Romantisme*, n° 62, 1988, p. 31-39. *Balzac, Le Lys dans la vallée, « cet orage de choses célestes »*, textes réunis par José-Luis Diaz, SEDES, 1993. Balzac, *Le Lys dans la vallée*, éd. Gisèle Séginger, Librairie générale française, coll. « Le Livre de Poche », 1995.

〔5〕 Ilaria Vidotto, « L'enchevêtrement épistolaire du *Lys dans la vallée* », *Revue italienne d'étude française*, n° 3, 2013, p. 1-13.

〔6〕 *Le Lys dans la vallée.* http://www.lysdanslavallee.fr

〔7〕 なお、本章では、『谷間の百合』から引用・参照を行う際には、引用・参照箇所に続けてヴェルデ版の巻数とページ数を丸括弧内にあらわす。また、引用文はすべて拙訳。

〔8〕 バルザックが枠物語構造を用いた初期の諸作品と後期作品については以下の拙稿を参照されたい。「枠物語から『人間喜劇』へ――バルザックによる物語の「枠」について」『言語情報科学』第八号、二〇一〇年、二八一―二九七頁。

〔9〕 図表中に配置した各手紙の初版での該当ページは順に以下のとおりである。「送文」（I. 7-10）；「フェリックスからヴァンドネス家への手紙」（I. 19）；「フェリックスからモルソフ夫人への花束」（I. 175-）；「モルソフ夫人からフェリックスへのつづれ織」（I. 257-258）；「フェリックスからモルソフ夫人への手紙」（I. 270-273）；「モルソフ夫人からフェリックスへの第一の手紙」（I. 294-324）；「フェリックスからモルソフ夫人への手紙とモルソフ夫人からフェリックスへの手紙」（II. 5-）；「モルソフ夫人からフェリックスへのつづれ織」（II. 25）；「フェリックスからモルソフ夫人への花束」（II. 27）；「フェリックスからモルソフ夫人への手紙とモルソフ夫人からフェリックスへの手紙」（II. 28, 34, 106, 114-115, 134, 227）；「モルソフ夫人からフェリックスへの第二の手紙」（II. 303-316）；「ナタリーからフェリックスへの送文への返信」（II. 335-343）。

〔10〕 花束による通信、交流のあり様については以下の文献で詳しく論じられている。Franc Schuerewegen, *Balzac contre Balzac. Les Cartes du lecteur*, SEDES, Paratexte, coll. « Présences critiques », 1990. (Ch. 8. « *Le Lys dans la vallée* : la letre, le bouquet », p. 141-156.) あわせて本書

第十章を参照されたい。

〔11〕Balzac, « Le Lys dans la vallée », *Revue de Paris*, les 22 et 29 novembre 1835, p. 217-269, 289-321 ; « Le Lys dans la vallée », *Revue de Paris*, 27 décembre 1835, p. 201-250.

〔12〕『外国評論』への原稿流出事件については以下の文献に詳しい。Michel Lichtlé, *Balzac, le texte et la loi*, PUPS, coll. « Lettres / Françaises », 2012. (Ch. 4. « Balzac et la *Revue étrangère* », p. 119-134.)「事件」とそれに続く係争の顛末については、バルザック自身が執筆し、初版『谷間の百合』に「序文」とあわせて付された« Historique du procès auquel a donné lieu *Le Lys dans la vallée* »「『谷間の百合』が引き起こした訴訟の記録」(I : v-LV) を参照されたい。なお、『谷間の百合』「序文」には以下の拙訳がある。「バルザック『谷間の百合』「序文」(I)、(II)、(III)」、『明治大学教養論集』第五六四、五六七、五六九号、二〇二二―二〇二三年、所収。

〔13〕Balzac, *Le Lys dans la vallée*, Charpentier, 1839, 1 vol. 387p.

〔14〕『谷間の百合』の終盤で描かれた「ヒロインの死」の持つ意味については、以下の文献における論述を参照されたい。工藤庸子『近代ヨーロッパ宗教文化論』東京大学出版会、二〇一三年、二六七―二七三頁。

〔15〕モルソフ夫人の手紙は、「花束」と「つづれ織」による感情の吐露、疑似言語による交流に満足しきれなくなったフェリックスが、モルソフ夫人の言い付けを破る形で直接的な言語表現に訴え出た「フェリックスからモルソフ夫人への手紙」に対する返信として書かれたものである (I. 274-293)。

〔16〕モルソフ夫人が自身に課していた、フェリックスと情愛を通わせる直接的な表現、言語による交流を避けるという戒めを破ってまでフェリックスに手紙を書いたのは、フェリックスとの別離を予感したためであり、その手紙は、恋文としてではなく、「母から子に伝える教え」(I. 282) という体裁で書かれたものとなっている。フェリックスのパリ生活は、その教えに従うにしても背くにしても、モルソフ夫人の手紙に書かれた数々の「処世訓」(II. 5) を規範とするものとなるのだが、やがてフェリックスは忠実に教えに従っていることが伝わる都合のよい事実のみを手紙にしたためモルソフ夫人を裏切っていくことになるだろう (II . 28 et seq, 106, 134)。

〔17〕フェリックスにとって、モルソフ夫人への共感と情愛の

思いを込めて作った花束は言語表現に通じる「詩的作品」(I. 177) であり、フェリックスは「花々のシンフォニー」(I. 179) を「二人だけの言語」(I. 229) として週に二度の頻度でモルソフ夫人に贈り届ける。それに対して、モルソフ夫人は花束を受けとりながらもフェリックスの求愛行為に直接応えることはせずに、フェリックスへの思いを「その一つ一つの針の目に秘密がうちあけられている」という「つづれ織」の絵柄に込めることで、みずからの感情を押しとどめる (I. 258)。なお、フェリックスの花束については本書第十章であらためて論じているのでそちらを参照されたい。

〔18〕フェリックスはモルソフ夫人を欺きイギリス人女性ダドレー夫人との逢瀬を重ねるが、その間にも、モルソフ夫人の存在、とりわけパリに旅立つ前に受けとった「手紙」のことを絶えず想起している (II. 236-237)。

〔19〕順に http://www.lysdanslavallee.fr/node/522 から http://www.lysdanslavallee.fr/node/529 までを参照した。

〔20〕http://www.lysdanslavallee.fr/node/523

〔21〕下記の論稿でピエール・ラフォルグが指摘しているように、『谷間の百合』では「盗まれた接吻」という表現は用いられておらず、正確には「私［フェリックス］が盗んだ接吻」(I. 50) とするべきところなのだが、バルザックを敬愛し『谷間の百合』にオマージュを捧げたフランソワ・トリュフォーによる『夜霧の恋人たち *Baisers volés*』以来、「盗まれた接吻」の場面として一般に親しまれているため、ここでもその慣例にならった。Pierre Laforgue, *Balzac, fictions génétiques*, Classiques Garnier, coll. « Études romantiques et dix-neuviémistes », 2017. (Ch. 5. « Les "Baisers volés" du *Lys dans la vallée* », p. 89-98.)

〔22〕このような「フェリックスの子ども時代」に作者バルザック自身の子ども時代、経験が投影されているかどうかはここでは問題としない。これまで、『谷間の百合』が論じられる際には、フェリックスにバルザック自身を、モルソフ夫人にバルザックの年長の恋人であったベルニー夫人をモデルとして重ね見ることで、伝記的事実を重視した読解が多くなされてきた。本章においては、そのような見方自体を否定するつもりはないが、伝記的事実と創作を切り離した読解を実践していく。なお、『谷間の百合』の研究史については、Jean-Hervé Donnard, « Introduction au *Lys dans la vallée* », Balzac, *CH*, t. IX, p. 875-913; Gérard Gengembre, *Balzac. Le Lys dans la vallée*, PUF, coll. « Études littéraires », 1994. などの文献、また、以下のURLに掲載されたナタリー・プライス作成による文献一覧を参照されたい。http://www.lysdanslavallee.fr/fr/article/bibliographie-critique-selective

〔23〕 Nicole Mozet, « Du bon usage (littéraire) de la lettre de rupture : du *Lys dans la vallée* aux *Lettres d'un voyageur* », *op. cit.*, p. 19-21 ; Gisèle Séginger, « Introduction », Balzac, *Le Lys dans la vallée*, *op. cit.*, p. 16-17 ; Ilaria Vidotto, *op. cit.*, p. 4-7.

〔24〕『谷間の百合』におけるナタリー・ド・マネルヴィルの重要性については、一九七〇年代になされた以下の研究においてすでに強調されている。Victor Brombert, « Natalie ou le lecteur caché de Balzac », dans *Mouvements premiers. Études critiques offertes à George Poulet*, José Corti, 1972, p. 177-190 ; Alex Lascar, « Une lecture du *Lys dans la vallée* : Félix de Vandenesse et Natalie de Manerville », *AB 1977*, p. 29-49.

〔25〕 Lettre à Madame Hanska, 22 août 1836, *LH*, t. I, p. 332.

〔26〕『谷間の百合』の批評受容は以下の文献で詳しく論じられている。Raffaele de Cesare, « Balzac nel giugno 1836 », *Memorie dell'Istituto Lombardo di scienze et lettere*, vol. XXXIX, 1965, p. 1-222 ; « Balzac nel luglio 1836 », *Contributi del Seminario di Filologia moderna, serie francese*, vol. IV, 1966, p. 83-183 ; « Balzac nell'agosto 1836 », *Contributi del Seminario di Filologia moderna, serie francese*, vol. V, 1968, p. 575-737 ; « Balzac nel septembre 1836 », *Contributi del Seminario di Filologia moderna, serie francese*, vol. VI, 1970, p. 1-126 ; « Balzac nell'ottobre 1836 », *Contributi del Seminario di Filologia moderna, serie francese*, vol. VII, 1972, p. 147-344; Sylvie Ducas, « Critique littéraire et critiques de lecteurs en 1836 : *Le Lys*, roman illisible ? », dans Balzac, *Le Lys dans la vallée*, « *cet orage de choses célestes* », *op. cit.*, p. 15-26; Nicole Billot, « La critique : une écriture exempte de discours », dans *Sémiotique et esthétique*, Pulim, 2003, p. 151-171. このうち、「一八三六年のバルザック」を月ごとに取りあげたラファエレ・デ・チェーザレの諸論稿には、当時の主要な新聞雑誌記事が全文転載の形で多数含まれており、本章の執筆にあたって大いに参照し活用した。

〔27〕 M. B., « Littérature-Romans : *Le Lys dans la vallée* par M. de Balzac », *Gazette de France*, 21 juillet 1836 ; Théodore Muret, « Revue littéraire : *Le Lys dans la vallée* par M. de

Balzac », *La Quotidienne*, 21 juillet 1836.

〔28〕 Joël Cherbuliez, « *Le Lis* [*sic*] *dans la vallée* », *Bulletin littéraire et scientifique. Revue critique des livres nouveaux*, 4e année, n° 7, juillet 1836.

〔29〕 Mme Alide de Savignac, « Variétés. *Le Lys dans la vallée*. Deux volumes in-8° par M. de Balzac », *La Presse*, 24 juillet 1836.

〔30〕 Nicole Billot, *op. cit.*, p. 157.

〔31〕 Pickersghill Junior, « Fin d'une histoire qui ne devait pas finir. Lettre à une femme qui n'a pas trente ans », *Revue de Paris*, 26 juin 1836, p. 209-227.

〔32〕 Émile Souvestre, « Littérature : Œuvres de M. de Balzac. *Le Lys dans la vallée* », *Le Temps*, 11 octobre 1836.

〔33〕『ゴリオ爺さん』の批評受容については、Nicole Billot, « *Le Père Goriot* devant la critique (1835) », *AB 1987*, p. 101-129. とあわせて、本書第八章を参照されたい。

〔34〕ナタリーは、『谷間の百合』執筆期間中に並行して構想、執筆された『フルール・デ・ポワ』（のちの『夫婦財産契約』）に、ポール・ド・マネルヴィルの結婚相手となるナタリー・エヴァンジェリスタとしてバルザック作品にはじめて登場している。『フルール・デ・ポワ』は、一八三五年二月に『十九世紀風俗研究』第二巻として刊行されており——また、『谷間の百合』と同様、刊行と同時に、ロシアの文芸誌『外国評論』に無断掲載されており、『谷間の百合』を批判した批評家たちはナタリーが典型的な再登場人物であること、さらに、『フルール・デ・ポワ』から『谷間の百合』への再登場のために、その人物造形が事後的に大きく変えられていることを十分に知っていたはずである。『フルール・デ・ポワ』と『谷間の百合』が並行して執筆された経緯、ナタリーの人物造形の変化については以下の論稿を参照されたい。Gisèle Séginger, « Génétique ou "métaphysique littéraire" ? : La génétique à l'épreuve des manuscrits du *Lys dans la vallée* de Balzac », *Poétique*, n° 107, 1996, p. 259-270 ; « De *La Fleur des pois* au *Contrat de mariage*. Poétique et politique d'une dramatisation », *AB 2002*, p. 167-180. また、『谷間の百合』のモルソフ伯爵家の祖先にあたる「モールソフ殿」が一八三一年に刊行された『コント・ドロラティック』第一輯「ルイ十一世陛下のご遊楽」においてすでに登場しているというように、『谷間の百合』では、人物再登場法だけでなく、人物名を介して作品の間テクスト性が高められて

いる場合があるのだが、当時の批評はそのような事例についても同じく不自然なほど沈黙している。

〔35〕たとえば一八三六年九月二〇日に『演劇評論』誌に掲載された書評記事の冒頭で、評者のアルベリック・スゴンは次のように記している。「ド・バルザック氏ほど関心を持たれている作家はほとんどいない。各紙がこの著名な小説家の来歴に紙面を割いてきた。[…]そしてド・バルザック氏に対する新たな攻撃が生み出されない日は一日としてなかった」（Albéric Second, « Revue bibliographique : *Le Lys dans la vallée* par M. H. de Balzac », *Revue du théâtre*, 10 septembre 1836）。また、この時期のバルザックとジャーナリズムの関係、バルザックを取り巻いていた文壇の状況については、先にあげたバルザック自身による「『谷間の百合』が引き起こした訴訟の記録」のほか、初版『谷間の百合』編集者のエドモン・ヴェルデによる以下の回想録に詳しく記されている。Edmond Werdet, *Portrait intime de Balzac : sa vie, son humeur et son caractère*, A. Silvestre, 1859. (Ch. 8. « Traités de Balzac avec la *Revue de Paris* » ; Ch. 9-10. « De Balzac et Buloz aux prises » ; Ch. 11. « Introduction du *Lys dans la vallée* », p. 94-126.)

第十章　花の小説／小説の花
――初版『谷間の百合』再読

『谷間の百合』が、フェリックス・ド・ヴァンドネスとナタリー・ド・マネルヴィルとの間で交わされた書簡からなる「書簡＝小説」であることについてはすでに前章で論じたとおりだが、バルザック自身が「本来の意味での作品そのものをなす物語部分[1]」と呼んだフェリックスによる長文の手紙――不幸な子ども時代から、運命の恋人となるモルソフ伯爵夫人との出会いとトゥーレーヌでの伯爵一家との交流、その後のルイ十八世直属の特使としてのパリでの政務と社交生活、ダッドレー夫人との愛人関係をへて、トゥーレーヌでのモルソフ夫人との再会と、病に臥せったモルソフ夫人との永遠の別れまで、フェリックスの感情教育のすべてが一人称体で綴られた手紙――は次のように始まっている。

涙に育まれたいずれの才能に私たちは負うことになるのでしょうか。もっとも心動かす哀歌を、まだ柔らかい根は家庭という土壌のなかで硬い小石にしかふれず、芽吹いた葉は憎しみ深い手で引き裂かれ、花は開いた途端に霜に襲われてしまう、そのような魂が黙って受けてきた苦しみの描写を？　いかなる詩人が私たちに語ってくれるのでしょうか。その口は苦い乳房を吸い、微笑みは厳しい視線の焼き尽くすような火によって押しとどめられきた子どもの苦悩を？　（I. 13-14）

一八三六年六月の初版刊行当時の書評では「眠気を誘う」[2]と揶揄されもした、ロマン主義的かつ神秘主義的傾向が強いといわれる『谷間の百合』の文体の問題についてはここではあえてふれぬこととして[3]、私たちが注目したいのは、三部構成からなる小説の第一部「二つの子ども時代」の最初の文で、フェリックスの境遇と心理心情が植物・花の比喩を通して語られていることである。というのも、書き出しと対をなす手紙の終わりでフェリックスはあらためて花の比喩に頼っているからである。

「二つの子ども時代」と呼応するように「二人の女性」と題された小説の第三部は、モルソフ夫人がフェリックスに遺言として残した一通の手紙によって締めくくられているのだが、その手紙を引用するのに先立って、青年期の総括を終えようとするフェリックスは次のように記している。

これが人生なのです！　たいそうな自惚れとちっぽけな現実からなる、ありのままの人生なのです。私の花々のすべてを刈り取る一振りを受けた後で、この先何をしていこうかと自問しながら、私は自分自身のことをじっくり考えました。私は政治と学問の方へ、曲がりくねった野心の道に勢いよく向かっていくことにしました。そして、私の人生から女性を捨て去り、冷徹で無感情な政治家になること、私が愛した聖女に忠実なままでいることに決めたのです。（II. 301-302）

またこの後、フェリックスの手紙もついに終わろうとするところで、「人生」と「花々」そして「愛した聖女」に未練を残すかのように、フェリックスは再度、花の比喩を用いている。

私はもはや一八一四年の歩き疲れた旅人ではありませんでした。そのとき私の心は願望でいっぱいでしたが、今や私の目は涙に満ちています。かつて私には果たしていくべき人生がありましたが、今は人生を虚しいものに感じています。私はまだまだ若い二九歳という年齢で、心はすでに枯れてしまっていたのでした。（II. 327）

このように『谷間の百合』では、フェリックスの手紙の書き出しと終わりにいずれも花の比喩が見られるのであり、そうであるならば、私たち読者は『谷間の百合』を、不幸と苦悩のなかでどうにか芽吹き、苦労の末に「開花 floraison」を迎えたフェリックスの「魂＝花」が、青年期の終わりに「落花 défloraison」し、ついに「萎凋 flétrissement」するに至る物語として捉えることができるだろう。実際、バルザックはそのような読み方を誘導しているようにも思える。そもそも小説自体が『谷間の百合』と題されているのだし、作中の重要な箇所で、déflorer や déflorateur といった語が用いられていることから（I. 307 ; II. 224）、「開花」「落花」「萎凋」に加えて「花を折ること・処女を奪うこと défloration」を主題とする作品として『谷間の百合』を読むことも可能なはずだ。そして、いうまでもなく、作中で「花」の主題を体現する役割を担っているのはフェリックスだけではない。

『谷間の百合』の読者であれば、フェリックスから「谷間の百合」と恋慕われるモルソフ夫人こそが「花」そのものであり、第三部の終盤で、花が落ちるように、あるいは、花が折れるようにモルソフ夫人が息絶えていくさまを記憶していることだろう。バルザック自身、夫人の臨終を描いた後で、「もっとも美しい谷間の百合に村中の人々が永遠の別れを告げた」(II. 284) と記している。
それでは、モルソフ夫人という「花」が物語にはじめて現れる箇所でその様子はどのように描かれていただろうか。臨終の場面から大きくさかのぼって、第一部の序盤、フェリックスとモルソフ夫人が互いに名も知らぬままに決定的な出会いを果たす、トゥールの舞踏会での「盗まれた接吻」の場面までページを繰ってみれば、「一人の女性」の登場が天上の花のイメージを伴って描かれているのを目にすることができる。

一人の女性が[…]巣に舞い降りる鳥の動きで、私の側に腰かけました。すぐに私は、ミルラとアロエの天上の芳香、女性の香りに気がつき、その香りは東洋の詩から輝き出たかのように私の心のなかできらめいたのです。(I. 46)

「盗まれた接吻」の場面のなかでは、夫人の「恥じらいのある肩」に魅了され、フェリックスが無我夢中となって接吻を浴びせるエピソードがよく知られてはいるが、[4] 私たちとしては、その「接吻」の前に、こうしてモルソフ夫人が「ミルラとアロエの天上の芳香」を放って物語に登場し、「女性の香り」が「きらめいた」と記されていることに注目したい。[5] 確かにバルザックは、フェリックスの場合と同様に、その最初の記述からモルソフ夫人を花のイメージに結びつけていただけでなく、その後の物語中で「百合」に結びつけられていく、特別な「香り」と「輝き」と「東洋の詩」への言及がここで早くもなされているからである。[6] ではなぜ、「ミルラとアロエの天上の芳香」が「東洋の詩」とつながるのかといえば、

「ミルラとアロエ」は共に、聖書中の『雅歌』においてその芳しさが謳われた「天上」の草花であるからであり、その「香り」がなぜ「きらめいた」のかといえば、『雅歌』に親しんでいたバルザックが、『雅歌』で愛の歌を贈り合う恋人たちを惹きつけ、甘い口づけを誘う「野のゆり」や、愛する相手の姿に重ねられた「茨のなかに咲きいでたゆりの花」の輝く白さを、小説のヒロインとなる「二人の女性」のうちにあらかじめ見出していたからにほかならない。[7] フランス王家の花でもあれば、トゥーレーヌ地方の旗にも描かれている「百合」、キリスト教や西洋美術の伝統においては純潔の象徴として聖母マリアのアトリビュートの一つともなっている「百合」は、バルザックにとっては「東洋の詩」『雅歌』の花でもあったのだった。

このように、『谷間の百合』が花の比喩に満ち、花の主題に貫かれていることについてはこれまでにもしばしば俎上にあげられてきた。[8] しかし、花の象徴性や記号性、花のイメージや比喩表現のあり方、『雅歌』や先行するロマン派文学などの着想源に着目した研究が多く見られる一方で、花や花の比喩を作品の構成や物語の展開のなかで理解しようとする研究は意外なことに十分になされてこなかったといわねばならない。だが、フェリックスとモルソフ夫人の例からもすでに明らかなように、『谷間の百合』の花が、何よりも「小説の花」として、バルザックの創作における意図や選択といった土壌の上に生み出されたものである以上、私たちとしては、花々の咲きぶりをフィクションの有り様そのものと関連づけながら捉えていく必要があるのではないか。実際、これから見ていくように、初版では「二つの子ども時代」「はじめての恋」「二人の女性」の三部によって構成された『谷間の百合』では、その各部において花々が別様に描かれ、それぞれに異なる意味や機能を与えられている。本章の目的はそれゆえ、花と物語の流れをあわせて追っていきながら『谷間の百合』の「花の小説」としての側面を浮き彫りにしていくことにある。その上で、それではいったいなぜバルザックは『谷間の百合』においてこのように「花」に強いこだわりを見せたのか、という問いに対して、創作の背景を踏まえた考察を行うことを本章のもう一つの目的としたい。

フェリックスと谷間の花々

風景

第一部「二つの子ども時代」で「花」が文字どおり頻出するのは、トゥールの舞踏会で出会った未知の女性との再会を果たすためにフェリックスがトゥーレーヌ地方に赴き、「女性の花というべきあの女性がこの世のどこかに住んでいるのなら、この場所に違いない！」という思い込みに近い確信を頼りに、「荒地」を越えアンドル川流域を徒歩で探索しはじめてからのことである (I. 54)。フェリックスは物語のなかではうぶな青年貴族であるにすぎないのだが、作者バルザックの代役をつとめる視点人物＝語り手として、「女性の花」の香りを嗅ぎとる鋭い嗅覚、細かな痕跡も見逃すことのない優れた視覚を与えられながら、自然そのものとふれあい、豊かな感性と表現力で風景を活写していく。フェリックスは歩みを進めはじめたところで早くも、「愛の谷」の「婚約相手のように美しく汚れのない自然」のなかに「谷間の百合」の存在を予兆的に感じとる。

その女性は、まだ何も知らないあなたにもすでにお分かりのように、「この谷間の百合」であり、彼女は、その地を貞淑の香りで満たしながら、天に向かって伸びていたのです。（I. 54-55）

そして、舞踏会のときと同じように、香りは輝きと結びつき、当初の確信のとおりに、フェリックスは白く咲いた「女性の花」を見出す。

なぜかわかりませんが、私の視線は白い点へ、ふれれば萎れてしまう昼顔の釣鐘形の花が緑の茂みのなかできらきら輝くように、この広大な庭のなかできらめいている女性へと戻っていきました。私は、心を揺さぶられて、その花壇の低いところまで降りていって、すぐに一つの村を目にすることになったのですが、その村については、私のうちにあふれる詩情が無二のものだと私にわからせてくれました。（I. 56）

「きらめいている女性」に近づこうと移動を続けたフェリックスが眼前の風景に心を動かされたのは、川岸に形成された「谷間」の「村」に、人目を引くこともなさそうな「橋脚」や一つ一つの「堆肥」までもが花々に飾られた田園が広がっていたからにほかならない。

堆積した小石があちこちで盛りあがり、その上で水流が、陽光が照り返して輝く房飾りを作りながら泡立っています。アマリリス、黄睡蓮、白睡蓮、燈心草、草夾竹桃が見事なつづれ織となって岸を飾っています。橋は桁が古くなっているために揺れ、橋脚は花に覆われています。（I. 57）

三十軒ほどの粗末な家々が、庭と、スイカズラやジャスミンやクレマティスの生け垣で仕切られていて、各戸の前には花を咲かせた堆肥が積まれています。（I. 58）

古くから「フランスの庭」と呼ばれてきたトゥーレーヌ地方は、パリから南西に二四〇キロメートルの距離に位置し、フェリックスと同じように、一八一四年に十五歳のバルザックが母親に連れられてきたときには「田舎」そのものであったという。[9] 私たちが見てきたトゥーレーヌの風景描写は、豊富な種類の草花がいささか過剰に生い茂っているようにも思えるものの、パリでの厳しい寮生活に疲弊したフェリックスが、久しぶりに訪れた「田舎」の春の自然に心癒され、大地や河岸を彩る花々に目を奪われている、という物語の流れ、フィクションのなかでは「自然」なものとして受け入れることができるものではある。しかし、この後、モルソフ夫人の住む館に近づいたあたりから、フェリックスによる描写は二重の意味で「自然」から遠ざかったものになっていく。風景に続いて、「谷間の百合」に関係する事物や人物までもが花に結びつけられて描かれていくからである。

クロシュグルドの館

近隣のフラペルの館の主人であるシェセル氏の導きを頼りとして、ついに夫人の住むクロシュグルドの館を前にしたフェリックスは、館の外観を次のように描写している。

> ［館の各所の］配置が花のように形作られた館に上品な表情を与えており、館は地面に重みをかけていないかのようでした。谷間から見ると、一階が二階であるかのように見えるのですが、中庭から見ると、複数の花壇でにぎわう芝地に通じる広い砂利道と同じ高さになっていることがわかります。
> (I. 63)

「百合」のような女性が住んでいるとされる城館は「花のように形作られ」、「地面に重みをかけていないかのよう」であり、その庭もまた「複数の花壇でにぎわ」っている、というのだからフェリックスが目にしている光景は相当に現実離れしているようである。あるいは、現実離れしているのは「百合」を追い求める憂い顔の騎士フェリックス自身なのかもしれない。いずれにしても、「谷間」ではすべてが花の相のもとに息づき、知覚され、描写されていく。

　こうして館に辿り着き、いよいよ夫人との再会を果たそうとするフェリックスに、案内役を買って出たシェセル氏はモルソフ伯爵家の歴史と現在を簡潔に説明してみせるのだが、『谷間の百合』が『人間喜劇』に収められた際にバルザックはそこにもう一輪の花を書き加えている。シェセル氏は、「モルソフ伯爵は、絞首台にかけられながら生きのびた男の子孫なのです」と述べ、作者にかわって『谷間の百合』と『コント・ドロラティック』のつながりに言及してから次のように続けている。[10]

［モルソフ伯爵家の］家紋は「金地に絞首台をあらわせる、黒き短T字形を十字にさしちがえ、中央に根を落としたる百合を金にてうかす」もので、銘は『神よ、われらが主、国王を助け給え』というのです。亡命から帰ると伯爵はこの土地に腰をおちつけました。[11]

シェセル氏のいうように、モルソフ伯爵は「黄金の百合」を紋とする王家に忠誠を誓う元亡命貴族であるのだから、家紋に「百合」の意匠が用いられていても何ら不思議はない。ただし、ここまで、トゥーレーヌの土地と自然からクロシュグルドの館と庭までもがすべて花に結びつけられて描かれてきたことを思うと、初版刊行後八年の歳月を経て作中に書き加えられた家紋の「百合」は、過剰さをさらに際立たせる人工の花であるようにも思える。他方で、見方を変えてみると、このように不自然なほどに花を多用することによって、バルザックは、花を物語の中心的かつ特権的な主題として際立たせることに注力したのだと捉えることもできるだろう。実際、クロシュグルドの館に足を踏み入れた後のフェリックス＝バルザックによる描写においても、花はその姿を消すことがないどころか、そのあり方をさらに変化させながらいっそうの存在感を示している。

モルソフ夫人と室内

念願叶って伯爵夫人と相見えることとなったフェリックスは、夫人の声、顔立ち、姿かたち、体つきから、仕草、言動や態度までをこと細く描き出していくなかで、手紙の宛先であるナタリーに向けて次のように述べている。

彼女［モルソフ夫人］は二児の母親ではありましたが、私はいまだかつて女性であれほど若々しい方に会ったことがありません。彼女の外見の素晴らしさは比較によってしか言いあらわせないものです。ディオダチ荘からの帰途で私たち［フェリックスとナタリー］が摘みとったあのヒース、あなたが黒とばら色をしきりに褒めたあの花の汚れのない野性の香りを覚えていますか？あなたにもおわかりになるでしょう。どうして彼女が、世間から離れていながら洗練されていて、言葉づかいは自然で、自身に関することについてきちんと考えているような人でいられるのか、同時にばら色と黒でいられるのかを。彼女の肉体には、私たちが開いたばかりの若葉のうちに見惚れるのと同じみずみずしさがあり、彼女の精神には野生の奥深い簡潔さがあるのです。（I. 76-77）

現在の恋人を相手に、すでに決別を告げたはずの過去の恋人であるモルソフ夫人の「外見の素晴らしさ」を伝えようとし、その現在の恋人当人と摘んだ「あのヒース」を持ち出してしまうフェリックスの無神経さについては目をつぶることにしよう。

ここで注目したいのは、トゥーレーヌでのフェリックスの探索の序盤から、またそもそも作品のタイトルを通じて「百合」に喩えられ続けてきたモルソフ夫人が、「百合」とは別の花、しかも「野性の香り」を放つ「ヒース」に喩えられていることである。引用文に先立つ別の箇所でも、フェリックスは、「夫人のモナ・リザの額のように突き出ている額は、表には出されない考えや抑えられた感情、苦い水によって溺れさせられた花々でいっぱいになっているように見えた」（I. 74）と記している。だがここで「百合」ではない花の比喩がモルソフ夫人の描写に用いられているのは、フェリックスの無神経ではなく、作者の意図によるものとして捉えるべきであろう。バルザックは、それまでの風景描写において加算的に用いてきた花への言及や比喩表現を、モルソフ夫人の人物描写では「比較」という乗算的な用い方に切りかえているのである。モルソフ夫人が花咲きほこるトゥーレーヌの「谷間」に君臨する至高の「百合」であり、花のなかの花であることを言語によって表現するにあたって、バルザック＝フェリックスは、「花」に対して「花」の比喩をかけあわせることで、現実の平面を越え出る奥行きのある描写を実現しようとしたのだ。そこではもはや不自然さや量的な過剰さが問われることはなく、「ヒース」の「ばら色と黒」も「野性の香り」もそのほかの花々の美点も、すべて矛盾することなくかけあわされ、「谷間の百合」の「若々しい」「みずみずしさ」のうちに溶け込んでいくことになる。

そのような、超越的とも神秘的ともいえる「谷間の百合」であれば、芳香を放ち、白くきらめき、『雅歌』の風景や思い出の花をフェリックスに想起させることもまた自然なことだといえるだろうが、物語中の現実の家庭生活においては、モルソフ夫人は、花が香りを放つように周囲の事物や家族に影響を与える存在として描かれている。夫人の暮らす室内では、「壁模様」「壁紙」「縁飾り」(I. 96) のそれぞれに花模様が見られ、夫人の家族たちは、夫人の放つ強い香気にあてられてしまったかのように夫人とは対照的な外見と性質を示している。憂鬱症の夫は、「まだ四十五歳にしかならないのに、六十歳に近づいているように見えた」(I. 89) というほどに老い、乾いて痩せた人物として描かれ、共に病気がちな二人の子どものうち、娘のマドレーヌの「体は温室で育てられたかのように繊細」(I. 85) だと記されている。このように、すべてが「花」としてのモルソフ夫人からの作用を強く受けているように見える空間に身を置きながら、フェリックスは、「fertile 豊かな・肥沃な」「touffu 濃い・茂って」という、植物が繁茂している様子をあらわす形容語句を用いながら館の室内の様子を次のように思い返している。

それまで目にしてきたどんな住居からも、伯爵夫人の生活と同様に落ち着いて考えの凝らされたクロシュグルドのサロンのなかで私がとらわれた豊かで濃い印象を与えられたことはありませんでした。（I. 80）

この記述に続く箇所で、フェリックスはさらに明確に花の比喩を用いて次のように「サロン」を回想している。

私の考えの多くは、学問や政治に関わるもっとも大胆な考えも含めて、花々から香りが放たれるように、そこから生まれ出たものなのです。そこでは、私の魂に花粉を投げかける未知の植物が葉を茂らせ、私の美点を育て、欠点を枯らしてくれる温かな陽光が輝いていたのです。（I. 80）

環境に恵まれず十分に発育することができなかったフェリックスではあったが、モルソフ夫人という花に導かれ、花咲く土地の花の館の室内でついに理想的な環境とめぐりあったことで、ようやくこうして生き生きと発育し、花を咲かせる機会を得るに至ったのだった。小説の冒頭から引用文まで、フェリックスの歩みは花の歩みとして描かれているといっても言いすぎとはならないだろう。

ここまで見てきたように、『谷間の百合』第一部「二つの子ども時代」において、花とその比喩表現は風景描写、事物や人物の描写のなかなどで繰り返し用いられることで、物語の重要な構成要素として、自然を通り越して過剰ともいえるイメージを読者に想起させると同時に、まさに作中に豊かに生い茂ることによって、物語の特権的な主題としての姿を十分に顕在化させている。実際、『谷間の百合』第一部の「花」は、それを揶揄するにせよ称賛するにせよ、早くも初版刊行当時の批評受容において、作品を特徴づける要素、主題として注目を集めていたのだった。[12] ただし、『谷間の百合』の「花」が私たちの関心を引くのは、これまで見てきたフェリックスによる描写や回想におけるその咲きぶりによってだけではない。第一部では、花の香りや輝き、その伝播と浸透の力が強調されているのを私たちは目にしてきたが、これから見ていくように、第二部「はじめての恋」以降では、花はその神秘的な交感力を保持しつつ、フェリックスとモルソフ夫人の二人をより緊密に結びつけ、心情を表現するための道具として積極的に用いられていくからである。

花束と百合

フェリックスの花束

私たち自身も含めて、これまでにも複数の研究者によって指摘されてきたように、第二部「はじめて

の恋」で「小説の花」として読者に強い印象を与えるのは、フェリックスがモルソフ夫人に贈る花束である。〔13〕

クロシュグルドの館で伯爵一家の歓待を受けることになったフェリックスは、日を追うごとに夫人との交流を親密なものにしていく。フェリックスは、若く美しい伯爵夫人が、世間に知られているのとは反対に、家庭生活と地所での農場経営の困難と労苦を一身に背負い、それでもなお、というより、それだからこそ、篤い信仰心と高い道徳意識を持ち、女性に課された抑圧的な社会規範に従いながら、貞淑な妻、慈愛に満ちた母として生きているという「クロシュグルドの秘密」を知り、夫人への思いをいっそう募らせる。モルソフ夫人の方は、苦悩を共有し心を通わせ合うに至ったフェリックスから恋心を寄せられ、その思いを汲みとりながらも、フェリックスに対しては、自分のことをアンリエットという特別な名前で呼ぶことを許すにとどめ、神の愛のもとで自分の子どもたちと同じように愛されること、自分のことは恋人としてではなく家族が互いを愛し慈しみ合うように愛することをフェリックスに約束させる。夫人との関係を続けていくなかで、フェリックスは、許されないながらも絶ちがたい思いを夫人に伝えるために、土地の花々で花束を作り夫人に贈ることを思いたつ。

夫人には灰色のサロンの花瓶にいける花がありませんでした。私は野原、葡萄畑に駆けていって、彼女に二つの花束を作るためにそこで花を探しました。ところで、一輪また一輪と花を摘み、花を根元で切りとり、花に見とれていると、愛される心のなかに音楽の数フレーズが無数の追想を呼び起こすのと同じように、それぞれの色や葉にはハーモニーがあり、知性のうちで目を楽しませながら生まれ出る詩があることに思い至ったのでした。色が光の組み合わせでできているのであれば、歌の構成に意味があるように、色も意味を持っているはずではないでしょうか？　私は［…］二つの花束を作って一つの心情を表現しようとしたのです。（I. 218）

ここでは控えめに「一つの心情」と記されてはいるが、それが夫人への愛であることは明らかであろう。恋する相手に花束を作るというありきたりともいえる行為、そして作られた花束そのものが、それにもかかわらず研究者の注目を集めてきたのは、そのような「自然」な行為とその成果物に、いかにもフェリックス＝バルザックらしい「過剰さ」が見られるためである。

引用文にあるとおり、花束作りに取りかかるやいなや、フェリックスは「色や葉」の音楽的な効果やそこから生まれる文学的な「詩」を感じとり、「花」を記号として用いる「表現」の可能性に魅せられていく。クロシュグルドの館に出入りしている間中続けられていくフェリックスの花束作りの特徴の一つは、草花に意味を持たせるための熱心な「探索」と「研究」に裏づけられているところにある。物語の流れを先取りしていってしまえば、フェリックスにとって花束は「詩的作品」（I. 221）となるのである。「探索」については、フェリックス自身が「九月と一〇月の間、私が作った花束には探索に三時間以下しかかからないようなものは一つとしてありませんでした」（I. 223-224）と述べており、「研究」については、フェリックス＝バルザックは、音と色の共感覚を追求したことで知られる十八世紀の「カステル神父の理論」、一八三〇年代にフランスで花言葉が流行するきっかけを作ったルヌヴー夫人による著作、バルザックと交流があった東洋学者ハマー＝ピュルギュスタルによるオリエントの花言葉集、博物学者ジャン＝バティスト・ラマルクによる大部の花図鑑などの多くの資料を参照していることが、ジゼル・セジャンジェールやダニエル・デュプイによって指摘されてきた。[14]

花束による文通

フェリックスがはじめて作った「二つの花束」に話を戻すと、引用文に続く箇所にあるように、それは、「白バラ」と「百合」による「白」い花束に、「矢車菊」「勿忘草」「シャゼン紫」からなる「青」の花束が組み合わされ、白と青の二色によって「純潔・無垢」をあらわすという手の込んだものであった（I. 218）。フェリックスとモルソフ夫人との間で交わされる花束のやりとりがさらに興味深いのは、このように花束が「作品」として創作されているだけでなく、それぞれの花束に込められた意味をモルソフ夫人がすぐさま理解したことが強調されているためである。はじめての花束を受けとったモルソフ夫人の様子をフェリックスは次のように記している。

> 愛にはその紋章があり、伯爵夫人は心のなかでそれを判読していたのです。（I. 218）

こうして、フェリックスとモルソフ夫人との間で、花束は手紙と同じように、秘められた感情や思いを伝えるための道具として機能していくことになる。そしてそのような「花束＝手紙」の媒介としての機能ぶりこそが「書簡＝小説」としての『谷間の百合』の物語の構成を支え、物語の内容そのものを豊かなものにしているといえるのだが、ここではしかし花束の機能について論じるのではなく、その後の花束のやりとりが、『谷間の百合』の中心的なテーマとして知られる、精神の愛と肉体の愛のせめぎあい、純潔と愛欲の葛藤のテーマと結びつく形で展開している点を強調したいと思う。というのも、当初は純粋な愛の表現であったフェリックスの花束は、モルソフ夫人に「判読」されていくにつれて、純潔を装いながらも、その実は、肉体的な愛の欲望を密かにあらわすことを目指したものに変化していくからであり、受けとり手であるモルソフ夫人もまた、花束による「甘美な文通」を続けることで、「主人を欺く奴隷の気持ちにも似た満足」（I. 229）をフェリックスと共有していくことになるからである。フェリックスは夫人との花束のやりとりを次のように振り返っている。

いかなる宣言も、どんなに常軌を逸した情念の証でさえも、これらの花の交響曲よりも強烈な感化力を持つことはなかったでしょう。そこでは、ベートーヴェンが音符で表現した努力が、挫かれた私の欲望によってはっきりとあらわされていたのです。自己への深い回帰や天へと向かう驚くべき飛躍といったものです。それを目にしたモルソフ夫人はもはやアンリエットでしかありませんでした。彼女は絶えずそこに立ち返り、そこから糧を得ていて、花々を受けとるために「まあ、なんてきれいなんでしょう！」といいながらつづれ織の手仕事から顔をあげるときには、私がそこに持たせた考えのすべてを受けとってしまっているのでした。このような甘美な文通のことが、一つの花束の細部からあなたにもおわかりなるだろうと思います。（I. 224-225）

先に引用した文では「音楽の数フレーズ」という慎ましい表現であらわされていたものが、ここでは「花の交響曲」にまで成長しているかのようであり、フェリックスはみずからの行為をあろうことかベートーヴェンの楽曲創作に喩えている。それほどまでに、フェリックスを駆り立てる「欲望」の力は強く、精神の次元で「そこ［花束］に持たせた考えのすべてを受けとってしまって」いながら、肉体の次元でフェリックスの「欲望」に応えることのない「アンリエット」に対して、フェリックスが「文通」を重ねるごとに愛情と情欲を同時に募らせていったということだろう。

花束の秘密

それでは、フェリックスが具体的にどのようにして花束に「強烈な感化力」を持たせていったのかというと、その方法についてはフェリックス自身が詳しく記している。

週に二度、フラペル滞在の残りの日々に、私は詩的作品のための時間のかかる仕事を再開しました。完成させるためにはあらゆる種類のイネ植物が必要となるので、私は植物学者としてよりも詩人として、植物の形状よりも精神を学ぶことで深い研究をしたのです。一つの花をその生地で見つけるために、私はしばしば途方もない距離をこえて、川縁や谷のなか、岩場の頂き、荒地のただなかを、森のなかでパンジーを摘んだり、ヒースを集めたりしながら歩きました。　(I. 221)

フェリックスが「九月と一〇月の間」に「探索に三時間」以上をかけて花束の作成に精を出したことについては先にもふれたとおりだが、こうした継続的な「探索」と「研究」のもっとも充実した成果物として、その後アンリエットに贈られることになる極めつきの花束——ベンケイソウ、昼顔、赤エニシダ、樫の若枝から、赤いケシ、ジャスミンに至るまで、ゆうに二十種をこえる草花からなる、文字どおり百花繚乱の体をなした花束であり、初版ではその描写に三ページ以上が費やされている——も含めて、引用文にもあるように、フェリックスが花々と同じように「イネ植物」を重視していることに注目したい。だがいったいなぜ、「花束」を作るフェリックスに「イネ植物」が必要となるのか。それは、引用文の後でフェリックス自身が明らかにしているように、「イネ植物」として二度目以降の花束作りに重用されていく「ハルガヤ flouve odorante」が、その名のとおり香りを放つ草であり、その香りに特別な作用があるからにほかならない。

> 五月に草原で感じたことはありませんか、生殖の陶酔をすべての生き物に伝えるあの香りを。[…]芳香のあるハルガヤという小さな草がその隠された[花束の]ハーモニーにもっとも影響を与える要素の一つなのです。[自然におけるのと]同じように、人間もその草を身近に置けば影響を受けずにいることはできません。白と緑が縞になったドレスのように輝く縞のある稲穂を花束に入れてみれば、そのつきることのない香気が、心の底で恥じらいに押しつぶされているバラのつぼみを揺り動かすでしょう。(I, 225)

右の引用では、ハルガヤの香りは植物や生物の生殖と結びつけられるにとどめられており、その作用についても「バラのつぼみを揺り動かす」という穏やかな比喩で表現されているのだが、次の引用では一転して、その香りと作用は、はっきりと性的な愛欲のイメージに結びつけられている。

ハルガヤのうちに隠された欲情をそそる香りに陶然となった女性に、［…］幾度となく繰り返される、抑えられはしても疲れを知らない永遠の情熱のせめぎあいのなかで、与えられることのない幸福を求める、あの愛の赤い欲望を知らないものがいるでしょうか。

（I. 227-228）

フェリックスの「探索」と「研究」は、つまるところ、花々の色や形状、その美しさや象徴性に「ハルガヤ」の「欲情をそそる香り senteur d'Aphrodise」を加えることによって、「純潔・無垢」な愛とおのれを苛む「欲望・欲情」を同時に伝えることを可能にする「隠されたハーモニー」を完成させることを目指すものであったといってよいだろう。フェリックスの花束にはきまって、催淫性のある誘惑の甘い香りが仕込まれているのだ。「ハルガヤ」の香りとその作用について語られた上記の二つの引用文は、テクストの上では、先に私たちが「極めつきの」と称した、フェリックスが作成したなかでももっとも華美な花束＝手紙の詳細な描写の始めと終わりに置かれており、そうすることによってバルザックは、トゥーレーヌの自然から生み出された花束をフェリックスの情念によって挟み、包み込んでいるかのようである。

この後の文でさらに、フェリックスはいかにもフェリックスらしい過剰さと作者ゆずりの共感覚的感性を発揮して、花束を「光り輝く花の詩」に見立て、さらにそれを神への捧げものに喩えているのだが、そこにおいても、「香りや光や詩歌、自然のもっとも純化された表現」といった聖なるものと、「秘められた愛欲、口には出されなかった望み、暑い晩のクモの糸のように燃えあがっては消えていく幻想」といった人間的な欲求が「花の詩」に同時に含まれていることが明言されている（I. 228）。フェリックスの花束作りは、階段を駆けあがっていくような性急さで、早くもその絶頂に達しているといえるだろう。

しかし、花束にこれだけの思いが込められていながら、受けとり手である「アンリエット」の方は、花束を受けとり、花束が意味するところを理解した上で、あくまで操正しい妻、堅実な家庭の母である「モルソフ夫人」として、フェリックスの欲望と誘惑に対しては拒絶する姿勢を崩すことがなかったことについては、すでに何度かふれたとおりである。

「［…］針の一刺しに私の秘密のうちあけ話が込められているということがおわかりになりますか？　ええ！　そうです、最後の肘掛け椅子の刺繍をしながら私はあなたのことを考えすぎました！　ええ、あまりにも強く。あなたが花束のなかに込めた思いを、私は絵柄に向かって語っていたのです」（I. 258-259）

幾度となく繰り返される拒絶の動作のなかでも、読者にとってもっとも印象的なのは、生気ある美しさと香り、あふれ出る情熱に満ちた花束に対して、夫人が乾いた布の上に抑制された機械的な動きで針を通していくことで作られる「つづれ織」をフェリックスに示しつつ、苦しい胸の内を明かしているこの場面ではないだろうか。「主人を欺く奴隷の気持ちにも似た満足」を密かに感じながらも、モルソフ夫人は込みあげてくる思いを堪えるために懸命に「つづれ織」に打ち込んだのであり、「つづれ織」はモルソフ夫人の情念の無言わぬ証人となり、「花束」への無言の返答となるのである。

純潔と愛欲

二人の女性

こうして花束を通じたやりとりが一段落した後、第二部の中盤以降では、フェリックスとモルソフ夫人はより直接的に手紙を交わし合うことによって「文通」を続けることになるのだが、そこでも、「あなたは私の信仰であり光です。あなたは私のすべてなのです」というフェリックスの「聖性」を装った「愛欲」の言葉＝花束に対して、その意味を素早く読みとったモルソフ夫人は、「いいえ、私はあなたの快楽の泉となることはできません」と切り返すことであくまで純潔を貫きとおしていく（I. 286）。フェリックスにとって芳しい愛の花であったモルソフ夫人は、やがて、フェリックスのうわべの言葉どおりに「信仰」の対象にまで高められ、あらためて純潔を象徴する「百合」として、フェリックスの憧憬の対象とされていくだろう。

アンリエット、あなたへの崇敬は神への崇敬に勝ります、百合、私の人生の花。（II. 39）

私が頭のなかで愛撫し、私の精神が口づけする美しい人間の花！　ああ、私の百合！　あなたはい

つも、穢れなく茎の上にまっすぐ伸び、白く、誇り高く、芳しく、一人咲いている！　(II. 46)

一方でこういった熱に浮かされたような言葉をモルソフ夫人にかけながらも、他方では満たされることのない欲望のはけ口を求め続け、フェリックスは小説の第三部「二人の女性」ではついに、パリでの社交生活のなかで「その美しさでもって知られるイギリス人女性」(II. 116) ダッドレー夫人と出会ったことで、たがが外れたように「愛欲」の生活に浸り「快楽」に溺れていくことになる。

「小説の花」を追う私たちにとって興味深いのは、モルソフ夫人への愛が綴られた第二部から、夫人への裏切りとダッドレー夫人との愛人関係が綴られる第三部へと、物語が大きく転調していきながらも、花の比喩が継続して用いられているだけでなく、そこでもまた、純潔と愛欲の葛藤と対比が「花」と「花束」を通じて描かれていることである。

「人を無気力にさせる快楽に満ちた愛の喜びの虜となっていた出会ってからの半年間を、どのような言葉で言いあらわすことができるだろう」という生々しい言葉によってダッドレー夫人との愛人関係について語りはじめたフェリックスが口にするのは、「初々しく、純真な、多くの花ばかりに飾られた愛への嫌悪」であり、フェリックスがダッドレー夫人と共に貪るように味わっていくのは「かつて花束のうちにあらわし、それを知ることなく夢見ていた官能の喜び」なのだ (II. 132-133)。

「二人の女性」というタイトルのとおり、第三部ではモルソフ夫人とダッドレー夫人が対比的に描かれるなかで、両者の間で揺れるフェリックスを頼りない軸として、フェリックスの欲望を満たすダッドレー夫人の存在によって「百合」の聖性はいっそう高められていくことになる。だが、「花の小説」としては例外的なことに、フェリックスのパリ生活が描かれた序盤から、フェリックスがようやくのことで愛欲を断ち切ってクロシュグルドのモルソフ夫人のもとに戻り帰る終盤に至るまで、物語は、花が前面に現れることのないままに進んでいく。その後、小説に花が再びその姿を現すのは、生活の心労にフェリックスの裏切りという決定的な痛手が加わったことで生きる力を失ったモルソフ夫人が、病床に臥しながらフェリックスを迎え入れる臨終の場面になってからのことでしかない。

それでは物語の最後となる場面で、花はどのような役割を演じているのだろうか。

最後の花束

危篤の知らせを受けてクロシュグルドに急行したものの、すでに医師からは夫人が恢復する見込みがないことを告げられたフェリックスは、司祭のドミニス師に「折れてしまったあの美しい百合は天で再び花を開かせるでしょうか」（II. 255）と尋ねてから「百合」との最後の語らいに向かおうとするところで、夫人の娘のマドレーヌが「花束」を作っている姿を目にする。

> 不意に私は、いとしく可愛らしい娘が、おそらく花束を作るために秋の花々の方に駆けていくのを目にしました。（II. 258）

そして、花を摘む娘の姿を見たフェリックスは、司祭に介抱されなければ立っていられないほどに動揺する。

私の愛の心遣いがこうして再現されていることが何を意味しているのかがわかってきたところで、私の心の奥底が揺らいでいるような思いがして、よろめいて、視界が暗くなってしまったのです。(II. 258)

つまり、物語中で長い間不在であった花がようやく再登場するこの場面において、フェリックスは、病がちな少女だったマドレーヌが健康な娘に育ち、衰弱し身動きが取れなくなった母親のかわりに花束を作ろうとしている姿を目にしたことで、めまいを覚えるほどの感動、アナクロニスムをおそれずにいえばプルースト的な動揺に襲われているのである。そこではかつての自分の動作が、今や「もっとも美しい人間の花の愛らしいつぼみ」(II. 149)としてモルソフ夫人の生き写しとなった娘によって「再現」されていたのであり、時がたって立場を逆にしたフェリックスはその花束の受けとり手になろうとしていることを理解し、強く心を動かされたのだ。この後、マドレーヌが作った花束は最後の「小説の花」となって、フェリックスと「アンリエット」が別れの言葉を交わすことになる居室をかつてのように飾っていくことになる。

そうして私は、白いドレスを着たアンリエットを目にしました。彼女は小ぶりな長椅子に腰かけていて、腰かけは花々でいっぱいになった私たちの二つの花瓶で飾られた暖炉の前に置かれていました。十字窓の前の円卓の上にも花が置かれていました。[…]彼女は、その時に誰よりも愛していた人を礼をもって迎えるために、命取りとなる熱があるなかで最後の力を使って散らかっていた居室を飾ったのです。（II. 263）

ここで「私たちの二つの花瓶」と書かれている花瓶は、かつてフェリックスがはじめての二つの花束を捧げた花瓶であり、モルソフ夫人は、フェリックスから受けた恩と思いを彼に返すようにして、マドレーヌが摘んだ花々を二人の思い出となっている花瓶にいけたのだった。臨終の場面ではこうして、物語と登場人物たちの過去時と現在時が花を介して接続され、花によって過去が現在に「再現」されているのである。

百合の秘密

「花の小説」の終盤にふさわしく、かつてのように花に飾られた室内で、モルソフ夫人はみずから花の比喩を用いながら、「あなたの思い出のなかでは美しく立派であり続けたかった、永遠の百合として生きていたかった」（II. 267）とフェリックスに別れの言葉をかける。しかし、『谷間の百合』の読者であれば、このように美しく花で飾られた言葉で物語が終わることはなく、その反対に、死を間近にしたモルソフ夫人がフェリックスに対して、自分も「ダッドレー夫人のように愛されたかった」（II. 273-274）と「百合」としてのそれまでの生を否定する言葉を残していったことを記憶にとどめているだろう。[15] それでもなお、その後、司祭には聞くに耐えない愛と欲望の告白を続けたモルソフ夫人の「罪」は帳消しにされることになるのだが、私たちにとって興味深いのは、その過程においても、花による記憶への働きかけと過去の「再現」が見られることである。

「[医師の]デランド先生が、奥様[モルソフ夫人]の神経に障りすぎているとおっしゃって花々を片づけさせました」と[召使の]マネットが私にいいました。

ということはつまり、花々が彼女の錯乱を引き起こしたのであって、彼女に罪はなかったのだ。大地の愛、生殖の喜び、植物の愛撫、それらが芳香によって彼女を陶然とさせ、若い時分から彼女のうちに眠っていた幸福な愛の思いを目覚めさせたということだろう。(II. 280)

モルソフ夫人の「罪」はこうして最後の花束にその責任を負わせることで贖われ、夫人は穢れのないキリスト教徒、純潔な「天使のような美しさ」(II. 281)で天に召されていくことになる。

ここでモルソフ夫人の「錯乱を引き起こした」とされているのはマドレーヌが摘んだ「花々」ではあるが、その「秋の花々」にあの「欲情をそそる香り」を放つ「ハルガヤ」が含まれていたわけではあるまい。そうではなくて、マドレーヌの花束がモルソフ夫人の記憶のなかでフェリックスの花束と結びつき、フェリックスの花束が放っていた「香り」が記憶の道を辿って現在に蘇ってきたことで、肉体においても精神においてもすでに自制心を失っていた夫人に愛欲の言葉の数々を漏らさせたということではないだろうか。だが、そうであるとしても、「錯乱」の責任をすべて「花々」に帰するのには無理があるといわねばならない。なるほど「花々」はその「芳香」によってモルソフ夫人を「陶然」とさせたに違いない。だが、「花々」はあくまでモルソフ夫人の肉体と精神に働きかけたにすぎず、彼女のうちには、それ以前に、「若い時分」から「幸福な愛の思い」が確かに存在していたのであり、その想念は開花することを許されずに「百合」のなかで眠らされていただけなのであるから。モルソフ夫人が息を引き取る直前の場面で、バルザック＝フェリックスは、こうして花束に罪を着せるという巧妙とも残酷ともいえるやり方で、純潔の人であるモルソフ夫人が愛欲の念をそのうちに宿し続けてきたという「百合」の秘密を秘密のままにとどめることによって、あくまで「百合」を「百合」として地上から見送ろうとしているのである。

「花の小説」としての『谷間の百合』はこうして結末に至り、この後小説には、モルソフ夫人の残した遺言の手紙の前後に、本章の冒頭で引用した、おのれの花の「落花」と「萎凋」を嘆くフェリックスの言葉が、モルソフ夫人の死に対する虚しい餞のように残されているばかりである。これまで見てきたように、小説の第一部ではっきりと主題化された「花」は、フェリックスとモルソフ夫人の秘められた恋愛と、フェリックスによる裏切り、そして最後にモルソフ夫人との死別が語られた小説の第二部と第三部で、「花束」として物語の舞台の中心で大いに脚光を浴び、「百合」と「花束」の対比に「純潔」と「愛欲」の対比を含み込みながら、物語の流れに寄り添うように並走し、メロドラマ的ともいえる展開のなかで、「小説の花」の多様な生を演じきっているといえるだろう。

花の小説のために

サント＝ブーヴに対抗する

最後に、なぜバルザックは『谷間の百合』でこれほどまでに花にこだわりを見せたのか、という本章の冒頭に記した問いを以下に検討していきたい。

これまで、『谷間の百合』と花の結びつきについては、バルザックがモルソフ夫人のモデルの一人としたとされるベルニー夫人との間で小説で描かれたのに通じる花束のやりとりがあったことが強調されてきた。[16] 確かに、『谷間の百合』そのものに、小説の刊行と前後して息を引き取った年上の愛人ベルニー夫人のために執筆された側面があることはバルザック自身も記しているところであり、実体験での花束のやりとりが後の創作に影響を与えたことは間違いないだろう。こうした伝記的な事実をおさえつつ、私たちとしては、それとは別の『谷間の百合』の創作の背景にある文学史的な事実の方に目を向けていきたいと思う。

一八三六年六月刊行の『谷間の百合』が一八三四年七月刊行のサント＝ブーヴ『愛欲』[17]からの明らかな影響を受けており、バルザックが、辛辣な批評家でもあった著者とその作品への対抗心から『谷間の百合』の執筆に向かったことは、文学史的常識としてよく知られているところだが、『愛欲』を凌ぐことを目指したバルザックが、小説のヒロインの造形を通じてその目的を達成しようとしたことについては、あらためて強調しておくべきかと思う。というのも、『谷間の百合』の執筆は一八三四年八月下旬に書かれたハンスカ夫人宛の書簡でバルザックが「十分に女性ではない」と批判した『愛欲』のクアエン夫人を書き換えることをその出発点としていたといっても過言ではなく、[18]その後、バルザックが課題とした新たな女性像の創出に花のイメージが大きく関わってきているからである。

まず私たちの目を引くのは、バルザックが、まだ執筆を本格化させていなかった一八三五年三月にカストリー夫人に宛てた二通の書簡で、作品のタイトル「谷間の百合」とヒロインの名前「アンリエット」を予告的に伝えていることである。[19]ここまでの小説創作の流れを時系列順に整理すると、一八三四年夏に『愛欲』を読んだバルザックはサント＝ブーヴに対抗するという野心を抱き、新たなヒロインを創出していくことでその野心を実現しようとしながら、実際には執筆に本腰を入れるには至らぬまま翌年を迎え、一八三五年三月になってから、構想中の作品を「谷間の百合」という花のイメージで語ることで構想の実現に向けてみずからに拍車をかけていったということになる。創作の動機から執筆に至るまでの流れがこのようなものであったならば、その後、長期の執筆期間と部分的な雑誌掲載をへて一八三六年六月に刊行された『谷間の百合』が「花の小説」として完成していくことになったのは自然な流れであったといえるだろう。

ただし残念なことに、「谷間の百合」というタイトルのみが先行していたともいえる創作が、その後いかにして「花の小説」となるに至ったのかについては、今のところ具体的な事柄は詳らかにされていない。数少ない事実として私たちにわかっているのは、「谷間の百合」「アンリエット」という二つの名前が明らかにされたのと同時期に『パリ評論』誌に掲載された『ゴリオ爺さん』「序文」において、その後の「アンリエット」と重なる「［自分自身の］嗜好から貞淑である女性」をバルザックがすでに話題にしていることであり、特に興味深いのは、私たちが小説を読解していくなかで取りあげた純潔と愛欲の葛藤のテーマがそこで先取りされていることである。
先にふれた一八三四年八月下旬の書簡でバルザックは、『愛欲』を部分的に評価しながらも、結局のところは「清教徒的な書物」であるとし、「クアエン夫人は十分に女性ではない、［女性を脅かす］危険がないのだから」という批判の言葉を記していたのだが、そうしたみずからの記述を踏まえるようにして、『ゴリオ爺さん』「序文」では、描かれるべきヒロインとして「嗜好から貞淑である女性」をあげ、「著者はそのような女性を人好きのしない男性と結婚させて描くつもりである」と述べている。なぜなら「そのような女性が人に好かれる男性と結婚していたら、彼女は自身の喜びから貞淑であるということになるのではなかろうか？」というのがバルザックの弁であり、そこには幸福な家庭を持ったクアエン夫人への間接的な批判と、その後造形されていくことになるモルソフ夫人への期待にも似た思いを見てとることができる。[20] 続いてバルザックは、そのような「嗜好から貞淑である女性」が小説のヒロインとしてどのように描かれていくべきなのかを自身の創作の課題として捉え直しながら、次のように記している。

ですから、女性が貞淑かどうかを知るためには、その女性が誘惑されなくてはならないのです。女性が誘惑されながらも貞淑であるということになれば、過ちの観念すら持っていない女性として描かなくてはならないということになるでしょう。しかし、女性に過ちの観念がなければ、快楽を知ることもないはずなのです。もし女性が快楽がどういうものかを知らなかったら、誘惑はまったく不十分なものとなり、誘惑に耐えたとしても美点とはならなくなります。知りもしないことをどうして欲することができるでしょう？ 女性を誘惑されないままに貞淑に描いてしまっては意味がないのです。しっかりと育った一人の女性が、不幸な結婚をして、誘惑され、情熱という幸せを知っていくところを想像してみてください。作品としては難しいですが作り出せないことはありません。[21]

「貞淑」を体現し、「不幸な結婚」生活に耐えながらもフェリックスの「誘惑」に対しては頑なに操を守ったモルソフ夫人。そのモルソフ夫人が、「幸福な愛の思い」という形で「過ちの観念」を密かに持ち、死の間際になって、恋人との「快楽」に焦がれたことについては、すでに私たちが見てきたとおりであるし、小説中の複数の場面で、純潔の「百合」と愛欲の「花束」を通じて「貞淑」と「誘惑」が描き分けられていたことについてもすでに確認したとおりである。

引用文を読めば明らかなように、確かに、『ゴリオ爺さん』「序文」に記された女性像には、のちに『谷間の百合』にあふれることになる花のイメージが欠けている。だが、逆にいえば、新たなヒロインの原型となる女性像に花のイメージがかけあわせられさえすれば、そこから私たちの良く知るモルソフ夫人の姿が浮かび上がってくるのではないだろうか。前述したように、「花の小説」の具体的な創作過程については想像を逞しくするしかないのだが、一八三五年三月の時点では、「谷間の百合」「アンリエット」という二つの別々の名前であったものが、その後、バルザックのなかで「谷間の百合＝アンリエット」という一つの「女性の花」として結びついたとき、小説家の想像力は、サント＝ブーヴに対抗するという野心を踏み台にして、花のイメージと共に大きく飛翔していくことになったのだと考えることはできないだろうか。『谷間の百合』に描かれた数々の花々は、谷間に屹立する「女性の花」を取り囲むように飾り立てもすれば、「女性の花」に語りかけ、誘惑の仕草を見せもする「小説の花」として、草花が自生するように、バルザックのペンの先から生まれ出たものであるように思える。

花の小説家

あるいは、そもそも小説家のうちに息づいていた花への思いが、『谷間の百合』という「花の小説」に結実したという見方をするのも無理なことではない。何しろ、『谷間の百合』と前後して、さらには同時期に、バルザックは花にちなむ作品を複数残しているからである。

『谷間の百合』と同時期に執筆され、『谷間の百合』の重要な再登場人物であるナタリー・ド・マネルヴィルが結婚前のナタリー・エヴァンジェリスタとして登場する『夫婦財産契約』が、一八三五年一一月の刊行当時には『フルール・デ・ポワ』——慣用表現としては「貴族社会の花形」「社交界の寵児」を意味し、直訳すると「豆の花」となる——と題されていたことは意味のないことではないだろう。[22] ただし、『フルール・デ・ポワ』において、花はタイトルを飾っているのみであり、夫婦財産契約にまつわる駆け引きと謀略が描かれた物語中に花や花の比喩が見られるわけではない。その点、『谷間の百合』と関わりの深いもう一つの作品、一八三二年一〇月に『パリ評論』誌に掲載され、その後一八三三年一二月に書籍化された『ざくろ屋敷』では、赤い花を咲かせるざくろにちなんだ家屋の名前がタイトルに用いられているだけでなく、作中では、『谷間の百合』と同じトゥーレーヌ地方を舞台に、「この地方のすべての花々、果実、美しいものが丸ごと表現されている」というロワール川沿いの屋敷と庭の花々が眩しいほど鮮やかかつ詳細に描写されている。[23] 付言しておくと、ざくろ屋敷は『谷間の百合』ではダッドレー夫人の滞在先として物語中に再登場することになるのだが、「花」のモルソフ夫人との対比でダッドレー夫人が「動物」のイメージと結びつけられて描かれたためもあってか、ざくろ屋敷を飾っているはずの豊かな草花について、『谷間の百合』の作者は完全な沈黙を貫いている。

最後に、バルザックが『谷間の百合』の刊行直後から執筆に取りかかり、翌年二月に早くもその第一部が刊行されることになる創作についていえば、主人公の青年は野に咲く花の名を母方の姓として持つ「詩人」として登場し、『ひなぎく』と題された彼の詩集には「デイジー」「ひなぎく」「椿」「チューリップ」といった、才気を感じさせはするものの傑作とまではいえない、ナイーヴな花の詩の数々が収められている。[24] 文学とジャーナリズムの首都パリでの成功を夢見るなかで、青年は「アザミ chardon」の名を捨て、父方の「ド・リュバンプレ」という貴族の姓を復活させるのだが、『幻滅』の物語はリュシアン・ド・リュバンプレに安易な成功を許すことはなく、やがて惨めに都落ちした「詩人」は、「ブドウ畑の石ころのあいだに咲く黄色の花、マンネンソウの大きな花束」を手に持った姿で、偽司祭に身をゆだねるように懐柔されていくことになるだろう。[25]

『谷間の百合』は内容的にも時期的にも、これら一八三〇年代から四〇年代にかけて執筆された「花の小説」の中心に位置する創作だといえるのであり、「フランスの庭」を熟知する花の小説家として、バルザックはそこに花への思いを、存分に、そして過剰なほどに書き込んでいくことに歓びを感じていたにちがいない。

本章では、バルザックの創作を、執筆の背景や経緯といった作家自身の創作のコンテクストとの関連、ならびに、刊行当時の批評受容や、草稿段階から刊行に至るまでのテクストの生成、作品の形成に関わる同時代の出版文化のコンテクストとの関連において理解し、読解を進めるという論者の研究方針もあって、複数あるヴァージョンのなかから「初版」である一八三六年刊行のヴェルデ版を論述の対象としたのだが、『谷間の百合』を「花の小説」として捉えるためには、やはり「初版」を手にとるのが最適であるといえる。

「谷間の百合」「アンリエット」という、やがて「女性の花」として一つに結ばれる二つの名前が浮上した構想段階からの作家の思いをもっとも忠実に反映しているのが初版であるはずだし、本章で取りあげた花の比喩や描写のほとんどは、なかでもフェリックスによる多くの描写や複数の花束に関しては、初版刊行後、バルザック生前の最終稿となったフュルヌ・コリジェ版まで改訂の対象とされておらず、そのことは「花の小説」としての『谷間の百合』が初版の時点ですでに十分に成立していたことの証左となっているといえよう。

また、フェリックスの場合とは逆に、モルソフ夫人に関しては、すでに見たように、登場の場面と臨終の場面でその後にテクストの改訂が行われているのだが、改訂は「ミルラとアロエの天上の芳香」という表現や、モルソフ夫人＝マドレーヌによる最後の花束によって贖われる「罪」の告白を対象にそれらを削除する形で行われており、そのため、改訂後のヴァージョンよりも初版の方が「花の小説」としての密度は高く、改訂後のヴァージョンでは、初版で「小説の花」が物語のなかで有していたフィクションの力が削がれしまっているといわねばならない。

研究者としては、そうした花の減少を伴う小説の変遷を各ヴァージョンを比較照合しながら追っていくべきであろう。だが、しばらくの間は一人の読者として、この枯れることのないフランス小説の花を机上で眺めるにとどめておきたいと思う。

注

〔1〕Balzac, « Introduction au *Lys dans la vallée* », *Le Lys dans la vallée*, Werdet, 1836, t. I, p. XXII.（「『谷間の百合』「序文」（II）」拙訳、『明治大学教養論集』五六七号、二〇二二年、一〇六頁。）以下、前章と同様に、本章ではヴェルデ書店刊行の初版二巻本を参照し、本文に引用する際には巻数とページ数を丸括弧内にあらわす。なお、『谷間の百合』には複数の翻訳が存在するが、既訳はいずれもバルザックが生前に手を入れた最後のヴァージョン（フュルヌ・コリジェ版）を底本としているため、前章と同様に、本章での引用文は一部をのぞいて初版から新たに訳出した。

〔2〕« Revue », non signé, *Journal des beaux-arts et de la littérature*, 19 juin 1836.

〔3〕『谷間の百合』の文体は初版刊行当時から二十世紀初頭までの批評受容のなかで、作品の評価そのものに関わる特徴として、多くの場合、否定的な議論の対象とされてきた。詳しくは以下の論稿を参照されたい。Nicole Billot, « La critique : une écriture exempte de discours », dans *Sémiotique et esthétique*, dir. Françoise Parouty-David et Claude Zilberberg, Pulim, 2003, p. 151-171 ; Antoine Compagnon, « Le Balzac de la IIIe République », *AB 1999 (I)*, p. 359-374.

〔4〕野崎歓「バルザック悶々」『フランス小説の扉』白水社、二〇〇一年、四三―七三頁。

〔5〕「ミルラとアロエの天上の芳香」という表現は、草稿（*Lov*, A116, f° 3）から第二版のシャルパンチエ版（*Le Lys dans la vallée*. Nouvelle édition, revue et corrigée, Charpentier, 1839）まで継続的に用いられていたのだが、第三版のフュルヌ版（*Le Lys dans la vallée*, *La Comédie humaine*, t. VII, Furne, 1844）では削除されている。

〔6〕草稿では、モルソフ夫人の「恥じらいのある肩」についても「そのきめ細やかな肌は、輝く百合の花弁のように光にきらきらと輝いていた」という「百合」の比喩

を用いた描写がなされていた（*Lov*, A116, f° 3）。

〔7〕『雅歌』からの引用は新共同訳（一九九四年）に拠る。『谷間の百合』というタイトルのもととなったとされる『雅歌』の「野のゆり lilium convallium」（英語名 lily of the valley）は植物学的には「ユリ」ではなく「スズラン」であり、聖書学の伝統において『雅歌』の「ゆり」は白百合ではなく赤い百合として解釈されてきたものだが、ドミニク・ミレ＝ジェラールが論じているように、『谷間の百合』ではそれらの齟齬も含めて、『雅歌』、聖母マリア、フランス・トゥーレーヌの「百合」のイメージがすべて純白の「谷間の百合」に重ねられ混在している。なお、新共同訳とあわせて参照した聖書協会共同訳（二〇一八年）では、「野のゆり」は「谷間の百合」、「茨の中に咲きいでたゆりの花」は「あざみの茂みに咲く百合」、「ミルラとアロエ」は「没薬と沈香」と訳されている。『谷間の百合』と『雅歌』の関係については以下の論稿を参照されたい。Dominique Millet-Gérard, « *Le Cantique des cantiques* dans *Le Lys dans la vallée* », dans *Formes bibliques du roman au* XIXe *siècle*, éd. Fabienne Bercegol et Béatrice Laville, Classiques Garnier, « Rencontre-Études dix-neuviémistes », 2011, p. 115-130.

〔8〕『谷間の百合』の「花」を取りあげた論稿、批評校訂版に付された解説として以下がある。Danielle Depuis, « La métaphore florale et ses avatars dans *Le Lys dans la vallée* », dans *Balzac. "Le Lys dans la vallée". "La Femme de trente ans"*, dir. Pierre Brunel, Édition InterUniversitaires, 1993, p. 35-48 ; « *Le Lys dans la vallée* : botanique et littérature », dans *Le Lys dans la vallée*, 2014, http : //www.lysdanslavallee.fr/fr/article/le-lys-dans-la-vallee-botanique-et-litterature ; Leyla Perrone-Moisés, « Balzac et les fleurs de l'écritoire », *Poétique*, n° 43, septembre 1980, p. 305-323 ; Nicole Mozet, « Présentation »［1972］, Balzac, *Le Lys dans la vallée*, Flammarion, coll. « GF », 2010, p. 9-25 ; Gisèle Séginger, « Introduction », Balzac, *Le Lys dans la vallée*, Librairie générale française, coll. « Le Livre de Poche - Classiques », 1995, p. 7-32. 邦語文献としては特に以下を参照されたい。芳川泰久「バルザックの多声的言語と多義的イメージについて――『谷間の百合』における花のイメージのセリー構造」『東京工業大学人文論集』第一三号、一九八七年、一五一―一七四頁。

〔9〕Article « Tours（Touraine）», signé Nicole Mozet, *Dictionnaire Balzac*, dir. Éric Bordas, Pierre Galudes et

Nicole Mozet, Classiques Garnier, coll. « Dictionnaires et synthèses », 2021, t. II, p. 1290.

〔10〕モルソフ伯爵は、姦通と窃盗の咎で首吊りに処されたものの、その後老嬢ゴドクランの献身的な愛撫によって息を吹き返したことで、ルイ十一世から「死に損ない」の名を拝命することになった「モールソフ殿」の後裔とされている（バルザック「ルイ十一世陛下のご遊楽」『艶笑滑稽譚 第一輯』石井晴一訳、岩波文庫、二〇一二年、二四五―二八九頁）。

〔11〕Balzac, *Le Lys dans la vallée* ［1844］, *CH*, t. IX, p. 990. 訳文は以下の翻訳に拠る。『谷間の百合』石井晴一訳、新潮文庫、一九七三年、四六頁。

〔12〕たとえば、作者と作品を貶める意図で創作されたパロディー記事「山の上の月下香」では、「その女性はあまりに花であり、あまりに新鮮な花の色をしており、あまりに心地のよい花の香りを放っていたので、彼はその女性を「山の上の月下香」と名づけた」という、フェリックスによる花＝人物描写の揚げ足を取る表現が見られる（De Blaguezac, « La Tubéreuse sur la montagne », *Vert-vert. Gazette de Paris*, 7 juillet 1836）。他方で、初版刊行当時に作品を評価した数少ない書評の一つで、評者のウジェーヌ・ギノは「百合が咲く谷間とモルソフ伯爵一家が暮らすクロシュグルドの館は、優れた筆致で描かれている」、「モルソフ夫人は光り輝く花である」と記し、小説第一部で花がもたらしている効果に理解を示している（E［ugène］. G［uinot］., « *Le Lys dans la vallée* par M. de Balzac », *Nouvelle Minerve*, 12 juin 1836）。

〔13〕フェリックスの「花束」に着目した主な研究としては年代順に以下がある。Franc Schuerewegen, *Balzac contre Balzac. Les Cartes du lecteur*, SEDES, Paratexte, « Présences critiques », 1990 (Ch. 7. « *Le Lys dans la vallée*. La lettre, le bouquet », p. 141-156) ; Angela Ion, « "Le langage des fleurs et des choses muettes" dans *Le Lys dans la vallée* », dans *Balzac. "Le Lys dans la vallée". "La Femme de trente ans"*, *op. cit.*, p. 35-48 ; Danielle Depuis, « Odeurs balzaciennes », *AB 2009*, p. 37-59.

〔14〕ジゼル・セジャンジェールによる批評校訂版には「花束」についての詳細な注が付されている。Balzac, *Le Lys dans la vallée*, éd. Gisèle Séginger, *op. cit.*, p. 158 et seq. あわせて、近年の研究として以下を参照されたい。Danielle Depuis, « *Le Lys dans la vallée* : botanique et littérature », *op.*

cit., p. 1-9.

〔15〕 初版では、死の間際になって肉体の愛を渇望するモルソフ夫人の言葉が多く記述されているのだが、初版刊行後にハンスカ夫人に宛てた書簡に記されているように（Lettre à Madame Hanska, 15 janvier 1837, *LH*, t. I, p. 360）、バルザックが『谷間の百合』を捧げた一人でもあるベルニー夫人から手直しを請われたという事情もあって、一八三九年刊行のシャルパンチエ版以降のヴァージョンでは、モルソフ夫人の罪深い告白はそのトーンが和らげられたものになっており、「ダッドレー夫人のように愛されたかった」という表現は初版にしか見られない。

〔16〕 Danielle Depuis, « *Le Lys dans la vallée* : botanique et littérature », *op. cit.*, p. 9.

〔17〕 Sainte-Beuve, *Volupté*, Renduel, 1834, 2 vol.

〔18〕 Lettre à Madame Hanska, 25 (?) août 1834, *LH*, t. I, p. 186-187.

〔19〕 Lettre à la marquise de Castries, vers le 10 mars 1835, *Corr.*, t. I, p. 1070 ; Lettre à la marquise de Castries, mars 1835, *ibid.*, p. 1073.

〔20〕 Balzac, « Préface de la première édition Werdet » [1835], *CH*, t. III, p. 41.

〔21〕 *Ibid.*, p. 42.

〔22〕 Balzac, *La Fleur des pois*, *Scènes de la vie privée*, t. II, Mme Charles-Béchet, 1835.

〔23〕 Balzac, *La Grenadière*, *Scènes de la vie de province*, t. II, Mme Charles-Béchet, 1834 [1833], p. 261.

〔24〕 Balzac, *Illusions perdues*, *Les Deux Poètes*, Werdet, 1837 ; *Un grand homme de province à Paris*, Souverain, 1839.

〔25〕 Balzac, *Illusions perdues*, *Ève et David*, dans *La Comédie humaine*, t. IV, Frune, 1843, p. 530. 訳文は以下の翻訳に拠る。『幻滅』野崎歓・青木真紀子訳、藤原書店、二〇〇〇年、下巻、八四七頁。

あとがき

「あとがき」ならぬ「あとだし」めいたことから書かせていただくと、以下に示すとおり、本書の各章にはそのもととなった論稿が存在する。

第一章と第三章から第六章まで
La figure du conteur chez Balzac, Thèse de doctorat sous la direction de M. José-Luis Diaz, présentée et soutenue le 24 septembre 2016 à l'Université Paris Diderot-Paris7, Université Sorbonne Paris. (https://theses.fr/2016USPCC219)

第二章
「若がえりの泉——バルザックによるラ・フォンテーヌ」東京大学大学院総合文化研究科フランス語系学生論文集『レゾナンス』第四号、二〇〇六年、所収。

第七章から第十章まで
「バルザックとパリの泥——『金色の眼の娘』『ゴリオ爺さん』『シビレエイ』」東京大学大学院総合文化研究科言語情報科学専攻『言語・情報・テクスト』第二五号、二〇一八年、所収。

「バルザック『ゴリオ爺さん』〈ボーセアン夫人の最後の舞踏会〉をめぐって――「罪を犯した女たら」と人物再登場法」東京大学大学院総合文化研究科言語情報科学専攻『言語・情報・テクスト』第二六号、二〇一九年、所収。
「拒絶された手紙――書簡＝小説としての初版『谷間の百合』」明治大学経営学部『人文科学論集』第六八号、二〇二二年、所収。
「花の小説／小説の花――初版『谷間の百合』論」東京大学仏語仏文学研究会『仏語仏文学研究』第五八号、二〇二四年、所収。

ところで、本書のように、過去の論稿をまとめて書籍が作られていく場合、書籍化は以下の二通りの方法のいずれかによって進められることが多いのではないかと思う。もとの文に大きく手を加え、書き下ろしに近い形で書籍化していくのを第一の方法とすると、第二の方法は、それとは対照的に、リライトについては最小限にとどめるというやり方である。バルザックがしばしば第一の方法をとった作家であることについてはもはや繰り返すまでもないが、本書そのものは、第二の方法に従って「執筆」された。ここで執筆の語に括弧をつけたのは、本書の場合、通常の執筆作業とあわせて、フランス語博士論文の一部をもとにした章で、本文から注までを翻訳する作業が多くなされたためである。

それではなぜ、そのような書籍化の方法がとられたのかというと、本書のもととなった論稿はいずれも、一度は完成した学位論文、学術論文として、その時々の審査に携わっていただいた先生方、ならびに、公刊後に目を通してくださった方々からの評価を受け、おおげさにいえば審判を下されたものである以上、大幅なリライトについては差し控えるべきではないかと考えたからだ。もちろん、拙稿に与えられた評価や審判は肯定的なものばかりではないのだから、書籍化に際して、反省を重ねた上であらためて大幅増補改訂版を作成するという選択肢がなかったわけではないし、一人の研究者としては、そのほうがより誠実なやり方であるようにも思えた。しかし、そもそもが同一人物による作業である以上、仮に全面的な改稿がなされたとしても、改稿が改良となるとは限らないし、様々な制約があるなかで、いつまでも過去の論稿の手直しに時間をかけていくわけにもいかない。本書の執筆は、そのような逡巡の末に、できるだけオリジナル版を尊重し、リライトやアップデートについては必要な場合のみに限るという現実的な選択をすることで進められていった――とはいえ、実際のところは、加筆、訂正、削除の対象となった箇所は膨大な数にのぼったうえ、新たな知見にもとづく更新や追記、大幅な書き換えを行った箇所も少なからずあり、原稿がとりあえずの完成を見るまでには短くない月日を要したのではあるが。

そのような、私のなかではいくらかの思い切りを必要とした選択を後押ししてくださったのが、春風社の下野歩さんである。下野さんは、本書の構想段階から、十九世紀フランスにおける編集や出版といった事象を研究対象としていながら、実際の事業としての出版については素人同然であった私に、貴重な示唆を惜しみなく与えてくださった。そもそも、本書が誕生したきっかけには、私にとって僥倖というほかないタイミングで送られてきた下野さんからの手紙の存在があり、その意味では下野さんこそが本書の生みの親だといえる。記して感謝申しあげたい。

春風社社長でありかつ熱烈なバルザシアンである三浦衛さんからは、原稿提出後から校了に至るまでの間、的確な助言と提案の数々を頂戴した。三浦さんからの提言に十分に応えることができたかどうかは心許ないのだが、私としては、研究業界でいう「若手」の終わりの時期にこうして三浦さんと仕事をする機会を持てたことを嬉しく思っている。また、三浦さんは、専門的な研究書でありながら一般読者にとっても手にとりやすい書籍として本書を刊行したいという私のわがままに理解を示してくださり、様々な困難があるにもかかわらず、私の願いを最大限に聞き入れてくださった。三浦さんをはじめ、本書の制作に携わってくださった皆さまに、あらためて敬意と謝意を捧げたい。

最後に、お一人お一人のお名前を列挙することは控えるが、長く続いた修行時代に多くのことを教えてくださった先生方、研究活動を暖かく見守り、励ましてくださった職場の皆さま、研究会や学会でお世話になった方々、資料調査や研究支援を通じてお世話になった方々に、この場を借りて心からの感謝の思いを伝えたい。ありがとうございました。

谷本道昭

二〇二四年七月

＊本書はJSPS科研費JP22K13093の助成を受けたものである。

文献一覧

・文献は本書で引用・参照したものに限る。
・バルザックの著作はオリジナル版、生前の版、批評校訂版の順に刊行順で記し、翻訳については刊行順で記す。
・同一著者による著作を複数あげる際には、書籍、記事・論文の順に刊行順で記す。
・上記「III」については、末尾の丸括弧内に批評校訂版での収録先や翻訳の書誌を記す場合がある。また「III. 1」については、バルザックによる著作とそのほかの作家による著作を「＊」によって分けて記す。

I. バルザックの著作

1. オリジナル版

Le Vicaire des Ardennes, signé Horace de Saint-Aubin, Pollet, novembre 1822.

La Dernière Fée, ou la Nouvelle Lampe merveilleuse, signé Horace de Saint-Aubin, Barba, Hubert, Mondor et Borbée, mai 1823, 2 vol.

Physiologie du mariage ou Méditations de philosophie éclectique sur le bonheur et le malheur conjugal, publiées par un jeune célibataire, Levavasseur, Canel, décembre 1829, 2 vol.

Scènes de la vie privée, Mame et Delaunay-Vallée, Levavasseur, avril 1830, 2 vol.

La Peau de chagrin, Roman philosophique, Gosselin et Canel, août 1831, 2 vol.

Romans et contes philosophiques, Gosselin, septembre 1831, 3 vol.

Contes bruns, par une..., non signé［Balzac, Philarète Chasles et Charles Rabou］, Canel et Guyot, février 1832.

Les Cent Contes drolatiques, colligez ès abbaïes de Touraine, et mis en lumière par le sieur de Balzac, pour l'esbattement des pantagruelistes et non aultres. Premier Dixain, Gosselin, avril 1832 ; *Second Dixain*, Gosselin, juillet 1833 ; *Troisième Dixain*, Werdet, décembre 1837.

Contes philosophiques, Gosselin, juin 1832, 2 vol.

Nouveaux Contes philosophiques, Gosselin, octobre 1832.

Histoire intellectuelle de Louis Lambert, Gosselin, février 1833.

Études de mœurs au XIXe *siècle,* Mme Charles-Béchet, 1833-1837, 12 vol.

Études philosophiques, Werdet, puis Delloye et Lecou, puis Souverain, 1834-1840, 20 vol.

Le Père Goriot. Histoire parisienne, Werdet et Spachmann, mars 1835, 2 vol.

Le Livre mystique, Werdet, décembre 1835, 2 vol.

Œuvres complètes d'Horace de Saint-Aubin, Souverain, avril-décembre 1836, 2 vol.

Le Lys dans la vallée, Werdet, juin 1836, 2 vol. [*Lys*]

La Femme supérieure, La Maison Nucingen, La Torpille, Werdet, septembre 1838, 2 vol.

La Comédie humaine. Œuvres complètes de M. de Balzac, Dubouchet, Furne et Hetzel, 1842-1848, 17 vol ; Houssiaux, 1853-55, 3 vol.

2. 批評校訂版

a. 全集・選集

La Comédie humaine, édition publiée sous la direction de Pierre-Georges Castex,

Gallimard, coll. « Bibliothèque de la Pléiade », 1976-1981, 12 vol. [*CH*]

Nouvelles et contes, édition établie, présentée et annotée par Isabelle Tournier, Gallimard, coll. « Quarto », 2005-2006, 2 vol. [*NC*]

Œuvres diverses, édition publiée sous la direction de Pierre-Georges Castex, Gallimard, coll. « Bibliothèque de la Pléiade », t. I, 1990, t. II, 1996. [*OD*]

Premiers Romans 1822-1825, édition établie par André Lorant, Robert Laffont, coll. « Bouquins », 1999, 2 vol. [*PR*]

b. 個別作品

Les Cent Contes drolatiques, éd. Raymond Massant, *Œuvres complètes*, t. XXII, Club de l'Honnête Homme, 1961.

Les Cent Contes drolatiques, éd. Roland Chollet, *Œuvres complètes*, t. XX, Les Bibliophiles de l'Originale, 1969.

Contes bruns, éd. Marcel Bouteron, A. Delpeuch, 1927.

Contes bruns, éd. Max Milner, Marseille, Laffitte Reprints, 1979.

La Dernière Fée, ou la Nouvelle Lampe merveilleuse [1836], *Romans de jeunesse*, éd. Roland Chollet, Genève, Rencontre, 1968.

Le Lys dans la vallée, éd. Moïse Le Yaouanc, Classiques Garnier, coll. « Classiques jaunes », 2018 [1980].

Nouveaux Contes philosophiques, éd. Andrew Oliver, Toronto, Éditions de l'originale, coll. « Les Romans de Balzac », 2010. [*NCP*]

La Peau de chagrin, éd. Maurice Allem, Garnier, coll. « Classiques Garnier », 1967.

La Peau de chagrin, éd. Andrew Oliver, Toronto, Éditions de l'originale, coll. « Les Romans de Balzac », 2007. [*Peau*]

Pensées, sujets, fragments, éd. Jacques Crépet, A. Blaizot, 1910.

Le Père Goriot, éd. Pierre-Georges Castex, Garnier, coll. « Classiques Garnier », 1981.

Le Père Goriot. Histoire parisienne, éd. Andrew Oliver, Honoré Champion, coll. « Texte de littérature moderne et contemporaine », 2011. [*PG*]

Romans et contes philosophiques, éd. Andrew Oliver, Toronto, Éditions de l'originale, coll. « Les Romans de Balzac », 2007. [*CP*]

c. 文庫

Le Chef-d'œuvre inconnu, *Gambara*, *Massimilla Doni*, éd. Marc Eigeldinger et Max Milner, Flammarion, coll. « GF », 1981.

La Comédie du diable, préface et notes de Roland Chollet, postface de Joëlle Raineau, Saint-Épain, Lume, 2005.

Contes bruns, éd. Marie-Christine Natta, Jaignes, La Chasse au Snark, 2002.

Une conversation entre onze heures et minuit, éd. Pierre Bangin, Ombres, 2001.

Écrits sur le roman, *Anthologie*, éd. Stéphane Vachon, Librairie générale française, coll. « Le Livre de Poche », 2000.

L'Élixir de longue vie, précédé de *El Verdugo*, éd. Patrick Berthier, Librairie générale française, coll. « Le Livre de Poche », 2003.

Le Lys dans la vallée, éd. Gisèle Séginger, Librairie générale française, coll. « Le Livre de Poche », 1995.

Le Lys dans la vallée, éd. Nicole Mozet, Flammarion, coll. « GF », 2010 [1972] .

Nouvelles, éd. Philippe Berthier, Flammarion, coll. « GF », 2005.

La Peau de chagrin, éd. Pierre Barbéris, Librairie générale française, coll. « Le Livre de Poche », 1972.

Peines de cœur d'une chatte anglaise et autres scènes de la vie privée et publique des animaux, éd. Rose Fortassier, Flammarion, coll. « GF », 1985.

Le Père Goriot, éd. Stéphane Vachon, Librairie générale française, coll. « Le Livre de Poche », 1995.

Sarrasine, éd. Éric Bordas, Librairie générale française, coll. « Le Livre de Poche », 2001.

3. 書簡

Correspondance, édition établie, présentée et annotée par Roger Pierrot et Hervé Yon, Gallimard, coll. « Bibliothèque de la Pléiade », 2006-2017, 3 vol. [*Corr.*]

Lettres à Madame Hanska, textes réunis, classés et annotés par Roger Pierrot, Robert Laffont, coll. « Bouquins », 1990, 2 vol. [*LH*]

4. バルザックが寄稿した新聞雑誌

L'Artiste, journal de la littérature et des beaux-arts, 1re série : 1831-1838, Genève, Slatkine Reprints, 1972-1978.

La Caricature, morale, religieuse, littéraire et scénique, 1830-1835, Tokyo, Hon-no-tomosha, 2000-2001.

L'Europe littéraire, 1833-1834.

La France littéraire, 1832-1835.

La Mode, revue des modes. Galerie de mœurs. Album des salons, 1re série, 1829-1831.

Revue de Paris, 1re série : 1829-1833, Genève, Slatkine Reprints, 1971-1972.

Revue des Deux Mondes, 1re série, 1829-1831 ; 2e série : 1831-1835.

La Silhouette, journal des caricatures, beaux-arts, dessins, mœurs, théâtres, etc., 1829-1830.

5. 翻訳

a. 全集・選集

『バルザック全集』東京創元社、1973–1976年、全二十六巻。

『バルザック「人間喜劇」セレクション』藤原書店、1999–2000年、全十三巻、別巻二。

『バルザック幻想・怪奇小説選集』水声社、2007年、全五巻。

『バルザック芸術／狂気小説選集』水声社、2010年、全四巻。

『バルザック愛の葛藤・夢魔小説選集』水声社、2015–2017年、全五巻。

b. 単行本

『ランジェ公爵夫人』工藤庸子訳、集英社、2008年。

『神秘の書』私市保彦、加藤尚宏、芳川泰久、大須賀沙織訳、水声社、2013年。

『イヴの娘』宇多直久訳、春風社、2018年。

c. 文庫

『ゴリオ爺さん』平岡篤頼訳、新潮文庫、1972年。

『谷間の百合』石井晴一訳、新潮文庫、1973年。

『ゴプセック・毬打つ猫の店』芳川泰久訳、岩波文庫、2009年。

『グランド・ブルテーシュ奇譚』宮下志朗訳、光文社古典新訳文庫、2009年。

『サラジーヌ他三篇』芳川泰久訳、岩波文庫、2012年。

『艶笑滑稽譚』石井晴一訳、岩波文庫、2012年、全三冊。

『ソーの舞踏会』柏木隆雄訳、ちくま文庫、2014年。

『オノリーヌ』大矢タカヤス訳、ちくま文庫、2014年。

「ゴリオ爺さん」博多かおる訳、『バルザック』野崎歓編訳、集英社文庫、2015年。

『ゴリオ爺さん』中村桂子訳、光文社古典新訳文庫、2016年。

『「人間喜劇」総序・金色の眼の娘』西川祐子訳、岩波文庫、2024年。

II. バルザック研究

L'Année balzacienne, Garnier frères, 1960-1979 ; nouvelle série, PUF, 1980-1999 ; troisième série, PUF, 2000-. [*AB*]

Balzac, préface et notice de textes choisis et présentés par Stéphane Vachon, Presses de l'université de Paris-Sorbonne, coll. « Mémoire de la critique », 1999.

Balzac avant Balzac, sous la direction de Claire Barel-Moisan et José-Luis Diaz, Saint-Cyr-sur-Loire, Christian Pirot, coll. « Balzac », 2006.

Balzac et la nouvelle, sous la direction de Anne-Marie Baron, *L'École des lettres, second cycle*, L'École des lettres, 1999-2003, 3 vol.

Balzac imprimeur et défenseur du livre, catalogue de l'exposition, Éditions des musées de la Ville de Paris, Éditions des Cendres, 1995.

Balzac, l'éternelle genèse, textes réunis et présentés par Jacques Neefs, Saint-Denis, PUV, coll. « Manuscrits Modernes », 2015.

Balzac, Œuvres complètes. Le « Moment » de "La Comédie humaine", textes réunis et édités par Claude Duchet et Isabelle Tournier, Groupe international de recherches balzaciennes, Saint-Denis, PUV, coll. « L'Imaginaire du texte », 1993.

Balzac. Une poétique du roman, sous la direction de Stéphane Vachon, Saint-Denis, PUV, Montréal, XYZ, 1996.

Bardèche (Maurice), *Balzac, romancier. La formation de l'art du roman chez Balzac jusqu'à la publication du "Père Goriot"* [1940], Genève, Slatkine Reprints, 1967.

Butor (Michel), *Improvisations sur Balzac*, Différence, coll. « Les Essais », 1998, 3 vol.

Chollet (Roland), *Balzac journaliste. Le tournant de 1830*, Klincksieck, 1983.

Curtius (Ernst Robert), *Balzac* [1923], trad. par Michel Beretti, Des Syrtes, 1999.

Diaz (José-L)evenir *Balzac. L'Invention de l'écrivain par lui-même*, Saint-Cyr-sur-Loire, Ch Pirot, coll. « Balzac », 2007.

——, *L'Écr imaginaire. Scénographies auctoriales à l'époque romantique (1770-1850)*, Honoré mpion, coll. « Romantisme et Modernités », 2007.

Farrant m), *Balzac's Shorter Fictions. Genesis and Genre*, Oxford, Oxford University Press, 02.

Felkay (Nicole), *Balzac et ses éditeurs 1822-1837. Essai sur la librairie romantique*, Promodis, coll. « Histoire du livre », 1987.

Frölich (Juliette), *Au parloir du roman de Balzac à Flaubert*, Didier, 1991.

Guichardet (Jeannine), *Balzac-mosaïque*, Clermont-Ferrand, Presses universitaires Blaise Pascal, « Cahiers Romantiques », 2007.

Kamada (Takayuki), *Balzac. Multiples Genèses*, Saint-Denis, PUV, coll. « Manuscrits Modernes », 2021.

Mozet (Nicole), *Balzac, au pluriel*, PUF, coll. « Écrivains », 1990.

——, *La Ville de province dans l'œuvre de Balzac. L'Espace romanesque : fantasme et idéologie* [1982], Genève, Slatkine Reprints, 2000.

Pierrot (Roger), *Honoré de Balzac*, Fayard, 1994.

Thérenty (Marie-Ève), *Mosaïques. Être écrivain entre presse et roman (1829-1836)*, Honoré Champion, coll. « Romantisme et Modernités », 2003.

Vachon (Stéphane), *Les Travaux et les jours d'Honoré de Balzac. Chronologie de la création balzacienne*, Paris, CNRS, Saint-Denis, PUV, Montréal, PUM, 1992.

——, *1850. Tombeau d'Honoré de Balzac*, Saint-Denis, PUV, Montréal, XYZ, coll. « Documents », 2007.

III. 各章で引用・参照した文献・ウェブサイト

第一章「『最後の妖精』を読む――『妖精譚』の読者／著者バルザック」

1. 一次文献

Saint-Aubin (Horace de), *Le Vicaire des Ardennes*, Pollet, 1822.

——, *La Dernière Fée, ou la Nouvelle Lampe merveilleuse*, Barba, H… Mondor et Bobée, 1823, 2 vol.

——, *La Dernière Fée, ou la Nouvelle Lampe merveilleuse*, deuxième éd. revue, corrigée et considérablement augmentée, Delongchamps, 1825［1824］.

——, *La Dernière Fée, ou la Nouvelle Lampe merveilleuse, Œuvres compl… d'Horace de Saint-Aubin*, Souverain, 1836, t. I et II.

——, *La Dernière Fée, ou la Nouvelle Lampe merveilleuse*［1836］, *Romans de jeunesse*, éd. Roland Chollet, Genève, Rencontre, 1968.

——, *La Dernière Fée, ou la Nouvelle Lampe merveilleuse*, *PR*, t. II.

*

Bibliothèque des Génies et des Fées, Honoré Champion, coll. « Sources Classiques », 2004-, 20 vol.

Le Cabinet des fées, ou Collection choisie des contes des fées, et autres contes merveilleux, Amsterdam et Paris, Charles-Joseph Mayer et Charles-Georges-Thomas Garnier, 1785-1789, 41 vol.

D'Aulnoy（Madame）, *Contes des fées*, éd. Nadine Jasmin, Honoré Champion, coll. « Champion Classiques », 2008.

Les Mille et Une Nuits, contes arabes, traduits en français par Galland, nouvelle édition, entièrement revue sur les textes originaux, accompagnée de notes, et augmentée de plusieurs nouvelles et contes traduits des langues orientales par M. Eugène Destains ; précédée d'une notice historique sur Galland, par M. Charles Nodier, Gaillot, 1822-1825, 6 vol.

Les Mille et Une Nuits, contes arabes, traduits en français par Galland, nouvelle édition, revue sur les textes originaux, accompagnée de notes, avec les continuations, et plusieurs contes, traduits pour la première fois du persan, du turc et de l'arabe, etc., par M. Édouard Gauttier, Baudouin frères, Treuttel et Würtz, Arthus-Bertrand, 1822-1824, 7 vol.

Les Mille et Une Nuits, traduction d'Antoine Galland, éd. Jean-Paul Sermain, Flammarion, coll. « GF », 2004.

Sandeau（Jules）, « Vie et malheurs de Horace de Saint-Aubin », *Œuvres complètes d'Horace de Saint-Aubin*, *op. cit.*（*PR*, t. I.）

2. 二次文献

BALDENSPERGER (Fernand), *Orientations étrangères chez Honoré de Balzac*, Honoré Champion, coll. « Bibliothèque de la Revue de littérature comparée », 1927.

BARBÉRIS (Pierre), *Aux sources de Balzac. Les Romans de jeunesse* [1965], Genève, Slatkine Reprints, 1985.

BARDÈCHE (Maurice), *Balzac, romancier* [1940], Genève, Slatkine Reprints, 1967.

BARON (Anne-Marie), « Roman de jeunesse, genèse du roman : *La Dernière Fée*, roman originel », *AB 1997*, p. 361-374.

CHOLLET (Roland), « Du premier Balzac à la mort de Saint-Aubin : Quelques remarques sur un lecteur introuvable », *AB 1987*, p. 7-20.

DIAZ (José-Luis), « Devenir Balzac », dans *Balzac avant Balzac*, éd. Claire Barel-Moisan et José-Luis Diaz, Saint-Cyr-sur-Loire, Christian Pirot, coll. « Balzac », 2006, p. 7-19.

ERRE (Michel), « Du discours féerique au langage du réel : Études sur les formes de discours dans *La Dernière Fée* », *AB 1975*, p. 57-79.

——, « *Le Centenaire* : Un anti-roman noir », *AB 1978*, p. 105-121.

GLEIZE (Joëlle), « Horace de Saint-Aubin. *Triste héros de préface* », dans *Balzac avant Balzac*, *op. cit.*, p. 79-93.

GUICHARDET (Jeannine), *Balzac-mosaïque*, Clermond-Ferrand, Presses universitaires Blaise Pascal, coll. « Cahiers Romantiques », 2007.

JASMIN (Nadine), « Naissance du conte féminin : Madame D'Aulnoy », Madame D'Aulnoy, *Contes des fées*, éd. Nadine Jasmin, Honoré Champion, coll. « Champion Classiques », 2008, p. 9-81.

PIERROT (Roger), *Honoré de Balzac*, Fayard, 1994.

PROPP (Vladimir), « Morphologie du conte » [1928], traduction de Marguerite Derrida, *Morphologie du conte*, Éditions du Seuil, coll. « Points-Essais », 1970.

ROBERT (Raymonde), *Le Conte de fées littéraire en France de la fin du* XVIIe *à la fin du* XVIIIe *siècle*, Nancy, Presses universitaires de Nancy, 1982.

——, « Introduction », Madame d'Aulnoy, *Contes des fées suivis des Contes nouveaux ou Les Fées à la mode*, éd. Nadine Jasmin, avec une introduction de Raymonde Robert, Honoré Champion, coll. « Bibliothèque des Génies et des Fées », 2004, p. 15-67.

VACHON (Stéphane), *Les Travaux et les jours d'Honoré de Balzac*, Paris, CNRS, Saint-Denis, PUV, Montréal, PUM, 1992.

第二章「若返りの泉――ラ・フォンテーヌの読者バルザック」

1. 一次文献

BALZAC, *Les Cent Contes drolatiques, colligez ès abbaïes de Touraine, et mis en lumière par le sieur de Balzac, pour l'esbattement des pantagruelistes et non aultres, Premier Dixain*, Gosselin, 1832.(『艶笑滑稽譚 第一輯』石井晴一訳、岩波文庫、2012年。)

――, *Peines de cœur d'une chatte anglaise et autres scènes de la vie privée et publique des animaux* [1844], éd. Rose Fortassier, Flammarion, coll. « GF », 1985.(「イギリス牝猫の恋の悩み」私市保彦訳、『バルザック幻想・怪奇小説選集5 動物寓話集他』水声社、2007年。)

――, *Pensées, sujets, fragments*, éd. Jacques Crépet, A. Blaizot, 1910.

――, « Notice sur la vie de La Fontaine », *Œuvres complètes de La Fontaine, ornées de trente vignettes dessinées par Devéria et gravées par Thompson*, A. Sautelet, 1826. (*OD*, t. II.)

――, « Complaintes satiriques sur les mœurs du temps présent » *La Mode,* 20 février 1830. (*OD*, t. II.)

――, « La Belle Impéria », *Revue de Paris*, 19 juin 1831. (*OD*, t. I.)

――, « Avertissement du libraire : *Les Cent Contes drolatiques* » [1832], *OD*, t. I.

Scènes de la vie privée et publique des animaux, vignettes par Grandville : Étude de mœurs contemporaines, publiée sous la direction de M. P.-J. Stahl, avec la collaboration de messieurs de Balzac, L. Baude, E. de la Bédolliere, P. Bernard, J. Janin, Ed. Lemoine, Charles Nodier, George Sand, J. Hetzel, 1842-1844, 2 vol.

*

LA FONTAINE, *Nouvelles en vers tirées de Boccace et de l'Arioste*, Claude Barbin, 1665 [1664].

――, *Contes et nouvelles en vers*, Claude Barbin, 1665.

――, *Contes et nouvelles en vers*, Claude Barbin, 1666, 1669, 1671.

――, *Œuvres complètes de La Fontaine, ornées de trente vignettes dessinées par Devéria et gravées par Thompson*, A. Sautelet, 1826.

――, *Fables de La Fontaine, édition illustrée par J.J. Grandville*, H. Fournier, 1838-1840, 3 vol.

――, *Œuvres complètes : Fables Contes et Nouvelles*, édition établie, présentée et annotée par Jean-Pierre Collinet, Gallimard, coll. « Bibliothèque de la Pléiade », 1991.

SAINTE-BEUVE, « La Fontaine », *Causeries du lundi*, Garnier frères, 1853, p. 412-426.

STENDHAL, « Lord Byron en Italie », *Revue de Paris*, 21 mars 1830.

2. 二次文献

CHOLLET (Roland), « La Jouvence de l'archaïsme : Libre causerie en Indre-et-Loire », *AB 1995*, p. 135-150.

DIAZ (José-Luis), « Comment 1830 inventa le XIXe siècle », dans *L'Invention du XIXe siècle. Le XIXe siècle par lui-même (littérature, histoire, société)*, éd. Alain Corbin *et al.*, Klincksieck, PUS, 1999, p. 177-194.

——, « Portrait de Balzac en écrivain romantique », *AB 2000*, p. 7-23.

LYONS (Martyn), *Le Triomphe du livre. Une histoire sociologique de la lecture dans la France du XIXe siècle*, Promodis, coll. « Histoire du livre », 1987.

MÉNARD (Maurice), *Balzac et le comique dans "La Comédie humaine"*, PUF, 1983.

TAINE (Hippolyte), *La Fontaine et ses fables* [1853-1861], Hachette, 1922.

3. 邦語文献

鹿島茂『人獣戯画の美術史』ポーラ文化研究所、2001年。

私市保彦「動物寓意作家としてのバルザック」『武蔵大学人文学会雑誌』第二八巻二号、1997年、125–190頁。

E・R・クルティウス『バルザック論』大矢タカヤス監修・小竹澄栄訳、みすず書房、1990年。

E・R・クルティウス『ヨーロッパ文学評論集』高本研一訳、みすず書房、1991年。

野村正人『諷刺画家グランヴィル——テクストとイメージの十九世紀』水声社、2014年。

4. レフェランス文献

Le Grand Robert de la langue française par Paul Robert, Le Robert, 1985, 9 vol.

Le Grand Dictionnaire universel du XIXe siècle par Pierre Larousse, Administration du grand dictionnaire universel, 1866-1888, 17 vol.

第三章「コントの作者バルザックと初版『あら皮』」

1. 一次文献

Balzac, *Physiologie du mariage ou méditations de philosophie éclectique, sur le bonheur et le malheur conjugal, publiées par un jeune célibataire*, Levavasseur et Canel, 1829.

——, *La Vendetta*, *Scènes de la vie privée*, Mame et Delaunay-Vallée, 1830. (*NC*, t. I.)

——, *La Peau de chagrin*, *Roman philosophique*, Gosselin et Canel, 1831, 2 vol.

——, *La Peau de chagrin*, *Études philosophiques*, Werdet, 1835.

——, *La Peau de chagrin*, *Études sociales*, Delloy et Lecou, 1838.

——, *La Peau de chagrin*, éd. Maurice Allem, Garnier, coll. « Classiques Garnier », 1967.

——, *La Peau de chagrin*, éd. Pierre Barbéris, Librairie générale française, coll. « Le Livre de Poche », 1972.

——, *La Peau de chagrin*, *Roman philosophique*, éd. Andrew Oliver, Toronto, Éditions de l'originale, coll. « Les Romans de Balzac », 2007. [*Peau*]

——, *Romans et contes philosophiques*, Gosselin, 1831, 3 vol.

——, *Romans et contes philosophiques*, éd. Andrew Oliver, Toronto, Éditions de l'originale, coll. « Les Romans de Balzac », 2007. [*CP*]

——, *Petites misères de la vie conjugale* [1830-1846], *CH*, t. XII.

——, *Pensées, sujets, fragments*, éd. Jacques Crépet, A. Blaizot, 1910.

——, « Fragment d'une nouvelle satyre ménipée », *La Caricature,* 18 novembre 1830. (*NC*, t. I.)

——, « Les Litanies romantiques », signé Alfred Coudreux, *La Caricature*, 9 décembre 1830. (*OD*, t. II.)

——, « Le Dernier Napoléon », « Croquis », signé Henri B***, *La Caricature*, 16 décembre 1830. (*Peau* ; *NC*, t. I ; *OD*, t. II.)

——, « Le Suicide d'un poète, Fragment de *La Peau de chagrin* », *Revue de Paris*, 29 mai 1831. (*Peau* ; *NC*, t. I.)

——, « *La Peau de chagrin, roman philosophique*, par M de Balzac », signé Le comte Alexandre de B***, *La Caricature*, 11 août 1831. (*OD*, t. II.)

——, « *Romans et contes philosophiques*, par M. de Balzac », non signé, *L'Artiste,* 2 octobre 1831. (*OD*, t. II.)

＊

CHASLES (Philarète), « *La Peau de chagrin* », *Le Messager des chambres*, 6 août 1831.

——, « Introduction aux *Romans et contes philosophiques* », Balzac, *Romans et contes philosophiques*, Gosselin, 1831. (*CP* ; *CH*, t. X.)

STERNE (Laurence), *Vie et Opinions de Tristram Shandy, Œuvres complètes de L. Sterne*, tr. de l'anglais par une société des gens de lettres, t. II, Ledoux et Tenré, 1818.

2. 二次文献

Balzac et la nouvelle, sous la direction de Anne-Marie Baron, *L'École des lettres, second cycle*, L'École des lettres, 1999-2003, 3 vol.

Balzac et "La Peau de chagrin", textes réunis par Claude Duchet, SEDES, CDU, 1979.

BARDÈCHE (Maurice), *Balzac, romancier* [1940] , Genève, Slatkine Reprints, 1967.

ERRE (Michel), « Du discours féerique au langage du réel : Études sur les formes de discours dans *La Dernière Fée* », *AB 1975*, p. 57-79.

FALCONER (Graham), « Le travail de style dans les révisions de *La Peau de chagrin* », *AB 1969*, p. 71-106.

GENETTE (Gérard), *Seuils*, Éditions du Seuil, coll. « Points-Essais », 1987. (ジェラール・ジュネット『スイユ』和泉涼一訳、水声社、2001年。)

GLAUDES (Pierre), *"La Peau de chagrin" d'Honoré de Balzac*, Gallimard, coll. « Foliothèque », 2003.

GUICHARDET (Jeannine), *Balzac-mosaïque*, Clermond-Ferrand, Presses universitaires Blaise Pascal, coll. « Cahiers Romantiques », 2007.

SCHAFFNER (Alain), *Balzac, "La Peau de chagrin"*, PUF, coll. « Études littéraires », 1996.

TANIMOTO (Michiaki), « Qu'est-ce que le conte des années 1820 ? : Ouvrir la *Bibliographie de la France* », Kantoshibu-Ronshu, n° 19, Tokyo, Société japonaise de langue et littérature françaises, 2010, p. 171-181.

TEICHMANN (Elizabeth), *La Fortune d'Hoffmann en France*, Genève, Droz, 1961.

TODOROV (Tzvetan), *Introduction à la littérature fantastique*, Éditions du Seuil, coll. « Points-Essais », 1970. (ツヴェタン・トドロフ『幻想文学論序説』三好郁朗訳、創元ライブラリ、1999年。)

3. 邦語文献

谷本道昭「枠物語から『人間喜劇』へ――バルザックによる物語の「枠」につい

て」『言語情報科学』第八号、2010年、281–297頁。

4. レファランス文献

Gorp（Hendrik van）*et al.*, *Dictionnaire des termes littéraires*, Honoré Champion, coll. « Champion Classiques - Références et Dictionnaires », 2005.

第四章「『哲学的コント集』をひもとく」

1. 一次文献

Balzac, *Scènes de la vie privée*, Mame et Delaunay-Vallée, Levavasseur, 1830, 2 vol.

——, *Romans et contes philosophiques*, Gosselin, 1831, 3 vol.

——, *Romans et contes philosophiques*, éd. Andrew Oliver, Toronto, Éditions de l'originale, coll. « Les Romans de Balzac », 2007.［*CP*］

——, *Études philosophiques*, Werdet, puis Delloye et Lecou, puis Souverain, 1834-1840, 20 vol.

——, *Nouvelles et contes*, éd. Isabelle Tournier, t. I, Gallimard, coll. « Quarto », 2005.［*NC*］

——, « Souvenirs soldatesques. El Verdugo. Guerre d'Espagne（1809）», *La Mode*, 30 janvier 1830.（*NC*, t. I.）

——, « Mœurs parisiennes : Étude de femme », *La Mode*, 20 mars 1830.（*NC*, t. I.）

——, « Les Deux Rêves », *La Mode*, 8 mai 1830.（*NC*, t. I.）

——, « Zéro, conte fantastique », *La Silhouette*, 3 octobre 1830.（*NC*, t. I.）

——, « L'Élixir de longue vie », *Revue de Paris*, 24 octobre 1830.（*NC*, t. I.）

——, « La Comédie du diable », *La Mode*, 13 novembre 1830.（*NC*, t. I.）

——, « Fragment d'une nouvelle satyre ménipée », *La Caricature*, 18 novembre 1830.（*NC*, t. I.）

——, « Sarrasine », *Revue de Paris*, 21 et 28 novembre 1830.（*NC*, t. I.）

——, « Fantaisies : La Danse des pierres », *La Caricature*, 9 décembre 1830.（*NC*, t. I.）

——, « Le Réquisitionnaire », *Revue de Paris*, 27 février 1831.（*NC*, t. I.）

——, « Le Petit Souper. Conte fantastique », *Revue des Deux Mondes*, peu avant le 15 mars 1831.（*NC*, t. I.）

——, « L'Enfant maudit », *Revue des Deux Mondes*, peu avant le 12 avril 1831.（*NC*, t. I.）

——, « Le Chef-d'œuvre inconnu. (Conte fantastique) », *L'Artiste*, 31 juillet et 7 août 1831. (*NC*, t. I.)

*

Berthoud (Samuel-Henry), *Chroniques et traditions surnaturelles de la Flandre*, Werdet, 1831.

Dante, *Œuvres complètes*, éd. Christian Bec, Librairie générale française, coll. « Le Livre de Poche - La Pochothèque », 1996.

Davin (Félix), « Introduction aux *Études philosophiques* », Balzac, *Études philosophiques*, Werdet, 1834. (*CH*, t. X.)

Hugo (Victor), *Notre-Dame de Paris*, Gosselin, 1831.

Mérimée (Prosper), *Le Théâtre de Clara Gazul, comédienne espagnole*, Sautelet, 1825.

Monnais (Édouard), « Honoré de Balzac », *Revue et gazette musicale de Paris*, 1er septembre 1850, repris dans Stéphane Vachon, *1850. Tombeau d'Honoré de Balzac*, Saint-Denis, PUV, Montréal, XYZ, coll. « Documents », 2007, p. 331-332.

Musset (Alfred de), *Contes d'Espagne et d'Italie*, Levavasseur et Canel, 1830.

Véron (Le Docteur Louis), *Mémoires d'un bourgeois de Paris*, t. III, Librairie nouvelle, 1856.

2. 二次文献

Balzac, Œuvres complètes. Le « Moment » de "La Comédie humaine", textes réunis et édités par Claude Duchet et Isabelle Tournier, Groupe international de recherches balzaciennes, Saint-Denis, PUV, coll. « L'Imaginaire du texte », 1993.

Bardèche (Maurice), *Balzac, romancier* [1940] , Genève, Slatkine Reprints, 1967.

Castex (Pierre-Georges), *Nouvelles et contes de Balzac "Études philosophiques" : "Les Deux Rêves", "L'Élixir de longue vie", "Jésus-Christ en Flandre", "Les Proscrits", "Le Chef-d'œuvre inconnu", "Gambara", "Massimilla Doni", "Melmoth réconcilié"*, CDU, coll. « Les Cours de Sorbonne - Littérature française », 1963.

Chollet (Roland), *Balzac journaliste. Le tournant de 1830*, Klincksieck, 1983.

Edwards (Peter J.), « La revue *L'Artiste* (1831-1904), Notice bibliographique », *Romantisme*, n° 67, 1990, p. 111-118.

Fargeaud (Madelaine Ambière), *Balzac et "La Recherche de l'absolu"* [1968] , PUF, 1999.

Furman (Nelly), *"La Revue des Deux Mondes" et le romantisme (1831-1848)*, Genève,

Droz, 1975.
GENETTE (Gérard), *Seuils*, Éditions du Seuil, « Points-Essais », 1987.（ジェラール・ジュネット『スイユ』和泉涼一訳、水声社、2001年。）
GREIMAS (Algirdas Julien), *La Mode en 1830* [1948], éd. Thomas F. Broden et Françoise Ravaux-Kirkpatrick, PUF, coll. « Formes sémiotiques », 2000.
GUISE (René), *Balzac et l'Italie*, sous la direction de Roland Chollet, Paris-Musées, Éditions des Cendres, 2003.
——, « Balzac et l'Italie », *AB 1962*, p. 245-275.
HOFFMANN (Léon-François), *Romantique Espagne. L'Image de l'Espagne en France entre 1800 et 1850*, PUF, 1961.
——, *Répertoire géographique de "La Comédie humaine" : L'Étranger*, José Corti, 1965.
MOZET (Nicole), *Balzac, au pluriel*, PUF, coll. « Écrivains », 1990.
PUGH (Anthony R.), « Interpretation of the *Contes philosophiques* », in *Balzac and the nineteenth century*, edited by D. G. Charlton, J. Gaudon and Anthony R. Pugh, Leicester, Leicester University Press, 1972, p. 47-56.
STAROBINSKI (Jean), *Action et réaction. Vie et Aventures d'un couple*, Éditions du Seuil, coll. « La Librairie du XXe siècle », 1999.
THÉRENTY (Marie-Ève), *Mosaïques. Être écrivain entre presse et roman (1829-1836)*, Honoré Champion, coll. « Romantisme et Modernités », 2003.
TRITTER (Jean-Louis), *Le Conte philosophique*, Ellipses, coll. « Thèmes et Études », 2008.

3. 邦語文献

鹿島茂『新聞王伝説——パリと世界を征服した男ジラルダン』筑摩書房、1991年。
——『かの悪名高き——十九世紀パリ怪人伝』筑摩書房、1997年。

第五章「「コントのような会話」のために
——『コント・ブラン』と『新哲学的コント集』」

1. 一次文献

BALZAC, *Contes bruns, par une...* [Balzac, Philarète Chasles et Charles Rabou], Canel et Guyot, 1832.

——, *Contes bruns*, éd. Marcel Bouteron, André Delpeuch, 1927.

——, *Contes bruns*, éd. Marie-Christine Natta, Jaignes, La Chasse au Snark, 2002.

——, *Une conversation entre onze heures et minuit*, *Le Grand d'Espange*, *NC*, t. I.

——, *Les Cent Contes drolatique. Premier Dixain*, Gosselin, 1832.

——, *Nouveaux Contes philosophiques*, Gosselin, 1832.

——, *Nouveaux Contes philosophiques*, éd. Andrew Oliver, Toronto, Éditions de l'originale, coll. « Les Romans de Balzac », 2010. [*NCP*]

——, *Histoire intellectuelle de Louis Lambert*, Gosselin, 1833. (*NC*, t. I.)

——, *Le Livre mystique*, Werdet, 1835, 2 vol.

——, « L'Auberge rouge », *Revue de Paris*, 21 et 28 août 1831. (*NC*, t. I.)

——, « Maître Cornélius », *Revue de Paris*, 18 et 25 décembre 1831. (*NC*, t. I.)

——, « Madame Firmiani », *Revue de Paris*, 19 février 1832. (*NC*, t. I.)

——, « Catalogue des ouvrages que contiendra *La Comédie humaine* ordre adopté en 1845 pour une édition complète en 26 tomes » [1846] , *CH*, t. I.

*

Le Livre des conteurs, Allardin, Lequien, 1832-1835, 6 vol.

Saint-Hilaire (Émile Marco de) et Brot (Alphonse), *Entre onze heures et minuit*, Souverain, 1833, 2 vol.

Le Salmigondis. Contes de toutes les couleurs, Fournier jeune, 1832-1833, 11 vol.

« *Contes philosophiques*, par M. de Balzac », non signé, *Le Revenant*, 29 octobre 1832.

2. 二次文献

Bardèche (Maurice), *Balzac, romancier* [1940] , Genève, Slatkine Reprints, 1967.

Farrant (Tim), *Balzac's Shorter Fictions. Genesis and Genre*, Oxford, Oxford University Press, 2002.

Frølich (Juliette), « *Madame Firmiani*, ou le "parloir" balzacien », dans *Balzac et la nouvelle (II)*, *L'École des lettres, second cycle*, L'École des loisirs, 2001, p. 35-43.

Fumaroli (Marc), *Les Trois Institutions littéraires*, Gallimard, coll. « Folio », 1994.

Labouret (Mireille), « *Madame Firmiani* ou "peindre par le dialogue" », *AB 1999 (I)*, p. 255-278.

——, « Le Rouge et le Brun : Ricochets de conversation balzacienne entre onze heures et minuit », dans *Balzac et la nouvelle (I)*, *L'École des lettres, second cycle*, L'École des loisirs,

1999, p. 29-47.
MATHIEU-CASTELLANI (Gisèle), *La Conversation conteuse. Les Nouvelles de Marguerite de Navarre*, PUF, coll. « Écrivains », 1992.
MAZET (Léo), « Récit(s) dans le récit : l'échange du récit chez Balzac », *AB 1976*, p. 129-161.
TODOROV (Tzvetan), *Poétique de la prose*, Éditions du Seuil, coll. « Poétique », 1971.
VUONG-RIDDICK (Thuong), « La Main blanche et *L'Auberge rouge : le processus narratif dans L'Auberge rouge* », *AB 1978*, p. 134.

第六章「『コントの理論』――バルザックからバルザックへ」

1．一次文献

BALZAC, *Physiologie du mariage* [1829], *CH*, t. XI.
——, *Les Cent Contes drolatiques* [1832], *Œuvres complètes*, t. XXII, éd. Raymond Massant, Club de l'Honnête Homme, 1961.
——, *Les Cent Contes drolatiques* [1832], *Œuvres complètes*, t. XX, éd. Roland Chollet, Les Bibliophiles de l'Originale, 1969.
——, *Les Cent Contes drolatiques* [1832], *OD*, t. I.
——, *Les Cent Contes. Théorie du conte* [1832?], *NC*, t. I.
——, *Notice biographique sur Louis Lambert*, *Nouveaux Contes philosophiques*, Gosselin, 1832. (*NC*, t. I.)
——, *Histoire intellectuelle de Louis Lambert*, Gosselin, 1833. (*NC*, t. I.)
——, *Louis Lambert*, *Le Livre mystique*, t. I, Werdet, 1835.
——, « Nouvelle théorie du déjeuner », *La Mode*, 29 mai 1830. (*OD*, t. II.)
——, « Lettre à M. Ch. Nodier sur son article intitulé "De la palingénésie humaine et de la résurrection" », *Revue de Paris*, 21 octobre 1832. (*OD*, t. II.)
——, « Théorie de la démarche », *L'Europe littéraire*, 15, 18, 25 août et 5 septembre 1833. (*OD*, t. II.)
——, « Note placée à la suite de *Melmoth réconcilié* dans *Le Livre des conteurs* » [1835], *Le Livre des conteurs*, t. IV, Lequien, 1835. (*CH*, t. X.)
——, « Historique du procès auquel a donné lieu *Le Lys dans la vallée* », *Chronique de Paris*,

journal politique et littéraire, 2 juin 1836. (*Lys* ; *CH*, t. IX.)

*

BUFFON, « *Homo duplex* » [1753], *Discours sur la nature des animaux*, *Œuvres*, éd. Stéphane Schmitt et Cédric Crémière, Gallimard, coll. « Bibliothèque de la Pléiade », 2007.

JANIN (Jules), « Manifeste de la jeune littérature. Réponse à M. Nisard », *Revue de Paris*, 5 janvier 1834.

2. 二次文献

BARDÈCHE (Maurice), *Balzac, romancier* [1940], Genève, Slatkine Reprints, 1967.

CASTEX (Pierre-Georges), « Balzac et Charles Nodier », *AB 1962*, p. 197-212.

CHOLLET (Roland) (éd.), Balzac, *Les Cent Contes drolatiques, Œuvres complètes*, t. XX, Les Bibliophiles de l'Originale, 1969.

CHOLLET (Roland) et MOZET (Nicole) (éd.), Balzac, *Les Cent Contes drolatiques, OD*, t. I.

DIAZ (José-Luis), *L'Écrivain imaginaire. Scénographies auctoriales à l'époque romantique*, Honoré Champion, « Romantisme et Modernités », 2007.

FORTASSIER (Rose), « Du bon usage par le romancier Balzac des souffrances du jeune Honoré », *Imaginaire & Inconscient*, 2003, n° 2, p. 39-52.

GUISE (René), *Le Phénomène du roman-feuilleton 1830-1848. La crise de croissance du roman*, Thèse de lettres soutenue à l'Université Nancy II en 1975, 16 vol.

MASSANT (Raymond) (éd.), Balzac, *Les Cent Contes drolatiques, Œuvres complètes*, t. XXII, Club de l'Honnête Homme, 1961.

TOURNIER (Isabelle) (éd.), Balzac, *NC*, t. I.

VACHON (Stéphane), *Les Travaux et les jours d'Honoré de Balzac*, Paris, CNRS, Saint-Denis, PUV, Montréal, PUM, 1992.

VACHON (Stéphane) (éd.), Balzac, *Écrits sur le roman*, Librairie générale française, coll. « Le Livre de Poche », 2000.

第七章「バルザックとパリの泥
——『金色の眼の娘』『ゴリオ爺さん』『シビレエイ』」

1．一次文献

Balzac, *Une double famille* [1830, 1832], *CH*, t. II.（「二重の家庭」『オノリーヌ』大矢タカヤス訳、ちくま文庫、2014年。）

——, *La Peau de chagrin* [1831], *CH*, t. X.（『あら皮』小倉孝誠訳、藤原書店、2000年。）

——, *Ferragus* [1833], *CH*, t. V.（「フェラギュス」『十三人組物語』西川祐子訳、藤原書店、2002年。）

——, *La Fille aux yeux d'or* [1834-1835], *CH*, t. V.（「金色の眼の娘」『十三人組物語』西川祐子訳、前掲書。）

——, *Le Père Goriot* [1835], *CH*, t. III.（「ゴリオ爺さん」博多かおる訳、『バルザック』野崎歓編訳、集英社文庫、2015年。）

——, *La Torpille* [1838], *NC*, t. II.

——, *Splendeurs et misères des courtisanes* [1838-1847], *CH*, t. VI.（『娼婦の栄光と悲惨』飯島耕一訳、藤原書店、2000年。）

——, *Le Cousin Pons* [1847], *CH*, t. VII.（『従兄弟ポンス』柏木隆雄訳、藤原書店、1999年。）

——, « Ce qui disparaît de Paris », *Le Diable à Paris*, J. Hetzel, t. II, 1846, p. 11-19.

＊

Chamfort, *Œuvres complètes de Chamfort*, t. II, Chaumerot jeune, 1824.

L … (Alphonse), *De la salubrité de la ville de Paris*, Huzard, 1826.

Mercier (Louis-Sébastian), *Tableau de Paris* [1781-1783], éd. Michel Delon, *Paris le jour, Paris la nuit*, Robert Laffont, coll. « Bouquins », 1990.（メルシエ『十八世紀パリ生活誌』原宏編訳、岩波文庫、1989年、上下巻。）

Nouveau Tableau de Paris au XIX*e* *siècle*, Mme Charles-Béchet, 1834-1835, 7 vol.

Sainte-Beuve, « H. de Balzac : *Études de Mœurs au* XIX*e* *siècle. — La Femme supérieure, La Maison Nucingen, La Torpille.* » [1838, 1839], Premiers Lundis, t. II, Michel Lévy frères, 1874, p. 360-367.

2. 二次文献

Barles (Sabine), *L'Invention des déchets urbains, France : 1790-1970*, Champ Vallon, coll. « Milieux », 2005.

Boudriot (Pierre-Denis), « Essais sur l'ordure en milieu urbain à l'époque pré-industrielle. Boues, immondices et gadoue à Paris au xviiie siècle », *Histoire, économie et société*, n° 4, Armand Colin, 1986, p. 515-528.

Brunel (Pierre), *Le Chemin de mon âme. Roman et récit au xixe siècle, de Chateaubriand à Proust*, Klincksieck, 2004.

Chevalier (Louis), *Classes laborieuses et classes dangereuses* [1958], Librairie générale française, coll. « Le Livre de Poche », 1978.（ルイ・シュヴァリエ『労働階級と危険な階級』喜安朗、木下賢一、相良匡俊訳、みすず書房、1992年。）

Cirton (Pierre), *La Poésie de Paris dans la littérature française de Rousseau à Baudelaire*, Éditions de Minuit, 1961, 2 vol.

Compagnon (Antoine), *Les Chiffonniers de Paris*, Gallimard, coll. « Bibliothèque des histoires », 2017.

Corbin (Alain), *Le Miasme et la jonquille. L'odorat et l'imaginaire social, xviiie-xixe siècle* [1982], Flammarion, coll. « Champs », 2016.（アラン・コルバン『においの歴史』山田登世子、鹿島茂訳、新評論、1988年。）

Franklin (Alfred), *L'Hygiène*, Plon, 1890.（アルフレッド・フランクラン『排出する都市パリ』高橋清德訳、悠書館、2007年。）

Guichardet (Jeannine), *Balzac « archéologue » de Paris* [1986], Genève, Slatkine reprints, 1999.

Hazan (Eric), *Balzac, Paris*, La Fabrique, 2018.

Lascar (Alex), « De la boue balzacienne », *AB 2009*, p. 105-125.

Pommier (Jean), *L'Invention et l'écriture dans la "Torpille" d'Honoré de Balzac, avec le texte inédit du manuscrit original*, Paris, Minard, Genève, Droz, 1957.

3. 邦語文献

鹿島茂『馬車が買いたい！』白水社、1990年。

谷本道昭「バルザックとパリの真実 ──『ゴリオ爺さん』のパリ」『フランス文学を旅する六〇章』野崎歓編著、明石書店、2018年、121–125頁。

宮下志朗「解説」、バルザック『ゴリオ爺さん』中村佳子訳、光文社古典新訳文庫、

2016年。
村田京子『娼婦の肖像』新評論、2006年。

5. ウェブサイト

Kazuo Kiriu, *Vocabulaire de Balzac*. https : //v2asp.paris.fr/concordance.htm

第八章「『ゴリオ爺さん』〈ボーセアン夫人の最後の舞踏会〉をめぐって
――「罪を犯した女たち」と人物再登場法」

1. 一次文献

BALZAC, *La Femme abandonnée*, *La Grenadière*, *Scènes de la vie de province*, *Études de mœurs au XIXe siècle*, t. II, Mme Charles-Béchet, 1833.

——, *Histoire des Treize. Deuxième épisode. Ne touchez pas la hache*, *Scènes de la vie parisienne*, *Études de mœurs au XIXe siècle*, t. III, Mme Charles-Béchet, 1834.

——, *Le Père Goriot. Histoire parisienne*, Werdet et Spachmann, mars 1835, 2 vol.

——, *Le Père Goriot. Histoire parisienne*, troisième édition [*sic*], Werdet et Spachmann, mai 1835, 2 vol.

——, *Le Père Goriot*, *CH*, t. III.

——, *Le Père Goriot*, éd. Pierre-Georges Castex, Garnier, coll. « Classiques Garnier », 1981 [1960].

——, *Le Père Goriot*, éd. Stéphane Vachon, Librairie française générale, coll. « Le Livre de Poche », 1995.

——, *Le Père Goriot. Histoire parisienne*, éd. Andrew Oliver, Honoré Champion, coll. « Texte de littérature moderne et contemporaine », 2011. [*PG*]

——, « Préface de la première édition Werdet », *Le Père Goriot. Histoire parisienne*, Werdet et Spachmann, mars 1835. (*PG* ; *CH*, t. III.)

——, « Préface ajoutée dans la seconde édition Werdet », *Le Père Goriot. Histoire parisienne*, Werdet et Spachmann, mai 1835. (*CH*, t. III.)

*

DAVIN (Félix), « Introduction aux *Études de mœurs au XIXe siècle* » [1835], *CH*, t. I, p. 1143-1172.

Janin (Jules), « Théâtre des variétés. *Le Père Goriot*, vaudeville en trois actes, par MM. Jaime, Comberousse et Théaulon », *Journal des débats politiques et littéraires*, 15 avril 1835.

Monnais (Édouard), « Littérature et théâtre. *Le Père Goriot* », *Le Courrier français*, 13 avril 1835.

Muret (Théodore), « *Le Père Goriot*, par M. de Balzac », *La Quotidienne*, 11 avril 1835.

Sainte-Beuve, « H. de Balzac : *Études de Mœurs au* XIXe *siècle. — La Femme supérieure, La Maison Nucingen, La Torpille.* » [1838, 1839] , *Premiers Lundis*, t. II, Michel Lévy frères, 1874, p. 360-367.

2. 二次文献

Aranda (Daniel), « Originalité historique du retour de personnages balzaciens », *Revue d'histoire littéraire de la France*, 101e année, n° 6, 2001, p. 1573-1589.

Barbéris (Pierre), « L'accueil de la critique aux premières grandes œuvres de Balzac (1829-1830) », *AB 1967*, p. 51-72.

——, « L'accueil de la critique aux premières grandes œuvres de Balzac (suite) », *AB 1968*, p. 165-195.

Bardèche (Maurice), *Balzac romancier* [1940] , Genève, Slatkine reprints, 1967.

Billot (Nicolle), « *Le Père Goriot* devant la critique (1835) », *AB 1987*, p. 101-129.

Diaz (José-Luis), *Devenir Balzac. L'Invention de l'écrivain par lui-même*, Saint-Cyr-sur-Loire, Christian Pirot, coll. « Balzac », 2007.

Guise (René), « Balzac et la presse de son temps : le romancier devant la critique féminine », *AB 1982*, p. 77-105.

Labouret (Mireille), *Balzac, la duchesse et l'idole. Poétique du corps aristocratique*, Honoré Champion, coll. « Romantisme et Modernités », 2002.

——, « À propos des personnages reparaissants. Constitution du personnage et "sens de la mémoire" », *AB 2005*, p. 125-142.

Lackner (Maren), « Donner une voix aux femmes : Balzac et ses lectrices », *AB 2008*, p. 217-237.

Laforgue (Pierre), *Balzac, fictions génétiques*, Classiques Garnier, coll. « Études romantiques et dix-neuviémistes », 2017.

Lotte (Fernand), *Dictionnaire biographique des personnages fictifs de "La Comédie*

humaine", José Corti, 1952-1956, 2 vol.
——, « Le "Retour des personnages" dans *La Comédie humaine* », *AB 1961*, p. 227-258.
Pugh（Anthony R.）, *Balzac's Recurring Characters*, London, Duckworth, 1975.
——, « *Le Père Goriot* et l'unité de *La Comédie humaine* », dans *Balzac, une poétique du roman*, éd. Stéphane Vachon, Saint-Denis, PUV, Montréal, XYZ, 2002, p. 123-132.

第九章「拒絶された手紙——書簡＝小説としての初版『谷間の百合』」

1．一次文献

Balzac, *Fleur des pois, Scènes de la vie privée, Études de mœurs au XIXe siècle*, t. II, Mme Charles-Béchet, 1835.
——, *Le Lys dans la vallée*, Werdet, 1836, 2 vol.［*Lys*］
——, *Le Lys dans la vallée*, Charpentier, 1839.
——, *Le Lys dans la vallée*, *La Comédie humaine*, t. VII, Furne, 1844.
——, *Le Lys dans la vallée*, *CH*, t. IX.
——, *Le Lys dans la vallée*, éd. Gisèle Séginger, Librairie générale française, coll. « Le Livre de Poche », 1995.
——, *Le Lys dans la vallée*, éd. Moïse Le Yaouanc, Classiques Garnier, coll. « Classiques jaunes », 2018［1980］.
——, « Le Lys dans la vallée », *Revue de Paris*, les 22 et 29 novembre 1835.
——, « Le Lys dans la vallée », *Revue de Paris*, 27 décembre 1835.
——, « Historique du procès auquel a donné lieu *Le Lys dans la vallée* », *Chronique de Paris, journal politique et littéraire*, 2 juin 1836.（*Lys* ; *CH*, t. IX.）（「『谷間の百合』「序文」（I）、（II）、（III）」谷本道昭訳、『明治大学教養論集』第564、567、569号、2022–2023年、所収。）

＊

Cherbuliez（Joël）, « *Le Lis*［*sic*］*dans la vallée* », *Bulletin littéraire et scientifique. Revue critique des livres nouveaux*, juillet 1836.
M. B., « Littérature-Romans : *Le Lys dans la vallée* par M. de Balzac », *Gazette de France*, 21 juillet 1836.
Muret（Théodore）, « Revue littéraire : *Le Lys dans la vallée* par M. de Balzac », *La*

Quotidienne, 21 juillet 1836.

PICKERSGHILL JUNIOR, « Fin d'une histoire qui ne devait pas finir. Lettre à une femme qui n'a pas trente ans », *Revue de Paris*, 26 juin 1836.

SAVIGNAC (Mme Alide de), « Variétés. *Le Lys dans la vallée*. Deux volumes in-8° par M. de Balzac », *La Presse*, 24 juillet 1836.

SECOND (Albéric), « Revue bibliographique : *Le Lys dans la vallée* par M. H. de Balzac », *Revue du théâtre*, 10 septembre 1836.

SOUVESTRE (Émile), « Littérature : Œuvres de M. de Balzac. *Le Lys dans la vallée* », *Le Temps*, 11 octobre 1836.

WERDET (Edmond), *Portrait intime de Balzac : sa vie, son humeur et son caractère*, A. Silvestre, 1859.

2. 二次文献

Balzac, Le Lys dans la vallée, « cet orage de choses célestes », textes réunis par José-Luis Diaz, SEDES, 1993.

BILLOT (Nicole), « *Le Père Goriot* devant la critique (1835) », *AB 1987*, p. 101-129.

——, « La critique : une écriture exempte de discours », dans *Sémiotique et esthétique*, dir. Françoise Parouty-David et Claude Zilberberg, Pulim, 2003, p. 151-171.

BROMBERT (Victor), « Natalie ou le lecteur caché de Balzac », *Mouvements premiers. Études critiques offertes à George Poulet*, José Corti, 1972, p. 177-190.

CESARE (Raffaele de), « Balzac nel giugno 1836 », *Memorie dell'Istituto Lombardo di scienze et lettre*, vol. XXXIX, 1965, p. 1-222.

——, « Balzac nel luglio 1836 », *Contributi del Seminario di Filologia moderna, serie francese*, vol. IV, 1966, p. 83-183.

——, « Balzac nell'agosto 1836 », *Contributi del Seminario di Filologia moderna, serie francese*, vol. V, 1968, p. 575-737.

——, « Balzac nel septembre 1836 », *Contributi del Seminario di Filologia moderna, serie francese*, vol. VI, 1970, p. 1-126.

——, « Balzac nell'ottobre 1836 », *Contributi del Seminario di Filologia moderna, serie francese*, vol. VII, 1972, p. 147-344.

CHAMARAT-MALANDAIN (Gabrielle), « Dire la passion, écrire *Le Lys dans la vallée* », *Romantisme*, n°62, 1988, p. 31-39.

Ducas (Sylvie), « Critique littéraire et critiques de lecteurs en 1836 : *Le Lys*, roman illisible ? », dans *Balzac, Le Lys dans la vallée, « cet orage de choses célestes »*, *op. cit.*, p. 15-26.

Gengembre (Gérard), *Balzac. Le Lys dans la vallée*, PUF, coll. « Études littéraires », 1994.

Laforgue (Pierre), *Balzac, fictions génétiques*, Classiques Garnier, coll. « Études romantiques et dix-neuviémistes », 2017.

Lascar (Alex), « Une lecture du *Lys dans la vallée* : Félix de Vandenesse et Natalie de Manerville », *AB 1977*, p. 29-49.

Lichtlé (Michel), *Balzac, le texte et la loi*, PUPS, coll. « Lettres / Françaises », 2012.

Mozet (Nicole), *Balzac au pluriel*, PUF, coll. « Écrivains », 1990.

——, « Du bon usage (littéraire) de la lettre de rupture : du *Lys dans la vallée* aux *Lettres d'un voyageur* », *Revue des sciences humaines*, t. LXVI, n° 198, 1984, p. 19-24.

——, « Réception et génétique littéraire : quand une lecture devient censure (*Le Lys dans la vallée*) », *Œuvres & Critiques*, n° 11, vol. 3, 1986, p. 241-251.

Rousset (Jean), *Forme et signification. Essais sur les structures littéraires de Corneille à Claudel*, José Corti, 1962.

Schuerewegen (Franc), *Balzac contre Balzac. Les Cartes du lecteur*, SEDES, Paratexte, coll. « Présences critiques », 1990.

Séginger (Gisèle), « Génétique ou "métaphysique littéraire"? : La génétique à l'épreuve des manuscrits du *Lys dans la vallée* de Balzac », *Poétique*, n° 107, 1996, p. 259-270.

——, « De *La Fleur des pois* au *Contrat de mariage*. Poétique et politique d'une dramatisation », *AB 2002*, p. 167-180.

Vidotto (Ilaria), « L'enchevêtrement épistolaire du *Lys dans la vallée* », *Revue italienne d'étude française*, n° 3, 2013, p. 1-13.

3. 邦語文献

工藤庸子『近代ヨーロッパ宗教文化論』東京大学出版会、2013年。

五島学「『谷間の百合』あるいは書簡体の誘惑」『武蔵大学人文学会雑誌』第三一巻四号、2000年、141–157頁。

谷本道昭「枠物語から『人間喜劇』へ——バルザックによる物語の「枠」について」『言語情報科学』第8号、2010年、281–297頁。

5. ウェブサイト

Le Lys dans la vallée. http : //www.lysdanslavallee.fr

第十章「花の小説／小説の花——初版『谷間の百合』論」

1. 一次文献

Balzac, *La Grenadière*, *Scènes de la vie de province*, *Études de mœurs au* XIXe *siècle*, t. II, Mme Charles-Béchet, 1833.

——, *Le Lys dans la vallée*, Werdet, 1836, 2 vol. ［*Lys*］

——, *Le Lys dans la vallée*, Charpentier, 1839.

——, *Le Lys dans la vallée*, *La Comédie humaine*, t. VII, Furne, 1844.

——, *Le Lys dans la vallée*, *CH*, t. IX.

——, *Le Lys dans la vallée*, éd. Gisèle Séginger, Librairie générale française, coll. « Le Livre de Poche », 1995.

——, *Le Lys dans la vallée*, éd. Nicole Mozet, Flammarion, coll. « GF », 2010［1972］.

——, *Le Lys dans la vallée*, éd. Moïse Le Yaouanc, Classiques Garnier, coll. « Classiques jaunes », 2018［1980］.

——, *La Fleur des pois*, *Scènes de la vie privée*, t. II, Mme Charles-Béchet, 1835.

——, *Illusions perdues*, *Les Deux Poètes*, Werdet, 1837 ; *Un grand homme de province à Paris*, Souverain, 1839 ; *Ève et David*, *La Comédie humaine*, t. IV, Frune, 1843.（『幻滅』野崎歓、青木真紀子訳、藤原書店、2000年。）

——, « Préface de la première édition Werdet », *Le Père Goriot. Histoire parisienne*, Werdet et Spachmann, mars 1835.（*PG* ; *CH*, t. III.）

＊

De Blaguezac, « La Tubéreuse sur la montagne », *Vert-vert. Gazette de Paris*, 7 juillet 1836.

G［uinot］.,（E［ugène］.）, « *Le Lys dans la vallée* par M. de Balzac », *Nouvelle Minerve*, 12 juin 1836.

« Revue », non signé, *Journal des beaux-arts et de la littérature*, 19 juin 1836.

Sainte-Beuve, *Volupté*, Renduel, 1834, 2 vol.

2. 二次文献

BILLOT (Nicole), « La critique : une écriture exempte de discours », dans *Sémiotique et esthétique*, dir. Françoise Parouty-David et Claude Zilberberg, Pulim, 2003, p. 151-171.

COMPAGNON (Antoine), « Le Balzac de la IIIe République », *AB 1999 (I)*, p. 359-374.

DEPUIS (Danielle), « La métaphore florale et ses avatars dans *Le Lys dans la vallée* », dans *Balzac. "Le Lys dans la vallée". "La Femme de trente ans"*, dir. Pierre Brunel, Édition InterUniversitaires, 1993.

——, « Odeurs balzaciennes », *AB 2009*, p. 37-59.

——, « *Le Lys dans la vallée* : botanique et littérature », dans *Le Lys dans la vallée*, 2014, p. 1-10. (http : //www.lysdanslavallee.fr/fr/article/le-lys-dans-la-vallee-botanique-et-litterature)

ION (Angela), « "Le langage des fleurs et des choses muettes" dans *Le Lys dans la vallée* », dans *Balzac. "Le Lys dans la vallée". "La Femme de trente ans"*, *op. cit.*, p. 35-48.

MILLET-GÉRARD (Dominique), « *Le Cantique des cantiques* dans *Le Lys dans la vallée* », dans *Formes bibliques du roman au XIXe siècle*, éd. Fabienne Bercegol et Béatrice Laville, Classiques Garnier, « Rencontre-Études dix-neuviémistes », 2011, p. 115-130.

PERRONE-MOISÉS (Leyla), « Balzac et les fleurs de l'écritoire », *Poétique*, n° 43, septembre 1980, p. 305-323.

SCHUEREWEGEN (Franc), *Balzac contre Balzac. Les Cartes du lecteur*, SEDES, Paratexte, coll. « Présences critiques », 1990.

3. 邦語文献

野崎歓『フランス小説の扉』白水社、2001年。

芳川泰久「バルザックの多声的言語と多義的イメージについて——『谷間の百合』における花のイメージのセリー構造」『東京工業大学人文論集』第一三号、1987年、151–174頁。

4. レフェランス文献

Dictionnaire Balzac, dir. Éric Bordas, Pierre Galudes et Nicole Mozet, Classiques Garnier, coll. « Dictionnaires et synthèses », 2021, 2 vol.

『聖書』新共同訳、日本聖書協会、1994年。

『聖書』聖書協会共同訳、日本聖書協会、2018年。

5. ウェブサイト

Le Lys dans la vallée. http : //www.lysdanslavallee.fr

【著者】谷本道昭（たにもと・みちあき）
一九八〇年、東京生まれ。早稲田大学第一文学部卒業、東京大学大学院総合文化研究科修士課程修了・博士課程単位取得退学、パリ第七大学修士・博士（テクストとイマージュの歴史と記号学）。現在、東京大学大学院総合文化研究科言語情報科学専攻准教授。専門はバルザックを中心とする十九世紀フランス文学と出版文化。
共著に『フランス文学を旅する六〇章』（明石書店）、*Lire, voir, penser l'œuvre de Jean-Philippe Toussaint* (Impressions nouvelles)。共訳にアンドレ・バザン『映画とは何か』（岩波書店）。論文に「二つの裁判とそのクロニック」（明治大学『人文科学論集』）、「文学的偽装」（東大比較文學會『比較文學研究』）など。本書が初の単著となる。

バルザック研究《けんきゅう》アラカルト
——コントから小説《しょうせつ》の方《ほう》へ

二〇二四年一〇月一七日 初版発行

著者 谷本 道昭 たにもと・みちあき

発行者 三浦 衛
発行所 春風社 Shumpusha Publishing Co.,Ltd.
横浜市西区紅葉ヶ丘五三 横浜市教育会館三階
〈電話〉〇四五・二六一・三一六八 〈FAX〉〇四五・二六一・三一六九
〈振替〉〇〇二〇〇・一・三七五二四
http://www.shumpu.com ✉ info@shumpu.com

装丁 長井究衡
印刷・製本 シナノ書籍印刷株式会社

ISBN 978-4-86110-967-6 C0098 ¥4000E